해피
엔딩

해피
엔딩

펴낸날 2020년 12월 22일

지은이 신광옥
펴낸이 주계수 | **편집책임** 이슬기 | **꾸민이** 김소은

펴낸곳 밥북 | **출판등록** 제 2014-000085 호
주소 서울시 마포구 양화로 59 화승리버스텔 303호
전화 02-6925-0370 | **팩스** 02-6925-0380
홈페이지 www.bobbook.co.kr | **이메일** bobbook@hanmail.net

ISBN 979-11-5858-737-6 (03810)

※ 이 도서의 국립중앙도서관 출판시도서목록(CIP)은 e-CIP 홈페이지(http://www.nl.go.kr/cip)에서 이용하실 수 있습니다. (CIP 2020050521)

해피 엔딩

신광옥 장편소설

밥북

차례

해피

엔딩

죽음, 그 아름다운 이별

암흑이다. 한 치 앞도 보이지 않아 곁에 있는 남편도 느낌으로만 알 수 있었다. 나는 남편의 손을 결코 놓지 않았다. 남편도 내 손을 꼭 잡고 있다. 우리는 부지런히 걷고 있다. 하지만 두렵지 않았다. 아주 멀리 한 줄기 빛을 찾았기 때문이었다. 빛이 점점 가까워지자 눈이 부셨다. 바늘구멍보다 작았던 빛이 점점 커지면서 빛이 오히려 우리를 끌어당긴다. 속도까지 붙어 확대되며 밝아지는 빛, 눈조차 뜰 수 없는 섬광에 악 소리가 튀어나온다. 순간 남편의 손이 내 손에서 빠져나가며 그 빛으로 빨려 들어가 버린다. 그러나 나는 소금기둥이 되어 빛 속으로 사라져 가는 남편을 바라보고만 있다.

눈을 떴다. 살그머니… 꿈 때문이라기보다 누군가 내 머리카락을 만지는 느낌 때문에… 분명 새벽 기도를 마쳤는데… 침대 끝에 머리를 대고 깜박 잠이 들었던 모양이다. 이미 새벽이 지나고 빛이 창으로 흘러들고 있었다. 그러나 수상한 느낌에 눈알만 굴리며 사태를 파악하려는데 다시 머릿결이 흔들린다. 아주 여린 손 떨림을 타고 흐르는 부드러움은 두피를 지나 가슴까지 적셨다. 번쩍 머리를 들었다. 다름 아닌 남편의 손이다. 침대 위에 반듯이 놓여있던 남편의 손이 내 머리 위에 있다니! 후다닥 내가 머리를 치우자 그대로 침대 밖으로 남편의 손이 늘어진다. 그러나 그 손가락이 움직인다. 마치 빼앗긴 무언가를 찾는 듯이 아주 미세하게… 절대로 일시적인 반동이 아니다. 스스로 움직이지 못하는 납처럼 굳어버린 그 손인데….

"여보…!"

나는 그 손을 덥석 부여잡고 남편의 얼굴을 살폈다. 놀랍게도 그의 얼굴 근육이 미세하게 움직인다. 입가에 옅은 미소가 보이고 비록 뜨지는 못하지만 눈 주위의 근육이 애써 눈을 뜨려는 듯 떨리고 있었다. 내 손 안에 있는 그의 손도 분명 달랐다. 언제나 순두부처럼 형체가 없이 흩어지는 것이 아니라 두부처럼 뭉쳐지는 듯한… 이게 무슨 일이야? 반응을 보이다니…!

"여보! 여보?"

나는 그의 얼굴을 쓰다듬으며 소리쳤다.

"여보? 나야? 나!"

갑자기 방문이 벌컥 열렸다. 후다닥 뒤를 돌아보니 이건 또 무슨 일이야! 정선이? 너는 왜? 미처 물어볼 겨를도 없다. 요란하게 문을 열고 들어서는 정선이가 그대로 침대로 달려든다.

"아빠!"

정선이는 남편의 품으로 파고들며 소리쳤다.

"아빠! 나 왔어요. 나! 정선이!"

나는 뒤로 물러나 그 모습을 지켜보았다.

"아빠, 나야 정선이! 나보고 오라고 했잖아. 일어나봐, 이제 그만 일어나라고!"

남편의 감긴 눈 주위로 눈물이 흘러내리고 있었다.

"엄마, 아빠가 울고 있어. 아빠가 깨어나려나 봐. 아빠! 아빠 눈 떠 봐. 눈!"

정말 믿을 수가 없었다. 의식을 잃고 식물인간 상태로 있던 남편이 15년 만에 반응을 하는 것이다. 나는 다가가 남편을 바라보았다. 마치 긴 잠에서 깨어나는 사람처럼 마치 죽은 자에서 살아나는 것처럼 느껴졌다. 나의 마른 손이 그의 손에 다가가자 그의 손이 나를 감싸는 것이 아닌가?

"여보? 정말 깨어난 거야?"

그의 입술에 미소가 흐르고 눈에서는 눈물이 흘러나왔다.

"엄마, 맞지? 아빠 깨어나는 거지?"

"여보… 나야 나! 나 알아보겠어요? 여보? 여보!"

"아빠! 나, 정선이! 아빠!"

순간 남편의 반응이 그대로 멈추었다. 나를 잡았던 손이 스르르 미끄러지고 눈에 고인 눈물방울도 멈추었다. 가늘게 내쉬던 호흡도 멈추고… 그러나 정지된 그 모습은 마치 남편을 끌고 들어간 빛처럼 다가가기에 눈이 부실만큼 아름다웠다. 다리에 힘이 풀려 그대로 방바닥에 털썩 주저앉았다. 정선이가 소리쳤다.

"엄마, 아빠 얼굴 봐! 광채가 나!"

"아빠 돌아가셨다…."

"정말? 아니야. 금방이라도 일어날 것 같은데? 아빠! 눈 떠 봐. 눈! 나야 정선이! 아빠! 아빠!"

정선이가 남편을 세차게 흔들며 울어대지만 나는 눈물이 나지를 않았다. 그제야 정선이가 와 있다는 사실이 의아했다

"너는 어떻게 해서 온 거야?"

"아빠가 오라고 해서."

"무슨 소리야?"

"자고 있는데 아빠가 내 방문을 벌컥 열고 들어오더니 날 보고 할 말이 있다면서 집으로 가자는 거야. 그래서 내가 집을 두고 어디를 가느냐고 했더니 아주 슬픈 표정으로 나를 바라보다 방을 나가는 거야. 그래서 내가 뒤를 쫓으며 함께 가자고 했는데 아빠는 뒤도 돌아보지 않고 가는 거야. 그래서 아빠를 부르며 울부짖었어. 잠꼬대까지 했던가 봐. 회장님이 나를 흔들어 깨워서 일어났는데 현실처럼 선명했어. 아빠는 쓰러지기 전의 모습이었어. 회장님에게 그 꿈을 말했더니 빨리 집으로 가라고 하시는 거야. 그때가 새벽 5시가 안 되었어. 그래서 날이 밝으면 간다고 했더니 지체 말고 가라고 하시면서 김 기사까지 깨워서…."

시간을 보니 8시다. 남편의 임종시간이 몇 시인지 정확히 알 수 없지만 아마도 한 시간은 족히 흐른 것 같았다. 침대에 누워있는 남편은 여전히 살아있는 것처럼 느껴졌다. 혹시나 싶어 몸을 일으켜 남편의 마른 손을 다시 만져 보았다. 밀납처럼 차갑다. 그 순간 전화벨이 울린다. 정선이가 허둥지둥 전화를 받는다.

"어머, 오빠! 어떻게 알았어? 나? 나도 아침에 왔어. 응, 알았어."

전화를 끊고 정선이의 눈이 다시 휘둥그레진다.

"아빠 돌아가셨냐고 먼저 묻는 거 알아? 오빠가!"

하지만 나는 그리 놀랍지 않았다. 내게도 정선이에게도 작별 인사를 했다면 정수에게도 안 했을 리가 없다. 나는 정선이에게 말했다.

"오빠에게 전화해서 오지 말라고 해라."

"왜?"

"살아서 작별 인사했다며? 장례식 3일 지키자고 그 먼 데서 올 이유 없어. 엄마가 알아서 한다고 해라. 그리고 여기 전화번호를 적은 수첩이 있으니 먼저 목사님에게 알리고. 작은아버지에게 연락해서 친척들에게 알리라고 하고. 장례는 집에서 치를 거다."

별이 좋다. 5월이 들어선 마당에는 동네 친지들이 멍석을 깔고 천막을 치느라 분주하다. 춥지도 덥지도 않은 날을 택해준 남편의 마음 씀이 고맙기만 하다. 앞산을 하얗게 물들인 아카시아 향이 집 안 구석구석까지 돌고 있다. 남편이 누웠던 침대를 치우고 그 자리에 남편의 관을 두었다. 염도 마치고 깨끗한 차림으로 그는 관에 누워있다. 병풍이 쳐지고 바로 앞에 교자상을 놓고 양쪽에 촛불을 밝혔다. 드디어 그는 생전에 알았던 사람을 맞을 준비를 마친 것이다. 하얀 국화꽃을 쌓아두기는 했지만 과연 몇 사람이나 그를 기억하고 이 시골까지 와 줄지…?

때마침 대문 안으로 커다란 화환이 들어오고 있다. 목 잘린 하얀 국화가 빽빽이 박힌 삼각형의 거대한 화환은 마치 소인국의 집안으로 몸을 구겨 들어서는 거인처럼 느껴졌다. 정선이도 보기가 부담스러운지 허둥대며 내게 달려온다.

"회장님이 화환을 결국 보냈네. 어디다 두면 돼? 차라리 대문 밖에 세워둘까?"

"이왕 들어왔는데 안방 입구 쪽에 세워두렴. 네 아빠도 좋아할 거다."

화환을 가르며 세로로 길게 늘어진 휘장에는 환희그룹 회장 김희철이라는 이름이 바람에 펄럭인다. 나는 그를 한번도 마주 대해 본 적이 없다. 정선이는 그가 이름까지 선명하게 새겨 화환을 보낸 것이 아주 신기해하면서 못내 아쉽기도 한 모양이었다.

"회장님이 서울에 있는 큰 병원에서 장례를 치르라고 하셨는데. 그러면 이런 번거로움 없이 편하게 치를 텐데… 거기다가 장례비용도 일체 회사 경비로 하고 사람들도 필요한 만큼 쓰라고 하셨는데…."

"그 마음만도 감사하다고 전해 드려."

남편을 실은 꽃상여가 드디어 집을 떠날 채비를 한다. 내가 꽃상여를 처음 본 것은 여섯 살 때였다. 증조할머니가 돌아가셨다면서 모든 사람들이 슬피 울었다. 겨우내 쌓인 눈이 두껍게 얼어붙은 마당에 꽃으로 장식된 상여가 들어설 때 어린 내 가슴이 설레었다. 색색의 종이로 만들어진 꽃들은 어린 내 눈에 너무도 아름다웠다. 하지만 이후로 본 적은 없다. 아마도 죽은 사람과 함께 저세상으로 가버리는 저승 꽃인 모양이다. 물감이 뚝뚝 떨어지는 원색의 꽃들로 장식된 꽃마차가 들어서는데 사람들은 슬피 울고 있었다. 머리에 새끼줄을 감은 할머니는 유독 아이고 소리를 크게 내며 울었다.

증조할머니는 나를 몹시 사랑했다. 나는 증조할머니 곁에서 자는 것이 좋았다. 증조할머니는 잠들기 전까지 옛날이야기도 해 주지만 늦게까지 오줌을 쌌던 나는 증조할머니와 자면 피해갈 수 있었다. 그러나 증조할머니의 며느리인 할머니가 반대를 했다. 그러나 내가 한사코 울어대면 할머니도 어쩔 수 없이 포기하고 말았다. 그래서 증조할머니 품에서 행복하게 자다가 아침에 일어나면 이불에 흥건히 고인 오줌, 정말 누구의 짓인지 알 수 없을 만큼 얼룩진… 그 모습을 바라보는 할머니는 한숨을 내 쉬다가 증조할머니에게 눈을 흘긴다.

"늙으면 죽어야 하는데. 아이고, 귀신은 뭐하나 저런 늙은이부터 안 데려가고….”

계절이라도 좋으면 냇가에 가서 방망이로 두드리며 이불 빨래를 하지만 모든 것이 얼어붙는 겨울에는 정말 난감했을 텐데… 그러나 그때는 요에 오줌을 싸는 증조할머니에게 독설을 퍼붓는 할머니가 마냥 미웠다. 그래도 증조할머니는 화를 내지 않았다. 그저 환하게 웃기만 했다. 그래서 나도 깔깔대며 따라 웃었다. 아마 혼자 오줌을 쌌으면 분명 키를 쓰고 재용이네 집으로 소금을 얻으러 갔을 것이다. 내 키보다 커서 땅에 끌리는 키를 쓰고 손에는 바가지를 들고 재용이네 마당에 들어서면 재용이 엄마는 재용이부터 불렀다. 방문을 열고 나온 재용이는 앞니 빠진 이를 드러내며 놀려댔고 이내 재용이 엄마는 소금을 한 움큼 집어 내가 뒤집어쓰고 있던 키를 향해 집어 던졌다. 결국 빈 바가지만 들고 울면서 집으로 들어서면 엄마는 키를 벗기고 나를 안아 주었다. 그리고 시어머니인 할머니가 야속하다는 듯이 “아휴, 어머니는… 아이 성질 나빠지게….”

한마디 하고는 나를 향해 안타까워했다.

“그러게 왜 오줌을 싸. 싸기를… 남들 다 가리는 나이에….”

할머니는 증조할머니가 노망이 났다고 했다. 증조할머니는 밥을 먹고도 금방 밥을 달라고 했고 아기처럼 똥도 쌌다. 내가 무언가를 먹고 있으면 순자처럼 달라고 했다. 하지만 증조할머니는 밤이면 내게 옛날이야기를 해 주었다. 낮에는 간혹 나를 못 알아볼 때도 있었지만 밤이면 마치 날개 달린 천사처럼 환하게 빛이 났다. 사람들은 증조할머니 방에서 똥 냄새가 난다고 했지만 증조할머니가 나를 끌어 앉고 이야기를 해 줄 때는 온통 방안에 향기로운 냄새로 가득했다. 그것은 정확히 어떤 냄새인지 알 수 없으나 내가 아주 어렸을 때 엄마의 품에서 느꼈던 그런 냄새 같았다.

할머니는 빨리 죽어야 한다고 소리치고 밉다 하던 그 증조할머니가 막상 죽었다는데 통곡을 했다. 아이고 아이고, 소리를 지르면서도 눈에서 눈물은 흐르지 않았다. 엄마는 정말 슬픈지 틀어막은 입에서 신음소리를 내며 눈물이 쉴 새 없이 흘러내렸다. 나는 그때 할머니 때문에 증조할머니가 돌아가셨다는 생각을 했다. 천사 같은 증조할머니를 구박하는 마귀 같은 할머니를 바라보는 어린 내 입이 작게 속삭였다.

"할머니 때문이야. 할머니…."

나는 그런 할머니가 미웠다. 하지만 엄마는 할머니가 불쌍한 분이라고 했다. 어린 내 눈에 비친 할머니는 집안에서 절대 권력자였다. 누구도 할머니 앞에서 꼼짝을 하지 못했다. 그래서 내가 그렇지 않다고 반문하면 엄마는 내가 크면 알 거라고 했었는데….

어느새 나는 할머니의 모습이 되어 남편의 상여를 바라보고 있다. 할머니처럼 소리쳐 울지도 않고 엄마처럼 흐느껴 울지도 않으면서…. 그러나 그 옛날 할머니가 가슴 저리도록 생각났다. 나만큼이나 불쌍한 우리 할머니…, 할머니 팔자나 내 팔자나 어찌 그리도 닮았는지….

할머니는 16살에 시집을 와서 그 이듬해부터 아이를 낳기 시작했다. 돌을 넘기지 못하고 죽은 자식도 있고 젖먹이는 면했지만 전염병이 돌아 죽은 자식도 있단다. 거기다가 증조할머니의 시집살이가 참으로 고되었다고 했다. 그랬는데 할아버지마저 35살에 돌아가시면서 과부가 되었다. 이후로 청상과부라는 이름으로 남은 3남매를 키우면서 집안을 꾸려갔다. 위로 2명의 고모가 있지만 나의 아버지가 유일한 아들로 할머니에게는 생명과 같은 자식이라고 했다. 그 아들마저 일찍이 일본으로 떠났다.

다행히 집안 대대로 땅을 소유한 유지였다. 농사가 주류이고 보니 더러는 소작을 주고 더러는 품꾼을 두고 관리를 하는 할머니의 일은 고되고 힘들었단다. 할머니가 50살이 되던 해에는 증조할머니가 중풍으로 쓰러지면서 할머니 일을 더 고되었다고 했다. 그래서 할머니의 성품이 거칠어질 수밖에 없었다고 엄마가 말해 주었다.

증조할머니가 죽던 그해 겨울, 눈은 어찌 그리도 많이 내렸던지… 온통 흰 눈으로 뒤덮인 산과 들에 다시 하얀 눈이 쏟아졌다. 신발에 굵은 새끼줄을 칭칭 동여맨 상여꾼들은 증조할머니가 누워있는 관을 들어 상여에 실었다. 영차, 영차, 구호와 함께 베옷을 입고 있던 사람들의 울음소리가 일제히 터져 나왔다. 전열을 정비하자 선두에 자리를 잡은 소리꾼이 소리를 내기 시작했다.

"이제 가면 언제 오나. 어이 어이."

"어이, 어이."

이어서 상여를 어깨에 멘 상여꾼들이 복창을 한다. 소리꾼이 방울을 흔든다. 딸랑, 딸랑….

소리만 지르던 할머니가 이내 마당에 털썩 주저앉아 울기 시작했다. 메말랐던 눈에는 눈물이 비 오듯 흐르고 기계처럼 흘러나오던 아이고를 멈춘 대신 가슴을 울리는 소리가 터져 나왔다.

"이년의 팔자 16살에 최씨 집에 시집와서 반백이 넘도록 살았건만 어찌 이리 고통만 가득한가. 어린 자식들 줄줄이 먼저 보내고 서방까지 잡아먹은 년, 이년이 몹쓸 년이라 병든 어머니 구박까지 했는데. 정녕 이렇게 가시다니… 이 죄는 또 어찌할꼬. 죄 많은 내 인생 왜 나만 남아 모두를 떠나보낸단 말인가? 어머니 나도 데려가소. 혼자 가지 말고 나도 데려가소. 나도 이 징그러운 세상 정말 살기 싫소. 어머니!"

할머니는 떠나려는 상여에 매달려 몸부림을 쳤다. 그러자 동네 아낙들이 할머니를 만류했다.

"이제 편히 보내드리세요. 그동안 고생하신 것 땅이 알고 하늘이 알 겁니다."

할머니는 더 큰 소리로 울어댔다.

"아무렴, 땅도 알고 하늘도 알지. 내가 얼마나 못된 년이라는 것을…."

드디어 상여꾼들의 힘찬 구령과 함께 증조할머니를 태운 꽃상여는 대문을 향해 방향을 튼다. 선봉에 선 요란한 만장은 바람에 펄럭이고 소리꾼의 구성진 가락이 드디어 대문을 나선다.

"북망산천이 머다더니 대문을 열고 나오니 북망산이네… 어허, 어허, 어허야…."

"어허, 어허야…."

그때까지 마루 끝에 앉아 있던 나는 드디어 소리 내어 울기 시작했다. 그 마차에는 증조할머니가 탔고 이제 그것은 영원히 돌아오지 않을 거라는 것을 알았다. 마루에서 내려와 맨발로 마당을 가로질러 상여를 향해 달려가는데 누군가 나를 붙잡았다. 나는 그 억센 품 안을 벗어나려고 몸부림을 치며 더 크게 소리 내어 울었다. 누런 광목으로 만든 상복을 입고 머리에는 새끼줄을 감고 마차를 따라가던 엄마가 뒤를 돌아보며 손짓을 했다. 오지 마라, 오지 마라고…. 그러나 나는 소리쳤다. 나도 가! 노 할머니! 나도 데려가! 노 할머니! 증조할머니는 점점 멀어지는데 나를 구속하던 힘은 더 세차게 조여오고 있었다. 마차는 점점 시야에서 멀어지고 울림을 타고 내 귀에 들려오는 소리….

"북망산천 가는 길이 나는 싫어, 나는 싫어 어이 할꼬 어허, 어허, 어허야… 북망산천 가는 길에 꽃상여 꽃수레 웬 말이냐. 고물 같은 달구지에 낡아 헤진 한지적삼, 꿰맨 짚신, 먹다 남은 보리밥 한 술과 김치 한 점 먹을 수 있는 이승이 나는, 나는 좋더라."

드디어 남편을 실은 상여가 대문을 나선다. 종이꽃 대신 하얀 국화를 뒤집어쓴 상여가 그때처럼. 물론 소리꾼도 없고 울긋불긋한 깃발도 없지만 떠나기 싫은 듯이 힘없이 마당을 맴돌던 상여가 드디어 힘차게 북망산천으로 방향을 튼다. 갑자기 눈물이 쏟아지기 시작했다. 남편의 임종 이후 결코 눈물을 흘리지 않았던 나는 마치 그때 여섯 살 계집아이처럼 울기 시작했다. 증조할머니도 가고, 할머니도 가고 엄마도 떠났는데… 이제 남편도 내 곁을 떠나고 마는구나. 온전히 나를 사랑해 주었던 사람들….

내 인생의 봄날은 갔다

남편이 없는 빈방에 홀로 누웠다. 남편의 유품은 몽땅 사라져 버렸다. 정선이가 사람을 시켜 정리를 했다. 유품이라고 해 봐야 자리를 차지하고 있던 철제침대는 장례를 치르기 전에 치워지고 그 외 욕창 방지용 베개들과 일회용 기저귀, 그리고 위관 주입 도구와 응급약통뿐이다. 4평 남짓한 방안에 15년 동안 남편과 동고동락한 것들도 마치 처음부터 없었던 것처럼 흔적조차 남기지 않고 사라졌다.

나는 창을 열었다. 집을 병풍처럼 둘러싼 뒷산에 남편을 매장했다. 남편과 함께 살았던 이 방은 건넛방 끝에 열 뼘 정도 뒤로 물러나 자리를 잡고 있어 마치 뒷방 같은 느낌을 준다. 그러나 북쪽으로 창이 나 있어 뒷산이 보이고 햇빛만 좋으면 남편이 있는 곳은 가시거리다. 남편을 품고 있는 동산 위에 떠 있는 달이 나를 내려다보고 있다. 어쩌면 달빛이 저리도 고울까? 60년 세월을 살면서 결코 느껴본 적이 없는 황홀한 달빛이다. 기억해 보니 21살에 결혼해서 40년을 남편만 바라보고 살았다. 내 인생에 남편 외에 남자는 없다. 그래서 그가 떠나도 그의 기억밖에 없다. 달빛은 방안으로 쑤욱 들어와 내 곁에 누웠다. 마치 남편처럼…. 눈물이 울컥 쏟아졌다.

그 달빛에 남편의 초상화가 밝아진다. 남편이 의식을 잃고 쓰러지던 그해에 찍었던 사진이었다. 순간 나는 초상화를 끌어당겨 가슴에 안았다. 50살 중년의 그 아름다운 모습이 내 가슴을 설레게 했다. 잊고 살았다. 한때 그리도 아름다웠던 그 모습을 잊은 채 남편이 무의식에서 깨어나기만을 바랐다. 문득 남편은 어떤 얼굴로 죽었는지 기억이 나지를 않는다. 남편의 세월 나이는 분명 65살인데 정말 그 나이에 적합한 노인의 모습이었나? 왜 기억이 나지를 않을까? 나는 불을 켜고 초상화를 자세히 바라보았다. 그러고 보니 내 기억 속에 남편은 늙지 않았다. 거울 속에는 있는 주름 진 내 얼굴만 세월을 산 흔적이 남아 있다.

21살에 그를 처음 만났다. 대학을 졸업한 25살의 청년이 내 앞에 앉아 있을 때 부끄러워 차마 얼굴을 들지 못했다. 두 번의 만남 후에 우리는 결혼식을 올렸다. 사실 우리의 만남은 요식행위로 이미 양가 부모 간에 정해진 혼사였다. 그와 내 아버지가 절친한 고향 친구인데 둘은 사돈을 맺기로 했단다. 내가 4살이 되던 해에 아버지는 돈을 번다고 일본으로 떠났고, 이후로 남편의 가족은 고향을 떠나 서울로 갔다. 일본으로 건너간 아버지는 얼마간 집으로 돈을 보내주었다. 하지만 내가 초등학교 3학년 때 아버지가 돌아가셨다는 연락을 받았다. 아무도 아버지의 장례를 위해 그곳으로 가지 못했다. 선산이 고향에 있어도 아버지의 유골은 돌아오지 않았다. 그때 할머니는 마당에 주저앉아 집터가 세서 남자는 다 잡아먹고 과부만 남긴다며 소리쳐 울었던 기억만 남아 있다.

유년의 내 기억 속에는 여자들만 있었다. 나보다 5살이 많은 오빠는 일찍이 서울로 유학 보내지고 증조할머니와 할머니, 엄마 그리고 나.

할머니와 엄마는 부지런히 집안일을 하시고 증조할머니만 나와 놀아주었다. 증조할머니가 돌아가시고 나는 들판을 쏘다니고 푸른 들판에 마냥 누워 있었다. 초록 들판에서 양팔을 벌리고 누워 파란 하늘에서 이는 바람을 온몸으로 느끼고 갖가지 모양의 구름에 심취하며 종종 밥 때를 놓쳐 엄마가 찾아 나서기까지 했다.

이후로 나는 초등학교에 입학했다. 비록 쇠락의 길로 들어선 집안이지만 지주 가문의 대접은 받는 모양이었다. 더 이상 집안에서 부리는 일꾼은 없지만 소작농들이 할머니와 엄마가 하기 힘든 일은 돌봐 주었다. 특히 만석이 아저씨가 충성스럽게 집안 대소사에 개입했다. 그의 할아버지 때부터 우리 집에서 머슴 생활을 했단다. 그는 3대에 걸친 머슴살이가 무슨 큰 벼슬이나 되는 것처럼 자랑스러워했다. 결국 할머니가 그에게 많은 땅을 소작으로 넘겼다. 바깥채에서 그냥 살게도 해주었다. 그는 할머니보다 어리고 엄마보다 나이가 많았다는데 할머니보다 더 늙어 보였다. 곡식을 심고 거두는 동안 햇살에 그슬린 피부가 겨울이 되어 재생도 되기 전에 다시 밭일을 시작하는 그의 고단한 삶이 얼굴에 그대로 굳어버렸다. 사람들은 그런 그를 험상궂게 생겼다고 했지만 내게는 한없이 자상했다. 그는 나를 학교에 데려다주고 데리고 왔다. 아기씨가 험한 길 다니다 탈이라도 나면 할머니가 얼마나 상심하겠느냐며. 물론 순자도 동행했다.

나와 동갑인 순자는 만석 아저씨의 늦둥이 딸이다. 만석 아저씨 오른손에는 내가, 왼손에는 순자가 매달려 학교를 오고 갔다. 내 등 뒤에는 일본에서 보내왔다는 분홍색 가방이 매달려 있고 순자의 등판에는 헝겊으로 쌓인 책 보따리가 사선으로 붙어 있었다. 내가 빨간 리본을 머리에 달고 원피스를 입고 가슴에 수건을 달고 초등학교에 입학하자 아버지가 보내주었다.

나는 만석 아저씨 손에 매달려 오가는 학교 길이 너무 좋았다. 집안 울타리를 벗어나 학교라는 세계로 가는 것이 너무도 행복했다. 하지만 순자는 늘 입이 튀어나와 시무룩했다. 내가 말을 붙여도 톡톡 쏘기만 했고 때론 만석 아저씨 손을 뿌리치고 앞서 달아나기도 했다. 특히 학교 정문이 보일 즈음에는 혼자 쏜살같이 뛰어들어가 버렸다. 만석 아저씨는 그 모습에 혀를 끌끌 찼다.

"저런 기집애, 소갈머리 하고는…."

아버지가 돌아가시자 틈틈이 일본에서 보내주는 선물도 더 이상 없었다. 자기 일처럼 우리 집을 돌보아 주던 만석 아저씨는 내가 초등학교를 졸업할 무렵 읍내로 이사를 갔다. 물론 더 이상 우리 땅을 경작하지 않았다. 사람들은 만석 아저씨가 집 장사를 해서 떼돈을 번다고 했다. 얼마 후 읍내에 아주 큰 집을 지었다고 했다. 만석 아저씨는 명절이면 큰 차를 몰고 와서 할머니만 잠깐 보고 갔다. 엄마는 아저씨가 고기를 많이 사 왔다면서 아주 좋아했다.

나와 순자는 중학교에 함께 진학했다. 순자는 우리 집 바깥채를 떠난 이후로 내게 아주 거만하게 굴었다. 만석 아저씨가 사주었다는 물건들을 보이며 자랑도 늘어놓았다. 그중에서 순자가 들고 다니는 보온도시락을 잊을 수가 없었다. 미제 물건을 파는 아줌마에게 샀다며 타원형의 가죽 주머니에 싸인 보온도시락을 흔들며 자랑을 했다. 그때는 모두가 양철 도시락에 밥을 싸서 다니던 시절이었다. 유난히 입이 짧았던 나는 스텐 밥그릇에 담겨 더운 김이 올라오는 흰 쌀밥에 소시지 반찬까지 곁들여 먹고 있는 순자가 그때처럼 부러웠던 적이 없었다. 순자는 공부도 아주 잘했다. 순자 말에 의하면 과외교습도 받는다고 했다. 만석 아저씨가 공부만 잘하면 서울로 고등학교를 보내준다고 했단다.

어느 날 순자는 자기 집에 놀러 가자고 했다. 피아노를 샀다며. 나는 정말 피아노가 보고 싶었다. 하지만 할머니가 절대 가지 말라고 했기에 머뭇거리니 순자가 톡 쏘아댄다.

"네 할머니가 가지 말라고 했지? 아래 것들 집에 왜 가냐? 그거잖아."

나는 순간 도둑질을 하다 들킨 것처럼 얼굴이 빨개지며 변명을 했다.

"아니야. 엄마가 일찍 오라고 해서."

"거짓말, 나는 다 알아."

"뭐를?"

"너네집 사람들이 하는 짓."

"……."

"네 할머니 얼마나 이상한데. 나는 네 할머니 너무 싫어."

내 집에서 태어나 나와 함께 자란 순자다. 그러나 순자는 할머니를 지독히 무서워했다.

"차갑기는 얼음 같으면서 윗사람이라고 위세는 어찌 그리도 부리는지? 그러면서 자기 시어머니인 노 할머니를 남이 안 보는 데서 얼마나 구박했는지 알아? 어리다고 내가 생각이 없는 줄 아는가 보지? 나는 다 알아. 노 할머니가 똥 싸면 혼자서 치웠어. 왠지 알아? 그래야 노 할머니를 구박할 수 있잖아. 사람들이 그러는데 노 할머니가 시집살이시킨 앙갚음을 하려고 네 할머니가 굳이 혼자 치운다는 거야. 그렇게 싫으면 다른 사람 시켜도 되는데 노 할머니에게 욕을 하면서 치우잖아. …그때는 아랫사람도 있고 네 엄마도 있었는데…."

생각해 보니 그랬다. 할머니는 증조할머니 대소변 수발을 절대 남에게 시키지 않았다. 그리고 우리는 증조할머니를 노 할머니라고 불렀다. 아마도 늙을 老(노)를 붙였던 것은 아닌지.

"근데 우리 아버지는 딴소리를 하더라. 네 할머니가 자존심이 세서 그렇대. 자기 시어머니의 그런 꼴을 아랫사람에게 보이기 싫은 거래나? 아무튼 네 할머니 난 정말 싫어. 이중인격자야. 어떤 때는 악마 같아. 악마!"

순자가 말을 계속했다.

"우리 아버지가 그러는데 네 엄마가 제일 불쌍하대. 네 엄마 친정이 양반집 자손이라는데 돈이 없어 팔려왔대. 우리 아버지가 그러는데 시집오던 날 꽃가마에서 내리는데 하늘에 있는 선녀가 내려온 줄 알았데. 그렇게 예쁜 여자는 처음 봤다고 그러더라. 근데 솔직히 예쁘니? 난 잘 모르겠어. 우리 엄마가 훨씬 예쁜데. 남자들은 눈도 아니야."

나도 엄마가 예쁘다는 생각을 해본 적이 없다. 깡마른 체구에 햇볕에 그을리고 수심이 가득 찬 모습에서 아름다움이라는 것은 전혀 떠오르지를 않았다.

"근데 엄청 착한 것은 사실이야. 나한테 정말 잘해 줬어. 사람 차별하는 네 할머니와 다르게 너랑 항상 같은 밥상에서 먹게 해 주시고 리본도 같은 것을 해 주셨어. 눈을 내리깔고 조용히 바느질하는 모습… 뭐 우아한 멋은 있지. 그러면 뭐해. 남편한테 소박맞고 사는데."

나는 순간 눈이 동그래지면서 물었다.

"소박이 뭐야?"

"남편한테 버림받은 것 말이야."

"우리 아빠가 엄마를? 그럴 리 없어. 내 선물도 얼마나 많이 보냈는데?"

"그냥 보낸 거야. 미안하니까. 네 할머니 때문에 할 수 없이 그러는 거지 뭐."

"거짓말이야!"

"정말이야. 내 귀로 똑똑히 들었어. 일본에서 딴 여자랑 살림 차리고 산다고."

"아니야. 우리 아버지가 고향으로 빨리 오고 싶어서 너무 일만 열심히 하다가 병을 얻어 죽었다고 했어."

"거짓말이야, 다 거짓말. 어른들이 너한테 하는 말은 절대 믿어서는 안 돼."

"그러면?"

"어른들끼리 하는 말을 들어야 해. 그 말이 진짜야. 우리 먼 친척이 일본에서 네 아버지 같은 사람 봤다는데."

"정말?"

"응, 기모노 입은 일본 여자랑 걸어가더래. 팔짱 끼고."

"정말?"

"그래. 그 친척이 우리 엄마한테 절대 비밀이라며 말하는 것을 내가 들었어."

"아니야. 우리 아버지가 죽었다고 할머니와 엄마가 얼마나 울었는데. 제사도 지내."

"네 아버지 죽은 거 봤어?"

"아니."

"거봐. 아무도 본 사람이 없는데 그 말을 어떻게 믿어."

"일본에서 죽었잖아."

"죽어도 유골은 온데."

"정말?"

"너는 그런 것도 모르니? 중학생씩이나 됐으면서."

"거짓말이야. 거짓말!"

나는 울면서 논둑길을 달리기 시작했다. 피아노 자랑을 하고 싶었던 순자는 맥이 빠지는지 눈물을 쏟는 내 뒤통수에 대고 소리쳤다.

"나는 귀가 커서 멀리 떨어져 있어도 다 들려. 나는 거짓말 못 해."

"거짓말이야. 다 거짓말…."

하지만 거친 논두렁에 발길을 옮길 때마다 빈 양철 도시락에 있던 젓가락이 더욱 극성스럽게 달그락대며, 울며 뿌려지는 내 서러운 소리는 그저 허공으로 사라지기만 했다.

순자는 내가 알지 못하는 많은 것을 알려 주었다. 하지만 나는 누구에게도 그 말을 그대로 전하지 못했다. 아버지에 대한 소문을 듣고 며칠간 끙끙 앓았다. 그냥 열이 올라서 이틀 동안 자리에서 일어나지도 못했다. 학교에 결석을 할 만큼…. 엄마는 손바닥으로 이마를 짚어보고 근심 가득한 얼굴로 나를 내려다보았다.

"감기도 아닌 것 같은데. 왜 열이 나는지 모르겠네…."

나는 결국 참지 못하고 말했다.

"아버지가 일본에서 일본 여자랑 살고 있는 것 엄마는 알아?"

엄마는 그저 피식 웃었다.

"순자에게 들었구나."

"엄마도 알고 있었어?"

"지 엄마에게는 절대 비밀이라며 내게 말해 주더라. 에휴… 순자는 아는 것도 많지만 몰라야 할 것도 알아서 걱정이야."

엄마는 슬픈 표정으로 나를 한동안 바라보았다. 그리고 말했다.

"유정아, 세상에서 들려오는 말은 그저 소리일 뿐이야. 그것이 진실인지 거짓인지는 울려 퍼질 때는 알 수가 없어. 소리가 시작될 때는 거짓의 소리가 더 요란스럽지. 하지만 진실의 소리는 사람들의 입에서 사라져야 비로소 드러나게 되어있어. 그러니 사람의 소리가 요란할 때 반응하지 말고 그 소리가 잠잠해질 때까지 기다려. 진실 자체가 살아서 울려 퍼질 때까지…. 엄마도 그때까지 참아 보려고…."

그러면서 엄마는 눈에 눈물을 가득 담고 말했다.

"엄마는 네 아버지가 그렇게라도 살아있었으면 좋겠어."

순자는 내 인생에 또 다른 거울이다. 그녀는 내가 보지 못하는 다른 면을 보여주었다. 순자는 그토록 소원하던 서울에 있는 고등학교로 진학을 하지 못하고 시내에 하나밖에 없는 고등학교에 나와 함께 진학을 했다. 하지만 고등학생이 되면서 순자는 전교 일등자리를 고수했다. 그때부터 순자는 더 이상 나를 아는 척도 하지 않았다. 공부도 못하고 특징도 없이 뒷자리에 쳐져 앉아 있는 내가 그녀에게는 더 이상 상대할 적수가 아니었다. 성질께나 부리는 말라깽이 순자가 서울에 명문대학을 가자 온 동네가 떠들썩했다. 김만석 사장 막내딸이 동네 이름을 빛냈다며…. 고등학교 정문에는 순자 이름이 새겨진 플래카드가 그해 5월까지 펄럭였다.

고등학교를 졸업하는 그해 봄부터 나는 다시 여섯 살 계집애처럼 들판을 쏘다녔다. 그때처럼 들판에 사지를 벌리고 누워 푸른 하늘을 바라보며 뒹굴었다. 동네 사람들은 과붓집 손녀가 대학도 못 가고 반푼이처럼 군다고 수군댔지만 나는 그저 더 이상 학교를 가지 않는다는 사실만 좋았다. 할머니는 여자가 많이 배우면 신세만 고달프다며 고등학교만 나와도 차고 넘친다고 했다. 그러나 고등학교 수업도 내게 차고 넘쳤다. 특히 수학이나 과학 수업은 전혀 흥미가 없었다. 책상머리에 앉아 밤을 새우며 공부를 해도 전혀 이해가 되지를 않았다. 그런 나를 엄마는 전문대학이라도 갔으면 하고 소원했지만 결코 이룰 수 없는 꿈과 같은 것이었다. 그렇다고 내게 다른 꿈이 있는 것도 아니었다. 머리에 미래에 대한 그림이 결코 그려지지 않았다. 정말 반푼이가 되고 만 건지…. 들판을 마냥 쏘다니다가 때론 머리카락에 작은 꽃이라도 달고 대문을 들어서기라도 하면 마루 끝에 앉아 있던 할머니는 눈살을 찌푸리며 한숨을 내쉬었다.

"영락없이 미친년이네. 저래서 시집이라도 가려는지 원…."

할머니는 증조할머니가 돌아가신 나이가 되었지만 돌쟁이처럼 처져 있던 증조할머니의 눈매와는 달리 여전히 먹이를 발견하고 달려드는 매와 같았다. 할머니는 죽는 그날까지 몸을 움직여야 한다며 밭일을 쉬지 않았고 엄마는 그런 할머니를 따라다니며 밭일도 하고 집안 살림도 했다.

21살이 되는 해에 남편의 아버지가 할머니를 찾아 왔다. 추운 겨울이 가고 개나리가 담장을 노랗게 물들이던 어느 날 대문을 열고 쑥 들어서는 중년의 남자를 보자 할머니는 마치 죽었다 살아온 아들처럼 격하게 환대를 했다. 그는 할머니와 대화를 한동안 나누고 이윽고 나를 부르는 소리를 따라 방으로 들어갔다. 매서운 겨울바람으로 터진 피부에 분도 바르지 않고 낯가림도 심해서 몸 둘 바를 몰라 쩔쩔매는 나를 그분은 마치 딸을 보는 눈빛으로 바라보았다. 그분이 떠나고 며칠 후 나는 꽃단장을 하고 남편을 만나는 자리에 나갔다. 할머니와 엄마는 무엇이 그리도 근심스러운지 초조한 날들을 보내더니 드디어 날짜가 잡혔다고 했다. 그리고 그해 장마가 시작도 되기 전에 결혼식을 올렸다. 사랑이 무언지 결혼이 무언지 집을 떠나 사는지 무언지도 모르는 채 내 인생의 2막이 시작되었다.

증조할머니와 할머니 그리고 엄마가 등장인물의 전부였던 1막의 막이 내렸다. 하지만 1막이 내릴 때까지 2막이 열릴 거라는 생각은 하지 못했다. 언제나 그랬듯이 내 의지로 이루어진 선택이 아니었다. 나는 그저 엄마처럼 할머니와 끝까지 살 거라는 생각에서 벗어나지 못했다. 하지만 21살이 되던 그 무렵 나는 종종 가위에 눌렸다. 집채만 한 왕거미가 그 커다란 다리로 바리케이드를 치고 나와 엄마를 가두고 꼼짝을 하지 못하게 했다. 너무 무서워 소리조차 지르지 못하고 있는데 왕거미는 점점 사납게 우리 모녀를 조여 오는 것이었다. 가까이 다가서니 왕거미의 얼굴이 할머니의 얼굴로 변하는 것이었다. 그래서 있는 힘껏 소리를 지르면서 꿈에서 빠져나오고는 했다. 특별히 하고 싶은 것은 없어도 그곳을 빠져나오고 싶기는 했던 모양이었다. 엄마는 내가 결혼식을 하는 그날까지 울었다.

그렇게 모두가 걱정을 했던 것과 달리 나는 의외로 쉽게 서울 사직동 한옥에서 시작한 시집살이에 적응했다. 나는 시부모님과 어린 시동생을 데리고 살림을 하고 남편은 직장 생활을 했다. 남편은 세상에 태어나 내게 온전한 사랑을 준 남자였다. 남편은 퇴근하고 집에 들어와서는 하루 종일 살림을 하느라 지친 나를 위로하고 등도 두드려 주고 다리도 주물러 주었다. 때론 퇴근을 하면서 나만을 위한 먹거리를 몰래 사 들고 들어왔다. 한겨울에 군밤을 가슴에 품고 들어와 내게 찾아보라고 했다. 나는 그의 따뜻한 가슴 깊은 곳에 숨어있던 밤을 찾아내고 아이처럼 즐거워하면서 이불을 뒤집어쓰고 먹었다. 행여 소리가 나서 시댁 식구들에게 들키지 않으려고…. 그때 나는 남편이 증조할머니 같은 천사가 아닐까? 하는 생각도 했었다.

남편은 정선이가 태어나던 이듬해에 회사를 그만두고 사업을 시작했다. 이 나라 경제가 막 태동을 시작하던 때라 무역업은 순풍에 돛을 단 것처럼 번창해 나갔다. 경제부흥과 함께 한강을 따라 아파트가 지어지기 시작할 무렵에 아파트로 분가를 했다. 냉온수가 나오는 아파트로 이사를 하고 포니 승용차도 샀다. 주말이면 우리 4가족은 승용차를 타고 나들이 가기를 즐겼다. 내 인생에 봄날처럼 꽃을 피워 준 남편…. 그 남편이 51살이 되던 해에 의식을 잃고 쓰러졌다. 무리하게 확장한 사업이 부도를 맞자 극도의 스트레스로 뇌출혈이 되고 말았다.

그러나 나는 남편이 병원에 누워있으면 그저 깨어날 줄 알았다. 내 인식에는 불사조와 같았던 남편이 그렇게 죽을 리 없다는 사실뿐이었다. 빚쟁이가 몰려와 집안에 가재도구까지 몽땅 쓸어가도 나는 남편이 깨어나면 모든 것이 해결될 거라고 생각했다. 나는 남편 곁에 웅크리고 앉아 잠시도 떠나지를 못했다. 두 아이는 어떻게 됐는지 관심도 없었다. 그러나 남편의 증세는 전혀 진전이 없었다. 병원 생활이 6개월에 접어들었을 때 밀린 입원비를 지불하지 않으면 강제퇴원을 시킨다고 했다. 더 이상 돈도 없고 갈 곳도 없었다. 나는 어떤 반응도 없는 남편을 세차게 흔들어대며 울부짖었다.

"여보, 어떻게 해요. 우리 식구 이제 어떻게 살아야 해요. 당신 이러고 누워 있지 말고 일어나서 어떻게 좀 해 봐요. 여보…."

그때 누군가 어깨에 손을 얹었다. 돌아보니 오빠가 걱정스러운 눈길로 나를 바라보고 있었다. 한발 비켜선 곳에 올케도 있다. 나는 눈물을 훔치며 허둥대며 일어나 오빠에게 깍듯하게 인사를 했다. 오빠는 그저 내게 어렵게만 느껴지는 존재다. 중학생이 되면서 서울로 유학을 간 이후로 오빠는 방학 때만 내려오는 손님 같았다. 할머니와 엄마는 오빠를 상전처럼 받들어 모셨다. 물론 오빠는 유일한 동생인 나와 놀아주지도 않았다. 하얀 얼굴에 귀공자처럼 앉아 자기 방에서 공부만 했다.

오빠는 심각한 얼굴로 남편을 내려다보았다. 그는 남편의 마른 손을 가만히 만져 보았다. 어떤 반응도 없자 몹시 안타까운 듯이 한숨을 몰아쉬었다. 그리고 내게 말했다.

"어머니가 정수 애비 데리고 집으로 오란다."

"오빠, 이 사람 안 죽었어요." 애써 참던 눈물이 다시 쏟아졌다.

"그러니까 데리고 오라잖아. 어차피 병원에서는 더 이상 해 줄 것이 없다잖니? 이런 네 남편을 데리고 남의 집 세를 살 수도 없고, 그래도 마당 있고 공기 좋은 고향 집에서 병수발 하라는 말씀이야. 아무 소리 말고 어머니가 시키는 대로 해. 나는 원무과에 가서 퇴원 수속 밟을 테니…."

"어머, 안 되는데. 어떻게 이런 사람을 데리고 병원을 떠난단 말이야. 안 돼요. 그러다가 이 사람 죽으면 어떻게 해요? 오빠…."

오빠는 이미 병실을 나섰다. 오빠를 막으려 따라나서는 나를 올케가 만류한다.

"아가씨, 어머니 말씀 들으세요. 고모부가 언제까지 살지 아무도 모르잖아요. 산 사람이라도 살아야 하는 것 아니에요? 솔직히 고모네 식구 때문에 온 집안이 쑥대밭이에요. 어머님이 말씀은 안 하시지만 아가씨 때문에 보통 마음을 쓰는 게 아녜요. 그래서 효자 계에 둘째가라면 서러울 오빠도 힘들고. 사실 오늘 오빠가 올 수 있는 상황이 아닌데 올라왔어요."

판사로 있는 오빠는 지난달에 대구로 발령이 났다.

"부임하자마자 현지 적응하느라 눈코 뜰 새 없이 바쁜데 어머님 전화 받고 부리나케 올라온 거예요. 그나마 아가씨가 오빠 말은 어려워서 들을 테니 직접 가라 하셨다며."

미안한 마음에 얼굴조차 들지 못하는데 올케는 한 소리를 더 얹었다.

"대구에는 사택도 있어요. 우리야 아직 애들이 어려서 바로 이사를 가도 되는데 정선이 때문에…."

"미안해요. 언니…."

오빠는 사법고시를 30살에 합격을 했다. 몇 번의 낙방 끝에 이룬 성과였다. 그리고 이듬해 결혼을 했다. 결혼하고 한동안 아이가 생기지 않아 수년간 마음고생을 한 끝에 얻은 첫아이가 이제 중학생이다. 밑으로 둘을 더 낳아 32평 아파트에 다섯 식구가 살기도 벅찬데 남편이 저리되고 정선이까지 데리고 있으니… 더 할 말이 없다.

"사실 어머니가 이럴 때 땅을 좀 팔아서 고모네 집 식구를 모여 살게 해 주셨으면 좀 좋아요. 어쩌자고 그런 시골로 내려오라 하시는지? 우리야 아직은 먹고 산다지만 이럴 때 조상 땅 좀 팔아도 되는 것 아닌가요? 그까짓 시골 농토 아무리 많이 끌어 앉고 있으면 뭘 해요. 나도 요즈음 죽겠어요. 애들이 학교에 들어가니까 돈이 너무 많이 들어요. 쥐꼬리만 한 오빠 월급만 가지고는 도대체 생활이 안 되는데…."

그러나 나는 할머니가 돌아가시면서 엄마에게 당부했던 유언을 알고 있다. 조상 땅은 지키라고 물려준 것이지 팔아서 후손이 그 돈으로 호의호식하면 천벌을 받는다고 했다. 할머니가 지옥으로 함께 가자고 해도 뛰어들 엄마가 그 말을 지키지 않을 리 없었다. 이재에 밝은 올케는 이해할 수 없다고 했다. 그 많은 땅 소작을 주고 고작 집안 식구 먹을 것만 나오는데 왜 갖고 있어야 하는지. 조상도 살아있는 후손 잘되라고 물려준 재산이 아니냐며 싸게라도 팔아 서울에 있는 아파트를 사면 더 큰 수익을 본다며….

나는 담당 간호사에게 남편을 간호하는 방법을 배웠다. 기도로 음식물이 들어가서는 절대로 안 된다며 몇 번을 강조했다. 그런 징후가 보이면 무조건 119를 부르라고… 체위변경을 2시간마다 해주어 욕창이 생기지 않게 하고 대소변 치우는 것을 지체하지 말라고… 그녀의 주의사항은 꽤나 길게 이어졌지만 더 이상 귀에 들어오지 않았다. 6개월을 병원에서 살았다. 중환자실 입원하고 있던 한 달간의 시간을 빼고는 남편과 한 몸처럼 붙어 있었다. 비록 내가 영민하지는 못하지만 3교대 하면서 잠깐씩 들여다보는 그들보다 못할 것도 없는데…. 그러나 울기만 했다. 이 꼴로 고향으로 가다니. 이 꼴로….

남편과 나를 태운 구급차가 빨간 불빛을 요란스럽게 휘날리며 동네 어귀에 도달하자 사람들은 불구경하듯 모여들었다. 한가로이 놀던 아이들은 일제히 구급차를 따라 달렸고 동네 강아지들도 덩달아 달린다. 부끄럽고 민망한 마음에 가슴이 메워왔다. 퉁퉁 부은 얼굴을 가슴에 깊이 묻었다. 예전부터 내려오던 지주 집안이라는 명망은 사라지고 그저 과붓집이라 불리는 고향 집…. 구급차가 집 앞에 서고 함께 온 의료진이 분주히 움직이는 동안 어느새 동네 주민들이 다 모인 모양이었다. 꽤나 수북한 사람들의 시선이 일제히 차에서 내리는 나를 향했다. 누구? 서울로 시집갔던 딸인데? 어쩐 일이래? 이어서 구급차 뒤꽁무니에서 이동 침대에 시체처럼 누워있는 남편을 바라보자 수군대기 시작했다. 속닥거리는 소리는 확실하지 않지만 혀를 차는 소리가 천둥처럼 들려왔다.

파란 하늘에 구름 한 점 없다. 남편이 쓰러진 이후로 머리카락이 한 움큼씩 빠져나간 텅 빈 정수리를 미처 메우지도 못했는데 정오의 해가 독수리처럼 쪼아댄다. 얼굴을 들어 대문을 바라보니 현기증이 돌았다. 나는 다시 여섯 살 계집아이가 되어 그 대문을 한동안 바라보았다. 활짝 열린 대문 옆에 서 있는 엄마가 눈에 어른거린다. 나는 마치 전쟁의 포화에서 간신히 살아남은 어린 병사처럼 비틀대며 대문을 향해 걸었다. 신발을 끌며 휘적휘적 당도한 끝에 그대로 엄마의 가슴에 얼굴을 묻었다. 내 귀에 엄마의 속삭임이 들려온다.

“잘 왔다 잘 왔어. 이제 괜찮다, 괜찮아. 괜찮고말고 아무렴….”

무능하고, 무능하고, 무능하고, 무능하다

전화벨 소리에 눈을 떴다. 가슴에서 남편의 초상화가 떨어진다. 끌어 안고 그대로 잠이 든 모양이었다. 이미 날은 밝아 해가 문지방까지 들어왔다. 수화기를 드니 정선이다.

"엄마, 괜찮아?"

"괜찮지. 왜?"

"밤에 안 무서웠어?"

"안 무섭다잖아."

"엄마, 고집 그만 부리고 이제 거기 떠나. 그냥 내 곁에 와서 살아."

"엄마 서울 안 간다고 했잖아. 네 아버지 저 산에 묻고 내가 어딜 떠나. 엄마 이제 어지러워 차도 못 타. 여기가 좋아. 여기가…."

정선이가 운다.

"엄마는 왜 내 마음을 몰라. 나도 이제 엄마랑 있고 싶단 말이야. 내 집 곁에 아파트도 봐 두었어. 그냥 가까이 좀 있으면 안 돼?"

"정선아, 비록 떨어져 있어도 항상 네 곁에 있는 거야."

문득 정선이도 많이 외롭구나 생각했다.

정선이는 내가 26살에 낳은 딸이다. 시집온 이듬해 정수를 낳고 4년 만에 낳았다. 남편은 정선이를 아주 사랑했다. 정선이가 태어나고 시작한 사업이 번창하는 것은 순전히 정선이 때문이라 했다. 남편은 퇴근 때마다 장난감을 사 들고 들어와 집안에는 정선이를 위한 장난감이 차고 넘쳤다. 남편은 정선이가 요구하는 것은 모두 들어 주었다. 때론 지나쳐서 버릇이 없어진다고 내가 막아서기도 했지만 남편은 달라지지 않았다. 나와 다르게 아버지의 사랑을 흠뻑 받고 자란 정선이었다. 하지만 그 아버지가 식물인간이 되고는 그만큼이나 고달픈 운명을 살아야 했던 내 딸 정선이….

회사 부도로 남편의 건강도 재산도 순식간에 빼앗겼다. 손때 묻은 숟가락 하나도 챙기지 못한 채 몸만 빠져나와 남편과 나는 병원에서, 정수는 친구 집에서, 그리고 정선이는 오빠네 집에서 기거를 시작했다. 하지만 남편을 데리고 귀향할 때까지 가족이 다시 합쳐진다는 꿈을 포기한 적이 없었다. 물론 정수도 정선이도 같은 생각이었을 것이다. 하지만 6개월이라는 혼돈과 망상의 시간을 거쳐 비로소 현실에 직면한 것이다. 이제 다시 옛날처럼 가족이 모여 행복하게 살 수 없다는 것을…. 나를 남편과 고향 집으로 보낸 오빠는 볕도 들지 않는다는 지하 방을 얻어서 의대 본과 과정 중인 정수와 대학 입시를 앞둔 정선이를 함께 살게 했다. 그의 가족도 대구로 이사를 해야 한다는 이유를 달고…. 하지만 정수도 정선이도 물 한 그릇을 제 손으로 떠먹지 않게 하며 귀하게 키운 내 자식들인데….

그런 자식을 위해 어미인 내가 할 수 있는 일은 전혀 없다. 오로지 의식이 돌아오지 않는 남편이 기적처럼 회생하여 우리 가족을 지켜줄 것이라 믿고 있었다. 그래서 잠시라도 곁을 비우면 그가 죽을지도 모른다는 두려움만 움켜쥔 채 자식을 위해 살아볼 엄두는 전혀 내지 못했다.

죽어가는 남편에게 집착하면서 살아가야 할 자식을 죽게 두는 어미라고 비난을 해도 어쩔 수 없었다. 누가 무어라 해도 내가 할 수 있는 것은 오로지 남편 곁에 붙어 있는 것이었다. 코로 연결된 위관으로 흘러들어갈 만큼 곱게 갈린 음식물을 만들어 6끼로 나누어 주고 2시간 마다 욕창을 방지하기 위해 좌우로 체위변경을 해 주고 대소변도 그때그때 치워주려면 잠시도 한눈을 팔아서는 안 된다. 남편이 자의적으로 근육을 쓰지 못하니 여분의 시간에는 근육 마사지를 해 주어야 한다. 하지만 그의 근육은 급격하게 빠져나가고 있었다. 의식이 돌아와 근육이 빠져나간 팔다리를 보고 남편이 실망을 하면 어쩌지 하는 염려뿐이다.

그해 가을이 언제 지나갔는지 또 겨울이 어떻게 갔는지 나는 알 길이 없었다. 남편이 누워있는 작은 공간이 내 생활 무대의 전부였다. 나는 그곳에서 남편과 한 몸처럼 붙어 있었다. 의료인에게 책임을 지울 수 있던 병원에서 온전히 내 책임이라는 환경으로 바뀌니 불안증세가 더 심해졌다. 때론 대소변을 참고 곁을 지킬 만큼….

그러던 어느 날 정선이가 방으로 들어섰다. 한겨울 추위는 면했다지만 한기는 겨울보다 더 춥게 느껴지는 2월의 마지막 날에…. 남편을 고향으로 데리고 내려와서는 처음 본 정선이지만 반갑기보다는 두려움이 앞섰다. 무슨 일이라도? 그렇게 근심 어린 내 얼굴을 피해 정선이는 평온하게 자고 있는 남편에게 시선을 돌렸다. 무슨 일 있느냐는 내 물음에 대답도 없다. 톡톡한 방한복도 입지 못하고 추위를 피하려고 그랬는지 온몸에 머플러를 풍선처럼 휘감고 있었다. 명품을 좋아하고 옷이 마음에 들지 않으면 외출조차 하지 않으려던 내 딸 정선이었는데…, 정선이라면 자다가도 벌떡 일어났던 남편이었는데….

'여보, 정선이 왔어요. 눈 떠봐요.' 그러나 나는 입 밖으로 그 소리를 내뱉지 못했다. 정선이의 냉랭한 눈빛에 가슴이 이미 얼어 있었다. 그저 숨을 죽이고 부녀의 상봉을 바라만 보았다. 가까스로 소리를 죽이지만 제 아버지의 얼굴로 툭툭 떨어지는 눈물마저 피하지 못해 닦아내는 정선이의 손끝이 파랗게 얼어 있었다. 장갑도 끼지 않은 채 황량한 바람이 이는 논두렁을 걸어온 모양이었다.

하지만 방안은 말할 수 없이 따뜻했다. 엄마는 환자가 있는 방이라며 부지런히 군불을 땐다. 그러나 정선이에게 마치 큰 죄라도 지은 것처럼 아래로 떨어지는 눈알을 추스르며 말했다.

"정선아 춥지? 아빠가 추울까 봐 할머니가 방안은 이렇게 덥혀 놔. 여기 따뜻한 곳에서 몸 좀 녹여라. 응? 어서…."

정선이는 윗목에서 들은 척도 하지 않고 머플러를 걷어내고 메고 왔던 가방을 풀었다. 그리고 하얀 증서를 내밀었다.

"뭐냐? 이게?"

"대학 합격증."

"합격증? 아니… 이 대학을 네가? 어떻게?"

"왜? 못할 줄 알았지?"

"그게 아니라…."

"할 수 있어. 마음만 먹으면 인간은 무엇이든 할 수 있어. 아빠가 병이 났다고 우리 인생이 끝나는 것은 아니잖아? 산 사람은 살아야 하는 것 아니야?"

"하지만 정선아, 지금 우리 형편이…."

"내가 엄마에게 대학 등록금 내라고 할까 봐?"

"……."

"나는 당연히 대학 안 가. 하지만 아버지가 저렇게 될 때까지 준비를 했으니 시험은 봐 본 거야. 능력이 없어 못 한게 아니라 스스로 포기한 거라는 것을 엄마에게 알려주려고…."

"……."

"이제부터 인생을 다르게 살아보려고…."

"어떻게?"

"돈 벌 거야. 그리고 엄마는 내가 어떤 방법으로 돈을 벌든 어떻게 살든 상관하지 마. 분명한 것은! 나는 결코 엄마처럼 살지 않을 거야. 한 남자에게 모든 것을 걸고 아무것도 하지 않는 엄마 같은 여자로는 살지 않아…. 나는 그런 엄마의 인생이 싫어! 내가 엄마라면 절대로 이렇게 안 살아!"

"정선아. 엄마는… 그저…."

그러나 더 이상 말을 이을 수가 없었다. 해를 넘겼으니 내 나이 47살이다. 사람들은 그 나이를 인생에 황금기라도 한다. 더구나 자식까지 낳았다면 세상에 못할 일이 없다는데… 그 누구에게도 심지어 나 자신에게도 아무것도 해주지 못하는 무능한 여자….

정선이는 나와 눈도 마주 치지 않고 방을 나섰다. 해가 지기 시작했다. 봄부터 싹을 틔워내고 장마와 가을 태풍까지 견디며 맺은 열매를 빼앗긴 들판에서 부는 바람은 너무도 매서웠다. 겨우내 품었던 얼음장보다 차가운 바람은 정선이를 향해 새끼 잃은 어미 독수리처럼 사납게 달려들었다. 정선이를 감싸고 있던 부실한 머플러가 바람에 찢기며 아프게 휘날린다. 나는 보지 말아야 할 것을 보아서 변해버린 소금기둥처럼 정선이의 뒷모습을 망연히 바라만 보았다. 정선이가 대문을 나서는데 구부정하게 굽은 허리로 부지런히 손녀딸 밥상을 차려 나온 엄마가 소리쳤다.

"정선아, 밥 한 끼라도 먹고 가야지. 그냥 가면 엄마가 더 힘들어. 할미도 그렇고…." 그러나 정선이는 결코 돌아보지 않고 배신감에 부르르 떨며 곧 다가올 봄을 독하게 기다리는 빈 들판을 향해 나아가고 있었다.

눈만 감으면 같은 꿈을 꾼다. 우리 네 식구가 나란히 맨발로 벼랑 끝에 서 있다. 그런데 모두 밧줄로 연결되어 있어 하나가 실수로 발을 헛디뎌 벼랑 끝으로 떨어지면 함께 떨어지는 것이었다. 그래서 서로가 서로를 향해 애타게 바라보고 있다. 상대가 살면 내가 살고 내가 죽으면 상대가 죽는 애끊는 고통 속에 있다가 눈을 뜬다. 언제나 식은땀이 흥건한데 남편도 식은땀에 젖어있다.

나와 달리 모진 구석이 있는 정선이었다. 필요하면 자신마저 해할 수 있다는 엄포를 놓고 떠난 그날 밤, 결국 정선이가 스스로 밧줄을 끊고 말았다. 나는 정선이가 천 길 낭떠러지로 속도를 내면서 떨어지는 공포의 괴성에 눈을 떴다. 남편도 상처 입고 피해 다니는 짐승처럼 가늘게 신음하고 있었다.

그래도 가는 세월

고향에 내려와 2번째 봄을 맞았다. 그토록 모질게 굴던 겨울도 결코 때를 이기지 못했다. 앞산 봉우리에 쌓인 눈이 녹기도 전에 앞마당에는 봄기운이 완연하더니 하루가 다르게 겨울의 잔재를 밀어낸다. 겨울의 흔적을 부지런히 지우면서 올라오는 따사로운 땅의 기운이 남편이 누워있는 침대까지 들어왔다. 문을 활짝 열자 겨우내 환자에게서 묵혀진 꼬릿한 냄새가 서둘러 방안에서 빠져나간다.

이제 남편을 수발하는 일도 꽤나 익숙하다. 나는 반듯이 누워 있던 남편의 상체를 올려 밖으로 시선이 향하게 했다. 눈도 뜨고 있다. 비록 시선은 맞추지 못하고 떴다 감았다를 반복하지만 그도 봄을 느낀다는 생각에 콧노래가 절로 나온다. 열 개도 넘는 베개들이 축 늘어진 남편의 사지에 적당하게 공기층을 형성하며 들어가 있는지 확인하고 남편에게 물었다.

"어때요? 편해요?"

남편이 그렇다고 대답하는 것 같았다. 열린 방문 안으로 붉은 진달래가 어우러진 산이 쏟아져 들어선다. 언제 산에 이처럼 꽃이 피었지? 순간 입에서 꽃망울을 터트리는 듯 감탄사가 튀어나왔다.

"아이 참 예쁘다. 여보, 보여요? 저 산 좀 보세요. 진달래가 만발해서 산이 온통 불타는 것 같아요."

나는 방을 나와 마당에 섰다. 겨우내 시꺼멓게 얼어붙어 있던 땅도 붉게 젖어있고 그 위를 뚫고 초록의 것들이 지천이다. 온 대지가 마치 살아서 꿈틀대는 생명체처럼 느껴졌다. 지난봄에도 나는 이곳에 있었건만 마치 내 생애 처음 보는 것처럼 느껴졌다. 나는 햇볕이 내리쪼이는 마당에 쪼그리고 앉아 바람도 없는데 미세하게 떨어대는 여린 이파리를 바라보고 있었다. 그때 엄마가 대문으로 들어선다. 자신의 등판보다 더 큰 커다란 성경책을 허리에 끼고 있으니 등은 더 앞으로 기운다. 내가 활기차게 말했다.

"엄마, 봄이에요."

"이제 봄이 보이는 모양이구나. 하나님 감사합니다. 우리 딸이 하나님이 주신 이 아름다운 봄을 보게 해주셔서."

"그게 왜 감사할 일이야?"

"이 세상에 계절의 아름다움을 느끼지 못하고 사는 사람이 얼마나 많은데. 너도 정수 애비 저러고 누워있고 나서 계절을 느끼기는 처음이잖아. 사람이 힘들고 고통스러울 때는 고통 속에 빠져 다른 것이 안 보인단다. 하늘이 파란 것도 산이 저렇게 푸른 것도 저 넓은 들판에 연한 푸성귀 올라오는 것도 사는 것이 고단할 때 느껴지데? 계절을 느꼈다면 그만큼 고통에서 벗어나고 있다는 거야. 그러니 감사할 일이지. 밥 먹자."

엄마는 마루에 성경책을 내려놓고 부엌으로 들어간다. 칠순 노모가 딸 밥상까지 챙긴다. 우리 모녀는 밥상에 머리를 맞대고 앉아 밥을 먹는다. 문득 엄마에게 말할 수 없이 미안했다. 나는 눈물을 울컥 쏟으며 말했다.

"엄마 미안해."

"뭐가?"

"이 나이가 되도록 엄마가 해주는 밥을 얻어 먹고 있잖아."

"어차피 엄마가 먹으려면 해야 하는 밥이야. 거기다가 숟가락 하나 더 얹은 것뿐이야. 그리고 혼자 외롭게 먹는 것보다 둘이 먹으니 좋고."

"정말 그렇게 생각해."

"당연하지. 하나님 감사합니다. 이제 우리 딸이 힘든 고비 넘긴 모양입니다. 이 어미 생각도 하고…."

말끝마다 하나님 칭송을 해대는 엄마가 다른 날과 달리 정겹게 느껴졌다. 전혀 변함이 없는 일상인데 이전에 느껴보지 못한 것을 느끼다니…. 저녁을 먹고 남편도 밥을 먹였다. 소화를 시키기 위해 상체를 높였다. 오늘따라 힘이 불끈 솟아 평소보다 베개를 하나 더 등 뒤에 받치니 남편은 마치 앉아 있는 것 같았다.

드디어 장마가 시작되었다. 날이 덥고 습하니 남편의 피부가 짓무르는 곳이 생겼다. 오전에 가정간호사가 다녀가면서 놓고 간 약을 바르고 그 부위에 선풍기를 쏘여 주었다. 간만에 해도 구름 사이로 반짝 얼굴을 드러냈다. 마당을 가로지른 빨랫줄에 눈치껏 걸어놓은 수건과 홑이불을 바라보니 뿌듯하기 그지없었다. 저 볕에서 그동안 빨아들인 습기를 토해내고 뽀송뽀송해진 마른 수건으로 남편을 닦아주고 홑이불로 덮어줄 생각을 하니 기분이 절로 좋아졌다. 남편도 눈을 뜨고 나를 바라보고 있다.

나는 남편 앞에 놓인 텔레비전을 켰다. 지난달에 엄마의 성화로 텔레비전을 들여놓았다. 텔레비전은 남편이 정면으로 보이는 위치에 자리를 잡았다. 그래서일까? 남편이 눈을 뜨는 시간이 길어졌다. 비록 반응은 없지만 초점 없이 깜박이는 눈동자를 보면 무슨 생각을 하나? 궁금하기까지 하다. 보건소의 소장님은 그것은 무의식의 연장으로 큰 의미 없다고 했지만 엄마는 한사코 목숨이 붙어 있는데 왜 생각이 없겠느냐고 했다. 저러다가 깨어나면 세상 돌아가는 것을 모르면 어떻게 하느냐고….

남편을 보라고 켜 둔 텔레비전 화면에 정선이가 보였다. 화장품 선전을 하는 광고에 등장하는 여인인데 아무리 보아도 정선를 닮았다. 진한 화장에 화려한 의상을 입기는 했지만 영락없는 정선인데, 저렇게 닮을 수가…? 문득 내 딸 정선이도 저 여인 못지않게 아름다운 미모를 가졌는데, 내 딸 정선이는 나 같은 엄마를 만나 어디에서 무슨 고생을 하고 있을지? 정선이는 그렇게 떠난 후 전화 한 통도 없다. 정수는 방학이 되면 한번씩 다녀가면서 더 이상 자신들의 문제를 고민하지 말라는 말뿐이다. 그래도 정수의 등록금을 댈 때 즈음이면 내 마음이 타들어 갔는데 졸업을 하고 인턴 생활을 한다니 정말 세월이 약인 모양이다.

오랜만에 드러난 파란 하늘에 떠 있는 해는 환하게 웃고 텔레비전 화면에는 정선이를 닮은 여자가 붉은 입술에 하얀 이를 드러내며 활짝 웃었다. 남편도 행복한 듯 입을 살짝 비튼다. 점심도 먹고 나니 콧노래가 저절로 나왔다. 그런 행복도 한순간, 순식간에 하늘이 먹구름으로 뒤덮이더니 소나기가 퍼붓기 시작했다. 나는 미친 듯이 마당으로 달려나가 빨래를 걷어 처마 밑으로 들어왔다. 그러나 모든 것이 다 젖어있었다. 나도 빨래도…. 그래도 양에 차지 않는지 빗줄기가 양철 지붕을 세차게 두드리고 이어서 처마 밑으로 빗물이 폭포수처럼 흘러내렸다. 마당에 백구도 놀랐는지 깨갱대며 자기 집으로 들어가 버렸다.

그래서 전화벨이 울리는 것도 한참 만에 들었다. 나는 들고 있던 빨래를 마루에 던져두고 젖은 몸을 닦을 겨를도 없이 전화 수화기를 들었다.

"왜 그렇게 전화를 안 받아?"

지붕을 때리는 소리에 묻혀 도대체 알 수가 없었다.

"누, 누구?"

"나, 정선이…."

"누구? 정선이라고?"

"나야. 엄마…."

"정선아…"

나는 얼른 방문을 닫고 텔레비전을 껐다. 갑자기 목이 메어 말이 나가지를 않았다. 그러나 나는 그저 입을 틀어막고 눈물을 쏟았다. 정선이는 내가 눈물을 쏟는 것도 싫어했다. 별것도 아닌 것에 울어서 집안 분위기를 망친다며…. 소낙비 소리가 잦아지는 것 같았다.

"엄마?"

"……."

"텔레비전에서 나 봤어?"

"너…, 정선이 너였어? 화장품 선전하는 그 여자가 바로 너?"

"맞아. 나야…."

"어머나, 어머나, 그 여자가 너였어. 아무리 봐도 너라고 생각하기는 했지만… 그래도 설마 설마 했는데 너였다니…."

내 가슴이 감격으로 요동치는데 순간 빗소리가 뚝 그쳤다. 정선의 소리가 분명해졌다. 그러나 날이 선 비수와 같은 목소리에는 변함이 없었다.

"엄마, 내가 바빠서 길게 얘기할 수는 없어."

"그래? 그래, 정선아 바쁘겠지."

"내가 전화를 한 이유는 이번에 아파트로 이사를 하는데 오빠가 함께 안 가겠다는 거야."

"너희가 아파트로?"

"물론 전세야. 하지만 지금 살고 있는 곳이 너무 비좁아 둘이 있기는 너무 불편하잖아. 아무리 오빠가 병원에서 거의 산다지만 쉴 집은 있어야 하는 것 아니야. 노는 날이면 넓은 집에서 좀 편하게 쉬라고 이사를 하는 건데 굳이 피해 나가는 이유를 모르겠어. 하기는 요즈음 내 꼬라지가 오빠 마음에 들지도 않겠지만…. 그래도 그렇지, 꼭 그렇게 피해 나가야겠어?"

나는 도대체 무슨 말인지 알 수가 없었다.

"정선아, 무슨 일인데?"

"엄마, 그냥 엄마가 말려 줘. 제발 나랑 함께 이사 가라고…. 오빠가 엄마 말은 듣잖아. 내가 누구 때문에 이 고생을 하는데…."

소나기가 퍼붓고 간 마당은 마치 화마가 지나간 것 같다. 우박에 가까운 빗방울이 땅을 파헤치고 여름 자락에 맥없이 자라기만 했던 풀잎들은 혼절한 것처럼 바닥에 널브러져 있다. 살이 오른 감나무 이파리까지 떨어져 마당에서 뒹굴었다. 나는 문을 열고 그 모습을 무심히 바라보았다. 아파트로 이사를 할 만큼 정선이의 수입이 좋아진 것은 알겠지만 정수가 거부를 하는 것은 무슨 이유일까? 정수는 전화를 걸어올 때마다 자신에 대해 걱정하지 말라고 했다. 내가 정선이에 대해 물으면 잘 모르겠다고만 했다. 적어도 정선이가 광고모델이 되었다는 정도는 내게 해줄 수 있었는데 정수는 일체 말이 없었다. 그러니 정선이 요청대로 정수에게 전화를 해 봐야 아무런 소용이 없다. 그래도 나는 정수에게 전화를 걸었다. 정선이 요청도 있었지만 부모가 변변치 못해 챙겨 주지도 못하는데 남매가 함께 있어야 한다는 내 생각에도 변함이 없다. 정수는 잘라 거절했다.

"그냥 모르는 척하세요. 엄마는 아버지 곁에 있는 것만으로도 힘들어요. 저와 정선이 간에 문제는 우리에게 맡겨 두세요."

"정수야. 그래도…."

"어머니, 저 인턴이에요. 병원에서 24시간 있어야 해요. 어차피 집을 나오려고 했어요. 더구나 이 나이까지 정선이 신세를 질 수는 없잖아요. 어머니, 우리 가족 다 힘들어요. 각자 인생을 살아요. 어머니…."

아들은 언제부터인가 나를 어머니라고 불렀다. 고향을 내려온 후부터였던 것 같다. 나는 잘못한 자식처럼 조용히 전화기를 내려놓았다.

시커먼 구름이 빠르게 산 위로 사라지고 다시 해가 마당으로 얼굴을 쑥 들이밀었다. 하지만 시커멓게 타들어 갔던 내 마음에도 한 줄기 햇살이 들어오는 것 같았다. 정수도 대학을 졸업했다. 적은 월급이지만 수련의가 아닌가? 정선이는 저런 멋진 모습을 하고 세상이 알아 달라고 하지 않는가? 어쨌든 지하 방에서 아파트로 옮겨 갈 만큼 변화가 오지 않았나. 남편과 이 작은 방에서 세월만 쌓고 있는데 분명 내 자식들은 변화하며 자라고 있었다. 그래, 내일 아침이면 패인 마당이 매워지고 늘어진 풀도 분명 몸을 추슬러 세울 것이다. 나는 다시 텔레비전을 켰다. 이제 눈을 뜨고 잘 때까지 텔레비전을 켜 둘 예정이다. 나는 남편에게 큰소리로 외쳤다.

"여보! 정선이 봤죠? 내가 놓치더라도 당신이 보고 나한테 알려줘요.

알았죠?"

전기료가 아까워 전구의 촉수를 올리는 것도 노심초사하던 엄마가 자기 방에 있는 텔레비전을 마냥 틀어 놓았다. 그러다가 정선이만 나오면 손뼉을 치며 환호했다. 하얀 이를 드러내며 활짝 웃는 정선이는 여왕처럼 아름다웠다. 엄마는 그 모습을 볼 때마다 못 믿겠단다.

"제가 정말 정선이야? 누가 재를 내 손녀딸이라고 하겠어. 교회에서 내가 자랑을 하면 안 믿어. 정선이가 내려와 사인을 해주면 믿는다나? 두고 봐라. 이제 정선이 아비도 일어날 거야. 정선이가 저렇게 출세를 했는데…. 하나님, 감사합니다."

그 방에 십자가

남편의 장례를 치르고 한 달이 지났다. 산을 하얗게 덮었던 아카시아는 흔적도 없이 사라지고 온통 초록빛이다. 초록이 견디다 못해 검기까지 하다. 해는 중천에 붙어서 땅에 어른거리던 그림자를 몽땅 잡아먹고 새까만 씨 한 톨을 톡 뱉어 둔 것 같다. 마루 끝에 앉아 있던 나는 오늘도 덥겠구나 생각했다. 그동안 제때 씨를 뿌리지를 못해 들판에는 잡초만 소복하다. 하기는 나랑 무슨 상관인가? 더 이상 아쉬울 것도 없다. 먹을 사람도 없는데…. 아침을 먹었는지 기억도 없다. 배도 고프지도 않다. 마루 끝에 앉아 있는 몸이 좀처럼 움직이려 들지를 않는다. 남편이 죽고 달라진 나의 모습이다. 그렇게 앉아 있다가 정오의 해가 기울면 몸을 추슬러 휘적휘적 부엌으로 가서 밥을 먹는다. 싱크대 앞에 서서 물에 밥을 말아 겨우내 삭힌 장아찌를 반찬으로….

그날은 해가 기울었어도 좀처럼 마루 끝을 벗어나지 못하고 있는데 열린 대문으로 하얀 승용차가 멎는 것이 보인다. 운전석이 열리고 아궁이처럼 새까만 선글라스를 쓴 순자의 몸이 빠져나온다. 대문을 들어서는 그녀의 양손에는 늘 그랬듯이 서너 개의 봉지들이 들려있다. 서울에 있는 유명 백화점에서 사 온 것들이라며 한바탕 자랑을 늘어놓을 것이다. 순자의 손에 들린 봉지가 전에 없이 반갑다. 굽이 있는 구두를 신고 활기차게 마당을 가로지르는 순자는 도무지 환갑을 넘긴 나이라고 보이지 않는다. 나처럼 주름도 많지 않고 피부에 윤기도 흐르고 붉은색 입술 연지가 더 없이 잘 어울린다. 갈색으로 멋들어지게 염색을 한 머리카락에 어쩌다 보이는 흰색은 액세서리처럼 멋을 더해준다. 드디어 내가 앉아 있는 마루에 당도하여 봉지를 내려놓았다.

"웬일이냐? 영감 혼자 두고 나와 앉아 있게…."

순간 '아차' 했다. 새까맣게 잊었다. 나는 차마 입이 떨어지지를 않아 눈알을 아래로 깔고 머뭇거리는데 눈치 빠른 순자가 말했다.

"혹시…?"

"맞아. 장례 치르고 벌써 한 달이 지났어…."

"어머, 어머, 나한테 연락도 안 하고! 아무리 별 볼일이 없는 친구라도 이처럼 사람을 무시할 수 있어! 이 나쁜 년아!" 순간 순자의 얼굴이 서운함을 넘어 잿빛으로 변했다.

"정수도 안 왔어." 그렇다고 순자의 분이 풀어질 리 없다.

"잘났다. 이 년아! 그걸 핑계라고 대! 이 나쁜 년아! 정수야 아프리카에서 오려니 못 온 거고. 나야 서울에서 2시간 거리야. 하기는 네 집 종살이하던 머슴 딸이다 그거지. 이 나쁜 년아!"

참 멀리도 나간다 싶었다. 하지만 변명을 해 봐야 순자 부화만 더 돋울 것 같아 가만히 있었다. 순자는 그런 내가 더 미운 모양이었다.

"뭐라고 말 좀 해봐. 최소한의 변명이라도 하란 말이야. 이 나쁜 년아!"

"잘못했어. 순자야. 화 풀어. 나도 너무 갑작스럽게 당한 일이라 미처 생각 못했어. 정선이에게 맡겼더니 걔가 너를 미처 못 챙긴 거야. 아무튼 다 내 탓이다. 너무 속상해하지 마. 정말 미안해…."

이내 순자는 울음을 터트렸다.

"죽어. 다 죽어! 결국 죽을 거면서 안 죽을 것처럼 기를 쓰고 사는 꼴들이라니… 인간들아!"

순자가 남편의 문상을 못한 것 때문에 우는 것 같지는 않았다. 나는 곁에 앉아 순자가 사 온 봉지를 바스락대며 풀었다. 당이 떨어지는지 현기증이 일었다.

그날 순자는 내 방에서 잤다. 엄마가 살아계실 때 엄마 방에서 자고 갔지만 엄마가 돌아가시고는 자고 간 적이 없다. 그런 순자가 남편이 사라진 내 옆에 누웠다. 이불을 깔고 둘은 나란히 누웠다. 소쩍새가 울어대는 것을 보니 밤이 깊었는가 보다. 순자가 문득 말했다.

"쟤는 아직도 배가 고픈가?"

"소쩍새?"

"너 알아? 소쩍새의 슬픈 사연."

"알지, 시집살이를 호되게 하던 며느리가 배를 곯아 죽자 그 한이 맺혀 소쩍새가 되었다는…. 그래서 소쩍새는 밤이면 솥 적다 솥 적다 하며 울고…."

"너도 기억하는구나. 노 할머니가 해 주었던 옛날이야기…."

정말 오랜만에 듣는 노 할머니. 증손녀인 나에게 밤이면 옛날이야기를 들려주었는데…, 그것이 또 옛날이야기가 되어 버렸다. 그 증조할머니를 기억하는 순자가 이야기를 들려준다.

"옛날 옛적에 순자와 유정이가 한집에서 살았더래요. 유정이는 귀하디귀한 상전 딸이고, 순자는 그 집의 머슴 딸이었더래요. 상전은 안채에서 살고 머슴은 바깥채에 살았더래요. 바깥채에 사는 순자는 안채에 사는 유정이를 너무너무 부러워했더래요. 순자는 사람들이 밉다 했고 유정이는 예쁘다고 했더래요."

오늘따라 순자가 아픈 과거를 아무렇지도 않게 하는 것을 보니 그만큼 세월이 좋아진 건지, 아니면 순자에게 더 이상 아픈 것이 아닌지는 알 수가 없었다. 듣고 있자니 한번도 행복하다고 생각해 본 적이 없었던 그때가 정말 행복했었다는 생각이 들었다. 순자가 이야기를 멈추고 문득 묻는다.

"이 방… 노 할머니가 쓰던 방이지?"

"응…."

"얼마 만이야. 이 방에 누워 보는 것이? 너는 아랫목에서 노 할머니의 무릎을 베고 눕고, 나는 윗목에 앉아서 옛날이야기를 듣다가 너는 노 할머니 무릎에서 잠들고 나는 윗목에서 잠들고…. 결국 밤이 늦으면 아버지가 잠든 나를 들쳐 업고 데리고 나왔지. 나를 방에 눕히면서 엄마는 얼음장처럼 차갑다며 왜 그 방에 가느냐고 야단을 쳤지. 다시는 가지 말라고 하지만 나는 가고 싶었어. 그래서 아버지에게 조르면 그저 문간에 얌전히 앉아 있으라고 다짐을 했거든…."

사람이 같은 무대에 있어도 사건에 대한 기억은 다 다른 모양이다.

"너 기억하니? 노 할머니 죽던 날?" 순자가 물었다.

"장례식 기억밖에 안나…."

"나는 노 할머니 죽은 모습을 지금껏 기억해…."

"어떻게?"

"내가 직접 봤잖아. 그 날 우리 둘이 노 할머니 방에서 놀았잖아."

"기억 안 나…."

"하기는 귀하신 공주님이 생각이라는 것이 있겠어? 아래 것들이 다 해주는데…."

"……."

"나는 어제 일처럼 선명하게 기억해. 그때는 겨울이라 밖에 나가 놀지 못해서 주로 그 방에 들어가 놀았잖아. 그날은 좀처럼 깨지도 않고 주무시기만 하는 노 할머니 곁에서 우리 둘은 소꿉놀이를 하고 있었어. 그 소꿉은 네 아빠가 일본에서 보냈다는데 생전 처음 보는 예쁜 살림살이였어. 너는 그때 그런 것들이 많았거든…. 근데 네 할머니가 들고 온 점심 밥상을 내려놓고 노 할머니를 깨우다가 갑자기 너를 안고 후다닥 방을 나가더라. 그리고 방문 밖에서 우리 아버지를 막 부르는 거야. 노 할머니가 돌아가셨으니 준비하라고. 나는 그때 벌떡 일어나 노 할머니한테 갔어. 도대체 죽었다는 게 무언가 궁금했거든. 지금 생각하니 나도 참 별난 아이였던 것 같아. 그 어린 게 무얼 안다고…."

"너는 어려서부터 아주 영리했잖아."

"글쎄, 영리한 건지 오지랖이 넓은 건지…. 무슨 생각으로 노 할머니 곁에 쪼그리고 앉아서 죽었다는 얼굴을 가만히 들여다봤을까?"

"……."

"아마 지금은 무서워서 그러지 못할 거야. 나는 우리 아버지 염하는 것도 보기 싫었거든. 근데 죽었다는 노 할머니 얼굴이 너무 예쁜 거야. 정말 노 할머니 맞아? 할 정도로. 나도 모르게 노 할머니 얼굴에 손을 대면서 노 할머니 노 할머니 하고 불렀어. 노 할머니는 가만히 웃고만 계셨어. 나는 그 가슴에 푹 안기고 싶었어. 너만 안아주던 그 노 할머니 품에…."

"……."

“바로 그때 방을 향해 급하게 달려오는 발소리에 후다닥 일어나 얼른 방 밖으로 나왔어.” 그러더니 순자가 잠자리에서 벌떡 일어났다.

“근데 지금 생각하니 네 할머니 웃기는 양반 아니니?”

“왜?” 순자의 뜬금없는 분노를 궁금해하며 따라 일어났다.

“아무리 아랫것이라지만 어쩌면 자기 손녀만 데리고 나갈 수 있어? 나도 고작 6살밖에 되지 않는 철부지인데 손녀딸인 너 밖에 눈에 안 보이는 거야. 좌우간 나는 네 할머니 너무 싫어. 정말 싫었어.”

나는 한숨이 흘러나왔다. 이 작은 공간에서 겨우 6살밖에 되지 않았던 계집애가 그렇게 복잡한 과거를 만들었다니…. 순자의 슬픈 이야기는 계속되었다.

“사람들이 우르르 방으로 들어왔지만 그때 방을 나서는 나를 아는 체 하는 사람은 아무도 없었어. 나는 고무신을 신고 마당을 가로질러 문간방으로 가는 동안 내내 노 할머니, 노 할머니 부르짖으며 울었어. 하얀 눈길을 걸으며 도대체 그 어린 게 왜 그렇게 울었을까? 아마도 이제 더 이상 노 할머니의 옛날이야기는 들을 수 없구나 생각을 했던 것 같아. 이제 그 따뜻한 방에 들어가지 못 할 거라는 생각도 했던 것 같아. 그리고 너무도 외로웠던 것 같아. 그 어린 게 그때부터 지독하게 외로움을 느꼈으니… 이날까지 팔자가 고단하지….”

‘소쩍, 소쩍, 소쩍. 솥적다, 솥 적다….’

“쟤 아직도 밥을 못 먹었나 봐.”

순자는 가늘게 한숨을 쉬고 다시 자리에 눕는다. 그러자 소리는 한층 더 커진다.

‘소쩍, 소쩍, 소쩍. 솥적다, 솥적다….’

"근데 이방에서 너의 남편이 15년간 누워있었다는 게 신기해. 그런데 이상하게 이 방이 그 옛날 노 할머니가 살아계실 때처럼 따뜻하게 느껴지네…."

"나도 그래. 사람들이 무섭지 않으냐고 하는데 나는 정말 이방이 좋아. 엄마가 돌아가시자 모두들 엄마가 쓰던 안방이 햇빛도 잘 들고 바람도 잘 통하니 옮기라고 했지만 나는 이 방이 좋아."

순자 말을 들으니 내가 왜 이방을 좋아하는지 알 것 같았다.

순자는 잠을 이루지 못했다. 다시 소쩍새가 울어댄다. 내가 물을 한잔 따라 마시고 자리에 눕자 순자가 말했다.

"유정아…." 나를 부르는 목소리가 슬프게 느껴졌다.

"왜?" 대답 대신 들려오는 소쩍새 소리.

'소쩍, 소쩍… 솥적다….'

그 소리가 잦아들 즈음 들려오는 순자의 소리.

"은혜 곧 드라마 촬영 들어간다. 제작비를 엄청나게 들인 드라마인데 은혜가 주인공이란다."

"잘됐네. 지난번 작품이 반응이 좋다더니. 이제 은혜가 본격적으로 연기자 생활을 하게 되는 모양이구나."

"글쎄… 이게 정말 잘 되는 일인가? 처음에는 오랫동안 쉬고 나와 연기를 하니까 긴장도 되고 또 바라던 일이라 설레기도 했는데 이번은 그 때처럼 기쁘지를 않아. 왜 그런지 모르겠지만…." 순자가 돌아눕는다.

이제 소쩍새도 울지 않는다. 달빛도 사라진 깊은 밤에 순자가 말을 이었다.

"무슨 큰 영화를 누리겠다고 새끼까지 버리고 뛰쳐나와 저 짓을 하는지…. 연기해서 대중의 인기를 얻으면 뭐하니? 남편 사랑받는 초로의 여인보다 못한 것을…. 내가 살아보니 남편에게 사랑받는 여자가 세상에서 가장 아름답더라. 그 기집애도 결국 내 팔자를 닮는지…?"

순자는 밤새워 뒤척였다. 결국 나도 새벽기도 시간을 놓치고 말았다. 내 곁에 누워있는 순자는 눈을 뜨고 있었다.

"밤새 안 잔 거야?" 내가 물었다.

"아니 금방 깨어났어. 그런데 저 십자가 아직도 있네? 가끔 이방에 들어 왔었는데… 왜 못 봤을까?"

순자가 창문 옆에 붙어 있는 십자가를 바라보며 물었다.

"너도 아니?"

"당연하지. 노 할머니가 걸어 놓으신 거 아니야."

"맞아. 근데 어떻게 저게 그 오랜 세월 저기에 그대로 매달려 있지. 노 할머니 돌아가시고 할머니가 안 치우셨어? 네 할머니가 몹시 싫어하셨잖아. 험악하게 생겼다고…."

"맞아."

"삐쩍 마른 사내가 십자가에 빤스만 입고 매달려 방에 걸려있어 집안이 안 된다며 없애야 한다고 달려들 때마다 노 할머니가 막 소리 질렀잖아. 마귀야 물러가라면서. 노 할머니는 평소에는 할머니의 기에 눌려 힘없이 가만히 계시다가도 그때는 어디서 그런 힘이 나는지? 그럴 때마다 나는 속으로 신이 났어, 네 할머니가 꼼짝 못 하니까."

순자는 벌떡 일어나 십자가상에 다가가 한참을 살펴보았다.

"참으로 보잘것없어 보이는데…."

순자 말처럼 손바닥 정도 크기에 작은 나무 십자가다. 조각도 정교하지 않고 투박스러워 전혀 소장가치가 없는 물건이다. 그것은 북쪽으로 난 작은 창문 옆에 걸려있어 얼핏 보면 도배지에 난 얼룩처럼 보였다. 그러나 오랜 세월 그 자리를 지키고 있으니 이제는 없어서는 안 되는 보물 같다. 그 십자가는 내가 남편을 데리고 이 방에 들어섰을 때 제일 먼저 반겨 주었다. 아무것도 없는 텅 빈 방 안에 유일하게 증조할머니 유품으로 남아 있었다. 증조할머니가 세상에서 가장 귀한 것으로 여긴 것이었다. 하지만 할머니가 너무도 싫어했기에 증조할머니가 돌아가시면 당연히 치워져야 하는 것이었다. 아니나 다를까 할머니는 증조할머니 유품을 불태우면서 십자가를 떼어내려 했다. 하지만 십자가를 향해 손을 올리는 순간 팔이 저리더라는 것이었다. 그래서 엄마보고 떼어내라고 시켰는데 이번에 엄마는 다가가기도 전에 펑펑 울기 시작했다. 그래도 할머니 지시를 따르려고 다가가면 몸이 굳고 눈물이 폭포처럼 흘러나왔다고…. 결국 할머니가 포기하고 말았다. 아무래도 치울 물건이 아닌 것 같다고….

남편의 침대는 바로 그 창 밑에 배치했는데 십자가에 달리신 예수님이 남편을 내려다보고 있었다. 증조할머니가 죽고 40년간 홀로 빈방을 지키신 예수님은 가시 면류관을 쓰고 남편처럼 말라 있지만 예전에 내가 느끼던 모습이 아니었다. 그때 나는 바라보는 것조차 무서워서 시선을 피하기만 했었다. 그러나 먼 길 떠나 모든 것을 잃고 돌아온 나와 병든 남편을 예수님은 포근하게 감싸 주는 것 같았다. 증조할머니도 할머니도 떠나고 없지만 예수님은 그 모습 그대로 나를 반겨주었다.

순자는 아침을 먹고 떠날 채비를 했다. 가슴이 답답해서 서울을 떠나고 싶었단다. 그래서 무조건 차를 몰고 고속도로를 따라 내려오다가 그대로 들렸단다. 순자는 마당에 흐드러지게 핀 꽃을 바라보며 한숨을 내쉬었다. 가기 싫다며, 그저 이곳에서 바람에 날려 사라지고 싶다며, 한동안 바빠질 거라며…. 물론 은혜 동생 지성이가 매니저를 하니 예전처럼 몸이 바쁘지는 않지만 은혜가 드라마를 찍기 시작하면 어디에 있던 신경이 곤두서서 아무것도 못 하겠단다. 그러나 사람들은 이제 앞이 환히 열렸다는데 정작 순자의 눈앞은 캄캄하기만 하다고….

내 인생에 또 다른 거울

순자가 서울로 대학을 가던 해에 만석 아저씨도 가족을 데리고 고향을 떠났다. 고향을 떠나던 날 만석 아저씨가 할머니에게 인사를 왔던 기억이 난다. 만석 아저씨는 대문을 나서면서 할머니에게 자주 찾아오겠다고 몇 번을 다짐했지만 이후로 나는 만석 아저씨도 순자도 본 적이 없었다.

그런 순자를 남편이 병들고 고향에 내려온 지 4년이 되던 해에 다시 만났다. 그해, 오월 빛이 제법 따가운 어느 날이었다. 해도 길어져서 점심을 먹고 저녁 전까지 꽤나 긴 시간 동안 방문을 열어둔다. 아무리 깨끗하게 닦고 치워도 냄새가 남아 있었다. 통풍만이 그나마 냄새를 줄일 수 있다. 날이 너무 좋아 방문을 활짝 열고 남편의 몸도 구석구석 깨끗하게 닦아주고 손톱과 발톱도 다듬어 주었다. 남편의 전신은 자극에 전혀 반응하지 않으면서도 붙어 있는 것들은 여느 때와 다름없이 자라고 있었다. 머리카락도 수염도 손발톱도 자라는 것이 처음에는 신기하기만 했다. 물론 손발을 사용하지 않으니 아기처럼 부드럽고 곱다. 나는 그런 남편의 고운 손과 발을 마사지하기를 좋아했다. 남편도 내 손길에 반응한 듯해 즐겁게 느껴졌다.

서쪽으로 기운 해에 부드러운 바람까지 섞여 더 이상 좋을 수가 없다.

콧노래가 절로 나온다. 그때 열린 나무 대문으로 조심스럽게 들어서는 여인이 있었다. 나는 일체의 동작을 멈추었다. 비록 후미진 방이지만 대문으로 들어서는 것은 다 보인다. 그러나 그녀는 빗겨진 방의 안쪽에 있는 내가 보이지를 않는 모양이었다. 마치 수색하는 첩보요원처럼 빈 마당을 살피며 조심스럽게 집안으로 다가서는 그녀의 모습이 수상했지만 우스꽝스럽기도 했다. 저녁을 몰고 오는 그림자가 짙게 깔린 마당을 탐색하는 그녀의 선글라스가 더 검게 느껴졌다. 결국 나는 소리쳤다.

"누구세요?"

"어머, 깜짝이야." 여인이 더 놀라는 모양새다. 여인은 선글라스를 벗고 소리를 따라 시선을 주더니 나를 향해 성큼성큼 다가서는 것이다. 나는 본격적인 경계심으로 소리쳤다.

"누, 누구시냐구요! 누군데 남의 집을 이렇게 들어오세요!"

그 소리에 엄마가 부리나케 부엌을 나왔다. 엄마가 보이니 나도 용감하게 방에서 몸을 빼내며 더 크게 소리쳤다.

"누구세요?"

"너…."

"누구세요!"

"…유정이 맞지?" 이윽고 내 코앞까지 다가온 그녀는 얼굴을 내게 들이밀었다.

"……."

"나야, 순자, 나 몰라? 순자…."

순간 누구지? 하며 망설이는 사이에 엄마가 총알같이 달려오며 소리쳤다.

"순자! 순자 아니냐? 순자야."

"어머! 어머! 어머니!" 둘은 마치 생이별 후에 다시 만난 모녀처럼 서로 부둥켜안았다.

"어머니!"

"순자야!"

20살에 고향을 떠난 순자를 50살에 다시 만났다. 국문학을 전공했던 순자는 졸업과 동시에 출판사에 입사했지만 2년도 채우지 못하고 그만두고 말았단다. 이유는 캠퍼스 커플인 은혜 아빠와 사랑에 빠져 임신까지 하면서 결혼을 서둘러 하고 전업주부로 살았단다. 내가 정선이를 낳았던 26살에 순자는 첫 딸 은혜를 낳았고 2년 후에 아들 지성이를 낳았다고 했다. 대기업에 입사한 남편은 일이 바쁘고 해외 출장까지 잦다 보니 부부간에 애정이 없었단다. 더구나 엄한 시집살이를 하면서 두 아이를 키우는 것이 너무 힘들었단다. 지성이를 낳고 산후 우울증까지 겪었다며. 성취 욕구가 높았던 순자는 결혼 생활이 그다지 행복하지 않았다고 했다. 은혜가 중학교를 들어가고 시집살이도 적응이 될 무렵 남편에게 여자가 생겼다고 했다. 순자는 남편이 여자를 정리하고 돌아오기를 기다렸으나 남편은 끝내 마음을 돌리지 않고 오히려 순자에게 이혼을 요구했단다. 억울하고 분하지만 위자료와 아이들 양육비를 합의하고 이혼을 해 주었단다. 위자료를 가지고 투자 사업을 했는데 생각보다 잘 되었단다. 그래서 아이들을 키우면서 경제적인 어려움은 없었다고 했다.

그러면서 연극영화과에 재학 중인 딸의 미모가 출중하여 미스코리아에서 미로 입상했단다. 당시에 로비 실력이 모자라서 진이 못되었다며 억울하다고 했다. 그러나 미스코리아는 연기자가 되기 위한 것이기에 상관없단다. 일단 연예계에 발을 들여놓기 위한 전초전이었다고 한다. 순자가 매니저로 뛰면서 기어코 유명 연기자로 성공을 시킬 거라고 했다. 순자 말에 넋을 놓고 듣던 엄마가 정신을 차렸는지 눈을 깜빡이더니 이내 물었다.

"그런데 여기는 웬일이냐? 일가친척도 없는 고향 땅을 다 찾아오고…. 그렇게 바쁜데…?"

"아버지가 돌아가셨어요. 얼마 전에…."

"그랬구나. 편안히 돌아가셨니?"

"몰라요. 내가 안 죽어 봤으니…."

"……."

"사실 나도 사는 게 바빠서 아버지를 돌아볼 겨를도 없었어요."

"엄마는?"

"아직 살아 계세요."

"그랬구나."

"시내에 땅이 좀 있어요. 팔아야 하는데 시세 좀 알아보려고 내려왔어요. 일을 마치고 올라가려다가 문득 고향 집이 생각났어요. 설마 있을까 하는 마음으로 들려 본 건데…."

"그랬구나."

"그런데 이 집에 유정이가 있다는 것이 더 놀랍네요. 이러고 앉아 있으니까 마치 옛날로 돌아간 것 같아요. 정말 옛날 그대로예요. 똑같아요."

주변을 살피는 순자의 눈빛은 정말 그때와 똑같았다. 그리고 내게 물었다.

"너는 여기에 왜 살아?"

순간 나는 눈알을 아래로 떨구었다. 마치 죄를 진 것처럼. 아니 부끄러웠다. 순자가 멋진 포즈로 앉아서 마치 정견 발표라도 하듯 그동안 살아온 인생을 펼쳐 놓는데 나는 내놓을 것이 없었다. 언제나 자기 이야기를 신나게 하고는 내게 물었던 순자였다. 너는? 그때마다 나는 우물쭈물 대며 주변을 살폈다. 도와줄 누구 없나요? 엄마가 눈치 있게 설명에 나섰다. 듣고 난 순자는 혀를 끌끌 차며 말했다.

"그랬구나. 그러면 뒷방에 네 남편이 있단 말이야? 식물인간으로?"

"……."

"그래도 시집은 갔네."

"……."

"사실 나는 유정이를 본 순간 처녀로 늙어서 어머니랑 함께 사는 줄 알았어요."

"아휴, 저것이…." 엄마는 어처구니가 없어 한다.

나는 순자의 의도를 알 수 있다. 순자는 나와 헤어지는 그 순간까지 내가 눈치가 없어서 상대하는 사람의 화병을 돋게 한다고, 세상에 좋아할 사람이 하나도 없을 거라고, 두고 보라고, 자기 말이 틀리면 손에 장을 지질 거라면서. 예측을 벗어나기는 했지만 누가 봐도 고달픈 내 신세를 알자 순자의 표정은 처음보다 더 활기차 보였다.

"애들은 없어?"

엄마가 대신 말을 한다. 큰아들 정수는 의대를 나와 대학병원에서 수련의 과정에 있다고 하자 순자가 말했다.

"그건 좀 부럽네. 우리 아들은 공부에는 관심이 없어. 그래서 전문학교에 다니는데…, 딸은?"

내가 서둘러 설명했다. 엄마가 엉뚱한 소리까지 할까 봐.

"고등학교를 졸업하고 서울에서 직장을 다니고 있어."

"그래도 효녀다. 이 형편에 공부하겠다고 안 나서고 직장을 다니니 말이다."

호구조사를 마친 순자는 경계심을 완전히 풀고 자신의 이야기를 이어갔다.

"사실 아버지가 돌아가시기 3년 전에 중풍이 왔어요. 고향에서 돈을 벌어 서울로 가면서 아버지가 돈을 더 잘 버시는 것 같았어요. 하지만 엄마나 아버지나 기쁨은 없었어요. 매일 싸우시니 저희도 우울하고…. 알고 보니 아버지가 첩을 두고 이중 살림을 하시는 것이었어요. 결국 아버지가 집을 나가고 엄마는 그 배신에 대한 화풀이를 아버지의 자식인 우리들에게 해 댔어요. 그토록 잘 살기를 고대했는데 막상 경제적으로 풍요로워지니 이전보다 더 불행해지는 것 같았어요. 지금 가만히 생각하니 무식해서 그랬던 것 같아요. 세상에 무서운 게 세 가지가 있다잖아요. 어린아이에게 칼을 쥐여 주는 것, 무식한 놈에게 큰돈이 생긴 것, 늙은이가 생에 욕심을 내는 것…."

엄마는 순자의 말에 감명을 받은 모양이다.

"순자는 예나 지금이나 어쩌면 저리도 영민할까?"

"제가 국문과 출신이잖아요." 순자는 으쓱했다.

어려서도 별로 말이 없던 나와는 달리 순자는 작은 새처럼 조잘댔다. 행동도 민첩해서 안채와 바깥채를 수시로 드나들면서 들려오는 소리는 다 토해냈다. 사람들은 순자가 어려서 듣지를 못한다고 생각하는 것 같았다. 하지만 순자는 나와 달리 어른들이 주고받는 말을 이해하고 그대로 전달하는 힘이 있었다.

물론 순자가 이야기에 취해서 때론 없는 말도 보태고 자기의 상상도 진짜처럼 말을 했다. 엄마는 그런 순자의 말을 자르지 않고 그대로 들어주었다. 할머니는 순자를 앙큼한 계집아이라고 절대 상대하지 말라고 했지만 듣지 않았다. 아마도 그때 엄마도 대화를 할 상대가 없어 외로웠을 것이다. 엄마는 그때처럼 곁에 붙어 앉아 쉴 새 없이 이야기를 쏟아내는 순자의 입을 바라보며 웃고 있었다.

"돈을 가질 자격이나 준비가 되지 않은 상태에서 돈이 생겼으니 좋을 리가 없죠. 근본을 아는 고향에서 무시당했으니 그곳을 떠나면 행복할 줄 알았지만 결코 숨겨지지 않았어요. 무식한 게 어딜 가겠어요? 언제부터인가 우리 식구들은 말은 하지 않았지만 고향을 그리워하고 있었어요. 아버지는 돌아가시기 얼마 전부터 아예 대놓고 가고 싶다고 했어요. 엄마는 그 꼴로 누가 반기냐고 소리를 질러댔지만 엄마도 가고 싶어 한다는 것을 나는 알았어요. 사실 어머니가 이 집에서 이렇게 살고 있다는 것을 알았으면 두 분을 내려보내도 됐을 텐데…."

"아버지가 두 집 살림을 했다면서? 종래는 집으로 돌아오셨나 보구나." 엄마가 궁금해했다.

"첩이라는 게 그렇잖아요. 단물만 빼먹는 것. 어머니, 첩을 한자로 쓰면 무슨 뜻인 줄 아세요?"

"……."

"언제든 튈 자세가 되어있는 여자, 서 있는 여자, 서 있을 변에 계집녀! 그런 여자가 풍 맞은 노인 수발할 일 있어요? 결국 조강지처가 나서야죠. 엄마가 아버지를 사랑해서 그렇겠어요. 자식 때문에 할 수 없이 거두어야지….”

말끝에 순자의 시선이 나를 향한다. 순자의 입꼬리가 살짝 올라가는 것이 그저 내 감정일까? 생각하는데 이내 순자가 시선을 거두고 다시 엄마에게 향한다.

“사실 엄마는 싫다고 했는데 오빠들이 모시고 와야 한다고 하는 것도 좀 웃겼지만. 아마도 아버지가 돈이 좀 있는 줄 알고 그랬는지. 하기는 나도 아버지가 이 정도로 날 털인 줄 몰랐으니까?”

“날 털은 또 뭐냐?”

“빈털터리요. 한 줄기 바람에 휙 날아가는 날 털!”

“…….”

“그 여자가 빼먹었는지 아니면 아버지가 죄를 받아 돈을 날렸는지 도대체 그 돈 다 어디로 간 거야? 겨우 고향에 코딱지만 땅 한 뙈기만 남았으니…. 오늘 시세를 알아봤더니 서울에 아파트 한 채 값도 안 돼요. 그나마도 팔려야지….” 순자는 한숨을 내쉬었다.

“그쪽에는 자식들이 없었나?” 엄마가 물었다.

“다행히 없었어요. 하지만 자식이 무슨 소용이에요. 돈 없고 늙은 부모는 끈 떨어진 헌신짝 신세죠 뭐.”

“어머니는 건강하시고?” 엄마가 묻는다.

“어머니요? 건강이 좋을 리가 있어요. 험한 꼴만 봤는데…. 아버지 돌아가시고 기력이 다했는지 자꾸 아프다고 하세요. 그래서 큰오빠가 집으로 들어갔어요. 오빠가 그 집을 가질 요량으로 모신다고 했겠죠. 뭐. 저는 관심 없어요.”

순자는 한차례 폭풍처럼 왔다가 사라져 버렸다. 그날 나는 늦게까지 잠을 이루지 못했다. 그 바람이 다시 일기 시작할 모양이다. 내 마음에 깊은 곳까지 후벼 파면서 깔깔대던 순자라는 고통의 바람이…. 순자가 고향을 떠나고 한번도 궁금해한 적이 없었는데 이렇게 우연히 다시 만나다니… 하필 이때에….

내가 남편을 데리고 고향 집에 왔을 때 엄마는 내게 성경책을 한 권 내밀었다. 엄마는 오래전부터 나를 생각하며 그 성경책을 읽었다고 했다. 한 권을 다 읽으면 반드시 내게 선물할 생각을 하며. 그런데 나를 위한 성경책을 다 읽을 즈음 내가 고향으로 내려왔다는 것이었다. 그 소리를 들으면서 나는 참으로 묘한 기분에 빠져들었다. 그러면 엄마는 이런 나의 불행을 기다렸다는 소리인가? 엄마는 마치 내 생각을 읽기나 한 것처럼 말을 했다.

"얘야, 행과 불행은 지금 판단하는 것이 아니다. 살아보자. 더 살아보자꾸나."

"자식들은 내팽개치고 도망치듯 고향에 와서 성경책이나 읽으라고?"

"유정아, 세상은 네가 싸워서 이길 수 있는 곳이 아니야. 하나님을 바라보고 있으면 대신해 주신다잖아. 한번 믿고 견뎌보려무나."

"다 헛소리야. 엄마가 나를 이렇게 바보처럼 살게 키웠어. 무엇하나 야무지게 해내지도 못하는 멍청이로…."

증조할머니가 돌아가시고 누구도 건드리지 못했던 십자가 사건을 겪은 엄마는 할머니의 눈을 피해 동네에 있는 교회에 다니기 시작했다. 할머니 생전에 집 밖을 나가는 것이 자유롭지 못하고 보니 그나마 교회 공동체가 자신의 삶에 큰 위로가 되는 것 같았다. 엄마는 할머니가 돌아가시고 교회에서 살다시피 했다. 물론 내가 성경책을 읽을 수는 없었다. 그저 눈에 보이는 남편의 현실과 눈에 보이지 않는 내 자식들의 근심 걱정으로 머릿속은 한 치의 여유도 없이 무거운 바윗덩어리가 꽉 차 있었다. 더구나 성경책에 빽빽하게 닮긴 글은 내가 읽는다고 이해할 수 있는 글도 아니었다. 이걸 선물이라고 주다니…. 나는 방 한쪽에 밀어놓았다.

그러나 엄마는 저녁이면 내 방에 들어와 예배를 보았다. 물론 혼자서 찬송을 부르고 성경 구절을 찾아 읽어주고 기도를 했다. 엄마는 먼저 오빠 가족에 대한 기도를 하고, 이어서 나의 사랑하는 정수와 정선이가 부모를 떠나 있지만 하나님 자녀 삼아 눈동자처럼 지켜달라고 했다. 또한 남편의 영혼이 하나님을 만나게 해달라고 구하며 당신의 딸인 나를 불쌍히 여겨 이 모든 시험을 감당하게 해달라고 했다. 엄마는 거의 같은 구절을 지치지도 않고 매일 읊조렸다.

마지막 남은 그 사랑도 그렇게 떠나고 말았다

고향에 와서 4번째 봄을 맞았다. 비로소 작은 평화라는 것이 내 마음에 드리워진다. 그저 이만하면… 하면서. 혈액 종양을 전공한 정수는 마지막 수련과정을 남겨두었다. 하지만 레지던트를 마쳐도 펠로우라는 과정을 밟아야 한단다. 의사라고 하면 6년을 공부하면 그냥 병을 고치는 줄 알았는데 이어지는 전문과정이 참으로 복잡하고 긴 것 같았다. 내가 듣고 이해할 수준을 넘은 세상을 사는 아들을 둔 엄마다.

그래서 나는 정수에게 일절 묻지 않는다. 그저 내 아들 정수가 저런 아비와 나 같은 어미를 두고 존경을 받는 의사가 된다는데 무슨 소원을 더 바랄까. 정수도 길게 설명하지 않는다. 그저 자기 걱정하지 말라는 말만 하면서…. 그러면서 성적이 좋아 과정이 끝나면 졸업한 대학병원에 남을 것 같단다. 학생을 가르치는 교수까지 된다니….

정선이는 광고모델로 인기를 얻는 모양이었다. 이번에는 드라마에 출연을 한다고 했다. 정선이는 내게 전화까지 걸어주었다. 수화기를 통해 들려오는 정선이의 목소리는 들떠 있었다. 무언가 잘되고 있다는 느낌이었다. 정선이는 전에 없는 인심도 썼다.

"엄마 이번만 잘되면 그때 집에 내려갈게. 아빠도 너무 보고 싶어."

"고맙다. 정말 고맙다."

"그리고 이번만 잘되면 생활비도 보낼 거야."

"정선아, 엄마 돈 필요 없어. 그저 너만 잘되면 돼. 알았지? 엄마 신경 쓰지 마."

"걱정 마. 잘 될 거야. 이번에는 느낌이 좋아. 엄마…."

"아, 하나님, 감사합니다."

믿지 못하겠다면서도 말끝마다 하나님을 들추고 때론 흘러간 유행가도 흥얼댄다.

"세월이 약이겠지요…."

그해 가을부터 정선이가 주인공으로 나오는 드라마가 시작되자 방영 시간 동안 숨조차 크게 쉬지 못한 채 꼼짝 않고 자리를 지켰다. 한 여자를 두고 두 남자가 좋아하는 이야기였다. 나는 내용이 흘러가는 것에는 관심이 없고 오로지 정선이만 볼 뿐이었다. 그런데 정선이가 출연했던 드라마가 시청률이 낮다는 이유로 조기 종영을 하고 말았다. 이후로 정선이에게서는 일절 연락이 없다. 무슨 이유인지 광고에서도 정선이를 볼 수가 없었다. 청명한 하늘에 어느 날 갑자기 몰아치는 폭풍우…. 세상은 잔잔하기만 해도 안 된다고 했다. 거센 폭풍우가 불어서 정체된 공기를 순화해야 한다고…. 그러나 이 거센 바람은 무엇일까? 새롭게 해 주는 생명의 바람인가? 아니면 땅에서 간신히 살아남은 그 모든 것까지 기어코 쓸어 담고 사라지는 광풍인가? 내 가슴은 다시 타들어 가기 시작했다.

겨울이 왔다지만 정선이로부터 어떤 연락도 없다. 나는 24시간 텔레비전을 틀어 놓고 방에만 틀어박혀 있었다. 텔레비전에 출연하는 정선이를 놓치거나 아니면 걸려오는 전화를 못 받을지 모른다는 두려움에 대소변마저 참아내는…, 다시 창살 없는 감옥에 갇힌 나를 엄마는 그저 말없이 지켜보았다. 철야 기도를 가는 날이 많아졌다. 간혹 정선이가 야속한 모양이었다.

"망할 것…, 연락이라도 하지. 저러다 지어미 죽겠다."

해가 지나면 달은 구름에 달 가듯 흘러갔다. 정월의 보름달이 만개한 날 순자가 대문을 들어섰다. 산자락에 붙어 있는 농가의 겨울밤은 유난히도 일찍 찾아와 6시도 전에 칠흑 같은 어둠에 휩싸인다. 그러나 휘영청 밝은 달빛 때문인가 아니면 순자의 힘찬 발걸음 때문인가? 그 밤이 그처럼 어둡지가 않았다. 순자는 들고 온 커다란 쇼핑백을 요란스럽게 내려놓자 엄마가 먼저 반갑게 소리쳤다.

"아이고, 무얼 이리도 많이 사 왔니!"

이윽고 순자는 탄성이 이어졌다.

"축하해 주세요! 어머니! 은혜가, 내 딸 은혜가 드디어 드라마에 출연해요! 드디어!"

"정말?"

"네. 그것도 주연으로!"

"아이고 하나님, 감사합니다. 순자의 소원을 들어주셔서…."

그러나 내 입에서는 끝내 축하한다는 말이 나오지를 않았다. 하지만 순자는 우울한 내 표정을 눈치채지 못할 만큼 기쁨에 취해 있었다. 마치 둘은 내가 그 자리에 없는 것처럼 얼싸안고 춤을 추었다. 순자보다 엄마가 더 야속하다.

순자는 은혜가 나오는 드라마의 방영시간을 알려주며 모니터를 해서 반드시 알려달라고 했다.

"우리가 무얼 알아. 그냥 보는 거지…."

엄마의 말에 순자가 단호하다.

"아니에요. 어머니, 드라마의 흥망성쇠는 다 풀뿌리 민심이에요. 사실 드라마가 별거예요? 여자들의 감각으로 바닥에서 입소문이 나야 해요. 바닥에서!"

"아이고, 알았다. 알았어. 우리 같은 사람도 필요하다면 기꺼이…."

"사실 이 자리에 오기까지 얼마나 고생을 했는데요. 정말 몸만 안 팔았어요. 더럽고 치사해도 참으면서 오로지 은혜 주연 자리 하나 따내려고…. 그나마 손에 돈이 있으니 여기까지 왔지…." 기쁨에 차 있던 순자의 눈자위가 뜨거워진다.

"그렇게 어려워?"

"어머니, 세상에 쉬운 거 하나도 없어요. 저 자리까지 가려면 그만큼 했으니까 저런 열매 나오는 거예요. 미스코리아 당선됐다고? 세상이 깜짝 놀랄 만큼 예쁘다고 탤런트 되고 주인공 되는 줄 알아요? 어림없어요. 얼굴 좀 반반하다는 애들이 멋모르고 날뛰면서 탤런트 해보겠다고 하지만 길은 두 가지예요. 수단과 방법을 가리지 않고 되거나 아니면 호스티스 되는 거예요."

"호스티스는 뭐야?"

"술집에서 술 따르는 애들이지 뭐예요. 뭐기는…. 방송국 주변에 있는 술집에 그런 애들이 쌔고 쌨어요. 그래서 말이 있잖아요. 대한민국 진짜 미인은 그곳에 있다고."

"아이고 무슨 소리인지. 당최 어려워 못 알아듣겠네."

엄마는 머리를 저으며 알아들으려고 애를 쓰지만 내 머릿속은 천둥번개가 쳤다. 탤런트가 아니면 술집에서 술을 따른다니….

엄마는 은혜가 출연하는 드라마가 방영되는 시간이면 내 방으로 달려와서 자리를 잡았다. 엄마 방에도 텔레비전을 두고 굳이 내 방에서 본다고 했다. 이유는 초저녁잠이 많아 혼자 보면 졸 수도 있다면서…. 엄마는 은혜가 나올 때마다 무릎을 탁 치며 말했다.

"정말 예쁘다. 순자랑 달리 귀태가 나네…."

나는 그 드라마가 보고 싶지 않았다. 엄마처럼 은혜를 칭찬하고 싶지도 않았다.

그러나 순자의 온갖 자랑과 근심을 섞고 출발한 드라마가 엄청난 인기몰이를 한단다. 순자는 은혜가 출연하는 드라마가 방송되는 시간에 거리가 텅 빈다고 했다. 직장인들도 그 드라마를 보려고 서둘러 퇴근을 하는 국민 드라마란다. 봄이 끝나기도 전에 은혜는 그 한 편의 드라마로 화려하게 연예계에 입성했다. 드라마가 종결되기도 전에 새로운 드라마의 주연을 요청하는 섭외가 쇄도해서 순자의 머리가 아플 지경이라고…. 물론 출연료는 상상을 초월하는 금액이지만 밀려드는 광고모델의 출연료에 비하면 새 발의 피라며, 순자는 은혜의 매니저로서 그림자처럼 따라다니느라 너무도 바쁘다면서도 근황을 내게 생중계하듯 했다.

하지만 순자의 딸, 은혜가 잘나간다는 소문이 퍼져 나갈수록 정선이를 염려하는 내 마음은 점점 더 고통의 나락으로 떨어졌다. 때론 순자가 전화를 걸어오지 않았으면 하는 소원을 품기도 했다. 예전처럼 더 이상 그녀가 알고 있는 소문을 내게 말해 주지 않았으면…. 그때처럼 논두렁에 서서 소리치던 내가 되었다.

'거짓말이야! 거짓말!'

그즈음 나는 십자가 아래에 앉아 울며 하나님을 원망했다. 왜 내게 이런 불행만 주느냐고…?

그래도 무심한 세월은 가고 있었다. 벼랑에 서 있다면서 때 되면 밥을 먹고 계절이 바뀌면 옷도 바꾸어 입으면서. 봄이 되니 마당에 푸성귀도 심었다. 그때까지 정선이는 소식이 없다. 그렇게 여름이 막 시작되는 어느 날 정수가 대문을 들어서는 것이었다. 혈액종양 전문의, 이제 대한민국 최고의 병원에서 환자를 치료하고 학생을 가르치는 교수까지 바라보는 내 아들…. 하지만 그 아들이 연락도 없이 들어섰다. 정선이와 달리 정수는 다정한 구석이 있다. 서울을 떠날 때 네게 먼저 연락을 했던 아들인데….

주중에? 휴가를 받을 시기도 아닌데 왜? 갑작스러운 아들의 방문에 왜 이렇게 불안을 먼저 느끼는 것일까? 나는 마당을 가로질러 다가서는 아들을 바라보며 후들거리는 다리를 애써 진정시키며 서 있었다. 정수는 그런 내게 눈인사만 하고 남편이 있는 방으로 들어갔다. 나는 방안으로 따라 들어가지 않고 마루에 그대로 풀썩 주저앉았다. 분명 계절로는 초여름이지만 한낮의 열기가 마치 한여름처럼 뜨겁게 아지랑이처럼 피어오르고 있었다. 정수는 방을 나왔다. 나는 등을 지고 그대로 마루 끝에 앉아 있었다. 정수가 내 옆에 조용히 앉았다. 나란히 마루 끝에 앉은 모자의 시선은 앞산을 향하고 있었다. 아들이 말했다.

"산이 너무 아름다워요." 순간 빛바랜 녹색의 물감이 흐드러진 숲 속에서 뻐꾸기 소리가 새어 나왔다. 아들이 말했다.

"어머니 저 병원을 그만두었습니다."

나는 가슴이 철렁했다. 왜? 하지만 차마 입 밖으로 나오지를 않았다.

아들도 침묵했다. 캄캄해진 시야가 조금 열릴 즈음 내가 죄인처럼 물었다.

"우리 때문이냐?"

"아닙니다. 저 때문입니다. 죄송합니다."

"다 우리 때문이다. 내가 무능해서…." 눈물이 폭포수처럼 흘러내렸다. 아들이 내 어깨를 감싸며 말했다.

"어머니, 저는 어머니 아들이어서 행복했습니다."

그럴 리가, 내 아들이 이제 마음에도 없는 말도 하네…. 눈물이 멈출 기색이 없다. 아들은 내 눈물이 그칠 때까지 기다리고 있었다. 그리고 말했다.

"아버지가 의식을 잃고 저렇게 눕기 전까지 저는 제 인생이 참으로 축복을 받았다고 생각했습니다. 아버지는 우리 가족을 위해 열심히 일을 했고 어머니는 또 우리 가족을 위해 온 정성으로 살림을 꾸려 가셨습니다. 나는 두 분이 우리 앞에서 큰 소리로 싸운 것을 본 적이 없었습니다. 부자는 아니었지만 부자보다 더 풍요롭게 살았던 것 같습니다. 특히 어머니는 내가 요구하는 것을 한번도 거절한 적이 없었고 언제나 내 곁에서 나를 돌보아 주셨습니다. 나는 어머니로부터 특별한 사랑을 받았습니다. 내가 밖에서 놀다 들어오면 어머니는 항상 나를 맞아 주었습니다. 어머니는 내가 학교에 다니자 몇 점을 받아오든 항상 최고라고 했습니다. 나는 그런 어머니를 기쁘게 해주기 위해 무엇이든 열심히 했습니다."

내 아들 정수는 정말 내게는 기쁨이었다. 어린 내 기억 속에는 남자는 없다. 물론 오빠가 있지만 그도 일찍 집을 떠나 세상에는 여자만 있는 줄 알았다. 그래서 정수를 낳았을 때 내 자식 이전에 아들이라는 상징이 더 신기했다. 나는 정수의 기저귀를 갈아줄 때마다 너무 행복했다. 행여나 짓무르기라도 할까 봐 충분히 말리고 파우더를 골고루 발라주고 보송보송 마른 기저귀를 갈고 나면 정수는 까르르 까르르 웃었다. 정수는 잘 먹고 잘 자는 아이였다. 나는 정수 때문에 잠을 설쳐 본 적이 없다. 정수는 잔병치레도 하지 않았다.

정수가 유치원에 가면서 나는 학부형이 되었다. 정수는 영리해서 어디를 가나 칭찬을 들었다. 정수는 초등학교 시절부터 나를 우등생의 학부모로 대접을 받게 했다. 그래서 또래 학부모들로부터 부러운 시선을 받았다. 아들이 고등학교를 졸업하고 의과대학에 들어갔을 때 나의 기쁨은 절정에 달했다. 세상에 부러울 것이 없었다. 그랬던 내 아들이 말했다.

"사춘기에 접어들면서 나는 그런 어머니의 사랑에 반발했던 것 같습니다. 어머니의 지나친 애정에 숨이 막히도록 질려서 화도 내고 며칠씩 말을 하지 않고 때론 말없이 집을 나가기도 했습니다. 하지만 결국 어머니의 품으로 돌아오고 말았습니다. 어느새 내 감정보다 나로 인한 어머니의 감정이 더 신경이 쓰였기 때문입니다. 부담스럽다고 말은 하면서도 나도 이미 어머니의 사랑에 중독되었기 때문일 겁니다."

그랬다. 정수가 고등학교를 들어갈 무렵부터 나를 멀리하고 곧잘 화를 내면서 평소 그 아이답지 않게 굴었지만 나는 걱정하지 않았다. 아들은 말했다.

"어머니는 내게 한 번도 찬밥을 먹인 적이 없었습니다. 초등학교 시절 방과 후 엄마가 나를 위해 무엇을 준비했을까 기대하며 달려오고는 했습니다. 어머니도 멀리서 달려오는 나를 지켜보며 함박웃음으로 맞아 주었습니다. 어머니는 내가 먹고 싶다는 것은 무엇이든 만들어 주었습니다. 중고등학교 시절 친구들은 우리 집에 오기를 즐겨 했죠. 아무리 늦은 시간에도 엄마는 얼굴을 붉히지 않고 우리에게 먹을 것을 해 주었습니다. 친구들은 지금도 그 얘기를 합니다. 어머니가 해준 그 음식을 평생 잊지 못할 거라고…."

내가 아들을 위해 할 수 있는 것은 그것뿐이었다. 나는 아들이 학교에 가면서 돌아오는 시간 내내 무엇을 먹일까 고민하며 음식을 만들며 기다렸다. 아들은 내가 해주는 음식을 맛나게 먹으며 학교에서 있었던 일을 신이 나서 말했다. 나는 아들이 말을 할 때면 세상에 어떤 소리보다 더 진지하게 들어 주었다. 비록 아들의 소리가 아주 엉뚱해도 그대로 들었다. 어려서부터 표현하기보다 듣는 것에 길든 나였기에…. 아들은 말했다.

"아버지가 저리되기 전까지 어머니의 따뜻한 울타리는 변함이 없는 줄 알았습니다. 그리고 나도 내가 꽤 괜찮은 놈인 줄 알았습니다. 하지만 울타리가 부서지니 나 자신은 물론 가족을 위해 더더욱 아무것도 할 수 없는 무기력한 존재라는 것을 알았습니다. 그래도 처음에는 나를 위로했습니다. 어떻게 하든 목표했던 의사가 되는 것이 가족 모두를 위한 길이니 이를 악물고 버티자고 말입니다. 가족이 겪는 불행을 모른 척하며 꾹 참고 나면 무언가 변할 줄 알았습니다. 어쩌면 아버지도 회복할 수 있다는 가느다란 희망으로 스스로를 속였는지도 모릅니다. 그러나 세월이 가도 나만 변화하지 않고 모두가 변해서 만신창이가 되고 있다는 사실을 알았습니다. 모두를 희생시키면서 나만을 지킨 거죠. 어머니가 아버지를 모시고 이 시골로 온 것도 정선이가 대학을 포기하고 저런 길로 들어선 것이 아버지 때문이 아니라 나 때문입니다. 차라리 장남인 내가 생활 전선에 뛰어들어 가족을 부양하는 위치로 변했다면 모두를 지킬 수도 있는데도…, 적어도 정선이가 저 지경까지는 가지 않았을 겁니다. 그러면서도 나는 정선이의 사는 방법에 서슴없이 불만을 터뜨렸습니다. 그 아이의 고통이 무언지 내 어머니의 슬픔이 무언지 알지 못한 채 나의 꿈만 움켜쥐며 달리면서 나는 가장 올곧은 삶을 살고 있다고 착각을 한 거죠. 어느 날 이것을 끝까지 들고 있는 한 내 미래는 물론 우리 가족 모두를 산산조각이 낼 것 같은 공포가 밀려 왔습니다."

앞산에 뻐꾸기가 운다. 이어서 뒷산에서도 운다. 마치 그들은 결코 만날 수 없는 강을 사이에 두고 서로를 애절하게 그리며 울어대는 소리처럼 구슬프게 들렸다. 흰 머리카락이 우수수 앞으로 쏟아진다. 나는 그것을 쓸어 올릴 생각도 않고 우두커니 앉아 있었다. 손을 올려 매만지는 것조차 힘이 들었다. 푸석해진 머리카락이 겨우내 말라비틀어진 나무줄기처럼 바람에 흔들린다. 뻐꾹 뻐꾹…, 뻐꾸기 소리에 아들의 소리가 섞여 왔다.

"어머니 저는 기독교인입니다. 아버지가 저렇게 되고 우연한 기회에 하나님을 알게 되었습니다."

"……."

뻐꾹, 뻐꾹….

"어머니…!" 아들의 마른 목소리가 낯설었다. 엄마! 아빠! 외치며 품으로 달려들던 내 아들이었는데….

"저… 아프리카로 떠납니다."

"아프리카?"

"선교 갑니다. 죄송합니다. 당분간 한국을 떠나 있고 싶습니다. 어머니는 모르시죠? 저 정선이 때문에 그동안 참 많이 편했습니다. 그 아이가 연예계 진출하면서 저를 아낌없이 돌보아 주었죠. 마치 어머니처럼…. 저는 그것이 싫다면서 거절하지 못했습니다. 눈에 보이는 이 세상에 남과 어깨를 겨누고 사는 것은 어쩔 수 없는 현실이라는 변명을 하며…. 제가 몰고 온 차도 정선이가 사주었습니다. 지금 생각하니 나는 마치 몸을 판 화대까지 챙기는 기둥서방 같은 놈입니다. 그러면서 더럽게 번 돈이라고 정죄하기까지 하면서…."

"정수야! 그만해라." 나는 가슴이 아파서 더 이상 들을 수가 없었다.

얼마의 시간이 또 흘렀다. 내가 물었다.

"군대는?"

"면제받았습니다."

"어떻게?"

"그동안 몸도 많이 아팠습니다."

나는 정수를 바라보았다. 정말 내 슬픔에 싸여 아들의 얼굴을 제대로 보지를 못했다. 어쩌다 얼굴이 저렇게 상했나. 마른 체격이라지만 입고 있는 셔츠에 푹 빠진 아들의 얼굴을 바라보며 물었다.

"어디가? 어떻게?" 하지만 정수는 시선을 고정시킨 채 묻는 말에 대답하지 않았다.

"어머니 걱정하지 마십시오. 하나님의 은혜로 치유되었습니다."

"그 몸으로 아프리카를 어떻게 가?"

"어디에 있든 하나님의 섭리 안에 있습니다. 죽고 사는 것도 하나님에게 달렸습니다. 인간이 무슨 힘으로 운명을 막겠습니까? 그저 또 피해서 떠나는 것은 아닌지 그것이 두려울 뿐입니다."

나와 아들은 나란히 마루에 걸터앉아 얼마를 그렇게 앉아 있었을까? 산등성에 해가 걸려있다. 떨어지는 해에 새빨간 노을이 뚝뚝 흐르면서 서쪽 하늘을 순식간에 붉은색으로 물들여 놓았다. 낮 동안 숨어있던 바람이 바람난 계집처럼 가벼운 엉덩이를 살랑대며 근심 같은 어둠까지 뿌려댄다. 정수가 몸을 일으켰다.

"가려고?"

"네."

"밥은 먹고 가야지."

"그냥 갈래요."

나는 더 이상 잡지 않았다. 잡는다고 있을 내 아들이 아니었다.

정수는 방으로 들어갔다. 나는 그대로 마루에 앉아 있었다. 머릿속이 텅 비어있었다. 정수는 생각보다 오래 있다가 나왔다. 눈이 충혈된 것을 보니 아버지를 붙들고 많이 운 모양이었다. 어미인 내 앞에서는 의연한 척해도 아비 앞에서는 참지 못한 모양이었다. 정수는 그 모습을 들키지 않으려는 듯이 등을 지고 그대로 마당으로 성큼성큼 걸어나갔다. 정수가 막 대문을 나서는데 엄마가 성경책을 가슴에 품고 들어선다. 엄마는 구부러진 허리를 번쩍 펴고 정수를 와락 끌어 앉는다.

"아이고 정수야, 이게 얼마 만이야? 잘 생긴 내 손주."

정수가 결국 엄마의 얼굴에 가슴을 묻고 울음을 터트린다.

"할머니 죄송해요. 자주 찾아뵙지 못해서…."

"괜찮아. 이렇게라도 봤다면 다 하나님의 은혜지."

이어서 엄마도 정수에게 할미가 해주는 밥 한 끼 먹고 가라 했지만 끝내 죄송하다는 말만 남기고 대문을 나섰다.

저녁 밥상을 치우고 엄마는 여느 날과 다름없이 예배를 보려고 방으로 들어왔다. 엄마의 기도는 다른 날보다 길고 길었다. 아프리카로 선교를 떠나는 정수와 동행해달라는 간곡함이 방안을 가득 메웠다. 우리는 아직도 그 뜻을 모르지만 분명 하나님께서 뜻하심이 있다고 믿는다며…. 정선이도 어디에 있던 하나님이 눈동자처럼 지켜 달라고 빌었다. 나는 그저 눈을 감고 울기만 했다. 내 어깨에 힘없이 닿아있는 남편의 손끝에서 가느다란 떨림이 느껴졌다. 그도 울고 있음이 분명했다.

바닥은 어디에…

정수가 떠나고 한 달이 지난 어느 날, 근처에서 골프를 쳤다며 대문을 들어서는 순자의 모습이 명랑하다. 거친 풍랑을 견디지 못하고 결국 난파된 내 삶의 배는 조각이 난 채 거친 바다를 떠돌고 있는데, 순자의 배는 희망의 돛을 달고 순풍의 바다를 향해 나아가는 모양이다. 우리는 마당에 있는 평상 위에 둘러앉아 저녁을 먹었다. 여름이면 어김없이 10명은 족히 앉을 수 있는 넉넉한 평상에서 생활을 한다. 마당 한가운데에 놓인 평상에서는 어느 각도에 있어도 남편이 누워 있는 모습이 한눈에 들어온다. 저녁이면 모깃불을 피우고 열린 방문에 방충망까지 쳐두면 남편도 마당에 함께 있는 것처럼 느껴진다. 장마가 시작되려고 습기가 쌓여간다. 남편에게는 한겨울 추위보다도 습한 기운이 더 고통스러운 탓에 장마는 나의 우울증을 더 심화시키고 있다. 나는 눈치 없이 들이닥친 순자에게 눈도 마주치지 않고 밥만 꾸역꾸역 먹었다.

마주 앉아 밥을 먹고 있는 둘은 51살이라고 믿기지가 않았다. 나는 나이에 비해 너무 늙어 보이고 그녀는 지나치게 젊어 보였다. 최근 들어 노화도 빨라지는 내 앞에서 엄마가 말했다.

"누가 순자를 50이 넘었다고 믿겠어? 주름도 없네. 서른 살이라고 해도 믿겠다. 우리 딸은 고생을 하도 해서 할머니가 다 됐는데…." 순자가 밥을 맛있게 씹으며 대답한다.

"그래도 어릴 때는 사람들이 유정이를 보면 공주 같다고 했잖아요. 하얗고 동그란 얼굴에 반달 같은 눈썹에 앵두 같은 입술…. 하지만 나는 검고 각진 얼굴에 튀어나온 광대뼈로 사람들이 노골적으로 못난이라고 했잖아요."

엄마는 손바닥을 마주치며 웃었다.

"맞아. 그랬어, 그랬지…."

엄마는 다시 내 얼굴을 바라보며 한숨을 내 쉬었다.

"여자 얼굴 12번도 더 변한다더니…. 어린 유정이를 데리고 나가면 사람들이 다 예쁘다고 했는데…."

둘은 그저 말없이 밥만 퍼 올리는 내 눈에 고인 눈물은 아랑곳하지 않고 서로에게 하고 싶은 말을 거침없이 해댔다.

아침부터 금방이라도 비를 쏟아낼 것처럼 꾸물대던 날도 저물었다. 밥을 먹는 내내 순자의 이야기는 그치지를 않았다.

"나는 요즈음 자는 것이 아까워. 내 인생이 이렇게 풀릴 거라는 것은 상상도 못 했어. 정말 인생은 신비 그 자체야. 기적이 별거야. 이게 바로 기적이지. 상상도 할 수 없는 일이 터지는 것. 안 그래? 가끔 내가 얼굴을 다 꼬집어보잖니? 이게 꿈이 아닌가 하고 말이야."

순자는 깔깔댔다. 생각만으로도 절로 웃음이 튀어나오는 모양이었다.

"너도 알잖아. 김 순자 인생의 시작은 참으로 고달프고 힘들었다는 것을. 네 집 바깥채에서 온 식구가 모여 살았지. 아버지는 머슴이요, 엄마는 그 집의 식모로 살면서 애들은 어찌나 많이 낳았는지? 머리 큰 오빠들만 바글바글했던 집이 정말 나는 싫었어. 그래서 대문 안채에 삶이 얼마나 부러워했는지 너는 모를 거다. 커다란 대문 안에는 머리에는 예쁜 리본을 달고 분홍 원피스를 입고 하얀 스타킹을 신고 있는 네 모습을 보며 나와 같은 사람이라는 생각이 안 들었어. 가난에 절은 옷이 부실해서 그런지 항상 코에는 콧물을 달고 살았고 영양부족으로 얼굴에는 버짐이 피어 얼룩덜룩하고 머리카락에는 서캐가 바글거리던 나, 김순자의 초반 인생이었지. 하지만 그랬던 코찔찔이 순자가 오늘 이런 모습이 되리라 생각이나 했겠어?"

꼬찔찔이 순자라고 부르면 버럭 화를 냈던 그녀가 저렇게 당당하게 말을 하는 것을 보니 정말 천지개벽을 한 모양이다. 이어서 순자는 흥분을 가라앉히고 제법 점잖게 말했다.

"사람들은 우리 딸이 일류 탤런트가 되어 부러울 것이 없다지만 내 목표는 그것이 아니야. 신분을 바꿀 거야. 그까짓 탤런트로 일류가 된 들 뭐해? 남 보기 좋은 허울뿐인 광대야 광대. 인생 한 방이야. 여기서 새롭게 비상하지 않으면 안 돼. 나는 이 기회를 살려서 우리 은혜를 재벌 집으로 시집 보낼 거야." 엄마의 작은 눈이 동그래진다.

"그런 게 네가 마음만 먹으면 된다는 말이지?"

"그럼요. 세상에 마음먹으면 안 되는 게 어디 있어요. 긍정의 마음! 하면 된다! 우리는 꿈을 이루며 사는 21세기를 살고 있잖아요. 과거의 고리타분한 신분 하나 가지고 사는 시대는 끝났다… 이 말이죠."

"순자는 국회의원 나가도 되겠어. 저렇게 말을 잘하니."

"국회의원? 못 나갈 것도 없죠. 한 10년쯤 지나 내가 이 동네에 내려와 국회의원 한다면 찍어 주실래요?"

"당연하지. 그때까지 내가 산다면 찍어 줘야지. 그 대신 우리 유정이 좀 잘 봐줘.” 엄마는 어느새 청탁까지 한다.

“걱정 마세요. 어머니….”

한껏 의기양양해진 순자의 붉은 입술이 꽃처럼 벌어지며 기세등등하다.

밥숟가락을 놓으려니 빗방울이 떨어진다.

“기어코 오는구만. 아침부터 3일 굶은 시어머니 상을 하고 있더니…”

순자가 또 까르르 웃는다.

“어머니, 그 소리 그립다. 옛날에 할머니가 자주 쓰시던 말이잖아요.”

“아이고, 저것은 별걸 다 기억해….”

빗방울이 굵어진다. 엄마는 서둘러 밥상을 거두며 우리보고 방으로 들어가란다. 순자는 냉큼 알았다며 엄마 방으로 쪼르르 들어가며 소리쳤다.

“어머니, 저는 커피요. 운전하고 가려면 커피 마셔야 해요.”

“알았다.”

그러나 내가 엄마를 붙잡았다.

“설거지는 내가 해요. 그냥 두시고 방으로 들어가세요.”

“됐다. 오랜만에 순자도 왔는데… 네가 말동무라도 하고 있어.”

사실은 순자와 마주하고 싶지 않다는 말을 하고 싶었지만 차마 입이 떨어지지를 않는다.

마지못해 방으로 따라 들어가니 순자가 아랫목에 앉아 있다. 안방이라는 이름이 붙여진 그 방은 증조할머니가 할머니에게 물려주고 뒷방으로 가고 할머니가 돌아가시고 이어서 엄마가 차지하고 있다. 대부분 할머니 손때가 묻은 가구를 그대로 물려받았다. 하지만 제법 자리를 차지하고 있는 앉은뱅이 사각 테이블은 온전히 엄마만의 소유물이다. 테이

블 정면에는 성경책이 놓여있고 주변에 손때 묻은 돋보기와 색바랜 노트에 볼펜이 단정하게 놓여있다. 문득 순자가 시선을 멈추고 물었다.

"근데… 저 사진은 또 뭐야?"

"뭐?"

순자의 시선을 따라가니 성경책을 올려둔 책상의 벽면에 붙여진 정선이 사진이다. 엄마가 노인 회관에 있는 월간 여성잡지의 표지에 나온 사진을 뜯어와 붙여 놓은 것이다.

"예황이 아니야?"

정선이 예명이다. 그때 엄마가 커피와 과일 접시를 담은 쟁반을 받쳐 들고 방안으로 들어섰다. 순자가 물었다.

"어머니 재 좋아하세요?"

나는 순간 엄마에게 눈짓을 하며 서둘러 말을 막았다.

"조, 좋아하기는 노인정에서 누가 주더래."

"아무리 그래도 저런 사진을 걸어놔요? 내가 알던 어머니 품위가 조금은 의심스러운데요."

"왜? 어때서 예쁘기만 하구만." 엄마는 기분이 상한 모양이었다.

"예쁘다니요? 내가 말했잖아요. 저 바닥에는 저런 미모 쌔고 쌨다고…. 근데 싼티가 나잖아요."

"싼티는 뭐냐?" 엄마가 볼멘소리로 묻는다.

"싸구려 티가 난다는 거예요. 방송국 주변에 저런 애들 수두룩해요. 자기 딴에는 예쁘다고 들이대지만 결국 재도 인생을 망치고 말았잖아요."

"누가? 정선이가?" 나는 엄마를 툭 쳤다.

"정선이는 또 누구야? 어머니, 나는 지금 저기 새빨갛게 칠한 입술 헤

벌리고 유혹하는 저 눈빛의 예황이….”

그러나 나는 순자의 말이 끝나기도 전에 더 이상 참지 못하고 물었다.

“저 탤런트가 왜 인생을 망쳐. 얼마 전에 텔레비전 드라마에도 나오더구먼….”

“요즈음 쟤 안 나올걸?”

“맞아. 광고에도 안 나오고…. 왜 그러는 거야?”

“쟤도 한때는 잘 나는가 했지. 화장품 광고모델로 데뷔해서 갑작스럽게 뜬다 싶더니 금방 드라마 주연으로 출연했잖아. 겁도 없지. 연기란 인물만 좋다고 되는 게 아닌데 연기한다고 대들더니 출연한 드라마의 시청률이 5%도 안 되어 조기종영하고 쏙 들어갔어. 그런데 최근에 들려오는 소문이 더 기막혀.”

“뭔데?”

내가 화들짝 놀라며 물었다. 순자는 관심을 쏟는 내 태도에 갑자기 의심스러운 눈초리로 쏘아보았다.

“정말 몰라?”

“뭘?”

“쟤… 예황이….”

“모, 모른다고 했잖아. 그저 엄마가 하도 좋아하니까 나도 관심을 갖는 거지.”

“그래…?”

순자가 의심의 눈알을 몇 번이나 굴리는 시간이 천년처럼 느껴졌다. 그렇다고 재촉도 하지 못하고 눈치만 살폈다.

“광고주 첩으로 산다는 말이 있어.”

"첩?"

"일절 연예활동도 못 하고 늙은이 시중만 드나 봐. 어찌 보면 첩보다 못하지."

엄마는 무작정 몸을 일으켜 방을 나갔다. 순간 나의 귀도 눈도 입도 얼어붙었다. 순자의 말소리가 이명처럼 아늑하기만 하다.

"새파랗게 어린 것이 어떻게 지 아버지보다 나이가 많은 사람에게 붙어서 인생 살려고 하나? 하기를…. 좌우간 저런 애들은 끝이 안 좋아. 끝이…. 몸뎅이 하나 믿고 거저먹으려는데 될 게 뭐람…."

순자는 자정이 되기 전에 서울에 도착해야 한다며 방을 나섰다. 순자는 엄마에게 인사를 하고 간다며 찾았지만 결국 보지 못하고 대문을 나섰다. 분명 교회로 갔을 것이다. 언제 비가 멈추었는지 구름 사이로 달이 보인다. 떠나는 순자를 바라보며 간신히 참아냈던 눈물이 폭포수처럼 쏟아지기 시작했다. 방에 들어오니 남편은 자고 있다. 불빛 아래 남편의 피부가 유난히 곱다. 아침에 목욕을 시켰더니 피부가 마치 세상에 갓 태어난 아이와 같다. 좋은 꿈이라도 꾸었나? 입가에 미소가 번진다. 순간 그런 남편이 미웠다.

"여보! 언제까지 이렇게 살 거야! 정수도 정선도 이제 더 이상 돌아오지 못할 강을 건넜는데 당신만 이러고 산다는 게 말이 되나요? 어쩔 건데? 도대체 어쩔 건데?"

나는 남편이 대답이라도 하게 하려는 듯 세차게 흔들며 소리쳐 울었다. 남편이 쓰러졌을 때도 그렇게 울지 않았던 나였다. 남편을 데리고 무작정 귀향했을 때도 그렇게 울지 않았다. 정수가 홀연히 아프리카로 떠난다고 했을 때도 그렇게 울지 않았는데….

갑자기 죽을 것 같은 공포와 원망이 몰려오면서 차라리 나와 남편이 함께 죽을까? 하며… 얼마를 그렇게 울었을까? 울다 지친 나는 남편 침대 밑에서 두 다리를 쭉 뻗고 미동도 하지 않았다. 마루에 있는 괘종시계가 11번을 울린다. 그때 엄마가 방문을 열고 들어온다. 철야 기도를 하러 교회에 갔지만 내 걱정이 되어 온 것 같았다. 엄마는 그런 내 앞에 성경책을 펼치며 예배를 보기 시작했다. 엄마는 혼자서 찬송가를 부르고 이어서 기도를 시작하였다. 고통 속에 있는 딸의 마음을 살펴달라는 엄마의 기도가 자정까지 이어졌다. 엄마는 그런 결정을 한 정선이에게 축복을 내려 달라고 했다. 그리고 마지막으로 간구했다. 오늘 우리가 들었던 모든 얘기가 진실이라면 우리가 하나님의 뜻을 알 때까지 기다리는 인내를 달라고….

예배를 마친 엄마가 성경책을 덮고 방을 나서려고 한다. 나는 드디어 소리쳤다.

"왜 아무 말이 없어?"

"무슨 말을 해?"

"정선이가 지금 우리 때문에 지 아버지보다 나이 많은 사람 첩살이를 한다잖아요."

"너는 왜 그렇게 순자 말을 믿어? 예나 지금이나…. 잠잠히 있어 봐. 정선이에게 직접 들을 때까지 기다려."

"엄마! 정선이 성격 알잖아. 그 아이 죽을 때까지 나 안 찾아와. 얼마나 냉정한데. 어떤 때는 걔가 내 딸이라는 게 믿기지를 않아."

그러다가 나는 엄마에게 화살을 돌렸다.

"엄마 때문이야. 이게 다 엄마 때문이야. 왜 그때 우리를 이곳으로 부른 거야. 차라리 그냥 두었으면 저 사람이랑 나랑 지하 셋방으로 전전긍긍하다, 하기는 누가 저런 사람에게 방을 주겠어. 아마 병원에서 쫓겨나 길에서 죽었겠지. 그때 죽었어야 했어. 그때! 엉엉…."

"순자 그것이 화근이야. 내가 그 아이 우리 집에 드나들 때부터 뭔가 불길하다 했어."

엄마는 엉뚱하게 순자에게 화풀이를 했다.

"순자가 없는 말을 한 것 아니잖아. 새끼가 어떤 지경에 빠져 있는지도 모르는 무능하고 무능하기만 한 내가 더 한심하지!"

"안다고 막을 수 없어. 어차피 네가 정선이 인생에 개입할 힘이 없어."

"맞아. 도대체 나라는 인생은 무엇이야. 왜 이러고 살아야 해. 나는 솔직히 엄마가 죽으면 나 혼자 어떻게 살지 막막해."

엄마는 나를 물끄러미 바라보았다. 그리고 차분하게 말했다.

"그러게 하나님을 붙잡고 살아. 네가 걱정하는 것 다 알아서 해 주셔."

"또 그 소리! 엄마는 정말 그 말을 믿어?"

"믿고말고. 누구든 원망하지 말고 하나님께 너의 심경만 털어 놓고 기도해. 아무튼 내일 목사님이 오실 거다. 오늘 일을 말씀드렸어. 네가 몹시 상심할 거라고 하시더군."

비가 갠 하늘이 청명하다. 자정이 지나니 구름도 사라져 버렸다. 답답해진 가슴을 위해 방문을 나서니 달도 없는 새까만 하늘에 별들이 보석처럼 빛나고 있었다. 호화스러운 하늘 잔치에 한 줄기 유성이 폭죽처럼 떨어진다. 그 모습을 바라보고 있자니 더 외롭고 고통스럽다. 저 별도 내 편은 아닌 것을…. 마당으로 내려서니 코를 묻고 자던 백구가 귀를 쫑긋 세우고 얼굴을 든다. 잠꾸러기 백구가 어쩐 일인지 낑낑 앓는 소리를 하며 내 곁으로 다가왔다. 그리고 내 발밑에 몸을 뉘었다. 남편도 잠을 이루지 못하는 것이 분명했다. 보건소 소장은 내게 반복해서 말을 했다. 뇌사상태로 죽은 것과 다름이 없는 식물인간이라고. 하지만 나는 남편이 의식을 완전히 상실했다고 믿지 않는다. 왜냐고 물으며 논리적으로 설명할 수는 없지만 그의 곁을 24시간 지키고 있는 내 느낌이다. 슬픔에 잠긴 나 때문에 그도 슬퍼하고 있다는 것을 분명히 알고 있다.

정선이는 태어나면서부터 나를 힘들게 했다. 잘 자지 않고 잘 먹지 않아 병치레가 잦았다. 정선이가 커 갈수록 질투가 심했다. 좋은 것이 눈에 띄면 기어코 사야만 했다. 때론 내가 사주지 않으려 하면 사줄 때까지 떼를 썼다. 정수가 내게 절대 행복을 주었다면 정선이는 나를 무기력한 혼돈 속에 빠뜨렸다. 그래서 나는 정수만큼 정선이를 사랑하지 못했다. 그러나 남편은 정선이를 아주 사랑했다. 부부 싸움을 하면 정선이 때문이었다. 퇴근하고 들어서는 남편에게 정선이는 나로부터 억울한 일을 당했다고 일러바치고 남편은 평소답지 않게 내게 눈을 부라리며 정선이 편을 들었다.

정선이는 일등을 하지 못했으면서 일등이 되고 싶은 아이였다. 그래서 정선이는 항상 먼저 필요한 것을 해달라고 졸랐다. 정선이는 정수보다 과외 학습을 많이 받았는데도 일등은 하지 못했다. 나는 가끔 정선에게서 할머니를 보았다. 내게 없는 것은 분명 할머니의 유전인자로부터 온 것일 것이다. 할머니는 내게 늘 잔소리를 했었다. 야무진 맛이 없다고. 정선이는 머리가 커질수록 내게 노골적으로 같은 불만을 표시했다. 엄마는 운전도 못 하고 외모도 가꾸지 않고 말주변도 없다면서. 그렇게 닦달하는 그 아이 앞에서는 왠지 내가 작아지는 느낌이었다. 나는 그런 정선이와 맞서기보다는 피하기만 하는 엄마였다. 그래서 정선이 성격이 점점 더 거칠어졌는지도 모른다. 예전에 할머니가 그랬던 것처럼….

정선이는 미술에 재능이 있다. 초등학교에서 미술경연대회에 나가면 곧잘 입상을 했다. 정선이가 상을 타면 남편은 프랑스 유학까지 보낼 거라며 호헌했다. 그러면 정선이는 남편의 어깨에 매달려 다짐을 받으며 기뻐했다. 중학교에 들어가면서 정선이는 예고 입학을 목표로 본격적으로 미술 공부를 시작했다. 하지만 정선이가 가고자 하던 예고는 준비해야 할 과정이 몹시도 복잡했다. 단순히 실력만 있어서도 아니었다. 부모의 절대적인 뒷받침으로 차별화된 정보력 수집은 물론 그에 수반된 개별지도를 찾아가서 받아야 하니 당연히 기동력도 있어야 했다. 그러기 위해서는 같은 목표를 가진 학부모와 모여 서로의 의견도 교환해야 하는데 나는 그 수준에 절대 미달이었다. 그러나 나도 내 위치에서 최선을 다했다고 생각했는데 정선이의 생각은 달랐다. 정선이는 결국 그토록 열망하던 예고 입시에 실패하고 말았다.

그 후로 정선이는 아주 오랫동안 나와 눈을 마주치지 않았다. 당연히 내 탓이라는 생각을 하는 것이었다. 하지만 나는 정선이가 언제나 자기의 능력보다 높은 것에 도전하는 것이 마음이 쓰였다. 정수처럼 순풍에 돛을 달고 가지를 않고 이처럼 실패를 맞보는 것은 목표 자체가 정선이에게 과한 것이라 생각을 했다. 노력의 한계가 있다는 것을 정선이는 인정하려 들지 않았다. 그래서 내가 간혹 정선이에 목표를 낮추라 하면 그러면 인간은 발전하지 않는다며 오히려 나를 공격했다. 그리고 자신의 실패는 노골적으로 내 탓이라고 했다. 내가 정수만 사랑한다며. 그때는 그런 정선이가 야속하기만 했었다.

지금 생각하니 내가 정말 정선이에게 제대로 된 사랑을 주지 않았다. 아마 정수가 그런 요구를 했으면 나는 운전도 배우고 화장도 하면서 지옥도 불사하고 뛰어들었을 것이 분명했다. 불쌍한 정선이, 그 아이는 태어나면서부터 내게 절대 사랑을 받는 정수와 경쟁을 했는지도 모른다. 오빠보다 더 잘하면 내 사랑을 받을 거라고 생각하며 철없는 것이 무리수를 둔 것인데…. 이제 나는 정선이를 이해할 수 있다. 왜 그때는 그 생각을 하지 못했을까? 아무것도 해줄 수 없는 이때 왜 이런 생각이 난단 말인가? 정선아 미안하다. 정말 미안하다.

그 철없는 것이 가족의 위기에서 오빠도 의사로서 성공을 시키고 자기도 배우로 성공하여 보란 듯이 화려하게 나를 찾아올 예정이었을 것이다. 그리고 내게 마음껏 자랑하고 싶었을 것이다. 엄마 내가 그랬지? 하면 된다고. 하지만 또 저렇게 실패하고 얼마나 혼자서 마음을 졸이고 아파했을까? 홀로 저런 결정을 하기까지 정선이의 마음은 어떠했을까? 스스로를 불사른다고 내게 엄포를 놓았지만 들여다보면 여리고 여린 아이다. 강한 척을 하면서 결국 내 깃털로 숨는 아이였는데…. 나는 벌판에 홀로 서서 세상에서 모진 풍파를 고스란히 맞으며 버티는 정선이를 생각하면 가슴이 아파 견딜 수가 없었다. 미안하다 정선아…!

밤이 깊어지니 날이 차가워진다. 나는 마루 끝에 앉아 입을 틀어막고 울었다. 자칫 소리가 커지면 간신히 잠든 백구도 놀래고, 엄마도 잠을 설칠 것이고, 남편도 괴로워할 것이다. 나는 앓는 소리로 애원했다.

"하나님, 도와주세요."

다음날 목사님이 방문했다. 60살의 노구를 이끌고 명랑하게 방안으로 들어섰다. 그는 항상 남편에게 다가가 기도를 먼저 했다. 생명을 주신 이도 하나님이고 거두시는 이도 하나님이시라며 그 영혼은 부디 하나님이 거두어 가시기를 기도했다. 목사님은 지난밤 제대로 잠을 자지 못해 푸석해진 내 얼굴을 살펴보고 혀를 찼다.

"그까짓 일로 잠을 못 자다니…. 다 하나님께 맡기세요. 그리고 마음에 소원을 두고 기도 하세요."

"기도할 것이 있다면 나도 저 사람도 어서 죽어 자식들에게 짐이나 되지 않았으면 해요." 결국 울컥하고 말았다.

"저런, 마음에도 없는 말을…. 자식들의 문제는 하나님께 맡기세요. 성도님이 이처럼 남편의 생명을 지키는 것을 하나님이 가장 기뻐하십니다. 병든 남편을 돌보려면 자식들을 돌볼 수 없는 것 당연합니다. 그것을 모르시는 하나님이 아니십니다."

목사님은 늘 그런 식이었다. 내게는 청천벽력 같은데 아무 일도 아니라는 듯이…. 그래서 억하심정이 불쑥 튀어 오른다. 자기 일이 아니라고 말로 쓰는 인심 누가 못해? 그러나 차마 입 밖으로 내지는 못한다.

결국 순자가 3일 만에 들이닥쳤다. 빨리도 알아챘다 싶을 정도로…. 그날 밤 집을 떠나는 순자의 눈빛은 심증은 있지만 물증을 찾지 못해 허둥대는 수사관과 같았다. 아니나 다를까? 차라리 귀신을 속이라며 대문을 박차고 들어섰다. 예황이 본명이 이정선이고, 그녀의 엄마는 최유정이고…. 그것을 비밀이라고 시치미를 떼느냐고… 순자는 어머니도 그러는게 아니라고 엄마에게도 분풀이를 했다. 그래도 3일이나 걸린 것도 다행이라는 생각이 들었다. 대책도 없이 그날 들켰더라면 나는 그 자리에서 죽고 말았을지도 모른다. 3일이 짧다지만 고통만큼 긴 시간이기도 했다. 순자의 공격에 맞설 만큼의 내공이 쌓인… 정말 세월이 약인지. 청천벽력같던 일도 시간이 지나면 처음의 충격에서 벗어나는 것뿐이다. 엄마는 말하고는 했다. 인생은 사건의 연속이라고…. 그때마다 벌어진 일에 왜라고 소리치지 말고 어떻게 할 거냐를 고민하라고. 뼈만 추리면 산다고. 죽을 힘을 다해 산다 하지 않느냐며. 결국 사는 것이 죽는 것보다 어렵단다. 생명은 말 그래도 살라는 명령이란다. 인생이라는 길은 수만 가지로 얽혀있지만 절대로 막힌 곳이 없단다. 그런데 사람들이 그 길 찾기를 게을리하여 그저 사건의 기에 눌려 죽고 만다고….

순자는 양주와 안주를 들고 나타났다. 엄마도 나도 술이라고는 마시지 못하는데 순자는 혼자라도 마시겠단다. 순자가 술기운이 돌자 나를 공격했다.

"아무리 그래도 그렇게 시치미를 뗄 수 있어? 하기는 예전부터 나를 발톱에 때만도 여기지 않았으니까. 너 내 친구 맞아? 예황이가 네 딸이라고 하면 내가 신문에 대문짝만하게 광고라도 할까 봐서? 어쩌면 그렇게 시치미를 떼고 있어. 하기는 혼자 잘났지. 착하다고? 누가? 몰락한 지주 최씨가의 후손 최유정이가? 천만에…. 모르시는 말씀, 얼마나 사람을 무시하는데…. 최유정, 누구냐? 너는!"

순자의 혀가 돌아간다. 술이 많이 취한 모양이었다.

나도 정말 나를 모르겠다. 내 어린 기억 속에는 증조할머니, 할머니 그리고 엄마가 전부이다. 나는 6살에 가장 사랑했던 증조할머니가 상여를 타고 떠나던 날을 기억 속에서 지우지 못하고 살아왔다. 죽음을 인생의 시작에서 경험한 나는 어떤 것을 강렬하게 갖고 싶다거나 무엇이 되고 싶다거나 그래서 어떻게 살아야겠다는 열정도 계획도 없었던 것 같았다. 그저 다가오는 운명에 적응하며 살아왔다. 하기는 그 어떤 것도 받아들인다면 역으로 강한 것인지도 모른다. 그래서 사람들은 언제 죽을지도 모르는 무의식의 남편을 돌보며 사는 내가 약한 것이 아니라 강하기 때문이라고도 했다. 남편이 저리되고 시댁 식구들이 수군거렸다.

"정수 에미 팔자가 남편을 잡아먹는 사주라고 해서 정수 할머니가 얼마나 그 혼사를 반대를 했는데…. 그때 혼사를 고집하는 영감의 기를 못 꺾어 시키더니만 결국 저리되고 마네. 팔자 못 속여…."

도대체 나는 누구일까? 정말 그렇게 남의 운명이나 갉아먹고 사는 인물인가? 요즈음 들어 나는 자꾸 그 질문을 내게 던지는데 순자가 대답해 준다.

"너 그거 알아? 내게 다 주는 것 같지만 사실 아주 중요하고 귀한 것은 안 줬어. 그래도 사람들은 아래 것의 막내딸인 나와 놀아주는 너를 보고 천사 같다고 했어. 사실 나밖에 놀 사람이 없었잖아. 밖에 나가면 누가 너랑 놀아. 동네 애들이 조금만 건드리면 앓는 소리를 하는데. 어린게 벌써 자기 잘난 맛은 안 거지. 말 없는 가운데 저보다 못한 사람을 무시하는 거만한 눈빛, 재수 없어. 정말로…."

정말 나는 순자에게 관심이 없었다. 순자는 눈만 뜨면 내 집에 들어와 나와 놀기를 갈망했다. 순자는 스스로 낮은 자세를 취하고 내게 다가왔다. 그리고 내가 먹고 있는 것에 눈독을 들이고 내가 가진 장난감을 어떻게 하면 같이 가지고 놀까 궁리를 하는 것이었다. 입이 짧았던 나는 먹던 것도 싫증이 나면 순자는 금방 알아차리고 달라고 했다. 그리고 장난감도 새것에만 관심이 있었기에 나머지는 순자 차례였다. 나는 동네 아이들과 놀고 싶지도 않았다. 어쩌다 나가면 먼지를 뽀얗게 뒤집어쓴 아이들이 듬성듬성 빠진 이를 드러내고 웃으며 다가오는 것이 싫었다. 단지 낯선 환경에 대한 무지일 뿐이지 결코 잘난 척이 아니었는데…. 순자는 더 쥐어박는다.

"속에는 구렁이가 여러 마리 들어서 판단은 다 하면서 아닌 척은…. 다 알아. 이 기집애야. 내가 네 속을 모를까 봐. 내가 잘 나가는 꼴, 배알이 꼬이지! 이 나쁜 년아!"

순자의 취기는 점점 고조 되고 있었다. 초저녁잠이 많아 이미 졸고 있던 엄마는 결국 그 자리에 드러눕고 말았다. 이제 순자의 주정을 말릴 사람은 없다.

"하기는 타고난 신분을 무슨 수로 바꾸겠어. 그건 정말 내 탓이 아닌데도 억울하고 분했으니까. 아마도 내가 그런 비참한 생각을 가진 것은 순전히 너 때문이었던 것 같아. 너를 볼 때면 느끼는 상대적인 빈곤감은 말로 다할 수 없었어. 그래서 나는 반드시 너보다 잘살아야겠다는 생각을 했지. 그러기 위해서는 세상이 부러워하는 집안으로 시집을 가야겠다고. 그래서 죽으라 공부했거든. 하지만 대학을 졸업할 즈음 시골 졸부 출신으로 괜찮은 가문의 신랑을 만나기는 턱없이 부족하다는 것을 알았지. 내가 가고 싶은 세상에 다가가면 갈수록 그곳은 점점 커지고 상대적으로 나는 점점 작아지고 있었어. 은혜 아빠는 그런 것을 이루어 줄 사람이 아닌데도 사랑이라는 이름으로 결혼을 하면서 꿈을 접었는지도 몰라. 결국 이혼하고 말았지만 내 인생은 그때부터 시작이었던 것 같아. 위자료를 받아 투자한 부동산이 겁나게 부풀어 오르더군. 돈이 돈을 버는 현실을 경험하니 돈 버는 것, 그것도 별거 아니야. 하지만 그까짓 코 묻은 돈? 두고 봐라. 내 딸 은혜, 돈이 지천인 재벌 집으로 시집간다. 신분? 순식간에 바뀌는 게 요즈음 세상이야. 시대의 흐름을 타야 해. 두고 봐라. 너 그때 나보기 정말 어려울 거다."

그래도 사랑해야 한다니…

순자가 내게 그토록 혹독하게 퍼붓고 떠나고 계절이 두 번이나 바뀌었다. 정수가 떠난 그 봄이 가고, 그 여름이 가고 가을도 가고 겨울이 왔건만…. 그토록 안 왔으면 고대하던 순자가 그리울 만큼 무심한 세월이다. 예수가 탄생했다는 크리스마스라지만 달라지는 것은 전혀 없다. 텅 빈 마당에 차라리 눈이라도 내렸으면…. 공연히 남편에게 말을 걸었다.

"여보, 크리스마스야. 눈이 올 것 같아? 올해 넘기면 당신 몇 살인 줄 알아? 56살, 나는 52살. 아직 애들한테 연락 없어." 문득 울컥한다.

엄마는 크리스마스를 앞두고 교회에서 살다시피 했다. 작은 시골 교회지만 크리스마스이브 행사를 치르느라 노인들의 손길이 바빴다. 아이들이 없는 교회이지만 아이 같은 노인들을 위해 목사님은 나름 풍성한 행사를 치렀다. 그러느라 정작 크리스마스 예배는 초라했다. 전야제에 진을 너무 뺐는지 엄마도 예배를 마치고 바로 집으로 왔다. 들어서자마자 성경책을 내려놓고 몸이 고되다며 방으로 들어가 누웠다.

엄마가 방문을 열고 점심 밥상을 차려서 들어온다. 나도 깜박 잠이 들었던 모양이다. 나는 눈을 번쩍 뜨며 엄마에게 말했다.

"더 자지 그래요. 내가 점심을 차리려고 했는데…."

"낮잠은 잠깐만 자면 돼. 길게 자면 밤에 못 자. 자, 어서 먹자. 사람이 때 되면 또 먹어야 하는 거야. 이거라도 안 먹으면 또 무슨 재미로 사니."

엄마 말처럼 밥 먹는 재미라도 있어야 하는데 입맛이 없다. 나는 말없이 숟가락을 뜬다. 엄마도 더 이상 말이 없다. 마치 벙어리 모녀처럼 밥 먹기를 마치고 엄마는 밥상을 들고 나간다.

나는 다시 방에 갇힌다. 가슴이 답답해져서 방문을 열었다. 아침부터 꾸물대는 하늘을 올려보며 생각했다. 눈이라도 오려나? 그때 대문으로 순자가 들어섰다. 순자가 이렇게 반갑기는 처음이다. 두 번 다시 오지 않을 것처럼 큰소리를 치고 떠난 순자가…. 나는 겨울바람을 피해 굳게 닫힌 안방 문을 향해 소리쳤다.

"엄마! 순자 왔어요!" 순식간에 방문이 덜컥 열리며 엄마의 상체가 달팽이처럼 쑤욱 빠져나온다.

"정말? 정말 순자네. 어서 와라, 순자야."

엄마도 나만큼 반가운 모양이다. 순자는 양손에 봉지를 주렁주렁 매달고 마당을 가로질러 온다. 그녀는 하얀 이를 드러내며 웃고 있다. 무언가 좋은 일이 생긴 모양이다. 엄마의 엉덩이는 방바닥에 그대로 붙은 채 손짓만 요란하다.

"들어와. 어서 들어와. 춥지?"

순자는 엄마 방으로 쏙 딸려 들어가고 이내 함께 따라온 바람을 모질게 떼어내며 문을 닫는다. 나도 참지 못하고 남편에게 갔다 오겠다고 이불을 다독이고 안방으로 건너갔다.

내가 방으로 들어서니 순자가 사온 것들을 잔뜩 풀어놓았다. 순자는 들어서는 나를 보고 반색을 한다.

"너 잠깐 이 방에 있다고 네 남편 안 죽어. 냄새나는 그 방에 꿀 발랐냐? 먹을 때만이라도 이 방에 있자."

순자는 잘 쌓인 봉지에 과자들을 꺼내며 엄마 입에 들이댄다.

"이거 드셔 보세요. 서울에서 제일 잘 나간다는 백화점에서 사 온 건데 입에서 살살 놓아요."

엄마는 눈을 반짝이며 그것을 받아먹는다. 나도 색색으로 현란한 빛으로 포장된 과자들을 들쳐 보다가 하나를 골라 들었다. 입에 넣으니 정말 맛이 있었다.

"다 먹자고 사는 거예요. 아무리 잘난 척해도 사흘 굶고 똥 못 싸봐요. 산처럼 돈 쌓아 놓은 재벌이라 한들 어쩌겠어. 지들이나 우리나…."

먹는 것에 정신이 팔려 있는 나와 엄마를 보며 순자는 아주 흡족한 모양이다.

"좋은 일이 있는 모양이다." 내가 물었다.

"있지, 있고말고."

"무슨 일이야?" 엄마가 씹던 것까지 멈추고 궁금해한다.

"어머니, 내 딸 은혜가 결혼해요. 알죠? 내가 은혜를 재벌 집으로 시집보내려고 했던 것. 드디어 내가 해냈어요. 김순자의 딸, 박은혜가 대한민국 재벌 3세와 결혼을 해요. 가진 재산이 얼만 줄 알아요? 우리 같은 사람은 상상도 할 수 없는 수천억! 아니 수조래요. 수조! 어머니, 이 김순자가 그런 집과 사돈을 맺어요. 어머니!"

씹던 것을 멈추고 팽팽한 풍선처럼 금방이라도 터질 것 같은 순자의 만개한 기쁨의 표정을 바라보았다.

"아이고, 잘 됐다. 우리 순자 소원 풀었네. 하나님 감사합니다."

하나님까지 찾으며 함께 기뻐하는 엄마를 바라보며 나의 가슴은 아프게 무너져 내리는데, 억지웃음이라도 지으려 하지만 좀처럼 되지를 않는데….

사실 순자가 그런 계획을 발표했을 때 나는 믿지 않았다. 세상에 그런 일은 마음만 먹으면 되는 일이 아니었다. 은혜가 연기자로 성공을 하는 것은 개인의 노력으로 가능하다지만 결혼은 상대와 연관된 일이다. 상대조차 되지 못한 사람을 내 뜻대로 움직이는 것은 그저 꾸며낸 이야기일 뿐이라 생각했다. 그저 옛날처럼 자기가 꾸민 이야기에 그럴듯하게 빠져들다가 깨어나고 마는…. 그랬는데 정말 그리되었다니…. 근데 내 가슴은 왜 이리 아픈데?

순자는 위풍당당하게 말했다.

"어머니, 사람들은 이제 겨우 정상에 올랐는데 결혼은 이른 게 아니냐고 하지만 나는 정상이기 때문에 이것이 가능하다고 생각해요. 최고의 값을 쳐줄 때 정상에서 내려와야 해요. 인기로 올라왔으니 언제 무너질지 모르는 신기루 같은 것에 매여 있다가 뒤통수 맞아요. 은혜 매니저로 있으면서 연기하는 수많은 애들을 보며 내린 결론이에요. 박수칠 때 내려와야 한다고. 또 뭐 흔히들 말하는, 다 해보고 할 것 없으면 결혼이나 하겠다고? 그거 하수들이나 하는 소리예요. 여자에게 결혼은 사업이에요. 인생을 바꾸는 건데 맨 나중에 고르자고? 아니에요. 이판에서 더 머물러 있어 봤자 돈은 남보다 좀 더 벌겠지만 인생이 달라지지는 않아요."

"은혜도 그러고 싶어 하니?" 엄마가 물었다.

"은혜야 연기를 더 하고 싶어 하죠. 이제 연기 시작해서 본격적으로 재미를 느끼는데…."

"그러네. 나중에 후회하지 않겠어?"

"어머니, 제가 말씀드렸잖아요. 때를 놓치면 안 된다고. 여자 나이 25살이면 절정이에요. 이제 늙는 것밖에 없어요. 그리고 그것이 철이 없어서 뭘 모르는 거예요. 사람들은 종종 과정에 현혹되어 원래의 목표를 상실해서 결국은 다 잃고 말아요. 원래 목표가 연기자가 되는 게 아니라 신분을 바꾸는 것이라고 했잖아요. 재벌 집으로 시집을 가면 그까짓 연기해서 이름 날리는 인생과 비교가 되겠어요? 연기? 하루가 다르게 인물 좋은 애들 밀고 올라오는데 글쎄 몇 편이나 하고 버티겠어요? 이런 절정에서 사라져야 대중에게도 신비감을 주고. 인생이란 먼저 치고 나가는 사람이 결국 승리하게 되어 있어요. 작은 성공이 큰 미래를 망친다잖아요. 작은 것에 만족하고 안주하면 결국 머무르다 퇴보하고 말아요. 내가 가진 것 먼저 버려야 더 큰 것 잡아요. 버리는 고통 없이 저절로 되는 것 하나도 없어요. 안 그래요, 어머니?"

엄마는 손뼉까지 치며 환호한다.

"듣고 보니 그러네. 맞고말고. 순자가 누군데? 순자 딸이 고작 배우로 만족하겠어? 잘했다, 잘했어. 역시 순자야."

"어머니, 제가 누구예요? 우리 은혜가 저렇게 이름 날리며 드라마 끝내자 나는 바로 작업에 들어갔어요. 미국에서 유학하는 만수 기업 외아들을 표적으로 삼았죠. 떠도는 소문이 그다지 좋은 것은 아니었어요. 30살도 안 됐는데 여성편력에 대한 소문이 지저분해요. 하지만 그만한 재력이 있는데 능력이나 인성까지 좋기는 어렵잖아요? 사실 모든 것이 완벽하면 우리 은혜 차지 안 되죠. 안 그래요?" 엄마는 고개를 끄덕인다.

순자의 분위기는 다시 고조된다.

"인생이라는 장사에서 이문을 남기려면 남이 다 아는 진주 가지고 싸우지 말고 흙 속에 박한 진주를 남이 안 볼 때 찾아야 하지 않겠어요? 바람둥이? 어때요? 있어서 좀 피운다는데. 사실 고자가 문제죠. 재벌가의 자식 중에 성불구자가 은근히 많데요…."

"정말?"

"그럼요. 증권가에서 도는 찌라시를 보면 별 소문 다 있어요. 대한민국 기업 하는 사람의 가족은 물론 사돈에 팔촌까지…."

"찌라시는 뭐냐?" 엄마가 이마에 갈지자를 짓고 눈알을 굴린다.

"어머, 어머니. 내가 주책이지. 말을 하다 보면 상대가 누군지도 모르고 말이 튀어나온다니까? 아무튼 그런 게 있어요. 한다 하는 사람들 소문 안 나게 단속한다지만 다 흘러나온다는 말이에요. 세상에 비밀 없다는."

"어지러워. 순자 말을 이해하려면…."

나는 눈을 내리깔고 과자만 꾸역꾸역 먹는다. 하지만 순자가 내게 했던 말이 떠올랐다. 은근히 눈 내리깔고 잘난 척한다는 나, 아는 것도 없는 주제에…. 하기는 처음부터 순자의 계획이 황당하게 느껴졌었다. 결코 이룰 수 없는…. 그러나 오늘은 그런 내 눈빛에도 전혀 관심이 없는 순자다.

"어쨌든 헛소문이든 진짜든 가릴 것 없이 일단 떠도는 소문에 귀를 열고 민감하게 반응을 해야 현대 사회는 살아남아요. 옛날처럼 뒷짐 지고 '에헴' 점잔을 떤다고 알아주는 사람 전혀 없어요."

"그건 그려."

엄마가 추임새를 넣는다. 순자는 얼쑤 하며 노랫가락을 쏟아낸다.

"바람둥이가 왜 되는데요? 바로 제대로 된 여자 못 만나서 그러는 거죠. 오히려 그런 것도 우리에게는 호재예요. 또 기회다 싶으면 망설이지 말고 밀어붙이자는 것이 나, 김 순자의 전법이잖아요."

"대단해. 같은 사람인데 어쩌면 저렇게 다르지. 우리는 세상이 무서워 꼼짝도 못 하고 사는데…."

순자의 전법은 본격적으로 공개되었다.

"광고촬영 끝내고 바로 은혜를 데리고 미국에 갔어요. 드라마 새로 찍자 하는 유혹을 독하게 뿌리치고. 마침 은혜도 졸업을 했으니 대학원을 알아본다는 핑계를 대며. 사실은 그 남자가 다니는 학교 근처에서 우연을 가장한 필연을 연출하기 위해서죠."

"그렇게까지 했단 말이야."

엄마는 순자의 모험에 다소 우려하는 눈치다. 순자는 그런 이탈을 좌시하지 않겠다는 자세다.

"어머니! 21세기를 살려면 그런 모험을 감수한다고 했잖아요! 아, 솔직히, 우리 은혜 드라마 끝나서 쉬고 싶었는데 그곳으로 여행 가서 쉰다고 생각하면 되죠. 안 그래요?"

"그렇지. 그것도 말 되네."

엄마가 승복하자 순자는 마음이 놓이는지 목소리를 은근히 낮추었다.

"어머니, 우리가 간 곳이 보스턴인데 얼마나 아름다운 줄 아세요. 카페에 앉아 있으면 하루 종일 있어도 지루하지 않아요. 도시도 유럽풍이라 아름답고 지나다니는 사람도 어찌나 잘났는지. 그래도 내 딸 은혜보다 예쁜 여자는 없어요. 우리 은혜가 누구예요. 미인대회 출신이에요. 대한민국이 인정한 최고의 미인, 아무나 하는 것 아니잖아요. 고친데 한군데도 없는 순수 미인이에요. 누가 감히 모른 체할 수 있어요. 우리 은혜가 먼 광을 쳐요. 먼 광. 그 아이가 앉아 있는 사방 10미터 내에는 광채가 난다니까요. 그런데 그 바람둥이 눈에 안 들어오겠어요? 당연히 그의 눈에 띄었죠. 그때부터 우리는 가만히 있기만 하면 된다니까요. 그쪽에서 몸이 달아서 봄을 넘기지 말고 하자고 달려들고 있어요. 세상에서 성공했다는 사람들 이야기를 들어보면 우연히 공짜로 된 것 하나도 없어요. 올 오어 낫씽(all or nothing). 올인해야지. 올인…."

엄마의 눈알이 심하게 흔들리는데 순자의 부연 설명은 이어지지 않는다.

"그쪽 집안에서 아들을 결혼시킨데?"

비로소 내가 눈을 치켜뜨고 물었다.

"들리는 소문에 의하면 그 집안이 난리가 났었다고 하더군. 워낙 사고를 치고 다니는 아들이지만 결혼을 서두르기는 처음이었다고. 처음에는 반대를 했지만 어쩌겠어. 자식 이기는 부모 없잖아. 그쪽에서도 우리 은혜 뒷조사 좀 해 봤겠지. 그리고 큰 하자 없으니 결혼을 허락하면서 빨리 종결을 짓겠다는 쪽으로 결론을 내린 것 아니겠어. 사실 그것도 내 의도 중 하나였어. 돈은 엄청나게 많은데 바람둥이 외아들이 최대 약점이거든. 그것을 최대한 활용한 거지 뭐. 어제 그 잘난 재벌 집 마나님이 내게 전화를 해 왔어."

"그래서?" 엄마 침을 꼴깍 삼키며 묻는다.

"내년 2월에 결혼식 날짜를 잡겠다며 괜찮겠느냐고? 그래서 내가 거만하게 대답했어요. 그러자고…. 아마 정초에 발표 날 거예요. 한동안 세상이 시끄럽겠죠? 그래 봐야 배 아프다는 소리지 뭐. 신경 안 써요. 김순자 그런 소리에 반응 안 하고 산 지 오래됐어요."

순자는 저녁도 먹지 않고 떠났다. 몸과 마음이 바빠서 오래 머물지 못

하겠단다. 나는 순자가 떠난 마당에 서서 오랫동안 하늘을 올려다보았다. 우울했다. 눈이라도 오면 좋으련만….

저녁 밥상을 물리고 설거지를 마친 엄마가 성경책을 들고 방으로 들어섰다. 엄마는 명랑하게 찬송가를 부르고 성경 구절을 읽었다.

'사람이 마음으로 자기의 길을 계획할지라도 발걸음을 인도하시는 이는 여호와시니라.' 그리고 기도를 시작했다. 언제나처럼 오빠와 그 가족을 위한 기도를 했다. 특히 최씨 집안 장손인 오빠의 아들, 재혁이를 위한 기도를 누구보다도 간절하게 했다. 이어서 우리 집 기도를 했다. 물론 남편의 건강과 돌보는 내 마음에 평강을 주기를 기도했다. 또한 정수와 정선이 기도를 했다. 어디에 있든 하나님이 지켜달라고. 매일 같은 기도다. 저렇게 기도를 했다고 달라지는 것도, 하지 않았다고 달라지지 않는 것도 없었다는 생각이 불쑥 튀어 올랐다. 그런데 이어서 순자 기도도 하는 것이다. 사랑하는 딸 순자가 지금은 주님을 모르지만 언젠가는 주님을 알게 해달라고. 그 딸이 계획한 일을 이루어주셔서 감사하다고. 부디 끝까지 돌보아 주셔서 아름다운 결실을 이루게 해달라며….

예배를 마치고 내가 퉁명스럽게 물었다.

"엄마는 순자가 잘된 것이 그렇게 좋아?"

"내가 좋고 나쁠 게 어디에 있어."

"그런데 왜 그렇게 좋아하는 것처럼 보여."

"순자가 바라던 일이 이루어져서 축하해 주는 거야."

"그런데 나는 그 축하가 왜 안 나오지? 엄마와 나는 하나님을 믿으면서 왜 서로 다른 마음이 나오는 거야. 엄마가 내 자식들을 나만큼 사랑하지 않거나 아니면 내가 그만큼 못된 마음이라 하나님이 우리 자식들에게 축복을 내리지 않으시는 걸까? 그렇다면 차라리 순자처럼 안 믿는 게 나은 것 아니야?"

"얘가 오늘 왜 그래. 안 하던 질투를 하고. 못나게스리…."

"맞아. 나는 정말 엄마에게 부끄러운 딸이야."

"그러지 마라 유정아. 내가 아무리 순자랑 친해도 자식만 하겠어? 순자니까 기쁜 일에 말로 축하해주는 거야. 자식은 고통을 받았을 때 함께 뛰어드는 것이고…."

스스로 못나게 군다는 자책감도 나를 더 괴롭혔다.

"몰라. 정말 나도 모르겠어. 이런 마음 나도 싫어. 순자에게 왜 이런 질투심을 느끼는 건지. 잘 나가는 남의 자식 이야기 듣고 있으면 고통 받고 있는 내 자식만 생각나. 이런 내가 살아서 죄만 짓고 결국 내 자식에게 그 죗값을 치르게 하고. 나 때문이야. 나 때문…."

기어코 눈물이 쏟아진다. 엄마도 남편도 그리고 십자가에 달리신 예수님도 침묵한다. 그저 내가 쏟아내는 신음과 쉴 새 없이 흘러내리는 콧물을 닦는 소리만 들릴 뿐… 더 이상 쏟아낼 눈물이 없어질 즈음 엄마가 말을 시작했다.

"순자의 기쁨을 축하해 줘라. 순자의 기쁨이 왜 네 것이 못 되는데? 이유는 단 한 가지 바로 네가 아는 사람이기 때문이잖아. 차라리 모르는 사람이라면 네 마음이 그렇게 질투로 휘몰아치겠어? 그러니 순자를 네가 잘 아는 친구로 보지 말고 인간으로 봐. 소원을 이룬 한 사람으로 생각해. 그 사람이 소원하는 것을 이루었다면 함께 기뻐해 주면 돼. 그리고 이것이 좋은 일인지 나쁜 일인지 누가 알아? 사람이 아무리 자기

길을 계획한다 해도 발걸음을 인도하시는 것은 하나님이라고 몇 번을 말해. 순자를 위한 기도? 이제는 해야지. 사람이 이루려 할 때 보다 이룬 때가 더 위험해. 순자가 더 욕심내지 말고 가진 것에 만족하게 해달라고….”

이듬해 2월 은혜는 결혼식을 올렸다. 순자 말에 의하면 가족 친지만 참석한 극비의 결혼식을 올렸다고 했다. 은혜가 결혼식을 올리던 날 밤 순자는 네게 전화를 걸어 왔다. 은혜가 유럽으로 신혼여행을 떠났다고 했다. 소원을 이루었으니 죽어도 여한이 없다며….

제3의 인생

겨우내 시커멓게 얼어붙었던 나뭇가지나 땅은 3월이 되어도 좀처럼 변함이 없다. 바람은 분명 겨울과 다른 온기를 품고 있는데 세상은 전혀 반응을 하지 않는 것처럼 보인다. 3월이 가고 4월에 들어설 즈음까지도 잠잠하다. 그래서 정말 겨울이 간 거야? 슬그머니 두려운 생각이 들 즈음 일제히 꽃망울을 터트린다. 노란 개나리가 피나 했더니 눈을 감았다 뜨면 이번에는 진달래다. 분홍만 있는 줄 알았는데 빨간색의 영산홍도 있고 주황색의 홍철쭉도 있고 노란색인 황철쭉도 있다. 가지 끝에 달려 하얀색의 꽃을 흐드러지게 피워대는 미선나무에 옥 매화… 4월이 가는 길목 담 밑에 뜬금없이 핀 민들레도 있는 대로 고개를 뽑고 바람에 살랑대며 봐달란다. 나 노란 색이에요.

겨울 가지에 꽃부터 피워내는 것들이 한차례 쓸고 가는 자리에 이파리가 돋을 즈음 꽃만큼이나 진한 향기를 뿜어내는 꽃들의 향연이 시작된다. 연한 이파리를 내고 준비를 해 왔던 가지였던 만큼 더 화려하게 더 아름답게 5월의 향연을 터트리고, 산을 하얗게 뒤덮은 아카시아 향내가 공격명령이 떨어진 군대처럼 달려온다. 내 집 마당에도 없는 라일락의 향기가 담을 넘는다. 라일락꽃을 제일 좋아한다는 목사님이 골목을 떠도는 라일락 향에 취했는지 보라색 꽃 한 송이를 꺾어 코에 대고 흥흥

대며 대문을 들어선다. 부엌에 있던 엄마가 구부러진 허리를 한껏 늘려 세우고 깃털처럼 가볍게 나가 마중을 한다. 평소에는 여기저기 아프다고 끙끙대다가도 목사님이 오시기로 되어 있는 날은 아침부터 목사님이 즐겨 드시는 음식을 하기에 부산하다.

목사님은 순자가 다녀간 크리스마스 다음 주부터 성경공부를 제의했다. 아마도 목사님에게 엄마가 나의 못난 모습을 그대로 전했던 모양이다, 집안에 대소사는 하나도 빠지지 않고 고해성사하듯 목사님께 털어놓는 엄마다. 그래서 목사님은 마치 나이 차가 많은 큰 오빠처럼 나를 대해 주었다. 남편 때문에 교회도 오지를 못하니 당신이 올 수밖에 없다 시며… 그렇게 일주일에 한 번씩 시작한 공부시간도 차곡차곡 세월에 쌓이고 이제는 없어서는 안 되는 일상이 되어 버렸다.

목사님은 엄마를 마르다라고 하고 나를 보고 마리아라고 부른다. 예수님의 공생 동안 많은 여인이 따랐는데 그들 대부분은 과부와 창녀 등으로 사회적으로 소외된 여인들이었다고 했다. 마르다는 예수님께서 드실 것을 차리는 것을 좋아했고 마리아는 말씀을 듣기를 좋아했단다. 목사님은 먹는 것보다 말씀 듣는 것이 중요하다고 해도 엄마는 부엌을 수시로 드나들었다. 어떻게 하면 따뜻하게 맛있게 해 줄까 고민을 하는 몸짓이었다. 막상 목사님도 먹을 때면 세상에서 제일 맛난 음식이라 칭송을 하며 먹고 나면 은혜가 충만해서 기도도 힘차게 나온다며 껄껄 웃었다.

목사님은 서울에 있는 대형교회에서 목회했단다. 하지만 은퇴를 몇 년 앞두고 자신이 개척해서 엄청난 규모로 부흥을 시킨 교회를 홀연히 그만두고 신도가 50여 명 정도인 동네 교회로 부임했다. 그동안 사역을 했던 젊은 목사가 인사말도 없이 가버리고, 대신에 60을 훌쩍 넘긴 노인이라는 소문에 동네 주민들은 젊은 목사도 떠나는 교회에 과연 정착할 수 있을지 의구심을 가졌다. 더구나 목사님은 사모님도 없이 혼자 내려왔다. 목사님이라면 절대복종하던 엄마는 과부 3년에 쌀이 서말이고 홀아비 3년에 이가 서말이라며 혼자 살고 있는 목사님에 대한 염려가 이만저만이 아니었다. 그래서 때마다 반찬을 해다 주는 수고를 마다하지 않았다.

목사님은 천지를 창조하는 하나님의 역사가 시작되는 창세기부터 우리 모녀가 이해하기 쉽게 설명하시느라 애를 쓰시지만 당신도 좋다 하신다. 지난 40여 년 동안 수많은 신도 앞에서 설교하기 위해 고심했던 세월이 참으로 헛되다고 했다. 자신의 설교를 듣기 위해 몰려든 신도 숫자에 고무되어 하나님도 속이고 자신도 속이느라 진 짐이 너무 무거웠단다. 이제는 모든 것을 벗어 버리고 이 산골에서 우리 모녀에게 가리키느라 읽어가는 성경이 그 어느 때보다도 달고 맛있다고 하신다. 말년에 화려한 도시의 생활에서 벗어나 아름다운 자연에 파묻혀 하나님을 다시 알아가는 기회가 온 것에 너무 감사하단다. 하지만 만일 우리 모녀가 없었으면 조금 외로울 뻔했다고 하신다. 서로를 위해 예비하신 하나님의 은혜라며 의미를 부여했다.

목사님은 내게 제3의 인생을 주시는 분이다. 할머니와 엄마의 그늘에서 몸과 마음이 성장했던 20여 년의 세월은 제1의 인생이었다. 부모의 자식으로 태어나는 것은 내 선택이 아니었다. 순자가 그리도 부러워하는 타고난 내 팔자가 내게 정말 좋은 것인지는 알 수가 없다. 그 시절 나는 지나치게 의존적이고 소심해서 오히려 개인적인 발전을 하지 못했던 것 같았다. 이후로 남편을 만나 결혼을 하면서 제2의 인생기에 접어들었다. 부모를 떠나 독립된 인격체로 나의 삶을 형성했던 시기였다. 일반적으로 자아실현의 단계라지만 여기서 제1의 인생에서 답습한 소극성을 탈피하지 못했다. 그저 남편에게 의존하면서 나의 발전과는 거리가 먼 삶을 살았다. 그래서 아이 둘을 낳아 키운 엄마라는 존재 외에는 나를 내세울 것은 없다. 정수 엄마 혹은 정선이 엄마로. 이제는 내 이름도 잊었다. 남편이 저리되고 나는 더 없어졌다. 내 삶은 남편의 운명과 묶여 한 치 앞도 계획하지 못한 채 살아가고 있었다. 아무도 나를 기억하는 사람도 없다. 어쩌면 나는 이미 죽은 자와 같은지도 몰랐다.

제3의 인생, 죽어버린 내 마음에 생명의 싹이 솟고 있었다. 불모의 대지 위에 아주 작은 새싹이 움트는 느낌이다. 목사님은 죽어 있는 나에게 일어나라고 소리친다. 모든 것이 초등학문 수준이지만 배우는 재미가 나를 흥분되게 했다. 어쩌면 내 평생에 처음 느껴보는 기대감이었다. 나는 남편 곁에서 성경을 읽기 시작했다. 목사님은 그 모습이 참으로 보기에 아름답다 하셨다. 작은 십자가 밑에 남편이 누워 있고 그 아래 내가 앉아 성경을 읽는 모습에 하나님의 영이 임하신다고 하셨다. 정말 성경이 예전처럼 어렵다는 생각이 들지 않고 빠져드는 것에 스스로 놀란다.

목사님은 창세기에 기록된 그대로 남자와 여자의 역할을 고수하는 분이다. 자칭 정통 보수파라면서 인간이 살길은 오직 성경으로 돌아가는 것뿐이라고 하신다. 인간이 우주를 정복하는 시대라고는 하지만 변한 것은 전혀 없다며… 그저 3끼 먹고 때가 되면 자야 하고 나이 차면 죽는 것… 알파와 오메가이신 하나님은 시작과 끝이 같은데 인간이 변화를 주도하다가 세상을 망가뜨리니 스스로 죗값만 무거워진다고… 오늘은 또 무엇 때문에 마음이 상하셨는지 성경책을 펼치기도 전에 흥분하신다.

"남자는 세상을 다스리라고 만들어졌지만 여자는 남자를 도우라고 만들어졌어요. 그런데 요즈음 여자들이 남자를 다스리겠다고 하나님께 도전장을 내밀잖아요."

그러다가 엄마를 향해 물었다.

"권사님, 제 말이 틀렸습니까?"

"아닙니다. 목사님 말씀이 옳아요. 요즈음 텔레비전을 보면 여자들이 남편을 제 손아귀에 넣는 것을 무슨 훈장 딴 것처럼 자랑하던걸요."

"그거 보세요. 여자들이 대 놓고 남자를 짓밟아요. 하지만 남자도 여자도 먼저 지으신 이의 뜻을 알아야 합니다. 주전자도 항아리도 종지도 토기장이가 만들 때는 다 필요 때문에 만든 겁니다. 근데 종지가 대접 되겠다고 하고 항아리가 주전자가 되겠다고 하니… 그래서 어떻게 해요?"

엄마의 상상력이 한계에 달했는지 박자를 맞추지 못한다.

"그, 글쎄요…"

"역할을 바꾸자고 하잖아요. 나 참… 역할 바꾸자고 대들면서 주전자는 앉아서 누라 하고 항아리는 왜 서서 안 눕니까?"

비로소 엄마의 머리가 반짝하는 모양이다. 재빨리 받아친다.

"여자가 서서 오줌을? 목사님 그건 안 되죠. 여자는 절대 서서 오줌 못 눠요. 가랑이 사이로 줄줄 흘러서…"

"서서 누지도 못하면서 사내보고 앉아서 누라는 거는 말이 돼요?"

"근데 접대 텔레비전에 나온 여자가 그러는데 변기가 지저분해져서 남편을 그렇게 길들이고 나니 아주 좋다고 하던걸요. 근데 나는 며느리에게 우리 손주에게 절대로 그렇게 시키지 말라고 당부했어요. 남자는 서서 오줌을 눠야 해요. 그게 사내들의 힘의 상징인 줄 모르고 여자들은 그저 지저분한 것만 신경을 쓰니…"

"거기다가 요즈음 항아리들은 이제 토기장에게 왜 주전자처럼 안 만들어 주었냐고 대들잖아요. 공평하지 않다고… 그러면 토기장이가 어떻게 해요?"

"그. 글쎄요…"

"내다 버려요. 항아리로 쓸려는데 자꾸 주전자처럼 굴면 그놈의 몹쓸 항아리 깨버려야지 어떻게 합니까? 제가 뭔데? 피조물 주제에… 어디다가 지은 자에게 틀렸다고 들이대고 안 되면 지가 고치겠다고 설쳐. 설치기를…"

"얼마나 무서운 하나님인 줄 모르는 거죠."

엄마가 약간 겁을 먹은 표정이다. 목사님의 목소리가 더 커진다.

"하나님은 공의가 먼저예요. 사랑 이전에 공정한 심판이 먼저인데 무조건 다 용서한다고? 원 세상에… 예수님도 당신 다리에 털 뽑히면 화내요. 좌우간 하지 말라는 온갖 못된 짓은 다 하고 사랑의 하나님이니까 무조건 용서해준다고. 그래, 오래 참으신 하나님을 기만하고 진노를 머리 쌓아라. 쌓아. 한방에 박살 날 테니까."

다혈질인 목사님에게 시동이 걸리면 막아설 사람은 아무도 없다. 시작 전에 방향을 잘 못 틀면 한참을 돌아 나와야 한다. 일단 엄마와 나는 고개를 숙이고 들어야 한다.

"피조물인 주제에 어찌 그리도 아는 체를 하면서 창조자를 무시하는지… 재물도 권세도 그래요. 부자도 가난한 사람도 하나님이 만드셨다고 하잖아요. 종지든 대접이든 다 필요해서 만들었건만. 감히 누구 앞에서 종지가 볼품이 없고 대접이 잘났다고 요란을 떨어 떨기를… 인간들이 싫다는 작은 그릇은 어디에든 어울려요. 하나님은 저 혼자 잘난 것보다 조화롭게 쓰임 받는 그릇을 좋아해요. 큰 그릇? 왜 크게 안 만들어 주었냐구요? 다들 큰 그릇 돼 보겠다고 기를 쓰지만 큰 그릇이 쓰임 받기 쉽지 않아요. 잔칫상이나 벌려야 쓰임 받는데 어디 잔치가 쉽게 열립니까? 재수 없으면 평생 진열대 신세죠. 안 그래요?"

"맞아요. 귀한 그릇은 쓰기 아까워서 찬장에 모셔 놓기만 했는데 세월 지나니 고물 되고 말았어요. 시집올 때는 돈깨나 주었건만 요즈음은 유행이 지나 거들떠보지도… 내가 봐도 촌스러운데… 그래도 손이 떨려서 차마 버리지도 못하고… 나 죽고 나면 결국 누군가가 버리겠지만…"

"쓰임 받지 못하면 없는 것보다 못한 세상, 그런데 자기 역할에 불만을 품는다? 누구한테 혼나요?"

"지은 자에게."

"어떻게요?"

"쓸모없다고 거름 더미에 던진다면서요?"

"큰 그릇 되어 하나님께 쓰임 받겠다고? 하나님이 쓰시려는 그릇은 그릇의 능력이나 크기와는 전혀 관계없습니다. 쓰임 받을 준비를 하면서 깨끗하게 닦인 그릇만 사용합니다. 종지를 대접처럼 쓰고 대접을 종지처럼 사용하시는 것은 창조주 하나님의 마음입니다. 항아리면 어떻고 종지면 어때요? 더러운 것만 잔뜩 담겨 있는 큰 그릇? 차라리 종지였더라면 후회할 날만 남았습니다. 그래서 하나님은 그놈의 역할 타령하면서 자신도 남도 미워하고 갈등하지 말고 서로의 가치를 인정하고 서로 존귀하게 여기라고 했건만…"

"아멘."

"기도도 그래요. 하나님은 인간이 저 잘라서 더 잘나게 해달라는 기도는 안 듣고 오로지 그 잘난 체하는 인간들 때문에 상처받은 사람들의 소리만 듣겠다는데, 인간들이 어디 그래요? 그저 돈만 있으면 하나님도 제 편인 줄 알고 거들먹대고 없는 사람 무시하고… 사람 귀한 줄 모르고 잘난 척하지만 무인도에 가서 살아보세요. 권세? 존귀? 누가 있어야 그런 대접을 받죠. 억만금을 가진 재벌도 절대 권력을 가진 왕도 똥 푸는 사람 없으면 제 똥 제가 퍼야지 어쩝니까? 그거 떠받들어 주는 사람이 없다면 못하는 겁니다. 그러니 대접받으려면 대접을 해 줘야 하는데 모가지를 있는 데로 쳐들고 대접만 받으려니 원… 그래 봐야 100년도 못 살고 가는 인생 뒤에 오는 심판은 신경도 안 쓰고…"

잘못한 학생처럼 머리를 조아리고 앉아있는 우리에게 비로소 목사님의 시선이 머문다. 흥분이 가라앉은 목소리다.

"그래도 돈이나 권세 있는 자리에 있고 싶어요? 권사님?"

"아니죠. 당연히 낮은 자리에 임해야죠."

"글쎄… 권사님도 내 앞이라고 말은 그렇게 하지만 막상 돈도 있고 권세도 준다면 안 그럴걸요?"

그러자 엄마는 손사래까지 치며 절대 아니라고 했다.

"하기는 하나님을 남보다 많이 안다는 목사인 나도 장담 못 합니다. 나도 그 자리 가면 그럴 겁니다. 알면서도 저지르는… 인간의 한계가 또 거기까지 인걸요. 그래서 그런 자리에 안 간 것이 복이라는 소리입니다. 하기는 요즈음 그런 말도 있어요, 하이 리스크 하이 리턴. 권사님 이 말이 무슨 말인지 알아요?”

그러자 엄마의 눈이 다시 반짝인다.

“당연하죠. 고수의 고위험! 지난번에 말씀하셨잖아요. 세상에서 가진 게 많으면 많을수록 지옥 길이 그만큼 빨라진다고.”

“아. 그랬나요? 이거 큰일인데. 이러다가 내 귀한 지식 다 털려 교회에서 쫓겨나는 것 아닌지 모르겠네.”

“아이고, 목사님…”

엄마가 손사래를 친다. 아이 같은 모습이다. 목사님도 그 모습이 좋은지….

“하여간 우리 권사님, 아기 천사입니다. 세상은 그런 말로 사람들을 현혹하지만 사람들이 기피하는 낮은 자리가 안전해서 좋아요. 안 그래요? 낮은 자리에 있으면 올라갈 일만 있고 하나님은 낮은 자리에 있을 때 동행하면서 지켜주신다고 하건만… 그래서 복이 있다고 하는 겁니다. 잘해서 복을 주는 것이 아니라… 인간이 잘해 봐야 위에서 보시는 하나님 보기에 거기서 거기예요. 하나님은 인간이 쌓은 문명이나 재물에는 관심이 없습니다. 그저 하나님이 창조하신 이 아름다운 세상을 즐기고 서로 사랑하며 행복하게 살라고 했건만 갈수록 원망과 고뇌만 들려오니 하나님도 슬퍼하십니다. 전지전능하신 하나님께서 만들고 스스로 흡족해하신 하나님의 작품인데… 그중에서도 하나님의 형상까지 나누어 준 인간이 선봉에 서서 이 아름다운 세상을 지옥으로 만들고 있으니…”

목사님은 슬픈 표정이 되어 십자가를 한동안 바라보았다. 이윽고 목사님의 시선이 성경책으로 돌아왔다. 나와 엄마가 이제 시작하려나 하면서 진도를 찾아 성경책을 펼치는데 목사님은 왠지 오늘은 진도를 나가고 싶지 않다며 성경책 표지에 두꺼운 손을 그대로 얹었다. 이에 당황하는 나와 엄마를 보며 목사님이 고개를 갸우뚱하며 묻는다.

"수업하려던 선생님이 문득 가리키던 책을 덮고 첫사랑 얘기를 해준다고 하면 학생들의 반응은 어떻죠?"

"… 좋아하죠."

내가 눈치를 보며 대답했다.

"어떻게요?"

"너무 좋아서 난리를 떨죠. 환호를 지르고 책상을 두드리고…."

"그런데요?"

이윽고 엄마가 딩동 하고 눈치를 챈 모양이다. 갑자기 손뼉까지 치며 환호한다.

"그러면 목사님 첫사랑 얘기해 주시려는 겁니까? 좋아요! 아주 좋아요."

"권사님! 엉뚱한 상상하지 마세요."

"네?"

"내 첫사랑은 예수님이십니다."

"아? 그런가요? 죄, 죄송합니다. 역시 목사님이셔. 아암. 우리 목사님이 여느 사내들처럼 계집애들을 졸졸 따라다닐 실 분이 아니지. 아암, 아니고말고…"

"아이고 권사님, 내가 졌어요. 졌어."

엄마 나이가 70살을 훌쩍 넘겼는데도 말을 받아치는 솜씨가 날로 발전하고 있었다. 엄한 시집살이에 30대에 남편과 이별하고 이 집에서 산 세월이 전부이다. 사회성을 발달시킬 만한 인간관계도 한 적이 없는데 도대체 어떤 원천으로 변화하는지 의문이다. 이제 그 옛날 세상에 고난은 다 짊어진 것처럼 수심에 차 있던 엄마의 모습은 어디에도 보이지를 않는다. 엄마도 분명 제3의 인생을 통해 지혜로워지고 강해진 것 같다.

한 줄기 빛도 없는 캄캄한 동굴과 같은 인생길에 어디에선가 한 줄기 빛이 보인다. 그 빛은 처음부터 있었는지 아니면 이제 들어온 빛인지 알 수 없지만 누군가 제3이 인생이 무엇이냐 내게 물으면 밖에서 들어오는 한 줄기 빛을 찾은 것이라고 말할 수 있다. 이제 그 빛을 따라 앞으로 가기만 하면 된다. 그래서 주변에 어둠은 더 이상 두렵지 않다. 아마도 내가 그 빛을 찾았을 때 남편은 이미 찾아서 내 손을 붙들고 보게 해준 것 같다는 생각을 남편이 죽고 나서 생각을 했다.

그날은 정말 성경공부를 하지 않았다. 그러면서 목사님은 자신의 심경을 털어놓았다. 이곳에 목회를 한 지 이만한 세월이 흘렀으면 아내가 남편인 자신을 따라 내려 올 만한데 여전히 핑계를 댄다고 한다. 그러면서 부부 한 몸처럼 붙어 있으라는 하나님의 말씀을 목사인 자신이 실천하지 못해 부끄럽기만 하다고 하신다. 그리고 나를 바라보면 더 부끄러워진다고.

그러다가 불쑥 혈기를 드러낸다.

"근데 누구 때문에 세상이 망가질 것 같아요? 남자 탓이에요 아니면 여자 탓입니까?"

"그래도 힘쓰는 남자가 욕심을 내서 그런 것 아닐까요?"

엄마가 대답했다. 그러나 목사님은 단호하다.

"나는 여자 때문이라고 생각합니다."

"왜요?"

"남편은 마누라를 절대 못 이깁니다. 그것도 늙어 갈수록… 내 마누라도 보세요. 내 말 절대 안 들어요. 안 맞아, 정말 안 맞아. 접대 텔레비전 보니까 잘생긴 남자 배우가 그러데요. 죽어도 안 맞는 복권 같다고.”

“….”

“나도 처음에는 우리 마누라 만나 결혼했을 때 복권에 당첨된 것처럼 기뻐했죠. 근데 살수록 왜 이렇게 안 맞는지 원… 죽어도 안 맞는 복권인데. 죽어도 안 맞는….”

진지한 목사님의 표정을 아주 심각하게 들여다보는 엄마의 표정을 보니 완전히 이해하지는 못한 것 같았다. 그러나 고개를 끄떡이면서 알아들은 체를 한다.

“아담이 여자의 말을 듣고 사과를 따 먹은 이후로 남자가 여자 절대로 못 이깁니다. 이 사건 이후로 인간은 스스로 생각하고 결정하는 존재가 아니라 그저 누구의 말을 듣느냐로 나뉜다는 겁니다. 인간은 스스로 생각하는 존재라며 수많은 철학과 심리학자들이 그럴싸한 이론을 붙이지만 창세기를 읽어 보세요. 결국 사탄의 소리에 따라 움직였고 그 통로가 바로 여자입니다.”

“….”

“요즈음 남자 알기를 똥으로 알지만 하나님이 아담을 처음 만들었을 때 스스로 생각하는 존재로 만드셨어요. 하나님이 누구예요? 당신의 마지막 작품, 당신의 형상을 닮은 인간을 만드실 때 자기 생각도 없이 남의 말이나 들으라고 만들었겠어요? 창세기 2장 19절에 보면 하나님이 흙으로 빚은 땅에 짐승과 하늘을 나는 새를 만들어서 아담에게 이름을 지으라고 하시잖아요. 지금 세상에 존재하는 생물의 이름들 다 아담이 지은 겁니다. 그리고 특성에 맞게 다스리는 권한도 주셨습니다. 왜요? 그만큼 아담을 믿었으니까 맡기는 것 아닙니까? 누가 자기 작품에 이름을 지으라는 권한을 줍니까? 그만큼 서로에 대한 믿음이 있었던 거죠. 근데 아담이 여자를 만나고서 맛이 갔어요. 거기다가 여자 말을 듣고 하나님이 금하는 사과를 따 먹고 하는 소리라니… 뭐라고 했어요?"

엄마가 입을 달싹이지만 얼른 떠오르지를 않는 모양이었다. 나도 성경을 펼쳐 창세기를 훑어보는데 목사님이 먼저 소리쳤다.

"당신이 주신 저 여자가 먹으라고 했다고 하잖아요!"

"아이고, 깜짝이야."

엄마가 놀란 듯이 어깨를 들썩이지만 대답을 못 한 것이 못내 아쉽다는 표정이다.

"홀로 사는 아담이 안쓰러워 하나님께서 자고 있던 아담의 갈비뼈를 빼서 만들어 준 여자를 보자마자 아담이 뭐래요?"

"이는 내 뼈 중의 뼈요 내 살 중의 살이구나. 남자에게서 나왔으니 여자라고 부를 것이다!"

이번에는 어림없다며 엄마의 대답이 총알처럼 튀어 나갔다. 목사님이 흡족한 미소를 띠며 말을 이었다.

"그렇게 복권 맞은 것처럼 난리를 떨다가 도리어 하나님을 탓하잖아요. 당신이 만들어 준 저 여자 때문이라고… 안 맞아 정말 안 맞아. 그 여자 때문에 남자 쪼다 됐어요."

목사님의 표정이 이내 슬퍼진다. 하지만 엄마는 빙긋이 웃는다.

"왜 웃으세요? 권사님."

"목사님 말씀이 옳아요, 남자들은 정말 쪼다 같아요."

"아니, 왜요?"

말은 그래도 목사님의 절대 추종자인 엄마가 아니라고 손사래를 칠 것을 기대하셨는지….

"사실 남자는 믿고 살만한 존재는 아닌 것 같아요. 유정이 아빠도 처음에 날 보고 별소리 다 했어요. 세상에 여자가 나만 있는 것처럼…."

나는 엄마 입에서 아버지에 대한 말을 하는 것을 처음 듣는다.

"그때는 정말 행복했어요. 마치 하늘에 별이라도 따다 줄 것처럼 하더니… 고작 고만큼 살다가 헤어지고 말 것을…."

눈물까지 눈에 비치더니 이내 감정을 거둔다. 마치 말로 표현하면 사라져 버리는 신기루처럼….

"그러더니 그 말은 하나도 안 지키고 엉뚱하게 나를 청상과부로 만들었잖아요. 좌우간 말만 번드르르해요. 말만… 쪼다같이… 그런데 이 나이까지 살고 보니 정말 남자는 하나같이 쪼다예요. 믿을만한 존재가 아니에요."

"권사님, 그러면 저 섭합니다."

"목사님은 남자가 아니죠."

"더 섭합니다."

"아이코, 벌써 밥때가 훨씬 지났네… 목사님 허기지시겠네."

엄마는 벌떡 몸을 일으켜 방을 빠져나간다.

흐르는 강물처럼

누가 무어라 해도 세월은 거침없이 간다. 내 나이 53살, 77살 엄마는 눈에 띄게 쇠약해지지만 오히려 나는 엄마의 약함을 채울 만큼 강해지고 있었다. 나는 남편을 돌보면서 엄마가 하던 살림을 도울 만큼 생활에 익숙해지고 있었다. 엄마는 자기가 떠날 때가 되었다고 생각을 하는지 그동안 해 왔던 집안 살림을 내게 부지런히 설명을 했다. 시간이라는 하루는 같지만 그 하루에 배역의 비중이 나를 중심으로 이동하고 있었다. 아주 조금씩.

그렇게 아프게 떠나보낸 내 아들 정수로부터 소식도 날라 왔다. 아프리카 최남단에 있는 섬나라 마다카스카르에서 잘 있단다. 적도에서 비껴간 지역이라 일반인들이 생각하는 만큼 덥지는 않다고 했다. 하지만 국민 소득이 300불 정도로 최빈국이라고 했다. 의료혜택을 전혀 받지 못하는 주민에게 의사로서의 소명을 다 하고 있단다. 자신은 건강하고 처한 생활에 만족한다며 걱정을 말란다.

나는 아들의 말을 믿기로 했다. 이제 정선이가 연락을 해 오지 않아도 두렵지 않았다. 하나님이 동행에 주실 거라는 믿음이 자라고 있었다. 십자가 아래서 시공간을 초월하신 하나님이 그들을 돌보아 달라는 내 기도를 듣고 계시리라. 하나님께서 이 딸을 사랑하시니 어찌 돌보아 주시지 않을까? 제3의 인생은 홀로 겪는 두려움에 머물러 있게 하지 않았다.

5월도 가고 6월의 초입도 넘어섰다. 환절기라 불리지만 봄도 아닌 것이 여름도 아닌 것이 까탈스럽기까지 한다. 한낮의 여름 같은 열기는 5월에 만개했던 꽃이 남아있는 것도 미운지 습한 바람을 실어 기어코 꽃잎을 녹아내리게 한다. 언제 여왕 같은 자태를 뽐내었던가? 건조한 봄바람에 우아하게 떨어지지도 못한 채 가지에 그대로 달라붙어 갈색으로 변해 초라하기 그지없다. 생명이 만개한 초록 밭에서 홀로 죽어 있는 모습은 더욱 추하다. 자연도 인생과 같은 모양이다. 푸를 때 푸르고 화려할 때 화려하고 한겨울에는 시커멓게 죽어 있어야 하는…. 6월은 왔다지만 내 마음이 아직 봄에 남아있는 것에 여름이 심술을 부리는 것이리라. 떠나려는 것도 그대로 못 가고 남아 몽니를 부리는 것도 지나친 사랑을 받았기 때문이리라.

대문을 들어서는 순자의 표정은 그다지 밝지 않았다. 아쉬움이 남아있는 근심 같은 봄의 마음인가? 아니면 반기지 않는다고 심술을 내는 여름 같은 마음일까? 엄마는 마치 오래도록 기다린 딸처럼 반갑게 맞았다. 순자는 심드렁하게 말했다.

"은혜가 딸 낳았어."

은혜가 허니문 베이비를 가진 게 싫었던 순자였다. 일찍 들어선 아이가 은혜를 남편과 생이별하게 하고 독한 시어머니의 시집살이를 시키게 했다는 이유로…. 공부가 끝나지 않는 바람둥이 아빠는 미국으로 가버리고 철없는 엄마의 발목을 잡은 그 손녀딸이 드디어 세상에 나온 것이다.

"예쁘지?" 내가 물었다. 그러자 순자는 심드렁하게 말했다.

"몰라. 생긴 것도 딱 지 애비야. 나 원, 태어나자마자 얼굴이 그렇게 아버지와 똑같은 애는 처음 봤어."

"애비 닮으면 좋지 뭘 그래." 엄마 혀를 차며 말했다.

"몰라요. 모르겠어요. 뛸 듯이 기뻐야 한다는데 그렇게 내 마음이 좋지를 않아요. 그토록 대단한 집에 딸을 시집보냈다고는 하나 나는 아직 그 집에 가서 밥 한번 먹어 본 적도 없어요. 손녀딸? 출산하던 이튿날 산부인과에서 얼굴 한번 본 것이 전부예요."

순자는 더 이상 은혜에 대해 말을 하지 않았다. 그리고 정선이 소식을 들었다고 했다. 순간 내 가슴이 철렁 내려앉고 손끝에 경련이 일었다. 가는 귀가 먹은 엄마가 순자 곁에 바싹 붙어 앉았다.

"어머니, 정선이랑 산다는 영감의 조강지처가 죽었대요. 영감보다 나이가 두 살이 많다지. 그분이 배운 것은 없어도 아주 후덕하대요. 그분의 소생은 5명이고. 하지만 영감이 밖에서 낳은 자식들도 절대 차별은 않는다고 합디다. 영감이 수조의 재산가이지만 본인은 사치하지 않고 살면서 아랫사람 심하게 다루지 않고…. 그래서 사람들은 조강지처의 후덕함 때문에 저리 부자가 됐다고 할 정도래요. 사실 작은 부자는 자기 노력으로 되지만 큰 부자는 하늘이 낸다잖아요. 사람이 노력했다고 당대에 저렇게 부자 되겠어요? 먼저 조상이 쌓은 은덕이 있어야 하고 또 시대를 잘 타고나야 하고 더하여 저렇게 후덕한 아내를 맞이했다는 것은 개인의 능력과 상관없잖아요."

"좋은 아내는 하나님이 주신다잖아."

"그래요? 성경에도 그런 말이 나와요?"

"당연하지. 천지만물을 지으신 하나님인데 다스리는 법이 없을까 봐?"

"그렇구나…. 하기는 그 집에서는 회장님은 무서워만 하고 마나님은 모두가 존경하고 따른다니…. 그 회장님이 갓 스무 살에 집을 떠나 일본으로 만주로 떠돌며 장사로 시작했다는데 그래도 애를 다섯이나 만들었다니…? 그 마나님은 남편과 한이불 덮고 산 것도 손으로 꼽으라면 꼽는답니다. 그런데도 잠만 잤다 하면 아이가 생기더라는 거죠."

"그러면 그 여인 내는 평생 그 남편과 5번 잤다는 말이야?"

눈을 동그랗게 뜨고 묻는 엄마를 바라보며 순자가 박장대소를 한다. 나는 이미 입과 가슴이 얼어붙어 아무런 생각도 나지를 않았는데 엄마와 순자는 무엇이 저리도 좋은지? 순자가 웃던 끝에 흘러나오는 눈물을 훔치며 말했다.

"어머니도 그러면 유정이 아버지와 두 번 자고 유정이 오빠 만들고 유정이 만들었어요?" 그제야 엄마는 순자에게 눈을 흘기며 말했다.

"아이구 망할 것, 옛날에는 다 그러고 살았어. 그리고 여자가 새끼만 낳으면 되지 별거야?" 그대로 질 순자가 아니다.

"어머니가 그러니까 남자들이 조강지처 버리고 뛰쳐나가는 거예요. 사실 유정이 아버지가 오로지 돈을 벌자는 생각으로만 집을 나갔겠어요? 어머니가 아양을 떨고 앓는 소리를 하고 유정이 아버지 바짓가랑이를 붙잡으면 그렇게 쉽게 못 나갔어요. 비록 가슴에 돈을 벌어야겠다는 마음이 불같이 일어도 여우 같은 마누라와 토끼 같은 자식들이 눈에 어른거리면 망설이겠죠. 거기다가 어머니가 죽겠다고 독기를 부리면 어떻게 하겠어요. 유정이 아버지가 어머니를 누구보다 사랑하면 당연히 못 떠나죠. 당시에 유정이 아빠는 보통학교도 나오시고 돈에 철천지원수를 진 사람도 아니고 그저 있는 집 자식으로 배운 지식이 있으니 젊은 혈기를 부리며 처자식을 두고 고향을 떠난 거죠. 안 그래요? 그때 어머니가 아주 강하게 붙잡았으면 어쩌면 어머니 인생이나 유정이 인생이 달라질 수 있었을지 누가 알아요? 결론은…?"

뒷말을 참으며 엄마의 눈치를 살피다가 토해냈다.

"어머니가 유정이 아버지를 붙잡을 만한 여자의 매력이 없었다 이거죠 뭐…."

순자가 엄마의 삐친 표정을 살핀다.

"어머니… 화나셨어요?"

결국 엄마가 소리쳤다.

"아이구 이것아, 너는 어렸을 때부터 내가 유정이 아버지한테 소박맞았다고 떠들고 다녔잖아!"

"어머, 어머, 어머니 그것 어떻게 아셨어요. 제 말이 아니고 당시 떠도는 소문이었어요. 내 말이 아니라니까요. 그래서 유정이에게 말해 준건데…."

순자의 입은 웃음을 참지 못하고 엄마는 약이 오른 채로 입술이 잔뜩 얇아져 있다. 이내 순자가 엄마 손을 잡았다.

"어머니, 그래도 저 미워하지 않으셨잖아요. 저는 그래서 이곳이 좋아요. 옛날얘기하고 속에 있는 말 다 할 수 있잖아요. 유정이와 어머니는 제 옛날 모습 다 알고 있으니 무엇을 더 숨길 게 있어요. 철이 없고 힘이 없어 그대로 보여준 것 다 알잖아요, 하지만 인간이 배우고 능력이 생기기 시작하면 자기를 감추기 시작하는 거죠. 당연히 자랑스럽지 않은 나를 뼛속까지 아는 고향을 떠나는 것이 소원이었죠. 이후로 나를 아는 사람들은 내가 꾸민 것만 본 사람들이에요. 은혜 아빠도 정말 사랑해서 결혼했다지만 둘은 보여주고 싶은 것만 보여준 거죠. 살면서 실체가 드러나면서 갈등하고 미워하고 실망하는 과정 끝에 결국 서로 못 참고 헤어졌잖아요. 사랑이라는 이름으로 아이 둘이나 낳았다지만 남보다 못한 사이로 끝이 나고 말았어요. 지금도 은혜 아빠를 사랑했던 기억보다 서운하고 미워했던 기억이 더 남아요. 하지만 어머니는 아직도 유정이 아버지를 사모하는 마음을 품고 계시잖아요. 어쩌면 두 분이 지금까지 살았더라면 다른 악운이 와서 서로 미워하는 관계로 끝이 날수도 있을지 누가 알아요."

엄마는 순자에게 밉지 않은 눈초리로 말했다.

"하여간 저거는 병 주고 약 준다니까."

"어머니, 저도 이제는 제가 누군지 잊었어요. 평생 나도 속이고 남도 속이다 보니 진정한 내 모습이 나도 무언지 모르겠어요. 차라리 모든 것을 내려놓고 글이나 썼으면 좋겠어요. 저 이래 봬도 국문과 출신이잖아요. 하기는 그것도 머리만 복잡하지 궁둥이 붙이고 앉아 있지를 못하니. 아휴 인생살이 뭐가 옳은지…?"

이내 순자는 나를 바라보았다.

"유정이, 재는 꿈이 없었다는데 왜 나는 그 어린 게 그토록 꿈도 많고 또 거창했는지…? 그것이 이루어져서 행복하다고 누가 그래?"

순자 말에 의하면 회장의 부인이 죽고 두 번째 부인이 공식 석상에 나타난다고 했다. 그 여인은 일본 교포로 일본에만 거주하고 있다고 했다. 일본에서 사업 파트너로 만났으며 그 여인에게서 난 자식은 3명이라고 했다. 순자는 정선이에 대한 소문도 더하였다.

"네 딸은 너를 안 닮고 독한가 봐. 정말 소리소문없이 죽은 듯 있어. 연예계에 마당발인 내 레이더에도 안 걸리고. 하기는 그 판에 나이도 새파랗게 어린 것이 찍소리인들 하겠어. 영감의 공식적인 부인 사이에 난 자식이 8명이고 그 사이사이에 밖에서 낳은 자식도 있다고 하니. 그 집의 큰딸이 우리 또래래. 들리는 소문에 의하면 무식하고 욕심 사납기로 둘째가라면 서러울 정도라는데. 일하는 사람도 제대로 붙어 있지를 못하나 봐. 나는 솔직히 네 딸이 그 판에 뛰어든 게 이해가 되지를 않아. 사람이 누울 자리를 보고 다리를 뻗어야지. 내가 보기에 영감 살아있을 때 적당히 재산을 챙겨서 자기 살길을 찾는 것밖에 없어. 그러니 너 연락되면 나랑 연결 좀 시켜줘. 네가 못하면 내가 나서서 길을 찾아주게. 해외에 몇 년 나가 죽은 듯이 있다가 눈치 봐서 들어오라고 해. 그때 내가 매니저로 뛰어준다고. 이제 우리 딸이 시집가고 할 일도 없는데 그거나 하지 뭐. 더구나 네 딸인데 내 딸 같지. 안 그래? 일단 잠수를 타다가 다시 시작하는 거야. 다들 그렇잖아."

은혜가 연년생으로 아들을 낳고부터 순자가 나를 찾는 횟수가 늘기 시작했다. 시간은 많고 할 일이 없다는 것이 이유였다. 순자는 아들 지성이가 군대에 가고 나니 더 공허하다고 했다. 눈코 뜰 새 없이 바쁠 때는 쉬고 싶은 것이 소원이었는데 막상 시간이 많으니 노는 것도 재미가 없단다. 골프 치는 것도 즐겁지 않고 여행을 다니는 것도 지겹다고 한다. 그렇다고 딱히 일을 하고 싶지도 않단다. 밤이면 잠이 오지를 않아 수면제를 먹기도 한단다. 아무래도 갱년기 우울증이 온 것 같다며. 순자가 자고 가는 날도 늘었다. 또한 하늘을 찌를 듯했던 자랑도 사라지고 은혜의 결혼생활에 대한 불평만 늘어놓았다.

"아무리 은혜 시댁이 마음에 들지 않아도 모른 척해라!"

엄마가 순자를 만류했다.

"어머니, 저 참견 못 해요. 도대체 얼굴을 봐야 무슨 참견을 해도 하죠. 창살 없는 감옥이 따로 없어요. 저도 죽을 맛인가 봐요. 둘째 아이 낳고 산후 우울증에 걸렸나 봐요. 전화만 하면 울어요. 자기가 생각했던 결혼생활이 아니라면서. 그리고 날 원망해요. 그냥 두지 왜 결혼을 하라고 했느냐면서. 요즈음은 나도 그런 생각이 들어요, 이래도 한세상, 저래도 한세상 살다 가는 건데 저 하고 싶은 데로 둘 것을 공연한 욕심을 낸 것은 아닌지 은근히 후회가 되고 있어요."

"아무 소리 말고 애나 키우면서 살라고 해라. 그저 10년 눈 딱 감고 살다 보면 좋은 날이 올 거야."

순자는 엄마와 늦은 시간까지 말을 주고받다가 함께 자고 가는 날이 많아졌다. 엄마가 바느질을 할 때나 부엌에서 음식을 만들고 설거지를 할 때도 한쪽 귀퉁이에 앉아서 떠들어대던 그 옛날처럼. 순자는 할머니가 눈총을 주어도 기죽지 않고 엄마를 따라 다녔다. 때로 할머니는 순자를 떼어 놓지 않는 엄마에게 그 화살을 돌렸다. 나잇살이나 먹은 것이 어린 계집애에게 휘둘린다고. 그때마다 엄마는 그저 배시시 웃기만 했다. 엄마는 시어머니의 강요에도 포기하지 않는다는 것을 그렇게 반응했다. 약한 것 같지만 결코 약하지 않은… 순자도 그것을 알고 있었다.

"네 할머니는 남이 보는 데서 큰소리만 치지, 사실은 네 할머니가 은근히 며느리 눈치도 보셨어. 나는 알아."

어쩌면 엄마는 순자와 통하는 것이 있는 것 같았다. 남편도 없이 고달픈 시집살이를 하는 엄마와 주인집 눈치를 살피며 살아야 했던 순자는 같은 정서가 흐르는 모양이었다. 둘은 오랜 시간 후에 만나도 그런 정서가 그대로 통했는지….

엄마는 순자에게 시집간 은혜를 잊고 순자 자신의 인생을 살라고 했다. 그러자 순자는 억울한 표정으로 항변했다.

“어머니 솔직히 제 인생이 어디 있어요. 남편도 없이 오로지 자식만 키우며 살았는데, 그런데 이제 와서 그 자식을 멀리하라라고요? 그럼 나는 뭔데요? 왜 내가 그토록 뼈 빠지게 자식 뒷바라지를 했는데요? 솔직히 남들이 부러워하는 자리에 들어갔으면 나도 그 덕을 봐야 하는 것 아니에요? 그렇다고 내가 무슨 큰 덕을 보겠다는 것도 아닌데 이건 좀 너무 하잖아요.”

“이제 겨우 3년 지났어. 앉은 자리에 풀도 안 났는데 열매 보기 원하니? 그리고 은혜 벌써 자식이 둘이야. 더구나 아들까지 낳았잖아. 여자에게 그것처럼 큰 권세 없어. 기다려!”

“어머니, 그게 무슨 권세에요, 고생이지. 나이도 어린 게 벌써 애를 둘씩 낳고 허우적대니…?”

한때는 그토록 통 크게 굴던 순자가 속 좁은 장모가 되어 서글퍼 하고 있었다.

“돈 있고 권세 있는 남편이잖아. 그런 남편 만났으면 그만한 대가는 치르는 법이야. 어째 다 가지려고 욕심을 부려, 부리기를.”

“어머니 지금 조선 시대 아니에요.”

“예나 지금이나 인간사 달라지는 것은 하나도 없어. 너도 그랬잖아 3끼 먹고 똥 싸는 것 똑같다고. 세상살이 편해졌다지만 달라진 게 뭐가 있누? 여자가 애 안 낳고 살면 좋을 줄 알아? 그 나이에 남들이 하는 것 숙제처럼 해야 인생장 넘어가. 결국 새끼 낳고 살아야 인생의 맛을 제대로 알고 죽을 자리 찾게 돼.”

"아, 몰라요. 한창 살 나이에 무슨 죽을 자리까지 생각해요. 남의 말이니까 그렇게 하지 막상 당해 봐요. 정말 못 견뎌요."

순자가 고개를 가슴에 묻는다. 엄마는 들썩이는 순자의 어깨를 다독이며 말했다.

"순자야 너무 욕심내지 마라. 자식은 화살통 안에 있는 화살과 같다잖니. 화살의 역할은 통속에 있는 것이 아니라 목표한 과녁을 향해 날아가 정확하게 꽂혀야 하는 것 아니냐? 은혜가 평생에 너의 소원을 이루고 날아갔잖아. 잊고 살아. 은혜는 다행히 그 집안에 들어가 자식을 둘이나 낳으면서 자신의 자리를 찾아갈 거야. 자식은 여자에게 하나님의 축복이야. 그것으로 이미 하나님이 은혜에게 축복을 주셨어. 그 자식들 잘 키우면 반드시 하나님께서 복을 주신단다."

"어머니! 세상이 바뀌었다고요. 우리에게는 자식이 축복인지는 모르지만 지금 시대는 짐이에요. 짐! 당장 은혜 좀 보세요. 재벌 집에 시집갔다고 달라진 게 뭐가 있어요. 애 낳고 나니 그냥 몸매 망가진 아줌마가 됐잖아요. 그러니 남편이라는 것은 펄쩍대는 정력을 풀지 못해 어린 계집애들 끼고 살고, 저는 저대로 가진 능력 못 써먹고 저렇게 집에서 썩고 있는데. 아이고, 멍청한 년, 눈치껏 피임을 했어야지. 좌우간 철이 없어. 내가 꼭 옆에 붙어서 일일이 코치를 해야 했는데…. 그년이 허우대만 멀쩡하지 속이 꽉 차지를 못해요. 솔직히 나나 되니까 그년을 그런 자리까지 끌고 갔지. 늘 물가에 둔 아이 같았는데…"

자식, 비밀의 축복 통로

다시 장마가 시작되었다. 처마 밑으로 낙숫물 떨어지는 소리가 요란스럽다. 방문을 여니 산 중턱까지 내려온 구름에 휘감긴 앞산이 비에 젖어 있다. 물기를 따라 내려오는 비릿한 산 내음이 코를 자극한다. 이제 숲은 푸르다 못해 검기까지 하다. 분명 뿌리에서는 이미 가을이 진행되고 있을 것이다. 계절은 그렇게 시작되고 그렇게 흘러가고 있었다. 왔다지만 이미 가버린 시간 속에 있는 것이다. 고향에 내려와 벌써 몇 번을 맞는 장마인가? 처음에 이곳으로 올 때는 한두 해를 넘기지 못할 거라 생각했다. 하지만 10년의 세월을 보내고 있다. 인생을 살면서 무엇을 계획하고 준비하고 살지도 못했으면서 장마가 끝나기를 기다린다.

오랜 장마로 인해 남편의 손가락이고 발가락 사이가 짓무른다. 자율적으로 움직이지를 못하니 정체된 습한 공기가 피부 깊숙이 침투해 들어가면서 피부 트러블을 일으키는 것이다. 손가락과 발가락 마디 사이에 솜으로 공간을 만들고 선풍기 바람을 쏘여 주지만 소용이 없다. 표정 없이 외부에서 이는 모든 것을 그대로 받아들이는 남편의 얼굴을 바라본다. 육체가 이처럼 아름답게 살아있는데 정말 생각이 없는 것이 사실일까? 전문가라는 사람들은 이미 뇌사상태이기에 육체만 존재한다고 했다. 하지만 목사님은 정신과 영을 다시 분리했다. 비록 사고의 기능을 하는 의식에 속하는 정신은 죽었다지만 하나님에 속하는 영은 살아있다는 것이다. 그것이 육체를 통해 표현되지 않을 뿐이란다. 그래서 그 영이 천국을 사모하도록 끊임없이 기도하란다.

기다리던 장마는 그치지 않고 순자가 나타났다. 억수같이 쏟아지는 빗길을 마다치 않고 순자가 차를 몰고 왔다. 어김없이 들고 온 보따리가 풀리자 엄마는 마치 아이처럼 좋아한다. 푸성귀만 먹던 입안으로 부드럽고 달콤한 것들이 들어가니 정말 저절로 녹아 사라지는 것 같았다. 엄마도 아이처럼 욕심을 내며 입에 맞는 것을 찾는다. 순자는 우리 모녀가 머리를 맞대고 이것저것을 골라서 먹는 것을 바라보며 흐뭇해했다. 순자는 골프를 치러 나가지 못하고 하루 종일 집에 있으려니 죽을 것 같았단다. 그래서 백화점을 나가 쇼핑을 해보지만 그것도 성에 차지 않는단다. 우두커니 텔레비전을 보는 것도 한계에 도달했단다. 그러면서 분통을 터트렸다.

"강남에 새로 오픈하는 백화점에 목이 좋은 곳에 아이스크림 가게 하나 내주면 돈도 벌고 시간도 소일하고 얼마나 좋아? 남의 귀한 딸을 데려갔으면 그 정도는 해줘야 하는 것 아니야? 우리 은혜가 시집가기 전에 기획사에서 엄청난 몸값을 제시했는데도 내가 마다하고 그 자리에 보냈는데. 내가 들어달라는 그 작은 소원 하나도 안 들어줘? 뭐라고? 광주에 있는 백화점에 가서 하라고? 아니 내가 왜? 멀쩡한 딸을 서울에 두고 나 혼자 광주로 내려가. 자기들만 체면 있고 나는 체면 없어? 대한민국에서 둘째가라면 서러워할 재벌 집에 시집을 보냈더니 고작 지방에 있는 백화점에서 아이스크림 장사한다면 남들이 얼마나 나를 비웃겠어? 안 그래요? 어머니."

엄마는 묵묵히 과자만 먹다가 근심스러운 표정으로 순자를 바라보았다.

"달라고 하기는 했구나?"

"그게 아니구요 어머니, 이번에 그 집에서 강남에 초대형 백화점을 오픈해요. 그 규모가 동양 최대라고 하는데 식품매장 입구에 빵집이나 아이스크림 가게를 열면 노가 난다잖아요. 그래서 사람들이 저보고 재벌 사위를 받는데 왜 가만히 있냐는 거죠. 남의 것 빼앗는 것도 아니고 오픈할 즈음에 자연스럽게 입점하라고. 솔직히 그런 것 하나 가지고 운영하면 재벌 안 부럽다잖아요. 그래서 내가 은혜한테 시어머니에게 사정을 해보라고 했죠. 그랬더니 뭐라고? 시골구석으로 가라고? 이거 정말 해도 해도 너무한 것 아니에요. 지 딸들은 사회 위화감을 마냥 조장하는 호화 명품점을 오픈하는 것도 모자라 피자며 닭튀김까지 손을 대며 코 묻은 돈까지 빨아먹으면서 누구보고 체면을 지키래? 밥 세 끼 먹고 똥 싸는 것은 똑같으면서. 지들이 가진 게 돈밖에 더 있어. 인간 때가 되면 다 죽어. 아니 그 잘난 돈, 죽을 때 가지고 갑디까?"

엄마는 대꾸도 없다. 눈앞에 있는 팥이 들은 빵이 너무도 맛이 있는 모양이었다. 불룩해진 볼이 견디다 못해 입 밖으로 새어 나오지만 표정은 더할 수 없이 행복해 보였다. 시선은 먹을 것들로 풍성히 채워진 바구니에 머무른 채 이것저것 분류해 두느라 그저 손만 분주하다. 문밖에서는 하늘에 구멍이라도 난 듯이 비가 쏟아지고 있었다. 날은 이미 저물어 멀리 통장 집의 창으로 작은 불빛이 빗줄기 사이로 반짝인다. 엄마는 입에 남아있는 것을 정성껏 삼키면서 말했다.

"너도 그렇게 생각해? 돈을 죽을 때 안 가져가는 것? 그러면서 왜 달라고 해. 은혜 입장 봐서 그냥 가만히 있어. 너 지금 굶고 있는 것 아니잖아. 기다려. 때가 되면 너 살게 해준다고 안 해. 그렇게 돈이 많은데 안

해 준다면 그쪽 나름대로 이유가 있겠지. 남의 얘기 듣고 왜 네가 손 벌리고 망신당하고 기분까지 상하고 그래? 제발 남이 하는 말을 따르면서 네 인생 망치지 말고 그냥 기다려."

나는 일어나 불을 켰다. 반짝하고 들어온 불빛도 비를 맞지 않으려는 듯이 문밖으로 나가지 않고 방안에 모였다. 그 빛이 모여 우리를 온전히 비추고 있다. 방밖에는 세상을 삼킬 것 같은 거센 비바람이 불고 천둥이 쳐도 안전한 방주같았다. 과자들을 꼼꼼하게 분리해둔 엄마는 더 이상 먹지를 않았다. 아무리 맛이 있어도 그 이상을 먹지 않았다. 엄마는 하나님께서 늙어 먹는 것을 탐하지 말며 그렇다고 먹는 것을 지나치게 배타하지 말고 즐기라고 하셨단다. 엄마가 물을 마셨다. 단 음식에 취한 갈증을 식히고 나니 말문이 열리는 모양이다.

"사람이 아무리 잘라서 큰일을 꾀하면 뭐해. 때를 기다리지 못하면 모든 것은 헛된 거야. 하나님이 사람에게 모든 것을 다 주셨지만 이루시는 때는 하나님에게 달렸어. 마음속에 사모하고 계획하고 준비하면서 하나님의 때를 기다려. 그래서 기도하는 거야." 그러자 순자는 발끈했다.

"어머니, 나는 하나님을 안 믿어요. 도대체 하나님이 있다니 말이 돼요?"

"그건 네가 안 믿는 것이고 하나님이 계시는 것은 사실이야."

"말도 안 돼요."

"안 믿고 살다가 죽었는데 정말 있으면 어떻게 할래? 결국 믿고 안 믿는 차이는 반반인데 나 같으면 믿겠다. 믿는데 돈 드는 것도 아니고…."

"그래도 안 믿고 싶어요. 하나님을 믿고 오늘까지 사는 어머니의 모습을 보면 절대 안 믿고 싶어요. 어린 나이에 시집와서 일찍 혼자 되시고 고된 시집살이하고 지금은 병든 남편 수발하는 딸과 사시잖아요? 뭐 유정이 오빠가 아주 잘 나가는 판사라고는 하지만 그렇다고 달라지는 것은 없잖아요. 평생을 이 동네에서 벗어나지 않고 사는 어머니의 삶, 저는 이해할 수 없어요. 나는 어머니처럼 사는 것이 인생이라면 살고 싶지 않아요. 더구나 그것이 하나님의 뜻이라 한다면 더더욱 믿지 않을 겁니다. 어머니가 몰라서 그러시는 거예요. 세상 정말 달라졌어요."

엄마는 그런 순자를 슬픈 눈빛으로 한동안 바라보았다.

"순자야, 내가 너를 남보다 아꼈던 것 알지?"

순자는 말없이 고개만 끄떡였다.

"그래, 시집와서 고단했던 그 젊은 날 어린 너 때문에 잠시 웃을 수 있었단다."

"나도 어머니를 우리 엄마보다 더 좋아했어요. 속으로는 어머니가 정말 우리 엄마였으면 좋겠다 생각했어요."

순자는 그 말끝에 나를 바라보았다.

"너는 유정이보다 나를 더 따랐으니까. 그래서 하는 말이다. 순자야 나를 보지 말고, 하나님을 믿고 순종해. 그것만이 이 혼란한 세상에서 살길이야."

문밖에서는 빗소리가 점점 더 커진다. 그 큰 소리에 처마 밑으로 떨어지는 낙숫물 소리도 삼켜 버렸다. 어느새 방안에도 빗소리가 자리를 잡고 앉았다. 얼마의 시간이 지났을까? 빗줄기가 줄어들면서 방 안의 소리가 살아난다. 그러나 엄마도 순자도 말이 없다. 결국 순자가 자신에 대한 불만의 고리를 끊었다.

"어머니 우리 이제 그런 이야기 그만해요."

"……."

"사실 오늘 제가 이 빗속에 온 이유가 따로 있어요. 정선이 소식을 들었거든요."

초저녁잠이 많아 눈이 사르르 감기려 하던 내 머리에 번개 불이 번쩍했다. 순자가 말을 잇기 전에 내 눈치를 보았다. 순간 좋은 소식이 아니라는 불안감도 스쳐 갔다.

"나쁜 소식이구나?"

"그건 아니고…."

"그럼?" 내가 마치 싸울 듯이 들이대자 순자가 움찔한다.

"얘가 왜 이래…"

"말해? 무슨 일인데?"

"정말 네 딸과 연락은 전혀 안 돼?"

"안된다고 했잖아. 전혀…."

"아무리 그래도 그렇지. 부모자식 간인데. 서울이 여기서 천리도 아니고…."

결국 나는 눈물을 쏟고 말았다. 순자 앞에서 자식의 문제로 눈물을 보이고 싶지 않은 그 마지막 자존심마저 무너지고 말았다. 결국 엄마가 나섰다.

"아이고 이것아, 그저 들은 소리만 알려줘."

"네 딸이 아들을 낳았대." 순간 모든 것이 정지되었다. 빗소리도 더 이상 들리지 않았다. 마치 낡은 영상의 필름이 지지직하고 멈춘 것처럼…. 아, 하나님, 이건 또 무슨 소리인가요?

이어서 조롱과 비난과 의심이 터져 나왔다.

"솔직히 네 딸은 도대체 무슨 생각으로 애를 낳았대? 내일모레 죽을 영감 자식으로 팔자 못 고쳐 이제는…. 그쪽 집안에서도 난리래. 적당한 선에서 마무리를 지었으면 했는데 아들까지 낳고 도대체 뭘 어쩌자느냐는 거지. 더구나 누구 아들인지도 모른다며 쑥덕대고. 벌써부터 배다른 형제간에 자리다툼이 치열한데 그 판에 뛰어들겠다고? 아서라. 현재 장남이 50살이 넘었어. 물론 위로 누나도 있고. 더구나 그 옛날 배고픈 시절에 낳은 자식들이라 제대로 배우지도 못했고 사업한다고 돌아다니는 아버지 사랑도 옳게 받지를 못해 성격 결함이 있다는 소문도 있고…."

빗소리는 다시 거칠어진다. 그러나 나를 향한 순자의 소리는 더 커진다. 세상에는 마치 순자의 소리만 있는 것처럼.

"네가 너에게 전에 말했지? 네 딸의 새 인생 찾는데 내가 발 벋고 나서겠다고. 당장 네 딸에게 전화해. 그런 구덩이에 있지 말고 나오라고. 어떻게 보면 잘됐잖아. 자식 때문에 청구할 금액이 늘어날 수 있으니 말이다. 솔직히 요즈음 아이들 돈만 있으면 커. 다 돈의 힘이야. 없는 것들이 도덕이니 사랑이니 하지만 세상은 그런 힘으로 돌아가는 게 아니야. 그러니 미련 없이 그 아들 데리고 나오라고 해. 구만리 같은 인생 절대 그렇게 살지 말고…."

순자의 속사포로 쑥대밭이 되어 방바닥에 엎드려진 내 몸을 좀처럼 일으켜 세울 수가 없었다. 엄마는 기도를 하는지 조용하기만 하다. 이윽고 순자가 마지막 남은 총알을 날린다.

"네 딸 참 못됐다. 아무리 힘이 없는 부모라도 이렇게 무시해도 되니? 번호 몰라? 내가 마음만 먹으면 번호 알아낼 수 있어. 듣든 안 듣든 말이라도 좀 해 봐. 참는 게 능사가 아니야. 움직일 때 움직여야지."

순자가 다녀가고 나는 며칠간 밥을 먹지 못했다. 위도 탈이 나서 먹는 것마다 경련을 일으켰다. 음식이 들어가지 않으니 탈수현상이 오면서 피부는 건조하고 입술도 까칠해지고 손 떨림도 왔다. 아무것도 하지 않고 누워 쉬고 싶은 마음만 간절했지만 남편의 끼니는 걸러서는 안 되는 것이었다. 여름이라 끼니마다 미음을 끓여야 했고 습하고 더우니 체위변경도 더 자주 해 주어야 했다. 엄마는 내가 아주 힘들면 대신해 주겠다지만 내가 죽어 움직이지 못하기 전에는 늙은 엄마에게 병든 사위 수발까지 하게 할 수는 없었다. 마음대로 죽지도 못하는 내 인생은 정녕 내 것이 아니었다. 남편의 코를 통해 위로 연결된 위관을 타고 흐르는 미음은 평소처럼 느리게 흘러내리고 있다. 남편은 밥때를 아는 것 같았다. 때론 입맛도 다시고 입가에는 잔잔한 미소가 번진다. 하지만 그 모습이 미웠다. 며칠간 애써 삭이던 슬픔이 봇물처럼 터지고 말았다. 미친 듯이 소리치며 울었다. 미쳐 버린 듯이….

엄마가 등 뒤에서 내 어깨를 잡았다.

"정수 애비 놀라겠다. 내가 먹이마."

"이 사람이 뭘 알아. 내가 해."

"이리 내. 너는 저리 가서 눈물 좀 닦고 좀 쉬어."

엄마는 강하게 나를 밀치고 내 손에 들려있는 남편의 미음을 빼앗았다. 나는 방 모퉁이로 가서 철퍼덕 주저앉았다. 엄마는 묵묵히 남편에게 미음을 주고 있다. 좀처럼 그칠 줄 모르는 눈물을 닦아내며 내가 소리쳤다.

"나는 정수 아버지가 더 이상 안 살았으면 해. 저 사람을 보세요. 살아있는 게 아니잖아요. 도대체 누가 저런 삶을 살아있다고 하겠어요."

"정수 애비 듣는다, 말조심해."

"엄마, 저 사람은 식물인간이야. 식물인간! 듣기는 뭘 들어. 들으면? 그래 듣고 벌떡 일어나 내 따귀라도 갈기라고 해 봐. 저것 봐 내가 무슨 소리를 해도 웃고 있잖아." 엄마는 더 이상 답을 하지 않고 나를 우두커니 바라보았다. 눈에는 눈물이 고인다. 그리고 한숨 지며 말을 했다.

"너답지 않게 왜 그래?"

"나답다니? 나는 언제나 모든 것을 참고 견디는 줄 알아? 내가 착해서? 아니야 용기가 없어서 말을 못 했을 뿐이야. 나도 다 생각은 하고 있었다고. 엄마가 순자만 끼고도는 것에 분개하고 순자가 제멋대로 지껄이는 것에 죽이고 싶도록 미웠고, 저 남자 저러고 있으면서 내 인생은 전혀 살지 못하는 것에 속으로는 엄청나게 미워하고 있다고. 하지만 힘이 없어서 그냥 이렇게 비겁하게 사는 거야. 무능해서!"

"그러지 마라. 너는 그런 아이가 아니잖아. 그냥 참고 살아봐. 인간은 목숨이 붙어 있는 한 다 살아갈 이유가 있는 거야. 너는 남편이 너 때문에 살아있다고 생각하지만 어쩌면 너를 위해 지금 정수 애비가 있는지도 몰라. 엄마도 이 늙은 나이까지 네 곁에서 있다면 분명 살아야 할 이유가 있어서 아직도 남아 있는 거야. 정선이 때문에 너의 마음이 괴로운 것을 왜 정수 애비에게 화풀이를 해. 하지 마라. 그냥 살자꾸나. 세상에서 어떤 소리가 들려도 그저 잠잠히 오늘 주어진 너의 삶을 살아. 너 자꾸 이러면 하나님을 원망하는 거야. 세상을 창조하신 하나님께 왜 저런 남편 만들었느냐고 대드는 거잖아. 하지 마라."

"힘들어. 너무 힘들어. 도대체 나의 인생은 한순간도 편할 날이 없어."

해도 저물기 전에 그대로 방바닥에 누웠다. 남편은 침대 위에 나는 방바닥에 누워 서로 마주 보고 있다. 남편의 얼굴에 슬픔이 드리워져 있다. 그래, 내 눈이 슬퍼서 저 사람도 슬퍼 보이는 거겠지 생각하면서도 그의 슬픈 표정이 이내 마음에 걸린다. 남편의 머리 위에 걸린 예수님도 슬픈 표정으로 나와 남편을 내려다보고 있는 것 같았다. 애써 말린 눈자위에 다시 눈물이 고인다. 잠시 멈추었던 빗소리가 다시 들린다. 엄마가 방문을 열고 들어선다. 엄마는 들고 온 죽을 내 앞에 내려놓고 일어나서 먹으란다. 나는 아무런 저항을 하지 않고 몸을 일으켰다. 더 이상 먹지 않으면 죽을 것 같았다. 엄마는 내가 죽을 먹는 것을 바라보며 말했다. 그리고 바짝 마른 손으로 야윈 내 어깨를 토닥였다.

"나는 네가 이렇게라도 있는 게 좋아. 너도 병든 남편이라도 곁에 있는 것이 얼마나 좋은지 아마 네가 혼자되면 알 거야. 내 뜻대로 살지 않는 자식도 없는 것보다 낫다는 것을 더 살다 보면 알게 돼. 그날까지 살아봐. 인생은 말이다, 영원한 승자도 패자도 없는 것은 분명하단다. 절망 끝에는 반드시 희망이 움트고 희망 끝에는 깊은 낭떠러지가 기다리고 있단다. 또 이 세상이 끝나면 또 다른 세상이 있다는 것을…."

엄마는 내가 죽 그릇을 다 비우는 것을 무심히 바라보았다. 눈에는 눈물방울이 맺혀 있다. 좀처럼 울지 않는 엄마다. 세상 어떤 고난에도 눈물을 보이지 않았던 엄마도 나를 향한 마음에 가슴이 녹아내리는 모양이었다. 순간 눈물을 쏟으며 생각했다. 엄마 미안해. 엄마는 내 눈빛으로도 내 마음을 읽는 모양이었다. 엄마가 나를 가슴으로 품었다.

"도와주실 거야. 하나님이 도와주실 거야. 하나님은 인간의 심중을 굽어보시니 너의 착한 심정을 어여삐 보아 주실 거야. 기다려. 참고 기다리면 반드시 네게 필요한 것을 주실 거야."

그 주의 성경공부가 시작되었다. 목사님이 남편의 손을 잡고 평소보다 오래 기도를 하신다. 그 새를 못 참고 엄마가 목사님께 달려가 순자가 다녀간 사건 전말을 그대로 전한 것이다. 둥근 상에 성경책을 펼치고 엄마와 나는 둘러앉아 눈을 감고 목사님의 기도 소리를 들었다. 목사님은 세상 소리에 흔들리지 말고 천국의 소리를 들으라고…. 하나님의 소리는 세상의 소리가 크면 클수록 작아져서 사람들은 점점 더 들을 수가 없어 제멋대로 날뛰다가 결국 미쳐 버린다고…. 이런 세상의 소용돌이 휘둘리지 말고 잠잠히 있으라고…. 사랑하는 최 마리아의 마음을 가장 잘 아는 남편이 위로해주라고….

목사님의 간절한 기도가 끝나고 자리에 앉는 목사님을 엄마와 나는 모이를 기다리는 어린 새처럼 바라보았다. 왠지 오늘은 진도를 따라가지 않을 것 같은 예감이었다. 아니나 다를까 다른 주제로 공부를 하잔다.

"성경에는 밧세바라는 여인이 등장해요. 그런데 그녀는 남편이 전쟁에 나가 있는 동안 당시의 왕 다윗을 유혹하고 동침을 했죠. 그리고 왕의 아이를 임신합니다. 이를 안 다윗 왕이 다급해졌죠. 그래서 전쟁 중에 있는 밧세바의 남편, 우리아 장군을 불러들이죠. 전쟁 중에 너무 고생을 하니 잠시 쉬면서 아내인 밧세바와 함께 즐거운 시간을 가지라는 명분으로. 아, 그런데 이 미련한 양반이 눈치도 없지. 이렇듯 그의 아내 밧세바와 잠자리를 하게 하려는 온갖 계책에도 끝내 거절하고 우리아는 전장으로 돌아갑니다. 전쟁터에는 부하들이 고생을 하는데 자기만 편안한 잠을 잘 수 없다면서. 정말 장수 중 장수죠. 결국 다윗은 밧세바의 뱃속에 있는 자기 새끼를 세탁하려던 치졸한 계획이 수포가 됩니다."

"근데 목사님, 세탁한다니 그게 무슨 소리예요?" 엄마가 묻는다.

"아, 그거요? 요즈음 검은돈을 세탁한다고 하잖습니까? 출처를 바꾸는 겁니다. 다시 말하면 다윗이 제 새끼를 우리아 새끼로 바꾸는…."

"아, 네에…."

"권사님, 그냥 넘어가요. 좌우간 다윗이 그만큼 나쁜 놈이라는 겁니다."

"……."

"근데 더 나쁜 것은 다윗이 전쟁터로 돌아가는 우리아 손에 편지를 들려줍니다. 전장에 있는 요압이라는 우리아의 상사에게 전하라면서. 그런데 편지의 내용이 무엇인지 아십니까?"

"뭔데요?"

"우리아를 싸움이 가장 치열한 최전선으로 내보내고 너희는 뒤로 빠지라는 것이었습니다. 화살받이로 죽게 하라는 거죠."

함께 듣고 있던 엄마는 손을 떨면서 우리아가 불쌍하다고 했다. 목사님은 그런 엄마를 바라보며 누가 제일 나쁘냐고 물었다. 그러자 엄마는 대답했다.

"당연히 다윗 왕이죠. 아니야, 아니야. 밧세바야, 밧세바. 여우 같은 게 왜 그때 다윗 왕이 보이는 곳에서 목욕을 하느냐고 목욕을 하기를. 지 서방은 전쟁 중에 있는데 그 물건을 보여 보이기를. 누가 그러대요, 흔들리는 바늘에 실 못 끼운다고. 남자는 여자가 저항하면 절대로 못 해요. 안 그래요?"

나는 엄마를 바라보았다. 도대체 누구한테서 저런 소리를 들었는지? 순자와 잠자리를 하더니 정말 별걸 다…. 목사님도 껄껄 웃는다. 목사님은 이내 성경책을 덮고 내게 시선을 주었다.

"누가 유혹을 했든 그게 중요한 게 아닙니다. 둘 사이에 누가 태어났느냐 하는 겁니다. 밧세바는 솔로몬의 어머니입니다. 그가 누굽니까? 세상에 그같이 영화롭게 산 왕이 또 있습니까? 부귀영화도 모자라 지혜의 왕이기도 합니다. 그는 이어서 예수님의 조상으로 이어집니다. 충직한 남편을 죽게 한 밧세바와 다윗 사이에서 하나님은 어떻게 그런 아들을 주셨는지 우리 상식으로는 이해가 되지 않습니다. 인간은 자신들이 만들어 낸 윤리 도덕책에 빗대어 이해가 안 된다고 하지만 생명에 관한 것은 온전히 하나님의 영역이십니다. 하나님께서 자식을 낳은 여자를 절대로 벌하지 않습니다. 심지어 시아버지를 유혹하고 속여서 아들을 낳은 다말에게도 하나님은 여자에게 아들을 통해 축복을 내려 주십니다."

그러면서 목사님은 내 손을 잡았다.

"사랑하는 최 마리아, 오로지 사랑하는 딸 정선이가 아들을 낳았다는 사실만 생각해요. 하나님께서 축복을 주시려는 통로를 만드신 거니까. 기도하세요. 정선이와 그 아들을 위해…."

엄마도 죽고, 남편도 죽고

이후로 두 해가 또 지나갔다. 흘러가는 세월을 기록영상으로 남긴다면 화면에 나오는 사람은 나와 남편 그리고 엄마다. 그들의 동작은 한결같다. 침대 위에 누워 있는 남편과 그 주변을 잠시도 떠나지 못하고 맴도는 나, 그리고 두꺼운 성경책을 들고 대문을 드나드는 엄마. 누가 봐도 지겨운 모습이다. 12년 동안 같은 모습…. 소름이 돋도록 지겹네. 도대체 왜 사니? 하는 평만 올라오는….

이제 화면에는 비가 내린다. 장마가 시작되었다. 나는 또 같은 방법으로 그 장마를 보내고 있다. 행여나 습한 기운이 남편에게 욕창을 만들지나 않을까 베개란 베개는 다 꺼내어 남편의 팔과 다리 사이에 끼워 공기층을 만들어 주고 있고, 엄마는 새벽예배를 마치고 비 새는 대문을 열고 들어선다. 아마 달라진 것이 있다면 엄마의 허리가 좀 더 굽은 것이다. 엄마는 여지없이 성경책을 마루 위에 올려놓고 부엌으로 들어간다. 허리가 굽은 뒷모습을 바라보며 또 생각한다. 엄마가 밥 짓는 것을 그만두게 해야 하는데….

하지만 엄마는 한사코 거절을 한다. 밥이라도 지어 먹어야 치매를 방지한단다. 하루 먹거리를 고민하는 자체가 살아있는 증거란다. 죽는 그날까지 절대 남이 해주는 밥을 먹지 않을 거란다. 오로지 당신을 위한 것이기에 내가 미안해할 이유가 전혀 없단다. 엄마는 밥을 먹으며 마당으로 쏟아지는 빗줄기를 바라보며 한숨을 짓는다. 이 비에 앞마당에 심어 놓은 채소가 썩지 않을까 하며. 지난해에도 그 이전에도 했던 염려 근심이다. 긴 장마에 푸성귀들이 물에 잠겨 모두 썩어날 것 같지만 해가 나면 언제 그랬냐는 듯이 새롭게 살아난다. 장마에 푸성귀가 썩어 먹지 못한 적이 없는데도 장맛비가 쏟아지면 같은 걱정을 한다.

장마가 시작되면 순자가 오는 것도 어느새 일상이 되었다. 엄마와 마주 앉아 점심을 먹고 있는데 순자가 대문을 열고 들어선다. 순자는 우산도 펴지 않은 채 비를 그대로 맞으며 호들갑스럽게 마당을 가로질러 온다. 처마 밑에 당도한 순자는 물기를 털어내고 엄마가 내민 수건으로 몸을 닦고 마루에 오른다. 자기도 때를 걸렀단다. 엄마는 부리나케 부엌으로 가서 밥을 소복이 담은 공기와 수저를 들고나온다. 마치 순자가 오는 것을 기다리기나 한 것처럼. 순자가 다녀가면서 때론 내 마음을 뒤집어 놓아도 엄마는 누구라도 오는 것이 좋은 모양이었다. 순자는 된장찌개를 아주 맛있게 먹는다.

“어머니, 나는 세상에서 어머니가 해주는 밥이 제일 맛있어요. 세상 사람 모두가 소원하는 비싼 음식점의 산해진미가 이 맛을 따르겠어요? 이것은 마치 우리 어머니 뱃속에서 내가 태어나기 이전에 먹어 본 맛이에요. 세상에 나오기 이전에 먹었으니 세상에 나와서는 결코 먹을 수 없는 뼛속에만 남아있는 오로지 나만 아는 향수 같은 맛이에요.” 엄마는 그 말에 입이 턱까지 걸린다. 된장찌개를 먹으면서 저토록 요란스러운 표현을 해대는 순자의 소리도 이제는 정겹다. 세상에 태어나 얼마 지나지 않아서부터 들어왔던 그녀의 화법도 이제 향수처럼 내 뼈에 저장된 모양이었다.

순자는 역시 같은 불만을 털어놓기 시작했다. 은혜의 아들이 유치원에서 재롱잔치를 하는데 너무도 가고 싶었단다. 하지만 초대받지 못했단다. 은혜 시어머니가 의도적으로 자신을 배제했다는 것이다. 그러면서 외손주도 마음대로 보지 못하는 자신의 신세를 한탄하며 은혜도 결혼생활에 점점 지쳐가는 것 같다고 했다. 사위는 해외사업을 담당하기 때문에 국내에 있는 날이 손으로 꼽을 정도란다. 은혜는 현대판 청상과부란다. 그러면서 순자는 사위에 대한 소문에 분통을 터트린다.

"내가 모를 줄 알고. 청담동에 나가면 끼고 다니는 기집애들 누군지 다 알고 있어. 세상에 비밀이 어딨어? 어떤 세상인데. 지독한 마마보이에다가 천하에 둘도 없는 바람둥이인 지 아들 꼴은 상관하지 않으면서 며느리만 쥐 잡듯 해? 다 돈의 위세지, 별거야? 돈만 있으면 당장 그 집에서 끌고 나오고 싶은데. 내가 미쳤지. 무슨 영화를 보겠다고 그런 굴속에 집어넣었는지? 사실 돈을 벌자 치면 우리 딸도 벌 수 있는데. 내가 쓸데없는 욕심까지 내서 이 모양이야."

하지만 엄마는 변함없이 순자를 막아섰다.

"욕심낸다고 다 가지냐? 욕심대로 됐다면 성공한 거야. 오로지 재벌가에 시집보내기로 했다면 그것으로 만족하라고 했잖아. 이제 거기에서부터 새롭게 시작하는 거야. 몇 번 말하니? 아이 둘이나 낳고 산다면 누구도 무시하지 못하는 자리에 있는 거라고. 참고 살라고 해. 은혜 신랑이 지금 여자를 수백 명 끼고 다녀도 그저 한때의 바람일 뿐이야. 그 여자들 다 은혜 부러워해. 조강지처 아무나 하는 것 아니잖아."

기회만 되면 은혜의 결혼생활을 파탄 내고 싶어 하는 순자와 10년만 참고 살게 하라는 엄마와의 싸움도 일상이 되었다. 하지만 은혜도 많이 지쳐있는 모양이었다. 더구나 둘째 아이마저 유치원에 가면서 혼자 있는 시간이 많아지면서 자신의 정체성에 대한 갈등이 깊어지는 모양이었다.

"우리 은혜, 정말 그 집에서 정말 할 일 없어요. 밥해 주는 사람이 있으니 내가 먹고 싶은 것 못해 먹고, 운전기사 딸리니 가고 싶은데 못 가고, 애 키워 주는 사람이 있으니 내 새끼 내 마음대로 보고 키우지도 못하고, 이제는 애들 가르치는 사람까지 따로 있으니. 원 세상에, 사람이 아무리 편한 것이 소원이라지만 그게 뭡니까? 사람이 무슨 사는 맛이 있어야 살지. 거기다가 그것들이 다 스파이예요. 그 독사 같은 시어머니에게 우리 은혜 일거수일투족을 다 일러바칠 것 아니에요? 아이고 나는 돈 수천억을 준다 해도 그렇게는 안 살고 싶네. 그게 감옥이지 어디 사람 사는 곳이에요?"

"권력이란 다 사람 따라가는 거야. 시어머니가 아직은 힘이 있으니까 아랫사람들이 시어머니 편이지만 그것을 이겨야지."

"무슨 수로요?"

"그곳에서 시어머니보다 오래 사는 거야. 돈도 권력도 세월 이기는 장사 없어. 시어머니보다 오래 버티고 살면 돼. 그럼 그 힘이 은혜한테 오게 되어 있어."

"아이고. 앓느니 죽지. 왜요? 왜 그래야 하는 데? 내 딸 은혜가 어디가 모자라 그런 독한 시어머니랑 붙어서 더 오래 살기를 바라요. 솔직히 그것은 제 살길도 못 찾는 무능한 인간들이나 하는 거지. 요즈음 세상에 가당키나 한 일이에요? 그러다 우리 은혜가 먼저 죽으면?"

"그러니까 너는 오로지 하나님께 기도나 해. 아무 소리 말고. 생사가 사람의 힘으로 할 수 있는 일이 아니니까. 제가 좋아하는 곳에 사는 인간 별로 없어. 그저 주어진 환경에 적응하며 사는 거야. 순자 너만 조용히 있으면 은혜가 자기 길을 알아서 찾아. 아직 젊잖아. 그러니 어미인 니가 제발 입 다물고 불평하지 마. 생각처럼 전염성이 빠른 것이 없어. 참고 살라고 해. 참고 살다 보면 반드시 끝은 있어."

"참고 살다가 좋은 꼴로 끝나는 것 별로 본 적이 없어요. 어머니나 유정이 보세요? 저렇게 희생하고 참으면 남보다 잘살아야 하는 것 아니에요? 아니 적어도 잘 살지는 못해도 희망이라도 있어야 하는 것 아니에요? 아무리 내 친구지만 팔자 정말 사나워요."

나는 덜 익은 신포도 알을 먹고 있었는데 그 순간 입안에서 미처 씹히지도 않은 포도알이 또르르 목구멍으로 넘어가다가 그대로 걸렸다. 나는 칵하며 기침을 쏟아냈다. 같은 소리를 들어도 항상 새롭고 충격인 모양이다. 엄마가 그런 내 모습을 바라보고 순자에게 말했다.

"아휴, 저 망할 것 하고는…."

순자도 순간 실수라 생각했던지 입을 막고 미안한 표정이다. 기침이 잦아드는 나를 보고는 엄마가 순자에게 말했다.

"끝은 인간이 정하는 게 아니야. 하나님이 하시는 거지. 보이는 것이 전부라고 생각하지 말어. 이것아!"

긴 장마가 끝나고 여름이 가더니 가을이 시작되었다. 가을은 한해 농사를 지은 것을 거두기도 하지만 곧 들이닥칠 겨울준비로 하루 해가 짧기만 하다. 엄마는 여름 끝에 뿌려진 배추씨가 대지를 뚫고 나와 하루가 다르게 자라 풍성해지면서 입을 벌리자 부지런히 거두어 김장을 한다.

지문이 지워진 손끝을 타고 마디뼈가 저마다 드러나고 핏줄이 불거져 세월에 고단해진 손이지만 겨울을 준비하는 손놀림에서는 청년의 힘이 느껴진다. 김장까지 마치고 나면 추운 겨울이 들이닥치지만 걱정 없다. 부장판사를 끝으로 공직을 마감한 오빠가 로펌으로 가면서 돈을 꽤나 많이 버는 모양이었다. 그래서 오빠는 낡은 집을 고쳐주고 기름보일러로 난방을 개조해주면서 기름값은 원이 없이 댈 것이니 부디 따뜻하게 살라고 엄마에게 신신당부를 했다. 하지만 엄마는 당신 방은 춥지 않다며 오로지 사위가 있는 방의 온도만은 절대로 낮추지를 않았다.

순자 딸 은혜가 결국 이혼을 하고 말았다. 내가 고향에 내려온 지 13년째 되는 그해 봄이 가기 전에 8년을 간신히 채운 은혜의 결혼생활이 끝이 나고 말았다. 순자 표현에 의하면 억울하게 당했다고 한다. 은혜가 무료해서 옛날 친구를 만나 조금 늦게까지 다녔다고 시어머니가 위자료도 거의 주지 않고 내쫓다시피 했다는 것이다. 변명할 기회조차 주지 않고 갑작스럽게 당한 일이라 너무도 억울하다고 했다. 그것이 전화기를 통해 순자에게서 들은 소식 전부였다. 사실 순자가 은혜의 결혼생활이 불만스럽기는 했지만 이혼까지 예상하지는 못한 것 같았다. 순자는 오히려 잘된 일인지도 모른다고 애써 위안을 했지만 목소리는 불안감에 휩싸여 있었다.

엄마는 마치 자기 딸이 당한 것처럼 그 소식에 안절부절못했다. 엄마는 아침저녁으로 순자 모녀를 위해 울부짖으며 기도를 했다. 또한 목사님에게도 순자와 은혜에 대한 사정 이야기를 하며 기도를 부탁했다. 목사님은 친구를 만나서 늦게 들어왔다는 사유로 이혼이 성립되지 않는다고 했다.

“그래요?” 엄마는 눈을 동그랗게 뜨고 다시 물었다.

“그럼 왜죠?”

“그거야 모르죠. 위자료도 못 받고 쫓겨나다시피 한 합당한 이유가 있겠죠. 뭐. 좌우간 여자들은 언제나 자기가 하고 싶은 말만 한다니까. 꼬리와 대가리는 잘라버리고 몸통만 말을 해대니 원. 무슨 소리인지 몰라 다시 물으면 또 화내요. 자기를 못 믿느냐고? 아니 못 믿어서가 아니라 이해를 못 해서 다시 묻는데…. 그래서 알아들은 체하고 가만히 있으면 이번엔 또 소리를 질러요. 성의있게 안 듣는다고. 이제서야 하는 말이지만 사실 남자들이 여자랑 사는 게 힘이 들어요. 그래서 바울 사도가 웬만하면 혼자 살라는 게 이해가 된다니까요.”

나는 마치 하나님 말씀처럼 진지하게 설명하는 목사님과 그 말을 알아들으려고 애를 쓰는 엄마를 바라보니 쿡 하고 웃음이 나왔다. 순자 말처럼 엄마는 아주 영특하면서도 어떤 때는 백지처럼 굴었다. 목사님도 그것을 아시는 듯 나를 보고 빙그레 웃다가 말을 한다.

“우리 권사님은 정말 하나님이 사랑할만한 여인이십니다. 모르면 무조건 고개를 숙여 알려고 하는 저 자세. 언제 마르다가 마리아로 바뀌었을까. 예수님도 그토록 아끼는…”

엄마는 언제부터인가 목사님에게 먹을 것을 챙겨주려 하기보다는 오로지 말씀에만 빠져들었다. 그제야 엄마가 말문을 틔웠다.

“아이고 그럼 은혜가 무슨 일을 저지른 거야. 이를 어째. 애가 둘씩 딸렸는데 그냥 참고 살지.”

엄마가 연신 손을 모으고 안타깝다는 표정을 지었다. 그즈음은 순자 모녀에 대한 엄마의 기도가 길고 애절하게 이어졌다. 당신 생에 마지막 기도처럼….

그 가을이 끝날 무렵, 어머니가 돌아가셨다. 아주 순간에 세상과 결별을 하고 말았다. 누구도 예상치 못한 이별이었다. 유난히 추위를 타는 엄마가 그 겨울을 피하느라 그랬는지…. 그날도 평소와 같이 잠깐 낮잠을 자겠다며 방으로 들어가더니 다시는 그 문을 열고 나오지 못했다. 오빠는 장례만큼은 서울에 있는 큰 병원에서 치른다고 했다. 엄마가 살아생전 당신 마음대로 했지만 엄마가 돌아가셨으니 오빠 마음대로 하겠다며. 서울에 있는 종합병원으로 옮겨지기 위해 구급차로 이송되는 엄마의 시신을 본 것이 마지막이다. 결국 엄마의 장례식도 참석하지 못한 딸이 되고 말았다. 그날 나는 십자가 밑에 누워 있는 남편에게 말했다.

"여보, 엄마가 돌아가셨어."

그리고 십자가를 바라보며 불만을 터트렸다.

"주님, 남편이 먼저 가야 했던 것 아닌가요? 왜 저는 이처럼 빚진 자로 평생을 살게 하시나요? 엄마 미안해. 정말 미안해. 엄마…."

나는 그 자리에 그대로 엎드려 아주 오래도록 통곡을 했다.

그리고 2년 뒤에 남편이 숨을 거두었다. 15년의 세월을 한 평도 안 되는 침대에 누워있다가 세상을 떠난 것이었다. 남편은 66살, 나는 62살이었다. 흐르는 세월 속에 떠나는 사람, 남아있는 사람, 그리고 새로운 사람의 등장이다. 홀로 남아있는 집에 정선이가 등장했다. 남편의 장례를 치르고 정선이는 한주가 멀다고 대문을 들어섰다. 죽기 전에는 결코 보지 못할 것 같던 딸이 그 옛날 내 사랑을 갖고 싶어 안달하던 그때의 모습으로 다가왔다. 스스로 철이 들었다며 어른인체하면서 나를 위로한다고 했지만 시간이 갈수록 정선이는 그 옛날의 내 딸의 모습이 되어 내게 다가왔다.

물론 정선이는 아들 준호를 데려오지 않았다. 그러면서 이유를 말해주었다.

"사실은 준호가 유치원에 들어가면서부터 자기 아빠가 다른 아이 아빠와 다르다는 것을 느끼면서 자주 물었어. 우리 아빠가 아니고 할아버지가 아니냐고. 그런데 준호 아빠보다 젊어 보이는 외할머니를 만나면 아이 생각이 더 복잡해질까 봐."

남과 다른 시선을 받고 사는 고통이 얼마나 큰지 겪지 않은 사람은 모른다. 그런데 내 딸과 손주가 남과 다른 모양으로 삶을 출발하니 그저 내 가슴이 아플 뿐이다. 정선이는 그동안 혼자 겪었던 고통의 시간도 내게 털어놓았다.

"준호 임신했을 때 그 사실이 회장님 가족에게 알려지면서 한동안 시끄러웠어. 준호 큰 형님이 달려왔어. 사실 회장님을 이어받는 실권자이면서 대기업 총수라지만 어디에도 대인 기질은 전혀 없어 보였어. 내가 자기보다 아무리 어려도 자기 아버지와 사는 여자잖아. 자기 아버지를 봐서 선은 지켰어야 하는데 선을 넘는 거야. 처음 본 나를 경멸하는 눈초리로 바라보면서 아주 당당하게 내 배를 가리키며 유산시키라는 거야. 울산에 있는 병원 지분을 다 넘겨주겠다면서."

"세상에. 그래서?"

"내가 왜 아들 말을 들어. 지 새끼야? 회장님과 사는 동안 나는 어떤 요구도 한 적이 없는데, 엄마…."

"……."

"사실 회장님의 여자가 되는 순간 나는 어떤 욕구도 없었어. 무언가를 해내야 한다는 그동안의 세상살이에 죽을 만큼 지쳐있었거든. 그때는 그냥 숨이나 쉬고 살고 싶었어. 그래서 아버지보다 나이가 많은 사람과 오로지 돈 때문에 산다는 손가락질도 상관하지 않았어. 그런데 그날 밤 나는 밤새 짐승처럼 울었어. 누구도 내 편이 없는 세상에 다시 홀로 남았지만 내가 지켜야 할 것에 대한 두려움…. 세상에 어떤 시선도 두렵지 않다고 말은 했었지만 두 번 다시 겪고 싶지 않은 트라우마였다는 것을…. 죽은 것과 같았던 삶에 무언가 꿈틀대기 시작하지만 그것이 정작 무엇을 뜻하는지 몰라서 오는 두려움…. 그래서 뱃속 아이를 제대로 지켜 낼 수 있을까 하는 두려움…. 정말 그때 지독히 외로웠어."

그러면서 나를 바라보는 정선이 눈을 보며 나는 울컥울컥 울었다.

"그런데 말이야. 막상 준호가 세상에 태어나니까 더 난리들을 떠는 거야. 딸이라는 가능성을 열어 두었는지. 결국 회장님이 유전자 검사를 지시하시는 거야. 자식들이 나서서 내 과거 행적을 모조리 추적하여 회장님을 설득했다더군. 언제 내가 요조숙녀라고 했어? 내 과거는 그 세계에서 결코 감출 수 없는 사실이야. 하지만 회장님을 모시면서 한눈판 적 없었는데, 자식들이 얼마나 나를 공격했는지 그즈음 회장님이 일본에 체류하는 기간이 길고 어쩌다 집에 오셔도 나와 눈을 잘 안 마주치셨지. 그때 비로소 나는 더 이상 사랑받는 존재가 아니라는 것을 알았지. 씻을 수 없는 과거에 발목을 잡혀서 의심만 받을 뿐…. 그래도 나는 외부 생활을 단절하고 집안에만 틀어박혀 있었어. 공연히 들고나면서 부풀어

오르는 소문이 회장님의 심기를 더 불편하게 할 것 같았으니까. 그런 의심 속에 진행된 유전자 검사로 친자확인이 됐어."

"아, 하나님. 감사합니다."

긴장 속에 듣고 있던 내 입에서 저절로 감사가 튀어나왔다.

"막상 친자 확인을 받으니 회장님이 너무 좋아하셨어. 그 나이에 자식을 갖는다는 것도 남자로서 은근 기쁨이었나 봐."

나는 다시 한숨을 몰아쉬었다. 그러나 웃어야 할지 울어야 할지 알 수가 없다.

"준호가 태어나니 이번에는 호적 입적을 막아서는 거야. 큰아들이 산후조리원으로 나를 또 찾아왔어. 부기도 빠지지 않은 내게 제의를 하는 거야. 아들을 내 호적에 올리고 미국으로 데리고 가라고. 그러면 이번에는 강남에 있는 호텔 지분을 다 주겠다고. 그쪽도 급하기는 급했나 봐. 근데 엄마, 이번에는 나도 그 제안에 솔깃하는 거야. 사실 아버지보다 나이가 많은 사람과의 시작은 누가 뭐래도 돈 때문이었으면서 정작 남들이 그렇게 말을 하면 발끈하는 거야. 강남에 있는 호텔에 내 마음이 동했는데도 불쑥 싫다는 말이 먼저 나갔어. 습관처럼, 사실 거래를 하려는 것이었는데…. 그때는 몰랐는데 지나보니 그런 내 마음을 알게 되었지. 그런데 엄마…!"

"……."

"일이 안 되려고 그랬는지 회장님의 큰아들이 더 이상 말을 않고 나가 버리는 거야. 사실 준호를 유산을 시키라고 할 때는 몇 번이나 찾아왔었거든. 설득해서 안 되니까 위협까지 하면서. 그런데 그날은 그냥 나가버렸어. 더 이상 말이 없이. 그렇게 냉정하게 돌아서는 뒷모습을 보며 나는 엄청 후회하고…. 엄마, 강남에 있는 호텔의 실소유주야. 엄청난 제의야. 상상을 초월하는….”

“…….”

“아무리 생각해 봐도 그것이 살길인 것 같았어. 내 뱃속에서 나온 내 아들에게는 서자라는 딱지에 썩은 내 인생의 딱지까지 줄줄이 붙여 줄 이유가 없잖아. 돈만 챙기고 미지의 땅으로 가서 아들과 내 인생을 새롭게 시작해야겠다는 계획에 들뜨기까지 했어. 그래서 다음 날 준호 형에게 전화를 해서 그 제의 받아들이려고 마음을 먹었어. 그런데 엄마….”

“…….”

“근데 그날 밤 꿈에 아빠가 나타난 거야. 그래서 내가 말했어. 준호 데리고 떠나고 싶다고. 그랬더니 아빠가 그러지 말라는 거야.”

“그래?”

“왜 그래야 하느냐고 물었어.”

“그래서?”

“준호는 회장님의 아들이라는 거야. 회장님이 결정할 때까지 누구도 권한이 없다는 거지. 그냥 나는 가만히 있으라는 거야. 그래서 나 더 이상 준호 큰형에게 전화 안 했어.”

남편이 죽고 달라진 것이 또 있다면 나의 행동반경이 넓혀졌다. 집을 벗어나 교회에 가는 것이다. 남편과 묶여 있던 15년 세월을 보상받기라도 하는 듯, 마치 고치에서 벗어나 창공을 향해 날갯짓하는 나비처럼 시골길을 쏘다녔다. 일요일이면 주일예배를 보러 가고 수요 예배도 가고 금요 철야예배도 보고 새벽기도를 위해 교회로 간다. 엄마처럼 교회를 드나들었다. 엄마가 돌아가시고 남편이 죽은 후에도 아주 특별한 날이 아니면 목사님은 그 방에 앉아 내게 성경을 가르쳤다. 목사님은 나를 아주 우수한 수제자라 하신다. 그러면서 웬만한 목사도 근접을 못 할 거라고 추켜 세웠다.

70살에 가까운 목사님은 처음 본 그 모습 그대로 건강하고 명랑하다. 교인 수도 조금씩 늘고 있다. 목사님의 설교가 좋다며 옆 마을에서 오기도 하고 귀농 인구가 늘면서 젊은 층이 늘고 있었다. 목사님은 마치 큰오빠처럼 내게 닥친 큰일은 도맡아 해준다. 엄마가 돌아가시자 제일 먼저 오신 분이 목사님이었다. 서울에서 치른 장례도 주관하셨다. 남편이 죽었을 때도 또 그렇게 오셔서 자신의 가족 일처럼 돌보아 주었다. 이제 그런 목사님과 함께한 세월도 어느새 10년을 훌쩍 넘겼다. 그사이에 나는 성경책을 3번이나 통독했다. 이제 내게 남아있는 것은 성경책 한 권뿐이다. 나는 그것을 엄마처럼 밤낮 끼고 살고 있다.

그리고 나의 사랑하는 아들, 정수가 온단다. 분명한 날짜는 정해지지 않았지만 일정을 계획하고 있단다. 온다는 소식만으로도 내 마음은 풍선처럼 부풀어 구름을 타는 것 같았다. 떠난 사람을 그리워하고 올 사람을 사모하면서 흘러가는 세월 속에 내 삶의 고리는 그렇게 이어지고 있었다.

드디어 은혜의 두 번째 작품이 방영을 시작한다고 한다. 이혼 후 첫 작품을 성공리에 마치고 도전하는 사극이란다. 하지만 순자는 사극에 의상도 복잡하고 대사가 많아 잘 해낼지 걱정이란다. 순자는 그 여느 때처럼 드라마가 방영되기도 전에 전화해대며 한 회도 거르지 말고 보라고 종용했었다. 9시면 자야 하는 습관이 든 내게 그 시간을 지키는 일이 고통스럽기는 하지만 일주일에 두 번은 참아야 했다.

당연히 목사님과 교회 식구들에게 광고도 했다. 목사님도 은혜에 대한 홍보를 거들었다.

"조은혜, 그 여배우 참 잘생겼어요. 옛날에 그 배우가 처음 출연한 드라마 정말 히트 쳤잖아요. 나도 봤어요. 더구나 그때는 주말드라마만 하던 시절이었죠, 지금처럼 드라마가 흔하지 않아서 재미있다고 소문이 나면 남녀노소 가리지 않고 봐서 시청률이 50%를 훌쩍 넘어요. 그때 처음 주연으로 발딱 된 조은혜 때문에 대한민국 남자들 참으로 마음이 많이 설렜어요. 나도 시험 들었어요. 토요일에 보면 영락없이 다음 날 주일 설교에 지장을 받아요. 어쨌든 여자는 예쁘고 볼 일이에요."

그러자 엄마가 돌아가시고 마르다를 자청하는 윤 권사가 목사님을 흘기며 소리쳤다.

"목사님!"

"권사님, 나도 남자입니다. 예쁜 여자에게 눈이 가는데 어쩝니까? 그래서 지금 여기 와서 남은 생을 회계하며 살잖아요."

그러자 윤 권사가 받아친다.

"그럼 우리 교회에 목사님의 마음을 움직이는 예쁜 여자가 없다는 말씀이세요?"

"아이쿠, 아프다. 속마음 들켰네. 하지만 여기 와서 비로소 마음이 예쁜 여자들만 보게 되었어요. 하나님이 가장 좋아하시는 여자는 남자들이 보기에 예쁜 여자가 아니고 마음이 예쁜 여자를 좋아하세요. 목사인 내 마음에 드는 여자가 좋아요, 아니면 하나님이 보시기에 아름다운 여자가 좋아요?"

주변에 모여 있던 여자 성도들은 일제히 소리쳤다.

"하나님이 보시기에요!"

어린아이처럼 소리를 지른다.

대부분 70살 전후의 여인들이다. 더러는 80살도 있다. 그나마 나는 어린 축이다. 평생을 농사만 짓던 여인들로 자외선이 강한 햇볕에 그을려 주름이 깊게 패 있다. 또한 땅에 구부려 일을 했기에 허리도 굽어 있다. 염색은 제때 하지를 못해 끝은 새까맣고 두피 근처는 하얀 머리카락이 겨울 끝에 누렇게 바랜 마른 잔디를 뚫고 솟아오르는 푸른 잔디처럼 부조화를 이룬다. 차라리 흰머리를 그냥 두면 될 것을 굳이 염색을 한단다. 파마도 머리카락이 두피를 파고들 만큼 세게 하지만 관리를 하지 않아 제멋대로 삐쳐 있다. 그래도 남자들에게 예쁘게 보이기를 바라고 인정받고 싶어 하는 여자의 마음은 끝이 없는 모양이다.

가을볕이 더없이 좋아 마당 한가득 늘어놓은 고추의 붉은 색깔이 시간이 갈수록 선명해진다. 앞산에서 시작된 단풍이 마당까지 흘러내리고 새파란 가을 하늘까지 어우러졌으니 나가지 않을 수가 없었다. 머리에 수건을 쓰고 햇볕이 내리쪼이는 마당에 주저앉아 고추를 닦았다. 물기가 있는 행주로 묶은 먼지를 닦아내면서 올해는 정선이에게 고춧가루도 주고 이 고춧가루로 김치도 담가주고 고추장도 만들어 줄 생각을 하니 절로 기쁨이 솟았다. 정선이가 드나들면서 내가 해준 반찬을 자기가 먹을 요량으로 가져갔는데 회장님이 너무도 좋아하신단다.

"아줌마 음식 솜씨 아주 좋으시거든. 근데 회장님이 옛날 맛이 안 난다고 하셨는데 엄마가 한 반찬은 옛날 맛이 난다는 거야."

사실 내가 음식 솜씨가 좋은 것은 아닐 것이다. 땅에서 바로 뽑은 신선한 재료에 정성이 들어갔기 때문일 것이다. 또한 알게 모르게 할머니에서 엄마로 이어져 내려오는 손맛이 면면히 흐르면서 내게까지 미쳤을 것이다. 어려서는 전혀 살림을 몰랐지만 결혼해서 시어머니로부터 전수를 받고 친정에 내려와 엄마로부터 배운 것이다. 물론 남편 간호로 온전한 살림을 하지는 못했지만 어깨너머 배운 엄마의 솜씨가 내게 남아있는 모양이다. 어쨌든 내 손맛이 좋다니 그처럼 기쁜 일이 없다. 문득 내 아들 정수를 위해 밥상을 차릴 때가 다가온다는 생각에 가슴이 터질 것 같았다. 지난주에 걸려온 전화에서 정수는 내년에 한국으로 올 것 같다는 말에 지금도 가슴이 두근거린다. 하지만 그 소식을 누군가에 발설하면 신기루처럼 사라질까 봐 아무에게도 하지 못하고 그대로 가슴에만 묻어두고 있다. 그런데 이처럼 순간순간 내 입가에까지 올라와서 나를 웃게 한다. 하늘에는 구름 한 점이 없고 바다 같은 파란색에 높이 떠 있는 해는 내 그림자조차 내 발밑으로 숨게 했다.

"세상에, 미쳤구나. 이 벌건 대낮에 모자도 안 쓰고 저게 무슨 꼴이야."

문득 소리를 따라 눈을 드니 대문을 들어서는 물체가 정오의 해에 반사가 되어 백색의 광채를 뿜어냈다. 하지만 목소리로 순자라는 것을 안다. 나는 그냥 이를 벌려 웃기만 했다.

"웃음이 나오니? 오늘 자외선 지수가 얼만지 알아?"

그 목소리는 마치 소나기를 피하는 듯이 빠르게 마당을 가로질러 마루에 안착했다. 비로소 순자가 눈에 보였다. 순자는 한여름처럼 덥다고 투덜대면서 가방을 뒤적이다 수첩을 꺼내더니 마구 부쳐댔다. 사실 볕이 좋지, 더운 날씨는 아니었다.

"안 더운데." 내가 말을 하자 순자는 짜증을 섞어서 반박을 한다.

"얼마나 더운 줄 알아? 이놈의 세상도 미쳤나 봐. 가을인데 여름처럼 구니 말이야."

"그냥 볕이 좋을 뿐이야."

"너도 정상이 아니야. 너 어디 아파. 이 더위를 못 느끼는 것도 이상하고 혼자서 히죽대는 것은 또 뭐냐?"

그래, 미쳤다. 너도 미치고 나도 미쳤어 하며 머리에 수건을 벗어 몸에 붙은 먼지를 탁탁 털며 순자 곁으로 다가가며 물었다.

"밥 먹었어?"

"아니."

"그럼 밥 먹자."

"내 밥 있어?"

"항상 네 밥은 있다고 했잖아."

할머니 때부터 내려온 과붓집의 전통은 여분의 밥을 해 두는 것이다. 밥때에 누군가 연락도 없이 와도 여분의 밥이 있으면 마음이 넉넉하게 그 사람을 반길 수 있단다. 시골 반찬이야 김치만 있어도 흉이 아니란다. 계절이 좋으면 즉시 마당에 있는 푸성귀 따서 있는 된장으로 후루룩 찌개 끓이고 고추장 퍼서 찍어 먹을 수 있단다. 하지만 밥은 시간이 걸리기 때문에 반드시 여분을 남겨두는 것이다. 밥때에 이 집을 찾는 사람을 절대로 굶겨서 보내서는 안 된다는 것이 할머니의 가르침이었다. 나는 찌개를 데우고 아직 밭에 남겨진 빨간 고추를 따서 밥상에 놓았다. 순자는 빨간 고추를 먹으면서 아주 행복해했다.

"이 맛이야. 이 맛. 맵지 않고 달잖아. 이때 먹는 빨간 고추 맛을 아는 사람이 몇이나 될까? 그래서 이때 가끔 옛날 생각이 나서 마트에서 빨간 고추 사서 먹어보는데 한입 물고는 그대로 뱉어버린다니까. 못 먹겠어. 같은 고춘데 왜 맛이 다른지 모르겠어."

순자는 특별히 들어간 것도 없는 된장찌개도 아주 맛있게 먹었다. 순자는 볼에 가득한 음식을 채 넘기기도 전에 말을 한다.

"사실, 밥때가 되어 도착할 즈음 미안한 생각이 들지만 이 밥상 맛을 잊지 못하잖니. 사실 이 밥상에 있는 거 뭐 있니? 시커먼 시골 된장찌개에 밭으로 도로 들어들 갈 것 같은 겉절이하고, 이 빨간 고추뿐인데 왜 이리 맛있어. 좌우간 산해진미 쌓아 둔 임금님 밥상 안 부럽다."

순자가 맛있게 먹으니 보는 내 마음도 기쁘다. 일을 하다가 순자와 같이 밥을 먹으니 다른 날과 달리 내 입맛도 달기만 하다. 밥상을 마주 앉은 둘은 어느새 말도 잊고 밥 먹는 것에 열중하는데 갑자기 순자가 숟가락을 퍼 올리다 말고 푹하면서 웃음을 터트렸다.

"이러고 허겁지겁 먹고 앉아 있으니까 옛날에 거지가 생각난다, 얘."

"거지?"

"생각 안 나? 옛날에 네 할머니가 거지한테 밥상 차려준 거. 아랫사람한테는 그렇게 쌀쌀 맞게 굴면서도 거지만 오면 밥상을 차려 주었잖아."

나도 그것이 이상했다.

그때는 밥때만 되면 깡통을 든 거지가 행인처럼 많았다. 때가 되면 대문 밖에 서서 깡통을 두드리며 밥을 달라고 하는 거지를 홀대하고 보낸 적이 없었다. 특히 할머니는 아기를 업은 여인은 절대로 그냥 보내지를 않았다. 그때는 아이를 업고 돌아다니는 여인도 많았다. 할머니는 제때 씻지를 못해 냄새까지 풍기는 여인 앞에 차린 밥상을 내려놓고 등에 업힌 아이를 받아 앉아 마루에 눕히고 여인에게 먹으라고 종용을 한다. 그때까지 몸의 일부처럼 등에 달라붙어 있는 아이를 내려놓은 여인은 마파람에 게 눈 감추듯 밥상에 놓인 것들을 먹어치운다. 그때 나는 서까래 뒤에 몸을 반쯤 가린 채 눈을 부릅뜨고 정신없이 숟가락질을 하는 여인을 물끄러미 바라보았다. 순자도 곁에서 함께 바라본 모양이다. 할머니는 여인이 밥을 먹고 나면 그제야 아기에게 젖을 물리라고 한다. 칭얼대던 아기는 여인의 가슴에 달라붙어 맹렬하게 빨기 시작했고, 여인은 이마에 송송 맺힌 땀도 잊은 채 행복한 모습으로 아기를 바라본다. 할머니는 둘 다 안쓰럽다는 표정을 지으며 말을 한다.

"세상에 다 말라 비틀어진 젖가슴에 뭐가 나온다고 저렇게 빨아대누. 그나마 저렇게 새끼에게 다 빨리면 어미는 또 얼마나 힘이 들꼬. 쯧쯧."

내게는 그때처럼 할머니 표정이 인자했던 적이 없었다.

"하여간 네 할머니 웃겨. 그러면서 아랫사람이 잘못해서 음식을 좀

상하게 하면 난리를 치지 않았니?"

"옛날에 과객을 후하게 대하라는 풍습이 있었데. 먼 길 가다가 날은 지고 주막은 없고 마땅히 잘 곳도 없는 사람을 잘 대접해서 보내면 그 사람이 가는 길 내내 그 집을 축복하면서 간다고 했어. 또 그 소문이 길을 따라 퍼진다는 거야. 진정한 축복은 함께 모여 사는 가족으로부터 이어지는 것이 아니라 그런 사람들로부터 받는 것이 쌓여 그 집안의 악운을 막아주고 대를 이어준다는 거야. 큰 부자 삼대 가기 어렵다는 말이 있잖아. 그것은 그 부로 자기 식구들끼리만 잘 먹고 잘 살면 그만큼 다른 사람들로부터 질투와 시기의 대상이 된다잖아. 그래서 부자들은 이처럼 가족이 아닌 다른 사람에게 좋은 평판을 얻어야 가문이 이어진다고 하셨어. 거기다가 사람으로 태어나 배고픈 사람을 먹이는 것이 저승에서 받는 가장 큰 상급이라 하셨어. 그래서 항상 밥을 넉넉하게 지어놓으라고 잔소리를 하셨지."

순자는 나를 쳐다보며 신기한 듯 묻는다.

"정말 네 할머니가 그랬어?"

"그럼, 내가 무슨 수로 그런 말을 알고 있겠어. 노 할머니는 무조건적인 사랑을 주고 할머니는 엄격한 가르침을 주었거든. 말뿐만 아니라 실천을 보이면서. 내가 그만큼 따르지 못하면 혀를 끌끌 차면서 무엇에다 써먹을꼬 했던 눈빛이 그때는 참으로 싫었는데…. 나는 그런 할머니 때문에 자신감이 없는 아이로 자랐다고 생각했거든. 하지만 그때는 몰랐지만 세상을 살아가는 동안 쌓여가는 나이 속에 비로소 깨닫게 되는 지혜. 할머니가 그때 가르쳐 주지 않았더라면 나는 지금 어떤 모습을 살아갔을까? 가끔 궁금해."

그토록 냉정했던 할머니가 나이가 들어갈수록 생각이 난다. 문득 할니는 오늘의 나를 위해 미리 예비된 사람이라는 생각도 들었다. 잠시 할머니 생각에 빠져든 나를 바라보며 순자가 말을 한다.

"네 할머니 너 엄청 사랑했어. 너를 바라보는 눈빛이 나랑 달랐어. 나는 그래서 더 싫었어. 네 할머니…."

"잊어버려. 살아있기에 이렇게 죽은 사람에 대해 말을 하지만 죽은 사람이 살아있는 동안 위세를 떨쳤다 해도 지금 살아있는 사람에게 무슨 힘을 쓸 수 있겠니. 그래도 산자가 더 힘이 센 거야. 오늘 살아있으니 어제 죽은 자를 위해 말할 수 있잖아. 살아있는 것에 대해 감사하며 살아."

"그것도 할머니가 한 말이냐?"

순자는 고개를 갸우뚱하며 물었다. 나는 피식 웃으며 대답했다.

"왜?"

"너 같지 않고 꼭 네 할머니가 살아서 말을 하는 것 같아."

"늙으면 그렇게 다 같아지는 거야. 인간이 교만해서 늙어지려고 하지 않아서 문제지. 세월 따라 모두 늙어지고 결국 끝은 죽음으로 같아지는 인생, 죽음 후에 다시 만날지 누가 알아?"

나는 순자와 점심을 먹고 차를 마셨다. 남편과 나는 차를 즐겨 마셨다. 남편은 해외에 나가면 꼭 차를 사 가지고 왔다. 하지만 남편이 병들고 그런 호사를 누려본 적이 없었다. 그런데 남편이 죽고 정선이가 그런 내게 차를 가져다주기 시작했다. 정선이는 회장님이 차를 즐긴다면서 세계에서 좋다고 이름이 나 있는 차를 골라서 직접 사기도 하고 더러는 선물로 들어온단다. 그러다 보니 집안에는 귀한 차들이 과자부스러기처럼 흔하다며. 남편도 없이 혼자 마시는 차가 외롭기는 해도 하루 해를 마치고 고즈넉한 저녁에 차를 마시며 묵상을 하는 것이 기쁨이 되었다. 더구나 옛 친구와 마주하니 차 맛이 더 좋았다. 순자가 차를 마시면서 눈을 반짝인다.

"이 차 상당히 비싸던데. 저번에 백화점 수입 코너에서 봤는데 가격이 장난이 아니던데…."

"정선이가 갖다 줬지 뭐."

"어쩐지… 정선이가 자주 와?"

"가끔."

"그래? 그럼 언제 나 한번 만나게 해줘라."

"왜?"

"왜라니? 엄마의 가장 친한 친군데 서로 얼굴이나 익히자는 거지."

"우연히 알면 어쩔 수 없지만 일부러 만나야 할 이유가 있어?"

"누가 알아? 나중에 내 덕 볼지. 언제까지 그러고 살겠어. 영감의 나이 80이 넘었는데… 요즈음 인간들이 100살까지 살겠다고 아우성이지만 강건하면 80이라더라. 그 나이 되면 산 자나 죽은 자가 같데. 정신도 오락가락하고 몸도 늙어 가서 온통 아프기만 하는…."

"오랜만에 명언하네."

"야, 이래 봬도 국문과 전공자야. 하기는 여자 나이 50살을 넘기면 지식의 평준화라더라. 배운 년이나 안 배운 년이나 같다고…." 순자의 눈빛이 조금은 쓸쓸해진다. 그러다 다시 기운을 차리며 말한다.

"아무튼 영감 죽을 때를 대비하라고 해. 말이 그렇지 죽으면 그 신세도 어떻게 될지 아무도 몰라. 어쨌든 영감이 죽고 나면 저 하고 싶은 것 하면서 살지 않겠어? 그때 연예계 데뷔하면 내 연출 필요해. 우리 지성이 요즈음 지 누나가 더 유명해지면 개인 기획사 따로 차리겠다고 벌써 들떠 있어."

"우리 정선이는 아마도 다시는 그 세계에 발을 들여놓지 않을 거야. 연기도 좋아하지 않고. 만일 한다면 말려야지."

"왜?"

"자기 인생 살아야지." 그러나 자식까지 낳고 살면서 남의 인생을 연기 하는 것이 내 마음에 들지 않는다는 말은 순자 앞에서 차마 하지 못했다.

"네 딸이 네 말 듣겠니?"

"내가 무슨 힘이 있어 머리 큰 딸에게 이래라저래라 하겠니? 그저 소원을 하면서 하나님께 빌어야지."

그러자 순자는 입을 비쭉이며 말을 했다.

"하나님도 어떻게 못 하는 게 인간의 인생사야. 사람이 말대로 살 줄 알아? 우리 은혜 재벌 집에 시집갈 때는 저러고 다시 나올 줄 아무도 몰랐다. 네 딸 정선이 어떻게 될지 아무도 몰라. 잘란 척하기는… 기집애."

그러다 문득 나를 보며 한마디 더 한다.

"근데 너 요즈음 내 앞에서 옛날 버릇 나오는 것 알아?"

"뭔 버릇?"

"잘난 척…."

나는 피식 웃고 말았다.

순자는 저녁까지 먹고 집을 나섰다. 은혜의 두 번째 작품은 첫 번째 작품보다 시청률이 높지는 않지만 평균치는 한다며 이나마 다행이라고 한다. 그래도 광고계에서는 연예인 중에 최고 수준으로 대접을 받는다고 한다. 그러니 영화나 드라마에 출연하지 않아도 일 년에 몇십억은 벌 수 있다고…. 그러다가 몇십억, 몇십억… 곱씹더니 이내 얼굴이 캄캄해진다. 여름날, 순식간에 해를 가리고 금방이라도 소낙비를 퍼부을 태세인데 애써 참는 것 같았다. 그리고 대문을 나서던 발걸음을 멈추고 마당을 한참 동안 둘러보다 소리쳤다.

"아버지, 아버지, 우리 아버지 왜 나를 낳으셨나요? 수조의 재산가를 마다하고 고작 몇십억에 감탄하고 있는 아버지의 딸, 김순자 여기에 왔습니다. 이 서러운 땅, 고향 집에…. 정말 피는 못 속이나 봅니다. 가진 돈으로 사람을 부리는 것을 배우지 못하고 오로지 품 팔아 먹고사는 머슴 후손이라 노예근성만 물려받았는지…, 아버지, 아버지, 은혜가… 아버지 손녀 은혜가 지가 벌어보겠다고 새끼들까지 버리고 나왔어요."

그렇게 구성진 가락을 뽑어낸 순자는 힘없이 대문을 나섰다. 마주 보이는 산등성이로 지는 해가 서쪽 하늘을 붉게 물들이고 있었다. 새털 같은 구름들이 잔잔하게 깔려 진홍의 바다에 물결치는 파도 같았다. 순자가 감탄한다.

"너무 아름답다."

순자는 아주 오래도록 그 모습을 지켜보다가 말했다.

"남에게 재주를 부려야 먹고 사는 광대 인생, 누구는 재능이라고 하고 누구는 능력이라고 하지. 사는 동안 그 재주 보여주겠다고 몸부림을 치는 거야. 아버지는 언제나 너네 할머니인 마님에게 충성하면서 온갖 재주를 다 부렸지. 그 아버지의 딸인 나는 보이는 것이 나의 본모습이 아니라며 다른 모습을 보여주겠다고 기를 썼지. 생각해보니 결국 인생은 주인과 광대의 인생으로 나뉘는 거였어. 주인과 광대의 차이는 무엇일까 생각해보니 주인은 흐르는 세월의 뒤를 따라가는 것이고 광대는 세월을 앞서가는 것이라는 생각이 들어. 남보다 재능이 많은 광대는 세월을 따라갈 이유가 없는 거야. 그저 몸을 깔딱대며 항상 먼저 가려고 할 뿐이지. 방자처럼. 그러다가 뒤따라오는 주인 대신 구덩이에 먼저 빠지고 말아. 만석이 손녀딸 은혜, 새끼까지 버리고 나와 대중에게 연기를 보여주겠다고 대사를 외우고 감독이 시키는 연기를 해내고 사람들과 어울려 다니며 회식이다 노래방이다 하며 쫓아다니다가 새벽녘에 술에 취해서 비틀대면서 현관을 들어서는 내 딸 은혜…, 애 둘을 낳고 퍼진 다리에 높은 힐을 신고 몸도 가누지 못하고 화장이 지워진 얼룩덜룩해진 모습으로 히죽대며 들어 와 침대 위에 널브러져 있는 꼴이라니, 추해. 얼굴이 백옥처럼 예쁘면 뭘 해? 그저 추해. 차라리 꿈이기를 얼마나 소원하는데, 아니면 영원히 깨어나지 못하는 악몽이던가….”

살아내고, 사랑하고, 기뻐하며, 감사하리

드디어 정수가 한국을 방문하는 일정이 정해졌다. 겨울이 가기도 전에 들려온 소식에 더하여 정선이가 미술 공부를 시작했다. 회장님은 그런 정선이의 의견에 적극 후원을 한단다. 그림 그리는 것은 개인 교습을 따로 받고 집 근처 대학에서 평생교육원에 개설된 미술사를 수강하기로 했단다. 그리도 하고 싶었던 그림 공부를 이제 시작하다니….

기어코 봄은 오고 말았다. 겨우내 시커멓게 죽어 있던 민머리 산은 숱이 풍성한 가발을 수시로 바꾸어 쓴다. 땅에는 이미 노란 개나리가 만개하더니 이어서 진달래가 일제히 봉우리를 터트리면 온통 형형색색의 붉은 색이 넘치다 못해 바닥으로 뚝뚝 흐른다. 그 길을 따라 내 아들 정수가 다가오고 있다. 4월의 마지막 날에….

나는 차마 발자국을 떼지 못하고 장승처럼 서 있었다. 댓돌 아래로 발걸음을 내디디고 아들에게 달려가고 싶지만 그러면 아들이 바람에 휙 날아갈 것 같아 두 손으로 입과 턱을 감싸며 후들거리는 다리는 힘주어 버티었다. 눈에는 눈물이 입에서는 환희의 신음소리가 새어 나오고 있었다. 이게 도대체 몇 년 만인가. 떠날 때 29살 청년이었던 내 아들에게도 세월은 결코 비껴가지 않았다. 그러나 내게는 너무도 아름다운 내 아들이다. 아들이 내 앞까지 와서 나를 와락 끌어안았다. 아 이 냄새, 내 아들 냄새. 내가 젖을 먹이고 내 가슴에 품었던 내 아들의 냄새….

아들의 품에서 얼마나 울었든가. 아들의 품에서 떨어져 나와 비로소 아들의 얼굴을 보니 마치 남편을 본 듯하다. 40살을 넘겼다지만 아무리 보아도 그 나이보다 늙어 보였다. 살도 빠져 턱이 쑥 들어갔고 미간에는 굵은 주름이 잡혔다. 긴 여행을 해서 그런지 수염도 자라고 피부도 까칠해 보였다. 그래서 다시 눈물이 쏟아졌다. 엄마 나 많이 늙었죠? 아들이 묻는다. 그러나 아니라고 했다. 그때 비로소 아들 등 뒤로한 여인이 다소곳이 서 있는 것이 보였다. 아들은 눈에 맺힌 눈물을 닦으며 내게 소개했다.

“결혼할 여자입니다. 인사드려. 어머님에게….”

정수는 그 밤을 하얗게 세며 그동안 살아온 이야기를 들려주었다.

“사실 떠날 때는 계획이 없었습니다. 그냥 한국에 있는 것 자체가 고통스러웠습니다. 제가 다니던 교회가 후원하는 곳 중에 우리나라에서 가장 멀리 떨어진 곳을 찾다 보니 마다카스카르에 가게 된 겁니다. 이번에 오는데 얼마나 걸린 줄 아세요? 꼬박 이틀에 걸쳐 왔습니다. 내 땅에서 참으로 먼 곳입니다. 사실 떠날 때는 정선이 핑계를 댔지만 진짜 속마음은 병든 아버지와 약한 어머니를 부양해야 하는 장남이라는 역할에 자신이 없어서인지도 모릅니다. 제가 몸을 담고 있는 의사의 세계가 또 그렇습니다. 아무리 실력과 능력이 출중해도 결국 가진 자 배경이 더 큰 몫을 합니다. 사실 대한민국에서 난다 긴다 하는 인재들이 모인 곳이라 개인적인 잠재력으로 우위를 가리는 것이 무슨 의미가 있겠습니까? 아마 그 면에서 저는 욕심이 많은 놈인 것 같습니다. 당시로써는 내가 노력해서 절대 가질 수 없는 것을 욕심내면서 갈등한 거죠. 사람의 욕심이

불한당이라 처음에는 그저 졸업만 하면 감사하겠다고 했으나 막상 인턴을 시작하면서 병원 근무를 시작해보니 그 세계는 밖에서는 볼 수 없는 또 다른 벽이 있다는 것을 알았습니다. 쥐꼬리만 한 월급에 의지하며 잠도 제대로 자지 못하는 24시간 근무체제인 수련의 생활에서 희망을 꿈꾸기보다는 절망을 경험했습니다. 아마도 아버지가 더 이상 회복할 수 없다는 현실이 제 꿈마저 송두리째 뽑아 버린 것 같습니다. 지금 생각하면 비겁하고 나약하기 그지없는 인간이었죠. 그래서 건강마저 잃고…. 사실 그때는 선택의 여지가 없었습니다.

그렇게 떠난 선교생활이 즐거울 리 없죠. 아프리카에 근접한 섬이라지만 기후는 그다지 덥지 않습니다. 더운 여름에도 30도를 넘지 않습니다. 아침저녁으로 서늘하기도 합니다. 토착민은 마다카스카르 언어를 씁니다. 그곳의 생활은 시간이 멈춘 듯 무료하고 지루했습니다. 막상 의료선교라고 하기는 했지만 진료에도 적극적이지를 못했습니다. 그래서 진료보다는 성경책만 읽었습니다. 마다카스카르는 세계 각지에서 오는 선교사들이 많았습니다. 영어권에 있는 사람들에게 성경 관련 책도 빌려 읽으면서 그저 시간만 보냈죠. 그렇게 일 년, 이 년, 또 삼 년, 그즈음 그들의 삶이 보이기 시작했습니다. 문명이 비껴간 그곳의 삶은 열악하기 그지없습니다. 풍토병이 많아 50살을 넘기는 사람이 없을 만큼 수명이 짧습니다. 그래서 본격적으로 진료를 하고 그들과 동고동락하는 삶을 시작하면서 바빠지기 시작했습니다. 그래서 한국을 잠시라도 방문한다는 엄두를 내지 못했습니다. 어머니 죄송합니다."

정수와 나는 십자가가 있는 방에 나란히 누워 있다. 불 꺼진 방안으로 달빛이 들어온다. 정수 아빠가 누워 있던 그 밤처럼. 나는 정수의 손을 잡았다. 정수 아빠의 손을 잡은 것처럼. 그리고 말하고 싶었다. 괜찮다고. 몇 번이고 말을 하고 싶었지만 끝내 하지 못했다. 눈물만 흐를 뿐…. 정수도 더 이상 말이 없다. 긴 침묵이 흐르고 앞산에서 부엉이가 구슬프게 운다. 정수가 말했다.

"선교생활 8년 차에 접어들었을 때 혜경이를 만났습니다. 혜경이는 미국 시민권자입니다. 2살에 홀트아동복지를 통해 미국으로 입양을 갔다고 합니다. 그때 양육권을 포기한 부모로부터 혜경이라는 이름을 받았다고 합니다. 미국 이름은 마이카입니다. 구약에 나오는 미가의 선지자의 이름을 마이카라고 한답니다. 혜경이는 텍사스에 있는 독실한 기독교 집안에서 자랐다고 합니다. 방학에는 반드시 선교를 다니는 것이 그 집안의 전통이었다고 합니다. 선교에 대한 꿈을 가지고 있던 혜경이는 대학도 간호대학을 갔다고 합니다. 결국 선교를 위해 마다카스카르에 온 혜경이와 만나게 되었습니다. 그래서 혜경이가 한국말을 잘 못 합니다. 저와 일하는 3년 동안 많이 배워서 엄마와 간단한 의사소통은 될 겁니다. 많이 사랑해 주십시오."

조상 대대로 내려온 집이라 빈방은 많았다. 더구나 계절이 좋아 아무 방이나 걸레질을 하고 이불을 깔면 잘 수 있었다. 혜경이는 대문 곁에 있는 사랑채를 쓰겠다고 했다. 정수는 첫날 나와 잠을 자고 이후로 내가 엄마 방에서 잤다. 나는 정수에게 엄마 방을 쓰라고 했지만 아들은 아버지가 있었던 그 방이 좋다고 했다.

정수는 체류 일정이 열흘밖에 없다고 했다. 그러면서 혼인신고만 하고 떠나겠다고 했다. 정수는 서울에 있는 선교 후원지를 다녀오는 것 외에는 특별한 스케줄을 잡지 않았다. 그저 온전히 내 곁에서 쉬고 가겠다고 했다. 그러나 정수가 결혼식도 치르지 않고 떠나는 것이 못내 마음에 걸렸다. 그렇다고 아들의 계획에 달리 의견을 낼 형편도 아니면서….

정수가 왔다는 소식을 듣고 한달음에 대문을 들어서는 목사님에게 민망한 마음이 들었다.

"제가 정수를 데리고 가려 했는데…."

"먼저 오는 사람 마음이에요. 나는 사실 어제 오고 싶은 것을 간신히 참았어요. 마치 내 아들이 온 것처럼."

목사님은 정수와 혜경이를 붙들고 축복 기도를 해 주었다. 이어서 내가 결혼식을 하지 않고 떠난다고 볼멘소리를 했다.

"무슨 소리입니까? 그런 법은 없어요."

정수가 조심스럽게 대답했다.

"당장 결혼식을 치를 형편이 못됩니다. 시간도 없고 여윳돈도 없고…. 하지만 내년에 혜경이가 있는 미국에 가서 결혼식을 할 예정입니다."

"정수 씨, 결혼식에 형편이 어디 있습니까? 교회에서 하면 되니 큰 준비 필요 없어요. 어때요?" 목사님은 내게 묻는다.

"좋아요. 저야 너무 좋죠."

뒤이어 집에 도착한 정선이는 정수를 부둥켜안고 울었다. 평생 서로 보지 못할 줄 알았는데 또 이처럼 쉽게 보게 될 줄이야.

결혼식은 토요일 오후로 잡았다. 정수 결혼식이 교회에서 치러진다는 소문은 순식간에 마을에 퍼졌다. 마을 사람들은 동네에 교회가 생긴 이래 처음 있는 일이라며 제 일처럼 기뻐했다. 혜경이는 뜻하지 않은 결혼식에 기뻐 어쩔 줄 몰랐다. 정선이는 결혼식 일체는 자신이 한다고 나선다. 식장을 장식할 꽃을 서울에서 공수하고, 정수와 혜경이가 입을 옷은 물론 메이크업을 하는 전문가도 데려왔다. 정선이는 혜경이에게 줄 반지와 패물도 가져오고 정수 시계도 사 왔다. 정선이 때문에 뜻하지 않은 호화결혼식이 되고 말았다. 정선이는 혹여 내가 너무 무리한다는 염려를 할까 봐 미리 선수를 치고 들어왔다.

"엄마, 나 이런 정도의 돈은 얼마든지 쓸 수 있어."

그러나 나는 아무 말도 하고 싶지 않았다. 이 바람을 어떻게 내가 막겠는가? 더 큰 바람도 못 막는 무능한 인간이 자식이 저토록 기뻐서 하는 일을 무슨 연유로 막겠는가?

그렇게 해서 커진 결혼식의 규모 때문에 나는 순자에게 연락을 했고 정수도 친구들을 초대했다. 급하게 오빠에게도 연락을 하고 시댁 식구에게도 연락을 했다. 정수도 상상조차 못 한 일이라며 몹시 즐거워했다. 정선이가 꾸민 결혼식장은 모두 생화로 장식이 되었다. 작은 시골 교회가 온통 꽃으로 뒤덮였다. 순자 말에 의하면 꽃값만 해도 천만 원이 넘는다고 했다. 세상에, 그렇게나 많이 하면서도 아니야, 아니야, 그냥 가자. 아무 소리 말고 그냥 가자. 온 마을 사람이 초대된 결혼식은 마치 마을 잔치 같았다. 그날 음식은 마을 사람들이 이틀 전부터 모여서 만들었다.

날씨는 어찌 그리도 좋은지, 덥지도 춥지도 않으면서 해는 빛나고 바람은 살랑인다. 목사님은 주례를 수도 없이 했지만 모두가 축복하는 결혼은 처음이라며 생전에 이런 영광을 누리게 되어 하나님께 온전히 감사를 드린다고 했다. 오후 5시에 시작된 식을 마치고 동네 사람과 어우러진 저녁 식사가 밤늦도록 이어졌다. 목사님은 이스라엘 사람은 밤에 결혼식을 올린다고 했다. 밤늦게까지 먹고 마시며 즐기잔다. 천국 잔치처럼. 내게 이런 행복한 시간이 남아있었다니….

정수가 떠나기 전날 내게 말했다.

"어머니, 고맙습니다. 너무 행복한 시간이었습니다. 사실 아버지의 장례식에 참석도 하지 못한 괴로움이 더 컸습니다. 더하여 홀로 되신 어머니를 찾아봐야 하는 자식의 도리라는 부담이 더 컸죠. 그래서 때에 맞추어 가기를 간절히 기도했는데 하나님은 바로 이때를 준비하신 것 같습니다. 이제 정말 제 짐을 벗은 느낌입니다. 제가 어디에 있든 자유인이 된 것 같습니다. 정선이도 생각보다 아주 건강한 삶을 살고 있었습니다. 그동안의 고난을 통해 저처럼 자유를 얻었다는 생각을 비로소 했습니다. 어머니, 이제 더 이상 저와 정선이 때문에 마음고생 하지 마세요. 아마도 분명 하나님은 어머니를 통해 저희에게 축복을 주실 겁니다. 더 큰 축복이 기다린다고 생각하니 지금부터 가슴이 설렙니다."

내 눈을 바라보는 아들의 눈빛만으로도 아들의 심경을 읽을 수 있었다. 내 가슴도 설레고 있었다.

"사실 마다카스카르에 있으면서 풍토병에 대한 연구를 했습니다. 아프리카에서 에이즈는 풍토병의 일종입니다. 그래서 태어나기도 전에 부모로부터 에이즈에 감염되어 세상에 태어나는 아이도 많습니다. 평생을 질병으로 고통받고 사는 사람들이 대부분이었습니다. 제가 그동안 연구한 것을 지난달에 세계적인 의학 전문지에 의뢰했는데 채택되었다는 연락을 받았습니다. 아마 제 논문이 발표되면 저는 빌 게이츠 재단으로부터 연구비를 받을 수 있습니다. 그렇게 되면 저는 에이즈를 치료할 수 있는 약을 개발하기 위해 더 노력할 겁니다. 엄마 기도해 주세요."

나는 무어라 할 말이 없었다. 가슴이 벅차올라 어떻게 표현할 수가 없었다. 그냥 펑펑 울기만 했다. 정수의 말이 이어졌다.

"이 나라 안에서 살 때는 오로지 나의 안위만 생각하며 살았는데 세상으로 나가니 세상은 달랐습니다. 세상으로부터 버림받은 자들을 다시 구하고자 하는 또 다른 인간들이 움직임이 있었습니다. 부를 이룬 자들은 그 부를 사용하여 힘들고 고통받는 사람들의 아픔을 위한 일을 찾아다녔고 지식이 있거나 다른 능력이 있는 사람들은 그들을 위해 그것을 사용하려 했죠. 저는 그것을 보고 알았다는 것에 감사하고 더하여 참여했다는 것에 감사합니다. 이제 내가 가진 것을 온전히 하나님이 원하는 것에 사용되기를 기도합니다. 엄마, 기도해 주세요."

아들은 내게 그런 숙제를 주고 떠났다. 내가 목사님에게 중보기도를 해 달라고 하자 목사님이 말했다.

"제가 그런 중보기도를 하게 해 주신 하나님께 감사할 뿐입니다. 중보기도란 나의 유익을 구하는 기도를 남에게 부탁하는 것이 아니라 이처럼 하나님의 영광을 드러내는 사람을 위한 기도입니다. 서울에서 목회를 할 때 성도들이 저를 붙들고 자식들 좋은 대학 가게 해달라고 기도를 부탁하면 저는 마음속으로 공부를 열심히 했으면 갈 것이고 열심히 안 했으면 못 가는 거지, 하나님이 내가 기도했다고 공부도 안 한 애를 좋은 대학에 보내주시겠습니까? 하는 소리가 목구멍까지 올라오는데 꾹 참고 그러겠다고 입으로 약속합니다. 그리고 새까맣게 잊고 있는데 어느 날 한 여인이 찾아와서 목사님이 기도해 준 덕분에 자식이 원하는 대학에 갔다고 하면 저는 난감합니다. 제가 이렇게 하나님을 팔고 여러 사람 속이며 살았습니다. 어쨌든 기독교인들은 그저 모이기만 하면 중보기도, 중보기도 하면서 자기 소원도 빌고 남의 소원도 들어주라고 하나님께 소리를 지릅니다. 남을 위한 중보기도란 말처럼 쉬운 것이 아닙니다. 교회

마다 성도들에게 중보기도를 하라고 하는데 그것도 마치 자기가 남을 위한 선한 사람인 체하는 거죠. 목사라지만 저도 인간입니다. 예전에 서울에서 목회를 할 때 마누라와 싸우고 최 권사, 윤 집사가 내게 달려와 자기의 고민을 털어놓으면서 기도를 해달라고 하는데 그날은 진심으로 그들을 위한 기도가 안 나오는 겁니다. 그러나 그런 내 마음을 속이고 입으로는 크게 할렐루야 아멘, 아멘 합니다. 영화에 그런 사기꾼 같은 목사 많이 나오는데 처음에는 그런 영화를 보면 화가 났는데 지금 보니 납니다. 바로 나."

목사님은 말끝에 크게 웃으신다. 이어서 목사님은 목소리를 낮추며 말을 이었다.

"목사도 내 자식이 속을 썩이면 또 남의 자식 기도 잘 안 됩니다. 인간은 아담으로 인해 타고난 죄인이기에 절대로 남의 유익을 진심으로 구하지 않는 존재입니다. 내 자식은 대학을 못 가는데 같은 기독교인인 옆집에 있는 갑돌이가 좋은 대학 가게 해달라고 기도한다고요? 오, 노우."

목사님은 손사래까지 친다. 그리고 말을 이었다.

"인간은 말입니다, 배고픈 것은 참아도 배 아픈 것은 못 참습니다. 세상은 점점 경쟁사회가 되어 남을 죽여야 내가 사는데 어떻게 남을 위한 기도가 순수하게 나옵니까? 하지만 집사님 아드님을 보십시오. 누가 보든 기도가 절로 나오게 하지를 않습니까? 지금 강남대로에 나가 길을 막고 물어보십시오. 이런 사람이 소원하는 기도를 함께 해주겠냐고? 아마 모두 기쁜 마음으로 해주겠다고 할 겁니다. 아, 하나님 감사합니다. 제가 말년에 이곳에 와서 이런 중보자의 역할을 하게 해 주시니…."

내가 무슨 말을 더 하겠는가. 목사님이 다시 말을 이었다.

"정말 이곳에 와서 제 영혼이 많이 깨끗해지는 느낌입니다. 도시에서 나오는 악취를 처음 맞았을 때는 '악' 소리를 내며 괴로워하지만 순식간에 그 냄새에 익숙해집니다. 처음 목회 시작할 때 그런 악취를 거두겠다고 했지만 30년 목회하는 동안 냄새를 없애기는커녕 내가 똥 속에 빠져 더 심한 냄새를 풍기고 살았죠. 한창 잘 나갈 때 자식도 내 마음대로 움직이려 했는데 그 자식도 결국 나를 떠나고 말더군요. 이제 그 자식이 눈에 보이지 않으니 하나님께 매달려 매일 기도 합니다. 하나님이 동행해 달라고. 그런데 요즈음 그 자식이 아주 좋아졌나 봐요. 삶의 목표가 없이 세상천지를 떠돌아다니더니 최근에 정신을 좀 차렸는지 원…."

나는 목사님의 눈에 맺힌 눈물을 보았다.

"중보기도의 대가라며 성도들에게 기도 제목 매주마다 올리라고 했던 저도 여기에 와서 비로소 진정 중보의 의미를 알았어요. 인간으로 진정한 중보 기도자는 먼저 자기가 없어져야 합니다. 자기가 살아 움직이면 결국 중보자를 위한 기도가 아니라 자기의 힘을 드러내기 쉽습니다. 기도하는 자가 힘과 능력이 있으면 더 크게 권한행사를 하려고 하죠. 그게 인간의 한계입니다. 그런데 남자는 절대로 썩는 존재가 아닙니다. 뿌리 위에서 땅으로 드러내는 존재이고, 여자는 땅 밑에서 썩어야 하는 존재입니다. 어느 것이 좋다 나쁘다가 아니라 생명을 만드는 역할 분담이고 하나님이 세상을 다스리는 원칙입니다. 밀알이 썩지 않고 절대로 싹을 못 틔웁니다. 사람들은 기적을 외치며 원칙에서 벗어나려는 꼼수를 부리지만 하나님의 원칙은 한 치의 오차도 없습니다. 더하여 진정 우리의 기도 중보자는 바로 예수님이 아니십니까? 하나님 곁에서 우리의 중보 기도를 하시는 예수님을 먼저 감동시키는 삶을 살면 가장 큰 중보자를 만난 것 아닙니까? 그저 마음에 소망을 담고 기도하세요. 아들의 능력을 보는 하나님이 아니라 어머니의 순결한 기도를 들으시는 하나님이십니다."

강한 자가 살아남는 것이 아니고 살아남은 자가 강하다

정수가 떠나고 일주일이 지났다. 내 마음은 기쁨에 차서 잠을 자도, 아침에 일어나도, 밥을 먹어도 그저 기쁘다. 나는 오월의 따가운 햇빛 아래 산나물을 캐느라고 분주한 하루를 보내고 있었다. 정선이 말에 의하면 회장님이 최근에 입맛이 없는데 산에서 나는 싱싱한 나물을 먹고 싶다고 한단다. 나는 새벽 기도를 마치고 바로 바구니를 들고 산으로 올라간다. 6시만 되어도 하늘이 새파랗게 빛을 뿜으니 땅에 것들도 선명하게 보인다. 특히 새벽 기운에 싱싱해진 것들을 딸 수 있어서 더 좋았다. 한두 시간 만에 들고 간 바구니가 가득하다. 후다닥 집으로 돌아와 다듬어서 택배로 보내면 저녁상에 올릴 수 있단다. 마음만 먹으면 산해진미를 다 먹을 수 있는 세상이라니. 더하여 이처럼 먹고 싶어 하는 상대가 있고, 그것을 내가 할 수 있다는 것도 기쁨이고 감사다.

나는 다듬어진 나물을 한달음에 달려온 택배 직원에게 전하고 있는데 대문 앞에 순자의 승용차가 멈추어 섰다. 순자가 오기에 이른 시간인데 순자는 얼굴을 반쯤 가릴 만한 크고 짙은 색의 선글라스를 쓰고 차에서 내렸다. 배달 물건을 실은 기사가 차에 오르고 순자는 내 곁으로 다가왔다.

"뭐하니? 아침부터?"

톡톡 쏘는 싸움닭 소리를 내는 것이 심기가 편치 않은 모양이었다.

"너야말로 이 아침에 웬일이야?"

"점심 먹으러."

볼멘소리를 했다.

"나한테 밥 맡겼니?"

"시끄러워. 밥이나 줘. 밤새워 뒤척이다가 온 거야. 아침도 안 먹고 출발했는데 고속도로가 밀려서 이제 도착했어."

대문 안으로 앞서 들어서는 순자의 눈에 마당에 흐드러지게 핀 꽃이 들어온 모양이다.

"어머, 예쁘다. 정말 예쁘다. 온통 꽃이네."

순자가 선글라스를 벗으며 다가서다가 이내 후다닥 마당을 가로질러 그늘이 있는 마루로 갔다. 그러나 오월 한낮의 햇빛을 받은 그 얼굴도 울긋불긋했다.

"얼굴에 또 손댔구나?"

"지난주에 은혜가 다니는 피부과에 갔더니 요기조기 손보라는데 어떻게 해. 아직 부기가 덜 빠져서 그래. 한주만 지나면 괜찮아질 거야. 아이고, 그래도 내 마음대로 할 수 있는 게 내 얼굴 고치는 것밖에 더 있니?"

보내고 남겨진 못난 산나물을 묻혀 밥상을 차려 마루로 나왔다. 순자는 밥상을 마루에 내려놓을 때까지도 마당에 있는 시선을 거두지 못하고 있었다. 배고파 죽을 것 같다던 순자의 시선은 그대로 꽃에 있으면서 말했다.

"너무 예쁘지 않니? 어쩌면 색이 제각각으로 저렇게 곱고 아름다울 수가 있어."

"꽃이 예쁘게 보이기 시작하면 늙은 거래. 젊어서는 자기가 제일 예뻐 거울 속에 제 얼굴만 들여다보고 있어도 행복한데 어느 순간 늙어버린 얼굴이 보이기 시작하면 세상에 꽃이 보인다고 하더라."

"듣고 보니 그러네. 사실 요즈음 내 얼굴 꼴도 보기 싫어. 옛날에는 그래도 한 가닥 했던 얼굴인데 왜 이 모양이야. 그래서 손을 대는데 갈수록 이상해. 예전에는 조금만 손을 대도 확 달라졌는데 이제는 이상해서 자꾸 고쳐…."

"밥 먹어."

밥을 먹고 순자와 차를 마셨다. 어느새 하늘 중앙에 떠 있던 해가 살짝 밑으로 미끄러지면서 햇빛이 마루 끝에서 안으로 찰랑찰랑 밀고 들어오고 있다. 아직은 우리가 마주 앉은 곳까지는 미치지 않았다.

"유정아…!"

나는 순자를 바라보았다.

"나는 말이야…."

순자가 또 말을 잇지 못한다. 나는 차를 마셨다.

"유정아…!"

"왜?"

"정수 결혼식을 보고 며칠 동안 잠을 못 잤어."

"……."

"내 평생에 그렇게 아름다운 결혼식을 본 적이 없어. 그리고 우리 은혜 결혼식이 생각났어. 그렇게 돈이 많다는데 마치 무슨 도둑 결혼하는 것처럼 쉬쉬하면서 언론이 알면 무슨 큰 폭탄이라도 터지는 것처럼 호들갑을 떨고. 아무에게도 보이지 말아야 한다며, 일반인은 감히 엄두도 내지 못하는 최고급 호텔에서 초호화 결혼식을 한다면서, 끼리끼리 모여 우아하게 한다고? 생각해보니 그게 바로 거지꼴이야. 안 그래? 모두가 축하해 주는 결혼, 그것이야말로 아무나 하는 것이 아니었어. 사람은 물론, 꽃도 하늘도 새도 기뻐 춤추는 아름다운 만남, 모두가 축하해 주는…."

말을 마친 순자는 한여름 땡볕에 지친 풀처럼 늘어져 있다가 갑자기 비를 만난 것처럼 생기있게 말했다.

"참, 혹시 정선이한테 들은 소식 없어?"

"무슨…?"

"회장의 일본 부인이 암에 걸렸다던데…. 첫 번째 부인의 소생을 잘 아는 사람으로부터 들은 소리야. 본부인이 죽고 일본에 있는 두 번째 부인이 호적에 오르면서 그쪽 자식들이 실세의 자리로 움직이는 모양인데…."

"……."

"딸하고는 아예 대화가 없구먼. 대화가…. 하기는 이런들 어떻고 저런들 어떠리. 죽고 나면 아무 소용도 없는데. 돈을 메고 가기를 하나 명예를 품고 가기를 하나. 나는 새도 떨어뜨린다는 권력? 다 살았을 때뿐이야, 살았을 때. 오늘 먹은 것만 내 것이다. 내 것."

사실 순자 말에 놀라기는 했지만 소스라칠 일도 아니다. 순자는 내가 박자를 맞추지 않자 시들해진 모양이다.

정오의 밝은 빛에 순자 얼굴의 일그러진 부분이 선명해진다. 그 아름다웠던 자태는 간 곳 없고 주먹보다 조금 더 큰 얼굴에 정체불명의 흔적만 가득하다. 순자의 입 주위의 근육이 부자연스럽게 움직인다.

"언제부터인가 너무도 힘들고 어려울 때면 이곳에 오고 싶어. 처음에는 미안한 감정도 들었지만 염치불구하고 오게 돼. 고향? 장소가 아니라 사람이었어. 누군가 기다려 주는…. 세상이 끝날 것 같은 어둠 속에서도 불을 밝히며 날 기다리는 바로 그 사람이 어디엔가 있다는 생각 하나만으로도 두렵지 않을 것 같아. 촛불을 밝히고 자식을 기다려 주는 부모. 부모가 되어 자식에게 그런 고향이 돼야 했었는데…. 귀한 것일수록 붙어 있지 말라고 했어. 가까이 붙어 있으면 서로의 진가를 볼 수가 없기에… 왜 그런 진리를 이제야 깨닫게 되는지 몰라. 하기는 누군가 말해 주었을 거야. 그런데 내가 그때는 귓등으로도 듣지 않았으니까. 오늘따라 어머니 생각이 많이 나. 그때 그렇게 말해 줄 때 들었어야 했는데….”

“…….”

“유정아…!”

“…….”

“…우리 은혜 영화 찍어….”

“잘됐네.”

그러나 예전처럼 웃지 않았다. 그리도 바라던 일이 일어났다는데. 순자가 말을 잇는다.

“유정아, 나는 요즈음 은혜만 보면 화가 나. 지난번 드라마 찍고 벌써 일 년이 지났어. 그사이에 광고 한 편 찍고 하는 일 없이 빈둥대는 것을 보는 것도 지겨웠는데 막상 영화를 찍는다니 잘 됐다 싶으면서 또다시 촬영한다고 밤을 새고 여기저기 옮겨 다니면서 모여서 술 퍼마시고… 지겨워. 인생이 왜 이래. 남의 인생 연기하면서 지 인생 제대로 사는 게 뭐가 있어? 도대체 그게 뭐가 좋다고 새끼까지 버리고 나와.”

“그 소리 그만해. 너 자꾸 은혜 앞에서 그런 말을 하는 모양이구나?”

“나도 처음에는 딸년 눈치 보고 안 했어. 하지만 요즈음은 저절로 그런 말이 막 나와. 그러지 말아야지 하면서도 화가 치밀면 나도 모르게 튀어나와."

"왜?"

"새끼까지 버리고 제 인생 살겠다고 나왔으면 저라도 당당하게 살아야지. 그런데 일없이 집구석에 처박혀 있으면 줄담배를 피우고 커피를 달고 사니 그 꼴을 볼라치면 가슴에 화가 치밀어 올라서 참을 수가 없어."

"그냥 참고 기다려 줘. 왜 벌써부터 끝을 단정 짓고 서로의 마음을 아프게 해. 아직 안 끝났잖아. 하나님은 과정 중에 끝을 보여주시지 않아. 항상 인간들이 자기들이 먼저 서둘러 결론을 내고 일희일비하는 거야. 순자야, 그 옛날처럼 제발 숨을 죽이고 기다려."

"다 끝났어. 다… 어떻게 그때가 지금과 같아?"

"시작은 같아. 아직 끝이 안 났다는 것과… 지금은 바람 불 때야. 어디서 어떻게 끝나는지도 모르면서 바람을 잡으려 하니? 그냥 조용히 이 바람이 지나가기를 기다려."

"그저 이것이 꿈이었으면 좋겠어. 깨어나면 내 딸 은혜가 엄마로 사는…"

"은혜가 아이들은 만나?" 내가 물었다.

"안 보여줘. 연기를 다시 하니까 아예 노골적으로 못 만나게 해. 애들이 상처받는다나? 하기는 내가 시어머니라도 그럴 거야. 가진 것은 돈이며 부리는 것은 권세인데, 그런 며느리에게 손주를 보여주고 싶겠어?"

순자가 드디어 얼굴을 감싸며 고개를 숙였다. 이내 순자의 어깨가 들썩인다.

"너는 몰라. 정말 내가 얼마나 힘들고 어려운지 정말 모를 거야."

"나만큼 힘들었겠어?"

"너? 네가?"

순자는 눈물이 번진 얼굴을 들고 나를 바라보며 말했다.

"도대체 네가 뭐가 힘들어?"

"내 사는 꼴 보면서 그런 말이 나와?"

"유정아, 너 내 앞에서 그런 소리하지 마라. 너는 영원한 갑이야. 갑!"

"갑은 또 뭐야?"

"갑? 그것도 몰라? 요즈음 유행어. 잘난 척은 독판하면서…."

"……."

"갑, 어쨌든 너는 영원한 갑이라는 것만 알고 있어. 항상 지켜주는 그 무언가가 느껴지는…. 어려서부터도 너는 절대 사랑을 받았어. 내가 보기에 그다지 사랑받을 짓도 하지 않았는데…. 노 할머니, 할머니, 어머니… 뭐, 남편의 사랑을 받았는지 그것까지 나는 잘 모르고…."

"……."

"거기다가 그런 인간의 사랑을 뛰어넘는 무언가 거대한 힘. 그래서 네가 아무리 고통스럽고 힘이 든 상황에 처해 있다 해도 염려도 안 되고 불쌍해 보이지가 않아. 그런 너를 볼수록 나는 더 힘들고 외로워. 언제나 나는 벌판에 홀로 서 있어. 아무도 나를 지켜주지 않아 기를 쓰고 혼자 북 치고 장구 치는 고달픈 인생, 지겨워. 정말 지겨워."

그렇게 뜬금없이 내려왔다가 바람 같이 가버리더니 연락도 없고 오지도 않는다. 은혜가 다시 영화를 찍는다니 쉽게 오지를 못하는 모양이다. 긴 겨울을 홀로 지내려니 조금 외롭기는 했다. 2월이 끝나갈 무렵부터 수시로 방문을 열고 먼 산을 바라본다. 봄을 기다리기에는 이른 데도 마음에는 봄이 꽉 들어차서 조바심을 내게 한다. 아직은 산에서 흐르는 계곡을 따라 눈이 하얗게 쌓여 있지만 산을 따라 내려오는 바람 속에는 분명 봄이 숨어있다. 바람에 섞인 냄새도 어제와 다르다는 것을 나는 안다. 열린 대문으로 순자가 들어서고 있다. 그늘진 곳에는 겨우내 쌓인 눈이 듬성듬성 남아 있지만 대지의 붉은 기가 완연한 마당을 가르며…. 오랫동안 기다린 봄처럼 반갑기만 하다. 순자는 무릎까지 오는 부츠를 힘겹게 벗고는 방안으로 들어섰다. 그리고 아랫목에 털썩 주저앉았다.

나는 반가운 마음에 저녁을 먹기에 한참 이른 시간인데도 밥을 먹었느냐고 물었다.

"지금 때가 언젠데."

퉁명스럽다. 조심스럽게 안색을 살피는 내 얼굴을 바라보며 말했다.

"사는 게 지겨워. 살고 싶지 않아."

"왜?"

"어제 내가 은혜가 주인공으로 나오는 영화 개봉을 앞두고 시사회를 한다기에 보러 갔어. 그런데 말이야. 나 정말 은혜한테 실망했다."

"왜?"

"정말 이래도 되는 거야. 이렇게 살아도 되느냐고?"

순자는 더 이상 말을 잇지 못하고 엉엉 소리 내어 울었다. 잘 울지 않는 순자여서 나는 눈을 휘둥그렇게 뜨고 물었다.

"왜? 왜 그러는데."

순자는 한참을 그렇게 울다가 흐느끼며 말을 이었다.

"영화? 이건 완전 포르노야. 40대 이혼녀가 20대 남자와 사랑에 빠지는 내용이라나. 뭐라고? 태곳적부터 억눌린 여성성을 표현한다고? 그게 무슨 사랑이야 지랄이지. 나이 60살이 넘은 내 얼굴이 화끈거려 볼 수가 없더라고…. 그게 지가 맡아야 할 역할이야. 지가 누구야? 엄마야, 엄마! 세상에 모든 사람이 다 좋다고 해도 이제는 자식들이 본다는 생각을 해야지. 저 때문에 상처받는 것은 제 배에서 나온 새끼뿐이야. 가뜩이나 이혼당해서 애들도 만나지도 못하는데…. 혹여라도 애들이 그걸 보거나 아니면 애들 친구들이라도…. 세상이 얼마나 악한데. 이 일을 어쩌면 좋아."

애써 울음을 멈추던 순자는 다시 울음을 터트렸다.

"……."

"다 내 탓이야. 내 탓. 내가 욕심을 내서 이 모양이 된 거야."

순자는 이윽고 허공을 향해 소리쳤다.

"어머니, 어머니 그때 저 좀 더 말려 주시지 이러고 돌아가시면 저는 어떻게 해요."

죽은 엄마를 깨울 만큼 순자의 울음소리는 점점 커지고 있었다. 나는 컵에 물을 따라 들이밀었다.

"마셔."

"유정아, 유정아, 우리 은혜 어떻게 해. 어떡하냐고? 돌아가야 해. 돌아가야 하는데 다 끝났어. 다!"

"일단 물이나 마시고 진정해."

컵을 잡는 순자의 손이 심하게 떨린다.

"은혜가 연기하고 싶어 바람 들 때 옆에서 내가 지켰어야 했어. 지성이가 군대 갔다 오니까 기획사에서 낚싯줄을 걸 때 덩달아 부추기지를 말았어야 했어. 사실 내 마음이었거든…. 시댁이 괘씸해서 두고 봐라 하는 앙심을 품으며…."

순자는 한숨을 내 쉬었다.

"나름 저항을 할 힘이 있다고 생각했으니 그렇게 쉽게 결정하고 나온 거야. 요즈음은 어머니 생각이 더욱 절실해. 누가 무어라 해도 꾹 참고 살라고 하신…. 오히려 은혜가 씩씩하게 커가는 애들 곁을 지키면 시어머니가 언제까지 아들 편을 들겠어. 강한 자가 살아남는 것이 아니라 살아남은 자가 강한 건데…."

"……."

"유정아…!"

"……."

"어머니가 바람을 바람으로 맞대응하지 말라던 소리를 이제 알겠어. 눈에는 눈으로 대응하지 말고 오른쪽 빰을 때리면 왼쪽 빰을 들이대라는 말도 무슨 뜻인지 이제 알겠어. 오리를 가자면 십리를 동행하고 속옷을 달라면 겉옷까지 벗어주라는 말, 무슨 소리인지 이제 알겠어. 이제 알겠어. 이제…."

순자는 안타까운 듯이 얼굴을 감싸안았다. 문득 엄마가 생각났다. 하나를 가르치면 열을 아는 순자라고 했던…. 그러다가 순자는 얼굴에 가려진 손을 확 걷고 분노를 표출했다. 실천이 따르지 않는 순자.

"멍청한 년! 위자료도 제대로 못 챙겼기고 쫓겨 나왔으면 보란 듯이 잘살아야 하는 것 아니야. 그 큰돈 마다하고 뛰쳐나와 쥐꼬리 같은 돈 더 벌자고 옷을 벗어! 배알도 없는 년!"

"순자야, 기다려. 은혜가 듣고 판단할 때까지 기다려. 이제 시작이야.

어떻게 끝날지 모르잖아. 제발 네 생각에 떠도는 소문까지 섞어 전하면서 끝을 자초하지 말아. 말이 씨가 된다잖아."

"네가 뭘 알아."

"나도 이 나이 되고 보니 조금씩 알겠다. 우리 엄마가 배운 것도 없이 평생을 이 시골에서 못 벗어났으면서도 세상 이치에 밝아지는 것을 보고 놀랄 때가 많았어. 그리고 궁금했지. 저런 영특함이 어디에서 온 걸까? 하고…."

"그런데?"

"다른 이유 없어 인내하고 인생을 살아낸 것밖에…. 고통의 세상을 살아내고 나면 비로소 세상을 맞설 힘이 생겨. 배워서가 아니고 그냥 살아내다 보면…."

나는 순자의 슬픈 눈동자를 바라보았다. 순자는 시선을 피하고 한숨을 내 쉬었다. 나는 순자의 고운 손을 잡고 말했다.

"기다려…. 자꾸 좋은 작품, 좋은 작품 하는데 그것도 네가 결정하는 것이 아니야. 사실 은혜가 지금은 역할을 고를 수 있는 처지는 아니잖아. 네 말대로 철없는 나이에 결혼이라는 것을 하고 억눌려 살기만 했잖아. 그래서 뛰어나왔잖아. 이제 다른 판에서 시작하는 처음이야. 처음…."

"다 끝났어. 다!"

"순자야. 내가 말 안 해? 인생살이 목숨이 붙어 있는 순간까지 시작만 있을 뿐이야. 죽는 것도 끝이 아니라 새로운 시작이고, 영생을 사는 인간에게 끝은 결코 없어. 살아내는 것이 인생이라고 엄마가 내게 말했어. 그리고 인생에 막힌 길은 없다고. 단지 절망이라는 내 생각이 길을 막은 거라고…."

"……."

"순자야, 은혜가 인생 새롭게 시작한다고 생각해. 과거는 흘려보내고…. 나야 잘 모르지만 어차피 연기자로 살려고 마음을 먹었으면 어떤 역할도 할 수 있는 거 아니야? 이것저것 다 해봐야 진정 좋은 것을 고르는 안목이 생기는 것 아니겠니. 마지막에 대작을 내면 과거의 허물이 다 없어지고 그게 오히려 더 멋진 영웅담이 되잖아."

"하기는 할리우드 유명 영화배우 중에 포르노 배우 출신도 많다더구먼…."

"그러니까 기다려. 부모가 되어 자식에게 할 것이 있다면 그저 믿고 맡기는 수밖에 없어. 왜냐고? 네가 먼저 죽잖아. 끝까지 함께 못 가."

"유정아, 나 죽으면 절대 눈 못 감아. 억울하고 분해서…."

내 뜻대로 마옵소서

남편이 죽고 3년이 되던 해 가을, 일본에 있는 회장의 부인이 죽었다. 정선이는 회장이 부인의 장례식에 참석하기 위해 일본으로 출국한 틈을 타서 내게 왔다. 이틀을 먹고 자면서 모녀가 함께 뒹굴었다. 정선이는 참으로 오랜만에 쉬어본다며 쉬지 않고 말을 했다. 먹고 자는 것은 어디에서든 하지만 가슴에 있는 말은 어디에서도 할 수가 없었다며, 회장도 그런 모양이라고, 가진 게 불어나고 딸린 식구가 많아지면 점점 더 고립된다고…. 그런 회장도 건강이 안 좋아져서 외부활동을 줄이고 있었다고 했다. 그래서 정선이와 있는 시간이 많아졌다고 했다. 함께하는 시간이 많다 보니 회장은 곧잘 자신의 인생을 회고하면서 옛이야기를 들려준다고 했다.

일제강점기에 땅끝마을 해남에서 태어났단다. 8남매의 장남으로 태어난 그는 지독한 가난 속에 먹을 것이 없어 고통받는 삶을 살았다고 한다. 초등학교도 다니지 못하고 오로지 농사일만 했단다. 워낙 부지런한 성품이라 농사로 밥은 굶지 않았고 17살 나이에 20살의 여인과 결혼을 했단다. 일품을 팔려면 무엇보다도 힘 좋은 아내를 맞이하던 시절인데 정말 그 아내는 소처럼 일을 하며 자식도 쑥쑥 잘 낳았단다. 사실 그 아내가 아니었다면 자기가 오늘날처럼 성공하지 못했을 거라고 고백한단다. 회장의 나이 18살에 첫 딸을 낳고, 20살에 첫아들이 태어나던 해에 그가 돌연 일본으로 건너갔어도 아내는 말없이 남은 식구 뒷바라지를 했단다.

그는 뼛속까지 파고든 가난이 싫어 돈을 벌어 볼 요량으로 처자식을 팽개치고 무작정 일본으로 갔단다. 이후로 한국전쟁으로 돈을 번 일본 경제가 부흥할 때 그는 돈의 흐름을 배웠단다. 그때는 만지는 것마다 돈이 될 만큼 운도 따르고, 그 감각으로 전쟁이 끝나고 폐허가 된 이 땅이 오히려 그에게는 돈을 벌 수 있는 기회의 땅이 되었다는 것이다. 미리 번성한 일본에 가서 사업의 기반을 잡고 다시 이 나라 부흥의 역사를 주도하면서 거부가 되었단다.

일본에 있는 부인은 그때 동지처럼 만나서 자식까지 낳게 되었단다. 고향에 있는 본부인은 처음부터 애정이 없었지만 사는 동안 내내 미안한 감정으로 살았다고 했다. 아마 그 여인도 평생 가슴에 한을 품으며 살았을 것이라고 했다. 물론 일본에 있는 여인도 사랑이라는 감정은 없다고 했다. 그러면서 회장은 자기 가슴에는 사랑이라는 자체가 없다는 것이었다. 오로지 돈을 벌어야겠다는 생각뿐, 여인과 오순도순 사는 것은 처음부터 뇌에 입력되지 않는 것 같다고 했다. 여자는 동물적인 욕구 배출만 해주면 된다고 생각했단다.

그런데 자기 옆에서 평생을 산 여인들이 이렇게 먼저 떠나니 가슴에는 한없는 슬픔만 쌓인다고, 격변의 시대를 살면서 오로지 살아남기 위한 투쟁뿐인 삶, 부부 사랑, 자식 사랑은 이루지 못하는 꿈같은 사치일 뿐이었다고, 자식들은 남들보다 재산을 많이 갖게 해준 부모에게 감사하기보다는 어미가 누구냐에 따라 두 파로 나뉘어 서로 더 달라고 아우성만 친다고…. 그중에도 큰딸의 위세가 대단하단다. 18살이라는 어린 나이에 아버지가 되어 당시 험한 세월을 사느라 제대로 가르치지를 못해 집안에서 큰소리를 쳐도 크게 나무라지 않았다고…. 그러나 갈수록 소리가 높아져 걱정이란다. 제대로 배우지도 못한 딸이 피해의식까지 심해서 결혼생활도 그다지 순탄치 못하다고…. 하지만 아비로서 딸이 곱게 늙었으면 한단다. 그러면서 다 자신이 죄가 많아서 그런다는 말을 반복한단다.

정선이가 다녀간 다음 날 순자가 왔다. 순자는 마루에 앉으면 한숨부터 내쉬었다. 은혜가 영화 출연을 끝내고 거의 두문불출하고 있단다. 광고 섭외도 처음 같지 않단다. 이혼을 하고 나온 직후에는 사람들이 관심을 보이더니 점차 식상해지는 모양이라며…. 그리고 내게 물었다.

"그 영감의 일본 부인이 죽었다는데 알아?"

"알아."

"정선이가 말해 줬어?"

"응."

"정선이는 좋겠다."

"……."

"참, 사람 팔자 시간문제야."

"……."

"또, 또… 순진한 척. 그 맹한 표정은 뭐냐?"

"정말 무슨 소리야?"

도대체 순자의 의도를 알 수가 없었다.

"첫째 마누라 죽고, 둘째 마누라 죽고 아직 영감 살아있고… 정선이가 호적에 오르지 못할 이유가 없지. 세상에… 인생 멋지게 비껴간다. 남자보다 오래 산다는 여자, 그것도 둘이 차례로 먼저 죽고 돈 있고 권세 있는 늙은 영감만 남았으니…."

"순자야. 그만해. 누가 들을라."

나는 민망한 생각이 들어 순자 입을 막았다.

"누가 들어? 들으면 어때? 내가 없는 말을 했어?"

그러더니 허공을 향해 소리를 질렀다.

"유정이는 좋겠다. 재벌 사위 생겨서!"

"순자야!"

그러나 순자는 결코 멈추지 않고 더 크게 소리쳤다.

"유정이 딸 정선이가 대한민국 최고의 거부! 안방마님으로 당당하게 입성한답니다!"

"순자야! 너 미쳤어!"

"미쳤다! 왜? 재벌 사위 보겠다는 순자는 꽝이 되고, 순자가 제일 미워했던 친구 유정이는 재벌 사위 봐서. 미쳤다! 왜?"

내가 할 말을 잊고 머뭇거리는 순간 순자의 말이 이어졌다.

"그런데 머리 큰 자식들이 가만히 있겠어? 더구나 그 욕심 사나운 큰딸이 그냥 보고만 있지는 않을걸. 그 영감이 다른 자식들에게는 큰소리쳐도 큰딸한테는 꼼짝 못 한다더라."

"도대체 그런 소리는 어디서 듣니?"

"김순자, 모르는 것 빼고는 다 알아. 재벌들 하늘을 찌르는 높다란 담장치고 소리소문없이 자기들끼리 비밀스럽게 살겠다지만 일하는 사람들 입을 무슨 수로 막니? 지금쯤 두 번째 부인이 죽었으니 그 집구석 심히 복잡하게 돌아갈 거다. 하지만 곧 있으면 담장 밑에서 살금살금 다 새어 나올 거다. 에휴, 인간들, 어차피 죽을 건데 기를 쓰고 잘란 척하는 꼴들이라니…."

미운 며느리는 마다하고 사랑하는 딸에게만 쏘이게 한다는 가을볕이 마당에 살포시 내려앉았다. 며느리에게 쏘여준다는 봄볕은 여름 더위처럼 달라붙어 피부에 착색되지만 가을볕은 마치 분무처럼 흩어져 반짝인다. 마당에 널어놓은 고추 위로 쏟아지는 햇살은 여름내 묵은 습기를 그대로 뽑아낸다. 봄과 가을에 내리쪼이는 해의 위치는 같은데 이처럼 다른 작용을 하다니…? 쏟아지는 빛이 너무 고와 순자와 나는 약속이나 한 듯 시선을 모았다. 한동안 입을 다물고 바라보던 순자가 말을 한다.

"할머니 생각나네. 가을볕에 말리는 고추 곁으로 가지 말라고 소리를 지르던…. 까만 고무신이 발에 붙어 있지를 않아 걸을 때마다 덜커덕거리고 먼지가 날렸어. 너는 발에 딱 붙는 납작한 예쁜 운동화를 신어서 사뿐사뿐 걷는데… 그게 내 탓이야. 신발 탓인데, 아무리 애써도 먼지가 날리는데, 그런데도 할머니는 나를 향해 계집애가 거칠기만 해서 무엇에 써먹느냐고…. 참으로 밉기만 했던 할머니, 그 할머니가 요즈음 자주 생각나."

"……."

"얼마 전, 재벌 수준의 집안 딸이 유학 가서 임신을 했데. 가지지 말아야 할 애를 밴 거지. 그런데 그 어미라는 게 어떻게 한 줄 알아?"

"……."

"딸을 유산시키는데 그 집 가정부를 딸려 산부인과로 보냈단다. 그 소문이 그다음 날로 담장 넘어 나오더라. 어미라는 것이 자식의 못난 꼴을 아래 사람에게 대신 지게 하면서 입으로는 품위, 품위 하면서 잘란 척은…. 명품 걸치고 아랫사람 돈으로 부린다고 윗사람 행세하는 줄 아는지 원…. 할머니는 안 그랬잖아. 남이 보기에 흉이 되는 집안일은 당신이 직접 하셨지. 그래서 험한 일은 절대로 아랫사람 안 시켰어. 그때는 그게 되게 이상했는데 지금은 이해가 돼. 가진 자의 품위는 바로 그런 것에서 온다는 것을….”

할머니는 그랬다. 새벽 5시면 어김없이 일어나 헐렁한 몸뻬바지를 입고 마당으로 나가서 여기저기를 훑어보셨다. 이어서 증조할머니 방으로 와서 잠자리를 살피고 증조할머니를 씻기고 머리를 단정히 해주고 옷도 갈아 입혔다. 동이 트고 아랫사람이 일어나는 시간이 되면 당신의 몸단장에 들어갔다. 할머니는 반질반질 윤이 나는 화장 문갑을 무릎 앞에 놓고 앉는다. 참빗과 동백기름이 들어있는 문갑을 열어젖히면 안쪽 문갑에 작은 거울이 붙어 있다. 할머니는 상반신을 비춰보며 쪽 찐 머리에서 비녀를 빼고 머리를 풀어 내린다. 그리고 양쪽을 갈라서 올이 촘촘한 참빗으로 빗어 내리기 시작한다. 동백기름을 바른 머리가 만족할 만큼 윤기가 나도록 빗어 내린 할머니는 갈래머리를 하나로 합쳐 총총 따서 단단하게 말아 뒤꼭지에 붙이고 비녀로 질러 마무리를 한다. 머리단장이 끝나면 할머니는 몸단장에 들어간다. 오이 같은 작은 발에 단단한 무명 버선을 힘주어 신고 전날 준비해 둔 한복을 입는다. 여름이면 하얀 모시를 빳빳하게 풀을 먹여 다려 입고는 했다. 이윽고 단장이 끝난 할머니는 안방에 좌장을 하고 방문을 활짝 열고 아랫사람들에게 하루 할 일을 지시했다. 이미 새벽에 두루 다니며 시킬 것을 찾아냈기 때문에 그 호령이 당당했다.

일하는 사람들은 할머니의 권위에 그대로 승복했다. 누구도 할머니에 대한 지시를 거스르거나 불평을 하는 사람이 없었다. 간혹 아랫사람에게 쓸데없는 것을 시킨다고 할머니에게 호되게 야단을 맞는 엄마를 보았다. 할머니는 아랫사람이라고 마구 대하지 말고 아무 일이나 시키지 말라고 했다. 사람에게 일을 시키려면 먼저 그 사람이 해서는 안 되는 일과 할 수 없는 일을 구별할 줄 알아야 한다고 했다. 집에서 일을 하는 아랫사람을 잘못 다스리면 조상에게 큰 죄가 되고 후손에게도 악한 영향을 미친다고 했다. 그때는 정말 그 소리가 무엇을 뜻하는지 몰랐다. 순자는 깊은 한숨을 내 쉬며 말했다.

"이제 말이지만 우리 아버지가 결국 집에서 일하던 식모와 눈이 맞아 집을 나갔잖니. 어머니에게는 차마 그 사실까지 말을 할 수가 없었어. 그나마 우직했던 아버지의 좋은 기억이라도 간직하시라고…."

회장의 두 번째 아내가 죽고 나니 정선이의 거취가 태풍의 눈으로 떠올랐다. 당연히 장성한 자식들은 정선이를 회장님의 배우자로 공식화하는 것에 절대 반대를 하고 나섰다. 당사자인 회장도 정선이가 살날이 많은데 굳이 호적에 오르지 말라고 했다. 그의 상응하는 재산을 약속하면서. 순자도 적극 반대했다. 언제 죽을지 모르는 영감의 호적에 오를 이유가 없다고, 돈 때문이라면 더더욱 안 된다고. 이미 그 집안의 재산이 현재 자식들을 구도로 마무리의 단계라고 했다. 그러니 준다고 할 때 유리한 고지에서 재산만 확실하게 챙기란다. 준호가 회장의 막내아들로 당당하게 호적에 올라 있으면 된 것 아니냐며. 설사 준호의 호적에 정선이가 엄마로 되어 있지 않더라도 자식이 아닌 것이 아니지 않으냐며….

나도 순자의 생각과 같다. 아무리 생각해도 꽃처럼 아름다운 내 딸이 온전히 자기 인생을 살지도 못했다는 아쉬움에…. 그러나 정선이는 단호하다. 반드시 호적에 이름을 올리겠다고 했다. 그래서 나는 묻지 않을 수 없었다.

"너는 왜 호적에 오르고 싶은데?"

"아들의 엄마로 남고 싶어. 누가 무어라 해도 당당하게 내 아들, 준호의 어미로 남고 싶다고. 재산 안 줘도 돼. 그까짓 돈이 뭐가 중요해."

진심이냐고 묻고 싶었지만 차마 묻지를 못했다. 어미가 돼서 그런 마음까지 들키고 싶지 않았다.

내가 순자에게 그런 정선이의 마음을 전하면 순자는 펄쩍 뛰었다. 세상 경험이 짧은 철없는 딸의 소리를 그대로 듣지 말고 기를 쓰고 포기하게 하라고, 더구나 정선이가 진정 아들을 위한다면 포기가 정설이라고…. 그 집은 마누라가 둘이나 죽었고 거기서 난 자식이 여덟 명이란다. 그 집 재산 형성에 정선이가 한 것이 없다는 현실을 인정하라며, 누가 무어라 해도 두 마누라와 여덟 명의 자식은 오늘의 그 집안을 이룬 밑거름이 되었다며, 그래서 더 욕심을 부리면 자칫 화를 입을지도 모른다며….

그러나 정선이가 요지부동이다. 결국 목사님에게 고백했다.

"목사님, 정선이가 포기해야 하는 것 아니에요?"

"최 권사님의 뜻을 구하지 말고 하나님의 뜻을 구하세요."

"하나님도 제 딸 때문에 그 가족들이 고통을 받는 것은 아시죠. 그러다가 우리 준호가 그 죗값을 치를까 봐 두려워요."

"누가 그래요?"

"세상 이치가 그렇잖아요."

"그것참, 기도하시는 분이 왜 자꾸 세상의 이치를 묻습니까? 권사님도 알다시피 밧세바가 누굽니까? 남편까지 죽인 남자의 아들을 낳았어요, 그런데도 솔로몬이 누굽니까? 아버지 왕위를 계승하고 이스라엘을 가장 크게 키운 왕입니다. 바로 밧세바에게서 나온 낳은 아들입니다. 다윗의 아들들, 아비에게 반역하고, 배다른 형제를 아비 앞에서 죽이고 심지어는 아비의 여자도 겁탈합니다. 아비의 씨로 세상에 태어났다고 다 자식입니까? 겉으로 보이는 것은 같은 탈을 쓴 자식이지만 그 안에 참 자식이 있고 거짓 자식이 있다는 겁니다. 야곱의 아들 12명 중에 11번째 아들 요셉, 어미 없이 불쌍하게 자란다고 아버지가 유독 사랑하자 나머지 아들들이 하는 짓을 보세요. 머리 큰 아들놈들이 작당을 해서 어린 동생 요셉을 노예상에게 팔아 버리잖아요. 그런데 종국에 가서는 그 아들 요셉 때문에 아버지의 생명은 물론 가문을 살리잖아요. 누가 참 자식이고 거짓 자식인지는 오로지 하나님만 아십니다. 인간이 아무리 교묘하게 자기도 속이고 남도 속이지만 하나님은 피해가지 못합니다. 또 하나님은 위에서 멀리 보시는데 인간들은 그저 제 눈앞에 보이는 것만 놓고 계산하기에 분주합니다."

목사님은 눈물이 고인 내 눈 속을 바라보며 천사처럼 웃었다. 그리고 말을 했다.

"권사님 머리 너무 굴리지 마세요. 내가 아는 권사님답지 않아요."

내가 피식 웃었다.

"사람이 바닥까지 가면 솔직히 편합니다. 들고 있는 게 없어서 그저 주시는데로 받죠. 근데 말입니다. 손에 무어라도 들고 있으면 그때부터 머리 복잡해집니다."

나는 마치 도둑질하다가 들킨 것처럼 얼굴이 붉어졌다.

"그, 그게 아니구요. 목사님, 나는 그저 우리 정선이가…."

"다 내려놓으세요. 내 뜻대로 마시고 오로지 주의 뜻대로…."

그러다가 목사님은 은근히 하고 싶은 말이 있는 모양이었다. 그런 말을 할 때는 마치 아이 같은 표정이 된다.

"제가 이런 말 한다고 소문내지 마십시오. 아마 이 소문이 나면 세상에 모든 여자들이 나를 돌로 치려 할 겁니다. 사실 돈이 많은 사람들이 재산을 지키려면 무조건 자식을 많이 낳아야 한다는 생각을 합니다. 내가 보니까 아버지 보기에 괜찮은 장자가 별로 없어요. 야곱도 둘째, 요셉은 열한 번째 아들이고, 다윗은 8형제 중에 막내예요, 막내. 인간적인 면에서 보면 솔로몬은 아예 태어나지 말았어야 할 아들입니다. 그러나 가문을 잇는 자식은 따로 있습니다. 그런데 요즈음 재벌들은 겁도 없이 자식을 하나둘로 버티데요. 그리고 그 자식들이 무슨 하나님이나 되는 양 떠받들다가 조상에게 물려받은 재산 순식간에 날리면서…. 아무튼 나는 남자는 어떤 여자든 관계없이 자식을 많이 낳아야 한다고 생각합니다. 돈이 있으면 있는 만큼 낳아야 그나마 재물이 유지되고, 없으면 무조건 많이 낳아서 때를 기다려야죠. 좌우간 극성맞은 여자들이 자식도 듬뿍듬뿍 낳아주지도 않으면서 남자들을 틀어쥐고 있으니 사내들이 제구실을 못 해요. 제구실을. 권사님, 이건 절대 소문내면 안 됩니다."

"생각해보고요."

"근데 나는 최 권사님이 여자라는 생각이 안 들고 그저 내 편이라는 생각만 들어서…."

"맞아요. 나이가 60살이 넘으면 여자도 남자도 아니고 그냥 사람으로 같대요. 목사님…."

"이런, 이런, 그래도 나는 남자로 보이는 게 좋은데."

"목사님, 마음을 비우고 다 내려놓으세요."

"아이쿠, 제대로 맞는구나. 아프다."

목사님은 영원한 젊은 청년처럼 호탕하게 웃었다.

가을비가 추적추적 내린다. 가을걷이가 끝난 들판이라 내리는 비는 전혀 걱정이 없다. 이 비가 끝나면 추위가 급하게 몰려올 것이다. 그래도 걱정이 없다. 따뜻한 방안에서 뒹굴며 봄을 기다리면 되니까. 그러나 마음은 묵직한 돌을 앉고 있는 것 같았다. 정선이 때문에…. 뒷산에 떨어진 산 밤을 쪄서 저녁밥을 대신해서 먹고 있다. 비도 오니 방문을 열고 떨어지는 빗소리를 들으며. 비에 젖은 바람이 제법 차다. 방문을 닫으려는데 전화벨이 울린다. 나는 급하게 문을 닫고 수화기를 들었다. 이어서 수화기로부터 젊은 피가 끓어오르는 군대 훈련소의 함성 같은 소리가 쏟아져 나왔다.

"엄마! 회장님께서 허락하셨어. 드디어…."

"아멘…!" 환희에 찬 음성이 사그라지고 이내 울음이 섞여 들려왔다.

"엄마…! 고마워. 엄마, 이런 기쁨을 나눌 수 있게 해줘서. 엄마, 나 이제는 당당하게 아버지의 아들 준호의 엄마로 살아갈 수 있어. 엄마… 고마워…."

그리고 3년 후에 회장님이 돌아가셨다. 그의 나이 83세다. 모두들 그가 그렇게 빨리 죽을 줄 몰랐다는 것이 한결같은 말이다. 정선이는 나를 보고 빈소에 참석하란다. 삼촌도 함께 와야 한다고 당부를 한다. 나는 오빠에게 연락을 했다. 어지럼증이 있는 내게 오빠는 기차를 타고 오란다. 서울역에서 만나 함께 가잔다.

남편이 죽고 22년 만의 나들이다. 46살이라는 중년에 서울을 떠났는데 어느새 68세 노인이 되었다. 막상 외출을 하려니 죽었다가 살아난 사람처럼 허둥대기만 한다. 사람들이 많이 모인 곳인데 어떤 옷을 입어야 할지. 더구나 정선이의 체면을 손상시키지 않으려면 어떤 모습을 해야 할지 머리에 떠오르는 것이 전혀 없다. 옷장을 열고 이리저리 뒤져보아도 답이 나오지를 않는다. 변변한 구두도 없고 머리 꼴은 말이 아니다. 염색도 하고 파마라도 해야 하는데 워낙 급작스럽게 닥친 일이라 엄두도 나지를 않는다. 고민 끝에 순자에게 연락을 했다. 순자는 한달음에 내려왔다. 순자는 그 즉시 함께 서울로 가잔다. 자기 집에서 하룻밤을 자고 머리도 하고 마사지도 받고 옷도 골라 입어야 한단다. 내가 망설이자 순자는 소리를 버럭 질렀다.

"서울 가서 하루 자고 왔다고 세상 안 망하고 너 안 죽어! 멀미? 내 차가 비싼 외제 차라서 침대보다 더 편해! 타보지도 않고 지레 겁을 먹기는. 더구나 정선이가 오라고 할 때는 이유가 안 있겠어. 가다가 죽더라도 가야지. 그리고 네 꼴 좀 봐. 그게 어디 사람 몰골이야? 딸 체면이라는 것도 있는데…."

화살처럼 쏟아지는 순자 말에 황급히 짐을 꾸렸다. 오빠에게는 바뀐 일정을 알려주고….

순자의 차에 몸을 싣고 서울 나들이를 떠났다. 순자는 나를 미장원부터 데리고 갔다. 순자의 지시가 끝나자 여인이 달려들어 머리를 잘라대기 시작했다. 머리카락 끝만 잘라 틀어 올렸었는데 거침없이 잘리는 것에 움찔하며 거부하려 하자 순자는 입 다물고 가만히만 있으라고 윽박을 질렀다. 높은 천장에서 흘러내려 오는 크고 작은 조명이 머무는 자리에 멋진 헤어스타일을 자랑하는 흑백의 사진 속에 여인들이 있고 그 여인들의 시선이 모이는 곳에 또 내가 있다. 사면에는 거울이 있어 실내를 두루 보는 것도 어렵지 않다. 공간 사이를 움직이는 여인들은 마치 어항 속에 열대어처럼 절도가 있었다. 염색을 하고 파마를 하는 동안, 20대로 보이는 젊은 여인이 손톱과 발톱을 손질해 주었다. 생전 물일이라고는 해보지 못해 본 듯한 가녀린 손끝이 닥터 피쉬처럼 붙었다 떨어졌다 하면서 가뭄에 바짝 말라버린 들꽃 같은 내 손과 발을 기어코 살려내려는 모양이다. 설마 하는 내 시선에는 죽은 자도 살릴 수 있다는 여인의 기술에 감탄하기보다는 소녀에 가까운 얼굴이 그저 안쓰러울 뿐이다. 아직 얼굴에는 솜털이 채 가시지 않는 작은 참새 같은 소녀 앞에 마치 여왕처럼 앉아 대접을 받는 것이 생각만큼 즐겁지는 않았다. 부모에게 정녕 귀한 자식들일 텐데….

3시간이 지나 미장원을 나올 즈음 정말 딴사람이 되었다. 정말 나 맞아? 하며. 당연히 순자의 맞장구가 터져 나온다.

"어머, 어머, 20년은 젊어 보인다. 세상에. 무슨 일이야. 어때 이만하면 이제 내 친구처럼 보이지?"

거울에 비친 나와 순자는 오래전 고향에서 함께 자랄 때 모습을 보는 것 같았다. 내 몸에 달라붙어 있던 여인들은 일제히 입구에 일렬로 서있다. 순자는 제일 앞줄에 서 있는 여인에게 불룩한 봉투를 건네자 여인은 황송한 몸짓으로 받아든다. 우리가 그 줄을 빠져나오고 여인들은 일제히 배꼽 인사를 한다.

"감사합니다. 또 오세요."

이어서 순자는 마사지를 하는 곳으로 나를 데려갔다. 순자와 나는 나란히 누워 마사지를 받았다.

"최유정, 딸 때문에 출세한다. 서울에서 이런 마사지도 받아보고. 여기는 회원제야. 회원이 아니면 아무리 많은 현찰을 주겠다고 해도 안 해줘. 재벌가에 연인들이나 이름 알려진 연예인들이 주로 많이 출입해. 나도 은혜가 회원이니까 그 빽으로 쓰는 거야."

순자는 이어서 나를 백화점으로 데려갔다. 몇 군데 매장을 데리고 다니며 고른 옷들을 열 번도 넘게 입고 벗게 했다. 내 눈에는 그 옷이 그 옷인데 다른 모양이다. 현기증이 나서 뛰쳐나오고 싶을 즈음 순자가 오케이 사인을 한다. 순자 말에 의하면 그나마 품위가 있어 보인다는 무릎을 지나는 검정 원피스에 검정 자켓이다. 그리고 신발도 샀다. 비록 낮은 굽이지만 무릎이 아파서 신을 수 있을지 걱정부터 앞섰다. 그러나 단 몇 시간도 못 참느냐고 소리를 치는 순자를 피해 얼른 신겠다고 했다. 그리고 밤늦은 시간에 순자의 아파트로 들어왔다. 순자는 이런 날이 와서 더없이 기쁘다고 했다. 항상 얻어만 먹었는데 빚을 갚게 되었다며.

다음 날 오빠와 시간 약속을 하고 장례식장으로 갔다. 결국 순자도 동행했다. 처음에 내가 망설이자 순자는 엄마 친구의 자격으로 당연히 참석해야 한다고 주장을 했다. 장례식장에 도달하니 화환이 입구에서부터 끝이 보이지 않을 정도로 겹겹이 쌓여 있었다. 순자와 함께 빈소에 들어갔다. 맨 앞에 정선이가 서 있고 자식들이 서 있는데 끝에 준호가 보였다. 나는 그 아이가 정선이 아들이라는 것을 한 번에 알아볼 수가 있었다. 코와 눈매가 흡사 남편의 모습이다. 정선이는 남편을 똑 닮았다. 정선이는 나를 보자 눈물을 쏟았다. 나는 국화를 들고 빈소에 놓고 회장님이 웃고 있는 사진을 한참 들여다보고는 묵념을 했다. 이어서 상주들과 맞절이 끝나자 정선이가 내 손을 잡으며 상주들에게 소개를 했다.

"저희 어머님이세요. 이 분이 외삼촌이시고. 엄마, 회장님 자제분들이세요."

절차를 마친 우리는 빈소를 나왔다. 이어서 정선이가 따라 나와 문상객들이 모여 있는 곳으로 우리를 안내했다. 사람들이 일제히 일어나 고개를 숙이며 자리를 내주었다. 자리를 잡고 앉자 정선이는 내게 말했다.

"엄마, 와 줘서 정말 고마워요. 삼촌도…."

그리고 정선이는 순자를 바라보았다. 나는 순자를 정선이에게 소개했다.

"엄마 고향 친구…."

그제야 정선이는 순자에게 인사를 했다. 그리고 정선이는 달라진 내 모습에 놀랍다는 표정을 지었다. 나는 말했다.

"이 친구 때문에 그나마 차림이 이렇다. 자칫 우리 딸 체면에 큰 손상을 입힐 뻔했어."

정선이는 이어서 준호를 데리고 왔다.

"말했지? 할머니가 계시다고. 인사해."

준호가 내게 고개를 숙여 인사를 했다. 눈물이 앞을 가려 그 모습을 제대로 볼 수가 없었다. 정선이가 오빠를 준호에게 소개했다.

"할아버지야. 인사해."

그러자 오빠가 준호를 안아주며 말했다.

"준호가 아주 잘생겼구나. 나는 네 외할머니 오빠야. 만나서 반갑구나."

정선이는 그저 눈물만 쏟았다.

우리는 그날 아주 특별난 대접을 받았다. 그곳에 앉아 있는 동안 회사 간부들이 수시로 와서 부족한 것이 없느냐고 챙기고 회장의 자식들도 일일이 다시 와서 인사를 하고 갔다. 어떨결에 따라온 오빠도 아주 흡족한 표정이다. 명실공히 회장 부인에 걸맞은 대접이 무엇인지 알 것 같았다. 그제야 정선이가 내가 오기를 간절히 소원했는지 알 것 같았다.

문상을 마치고 순자네 집에서 하루를 더 자기로 했다. 그러나 내게 무언가를 해주며 기뻐했던 어제와 달리 순자는 우울해 보였다. 거실에서 차를 마시면서도 좀처럼 입을 열지 않는다. 내가 먼저 물었다

"피곤하지? 공연히 나 때문에."

"아니."

"근데 피곤해 보여."

"피곤한 게 아니라 우울해."

"왜?"

"인생에 주연과 조연은 처음부터 정해져 있는가 봐. 최유정은 결국 주인공이고 나는 또 들러리, 타고 난 조연…."

"무슨 소리야?"

"오늘 봤잖아. 최유정 앞에 우리나라 굴지의 기업인들이 절절매며 머리를 조아리는 것. 어린 계모지만 권한이 있다 이거지. 60살 먹은 자식들도 벌써 잘 보이려고 애쓰는 것. 여왕이 따로 없어. 보통 아니야. 너한테서 어떻게 그런 딸이 나왔는지…."

"……."

"은혜, 내 딸 은혜, 그년을 그렇게 살라고 온갖 공을 들였건만 결국 저

꼴이 되고 말았으니…. 어머니 말이 맞았어. 강한 자가 살아남는 것이 아니라 질기게 살아남은 자가 강한 것이라고…."

다음 날 순자는 나를 고향 집에 내려놓고 그대로 서울로 향했다. 쉬었다 가라고 했지만 순자는 휑하니 떠나 버렸다. 참으로 오랜만에 사람이 떠났던 집은 나를 반긴다. 복실이도 꼬리를 마냥 흔들며 내 다리에 몸을 비벼대며 낑낑댄다. 나는 방마다 문을 활짝 열고 환기를 시켰다.

그중에 제일은 사랑이라

서울에 다녀오고 열흘 만에 순자가 나타났다. 순자는 여느 때처럼 가방을 마루에 패대기치고 열이 난다며 겉옷을 벗었다. 목이 드러나는 티셔츠 밖으로 혈액이 뭉쳐진 자국들이 선명하다. 그 모습에 놀라는 내게 순자는 심드렁하게 말했다.

"경락받고 부항 뜬 자국이야. 온몸이 아파서 죽을 것 같아. 정말 사는 게 뭔지? 죽을 만큼 열심히 살았는데 이제 남은 것은 늙은 몸뚱어리뿐이니…. 다 귀찮아. 내 몸이 아프니 돈도 새끼도 다 귀찮아."

그러면서 나를 보며 물었다.

"너는 안 아프니?"

"아프지. 하지만 일을 하다가 보면 아픈 것도 잊고 살아. 마당 좀 봐라. 모두 내 손을 기다리는 것뿐이라 내 몸 아픈 것은 잊는다니까."

마당 언저리에 자리를 잡고 있는 텃밭에는 벌써 풀이 한 자락이 넘었다. 지난주에 분명 솎아냈는데도 언제 그랬느냐는 듯이 시치미를 떼고 있다. 장마가 오기 전에 손을 봐야 할 것도 있다. 몇 해 전에 손을 봤던 처마가 다시 망가진 모양이다. 벽 안쪽으로 물이 스며들고 있어 손놀림이 좋은 김씨에게 부탁을 해 두었는데 일이 바쁘다고 차일피일 미루고 있다. 언제나처럼…. 내가 그런 염려를 늘어놓자 순자가 버럭 소리를 지른다.

"그만해라, 그만! 너도 이제 이런 일 그만할 때 안 됐니? 평생 이러다가 죽을 거니? 지겹지도 않아? 더구나 너 정도면 원하는 대로 살 수 있는데 이 무슨 궁상이야? 멍청한 거야? 교만한 거야?"

순자는 그렇게 화를 내는 것도 잦아졌다. 내가 대답이 없자 순자는 이내 바람 빠진 풍선처럼 시들해졌다.

"하기는 이런 말을 한다고 달라질 너도 아니지. 내 새끼도 내 말을 콧등으로도 듣지 않는데…."

이어서 은혜에 대한 불만을 쏟아낸다. 오랜만에 은혜가 사는 집에 갔단다. 냉장고를 채워 줄 요량으로 김치와 밑반찬을 해서 현관으로 들어서는데 집안이 시끌벅적하더라는 것이다. 은혜가 이혼을 하고 나와 연기를 다시 시작하면서 연예계의 사람들과 어울리는 것을 순자는 처음에는 반대하지 않았단다. 아무래도 재기를 하려면 그런 무리의 사람들과 어울리는 것은 당연하다고 생각했지만, 차츰 그런 생활이 계속되면 안 된다는 생각이 들어서 잔소리를 하였단다. 은혜도 연락도 없이 들이닥친 순자를 타박하면서 순자 손에 들려 있던 것을 빼앗으며 등을 돌려 가라고 했단다. 하지만 순자는 냉장고에 넣어만 두고 갈 테니 염려 말라면서 은혜의 손길을 완강하게 뿌리치고 부엌으로 갔단다. 거실에는 여자들이 모여 있고 바닥에는 배달된 피자와 중국 음식이 널려있고 이른 저녁인데도 이미 술기운이 올라있더란다. 소파에 등을 기대고 다리는 양껏 벌리고 담배를 피워 물고, 거실을 지나는 순자를 향해 누군가가 '은혜는 좋겠다. 바라바리 싸 들고 오는 친정엄마가 있어서….'라고 하더란다. 그 말을 전하는 순자의 눈이 붉어졌다.

"건방진 년. 유정아, 너 그 기집애가 누군 줄 알아?"

"……."

"세상에서 내가 제일 싫어하는 년! 윤하영!"

"……."

"몰라?"

"몰라…"

"왜 몰라! 유명한 배우인데? 삼척동자도 다 아는…."

나는 멋쩍게 웃으며 대답했다.

"미안해. 내가 그런데 좀 둔하잖아."

"하기는 그게 무슨 대한민국 상식이라고. 아무튼 나는 그년이 싫어. 정말 싫어! 내가 은혜보고 노골적으로 그년과 가까이하지 말라고 했건만…. 그년도 내가 자기를 싫어하는 줄 아는 것 같아. 하기는 내가 대놓고 싫어하는 기색을 그년이라고 모르겠어? 싸가지없는 년 같으니라고. 그 년 나이 50이지? 90년대 영화관 간판마다 훌러덩 벗고 정사 장면에 단골로 등장했던 년이 지금은 유명 배우라고 거들먹거리는 꼴이라니…."

"순자야, 과거는 중요하지 않아. 현재가 중요해. 유명 배우가 되었으면 그것으로 된 거야. 은혜도 그 여자가 그만한 자격이 있으니까 어울리는 거 아니야?"

"최유정! 번데기 앞에서 주름잡을래? 이게 봐주니까."

순자는 더 열이 받는 모양이었다.

"그년이 유명 배우 거저 된 줄 알아! 여러 사람 잡았어. 옷 벗는 걸로 뜨더니 이번에는 마누라가 버젓이 있는 남자와 실제 정사현장이 들통이 났어. 한동안 연예 잡지에 불났잖아. 그때 그년이 세상 참 시끄럽게 했지. 결국 둘은 간통죄로 옥살이를 했어. 그래도 형을 치르고 나와 당당하게 결혼식을 하고 아들 낳고 잘 산다고 해서 꼴에 사랑인가 보구나 생각했어. 그런데 이후로 그년은 남편이 있어도 자식이 있어도 자기가 하고 싶은 연기 안 가리고 다해. 아니, 결혼이 무슨 액세서리냐? 아무리 연기자라 해도 가족에 대한 기본 예의는 있어야 하는 것 아니야? 그러니 함께 사는 남편인들 좋겠어? 여자가 벌어오는 것으로 먹고사는 기둥서방도 아니고. 꼴에 지 밥벌이하는 전문가라니 처음에는 사랑 운운했지만 마누라 나대는 꼴 질려 못 보지. 결국 대한민국이 떠들썩하게 스캔들 날리고 한 결혼생활 10년도 못 채우고 이혼하더라고…. 인물 되고 몸매 된다는 년 때문에 여러 사람 망가진다. 남의 가정 그렇게 요란하게 폭파시키고 들어설 만큼 사랑했으면 인내하며 잘 살아서 빚 갚던가. 결국 그렇게 씹다만 껌처럼 버릴 거라면 왜 남의 가정 깨고 들어가. 들어가길…. 그냥 사랑만 하다가 살아도 뭐랄 사람 없어. 재능이 많은 광대잖아. 한 판 흥지게 놀다 가는 광대 아니야? 그런데도 다 가지려는 욕심을 내는 거야. 사랑이라는 이름으로 가정도 멋지게 가지려는…. 그랬는데 막상 해보니 불편하거든. 그래서 모두를 망치고 뛰어나와. 나와서도 여전해. 20대처럼 몸매를 가꾸었다고 자랑하며 텔레비전에 나와서 떠드는 꼴이라니. 지가 무슨 엄청난 예술 한다고. 젊은 남자 배우와 정사 신도 해대면서. 그러더니 얼마 전에 실제 그런 어린놈이랑 산다는 소문도 있고… 정말 미친년이야. 남의 인생이라 뭐라 할 수는 없지만 아들도 있는 모양인데, 어쩌자고 그렇게 사는지? 정말 그 죄를 다 어떻게 하려고? 자식 가진 어미가 제멋대로 저 좋은 것만 하고 살겠다고? 두고 봐라, 그 죄 어디로 가겠어? 세상 그렇게 만만한 곳 아니라는 것 더 늙어 봐야 알지. 그래서 나는 그년이 우리 은혜 곁에 있는 것이 너무 싫어. 전염이 되거든. 나쁜 병일수록 전염력이 강해. 정말 어머니 말이 딱 맞았어."

순자의 눈에서 눈물이 다시 쏟아졌다.

"아휴 속상해. 그래도 참고 나왔다. 그년의 머리채를 흔들고 싶었지만 꾹꾹 참고 가져간 것들을 냉장고에 대충 꾸겨 놓고 그냥 나왔어. 꼴에 내가 저보다 오래 산 어미라고…. 유정아!"

"왜?"

"세상 살아본 년들이 모여 앉아 있는 꼴이 얼마나 추한 줄 알아? 무슨 도나 튼 년들처럼 입에서 나오는 대로 저 잘랐다고 떠들고, 옷매무새는 다 흐트러지고 다리는 제멋대로 벌리고 앉아 있는 꼬락서니 하고는…. 우리 지성이도 곧잘 친구들 데리고 집에서 밤을 새우고 놀기는 하지만 그렇게 추하지는 않거든? 나도 여자지만 여자들이 모여 노는 꼴이 정말 추하다."

순자는 이내 구석에 있던 가방을 끌어와 열고 담뱃갑을 꺼냈다. 그리고 서둘러 담배를 꺼내어 입에 물고 불을 붙였다.

"담배 피웠었니?"

당황한 쪽은 나였다.

"응, 대학 때부터 피웠어. 은혜 임신하고 끊었다가 이혼하고 다시 피우다가 은혜 시집보내고 끊었다가 요즈음 다시 피워. 지겨운 인생이야. 이제 네 남편 없으니 이 방에서 피워도 되지?"

순자는 담배 한 대를 피워 무니 마음이 다소 안정이 되는 모양이었다. 그녀는 입안에 가득 품고 있던 담배 연기를 길게 뿜어낸 끝에 말을 했다.

"유정아, 나 정말 두려워. 우리 은혜가 내 팔자 닮을까 봐."

"……."

"유정아, 나는 너무너무 억울해. 나, 정말 열심히 살았어. 은혜 아빠가 딴 년한테 한눈팔 때도 나는 충성했고 그 인간이 버리고 간 새끼들 부둥켜안고 죽을힘을 다해서 열심히 살았어. 근데 지금 내 꼴 좀 봐…."

순자는 그날 어두운 밤길을 나섰다. 자고 가라고 만류를 했지만 기어코 떠나겠단다. 쉬엄쉬엄 가겠다며. 있는 게 시간인데 내일 도착하면 어떻고, 그렇다고 기다리는 사람도 반기는 사람도 없어 가다가 죽은 들 어떠냐며….

회장의 장례를 치르고 한 달 만에 정선이가 내려왔다. 정선이를 태운 차가 정선이를 내려놓고 떠났다. 정선이는 자고 가겠다며 기사에게 내일 오전 중에 오라고 했다.

"오늘 마침 준호가 학교에서 1박 2일 일정으로 체험학습을 떠났어. 엄마, 나, 잘 준비 안 하고 그냥 왔어. 엄마 옷 중에 편하게 입을 것 줘. 아, 피곤하다. 나 좀 누워 있을게. 정말 머리 아파."

그때 정선이가 몹시 힘든 상황에 있구나 생각했다. 자세히 보니 얼굴도 상해 있었다. 장례식에서 볼 때보다 살도 빠져 보였다. 나는 얼른 옷을 꺼내주며 자리에 누워 있으라고 했다.

정선이는 내가 밥상을 들고 들어갈 때까지 잠을 잤다. 정선이는 일어나 내가 차린 음식을 아주 맛나게 먹었다. 한참을 먹다가 정선이가 내게 말했다.

"엄마 음식 솜씨 좋아진 것 알아?" 나는 피식 웃었다.

사실 나는 음식을 잘하지 못했다. 어려서부터 음식 하는 것을 제대로 배우지 못해서 결혼 후에 음식을 하는 것이 가장 고통스러웠다. 그래서 시어머니로부터 눈총을 많이 받았다. 전기밥솥이 없던 시절이라 쌀을 씻어 솥에 넣고 물을 맞추고 이어 때맞추어 불 조절을 하는 것이 보통 일이 아니었다. 처음에는 태우기가 다반사고 그다음에는 뜸 들이는 것에서 애를 먹었다. 태운 밥에 이어 선 밥을 먹게 해서 시어머니로부터 야단을 맞으면 남편은 그런 밥도 맛이 있다고 내 편을 들어주었는데…. 문득 뭉클해진 가슴을 부여잡고 말했다.

"곱게 자라서 그러잖아."

"정말 우리 엄마 많이 컸다."

나와 정선이는 소리 내어 웃었다. 모녀가 얼굴을 마주 보고 함박웃음을 짓다니….

저녁을 먹었다. 고즈넉한 밤이다. 정선이는 내 잔에 차를 따랐다. 은은한 차의 향이 밤의 기운을 따라 잔잔하게 방안을 맴돈다. 잔을 받쳐 들고 한 모금 마신 정선이도 향에 취한 듯 가볍게 눈을 감는다.

"냄새 좋지 엄마."

"그렇구나."

"엄마."

정선이가 나를 부른다. 내가 바라보자 다시 부른다.

"엄마…!"

"……." 나는 문득 겁이 났다. 또 무슨 일이 있나?

"회장님이 어떤 유언도 남기지 않고 돌아가셨어."

어둠에 섞여 들려오는 정선이의 말뜻을 금방 알아듣기가 어려웠다. 그러나 아무것도 남기지 않았다는 말에 순간 그러면 우리 딸 정선이는 어떻게 되는 거야. 왜 회장님이 저 어린것에게 따로 남기지를 않았을까?

그래서 말이 튀어나왔다.

“그럼 너는?”

“나? 회장님의 재산 절반이 내게 와. 부인의 자격으로 법정 상속분이야. 자식들이 난리가 났어. 인정할 수 없다고. 사실 나도 회장님이 어떻게 당신 재산을 상속할지 궁금하기는 했거든. 하지만 이렇게 아무 결정도 안 내리고 돌아가실 줄은 몰랐어. 회장님 장사지내고 49일도 안 지났는데 가족들은 재산 분배에 불만을 품고 매일 싸워. 물론 모든 화살을 내게 돌리는 거야. 내가 죽기 전에 정신이 왔다 갔다 하는 노인을 꼬드겨서 그렇게 했다며. 그러면서 내가 무슨 자격으로 절반의 권한을 갖느냐는 거야. 법적으로 결코 인정받지 못하다는 거야. 그러면서 소송하겠다고 엄포를 놓고 있어. 8남매가 이번에도 똘똘 뭉쳐 나를 공격하고 있어. 그 바보 같은 큰아들은 또 찾아와서 내게 말했어. 그만한 가치 있는 재산을 따로 줄 테니 상속포기각서에 도장을 찍으라고….”

“그래서?”

“생각 중이야. 아무 대답도 하지 않았어. 이제 정말 어떻게 해야 할지 모르겠어. 회장님도 없는 이 집에서 내가 과연 어떻게 버틸 수 있을지 모르겠어. 무엇보다도 준호를 위한 것이 무엇인지 생각 중이야. 머리 너무 아파.”

“그런데 재산 정리가 다 끝났다고 하던데…?”

문득 순자의 말이 떠올랐다.

“아니야. 한동안은 그런 소문이 돌았어. 실제로 회장님도 몸이 쇠약해지면서 변호사와 상의를 하셨어. 그런데 그냥 떠나셨어. 자식들이 그래서 더 분노하고 있어. 상속세도 꼼짝없이 원칙대로 내야 하고 덕분에 내

지분만 더 늘었으니….”

나는 그저 가슴만 쿵쾅거렸다. 또 두 마음이다. 정선이 입장에서 보면 잘됐다 하면서도 자식들의 입장에서 보면 그러면 안 되는데….

“자식들의 마음도 이해가 가기도 한다. 엄마는….”

“엄마는 왜 하나만 생각하고 둘은 몰라? 지금은 그게 손해 같지만 내 법적 지분이 결국에는 자기들 것이 되기도 해. 내가 엄마의 자격으로 있으니까 내가 죽으면 다시 자식인 그들에게 가는 거야. 누가 먼저 죽을지 모르는 것이 세상일이고. 또 자기들이 못 받으면 후대로 가는 거야. 사실 냉정하게 보면 내가 오히려 지분을 포기하고 그만한 재산을 따로 받아 후일 우리 준호에게 따로 주면 준호에게 더 이익이야. 지금 이 상황은 그만큼 많이 받는다면 우리 준호에게 내 지분의 아홉 중에 일만 갈 뿐이야.”

정선이는 머리를 흔든다.

“정말 머리 아파. 내 인생 무엇 하나 편하게 넘어가는 적이 없어.”

나는 정선이를 그저 안타깝게 바라만 보았다. 정선이는 그런 내 눈을 바라보며 말했다.

“엄마, 상속세가 40%야. 2대만 걸쳐 가면 80%로 남는 것 별로 없어. 편법을 쓰지 않고 받은 재산을 그만큼 부풀리지 못하면 상속받은 재산 2대만 이어지면 20%밖에 안 남고. 가진 돈이 많을수록 없어지는 분량도 같아져. 그래서 받은 자식이 부풀리지 않으면 3대 만에 거덜 나. 그런데 내가 보니 회장님 자식 중에 그 재산 부풀릴 자식 없어. 오로지 받은 것을 쓰고 싶은 자식들뿐이야.”

부자 3대 못 간다는 말이 거짓은 아닌 모양이었다. 생각해보니 재산을 불리는 사람은 불리다 죽고 재산을 쓰는 사람은 쓰다 죽는 모양이다.

살아보니 인생은 그저 한 방향이다. 불리던 사람은 불리던 것만 배웠고 쓰던 사람은 쓰던 것만 배웠으니…. 그래서 부모가 죽도록 모은 재산을 부모 덕에 멋지게 쓰는 것만 배운 자식들이 불리기가 쉽지 않으리라. 돈과 권력에 더하여 지혜까지 얻은 솔로몬일지라도 그 영광이 후손까지 이어지지 못했다. 그는 잠언이라는 글을 통해 세상의 아들들에게 지혜롭게 살라고 외쳤지만 정작 자기 아들 교육은 제대로 시키지 못해 아버지 다윗의 피 값으로 세운 나라가 3대까지 이어지지 못하고 결국 둘로 나뉘고 말았다. 역사상 그만한 왕이 없었다지만 그도 말년에 한탄했다. '헛되고, 헛되고, 헛되고, 헛되다며… 사람이 해 아래서 일하는 모든 수고가 무슨 소용이냐며….' 한 세대가 가고 다른 세대가 오지만 땅은 변하지 않고, 해는 떴다가 지고 다시 떠오르기 위해 떴던 곳으로 급히 돌아가고 마는데….

정선이와 나는 방안에 이불을 깔고 나란히 누웠다. 남편이 누워있던 침대를 치우고 나니 방안이 꽤나 넓어졌다. 결혼 후에 침대 생활을 했지만 남편이 쓰러지고 그 침대 밑에서 요를 깔고 15년 동안 자다 보니 다시 침대에 눕는 것이 엄두가 나지를 않았다. 남편이 죽자 엄마가 쓰던 안방을 쓸 생각도 해 보았다. 안방은 하루 종일 해가 든다. 또한 마당을 바라보고 있어 앞이 탁 트여 통풍도 잘 된다. 하지만 옛날 옛적에 증조할머니가 누워있었고 이어서 남편이 누워 있었고 지금은 내가 누워 있는 이 방이 나는 좋다. 이 방은 이름 그대로 뒷방이다. 건넛방의 끝에 창고처럼 붙어있는. 전통가옥이라 창이 인색한데 그 방은 북쪽에도 서쪽에도 창이 있다. 더구나 증조할머니가 계시면서 추울까 봐 흙벽돌을 한번 더 둘렀다. 또 남편이 있을 때는 전용 보일러까지 설치했다. 뒷방이라는 못난이가 세월이 가면서 주인을 따라 점점 더 견고해져 갔다. 특히 밤이면 서쪽과 북쪽으로 이어지는 산이 창을 통해 그대로 내 가슴에 안기는 것 같았다. 3대를 거쳐 내려오는 십자가도 같은 자리에서 나를 내려다보고 있다.

오늘따라 새까만 하늘에 반짝이는 별이 창에 가득하다. 정선이가 말을 한다.

"엄마, 요를 깔고 이렇게 누우니 마치 구름 위에 떠 있는 것 같아. 이런 느낌 처음이야. 갑자기 마음이 평안해졌어. 문득 새털 같은 세상, 부는 바람에 몸을 맡기고 살자, 그런 생각이 드네. 그동안 너무 많은 것을 들고 고민하고 괴로워했거든. 마치 아빠가 병으로 쓰러지고 내 인생을 망쳐버린 큰 파도가 나를 부숴버리고 먼바다로 물러가는가 싶더니 이번에는 다시 힘을 키워 쓰나미가 되어 거대하게 달려오고…. 사실 작은 파도 잔잔한 해변에서 놀 때는 힘이 있어 보이는 큰 파도를 그리워했는데…."

"……."

"엄마! 나는 아직도 아빠가 죽었다는 생각을 하지 않아. 내가 세상에 태어나 내가 가장 사랑했고 또 나를 가장 사랑했던 아빠였잖아. 그때는 아빠가 그렇게 쓰러진 것이 엄마 때문이라는 생각을 했어. 아빠는 늘 엄마를 보고 우리 못난이 우리 못난이 하면서 저거 내가 없으면 어떻게 살지? 했잖아. 집안에 모든 근심 걱정은 아빠가 떠안고 사는데 엄마는 오로지 아빠에게 매달려만 살았고. 그래서 아빠가 쓰러졌다고 생각했어. 엄마가 좀 더 강해서 아빠를 도와주었더라면 그렇게 되지 않았을 거라는 생각을 하면서 엄마를 미워했었어."

"……."

"그런데 지나고 보니 내 탓이었어. 내가 욕심이 너무 많았어. 그래서 언제나 아빠에게 조르기만 했어. 명품 사 달라, 비싼 과외 시켜 달라, 더 큰 집으로 이사 가자, 더 좋은 동네로 이사 가자면서 아빠를 힘들게 했어. 나 때문에 그렇게 됐어. 나는 가진 것에 만족을 모르는 욕심 사나운 딸이었거든."

문득 남편이 떠올랐다. 남편을 빼닮은 정선이, 서구형의 마른 체형의 남편은 지적인 맛을 풍기면서 온화했다. 그런데 같은 형태라도 칼날 같았던 정선이의 눈꼬리가 나이가 들면서 남편처럼 아래로 쳐졌다. 누가 제 아비 자식이 아니라고 할까 봐. 나는 달빛이 쏟아지는 창 밑에 누워 있는 정선이의 얼굴을 만져보았다. 그리움이 왈칵 사무치며 눈물이 우수수 쏟아졌다.

"아빠 생각하는구나?"

"그래, 엄마가 정말 네 아빠를 너무 힘들게 했었나 봐."

"아니야. 그때 내가 그렇게 생각했다는 것뿐이야. 철이 없어서…."

정선이가 잠시 생각에 잠기다가 나를 불렀다.

"엄마, 나는 어떤 아이 같아? 엄마도 내가 강한 아이처럼 보여?"

"아니. 너는 절대 강한 아이가 아니었어."

"엄마는 어떻게 알았어?"

"내 뱃속에서 나온 내 새끼잖아."

"그래, 맞아 엄마는 그걸 아는 것 같았어, 그래서 내가 엄마한테 더 짜증을 냈는지도 몰라. 강한 척하면서. 하지만 사실 나는 강한 아이가 되고 싶은 아이였던 것 같아. 그러나 나는 아빠가 식물인간으로 누워 있을 때 비로소 내가 아주 약하고 보잘것없는 존재라는 것을 알았어. 그래서 그때 엄마가 더 미웠는지도 몰라. 결국 나는 누군가 기댈 사람이 있을 때만 강해졌어, 아빠가 나를 사랑하니까 나는 엄마에게 내 멋대로 했잖아. 그런데 회장님을 만나고 나는 다시 힘을 받은 거야. 회장님이 진정 내게 사랑을 주자 나는 다시 강해졌어. 누구도 두렵지 않아서 어떤 결정도 내가 내릴 수 있었어. 그런데 회장님이 돌아가시니까 나는 다시 불안해지기 시작했어. 그래서 이 복잡한 상황에서 벗어나고 싶다는 생각뿐이었어. 포기 각서에 도장을 찍고 준호를 데리고 어디론가 떠나고 싶었어. 오늘 엄마에게 그 말을 하고 내 결심을 굳히려고…."

밤은 점점 더 깊어지고 있다. 늦은 밤까지 울어대던 부엉이도 잠에 빠진 모양이다. 고요하다. 세상에서 마치 소리가 사라진 것 같다. 그래서 나는 서둘러 숨을 몰아쉬었다. 내 숨소리라도 들어야 할 것처럼… 다시 소리가 들려온다.

"엄마는 어떻게 생각해?"

"…엄마가 무얼 알겠어. 비 올 때 우산 들고 있고 배고플 때 밥이나 주는 엄마인데. 하루가 다르게 변해가는 세상에 살아온 길이 다른 엄마가 무슨 말을 할 수 있겠어."

그러자 정선이가 내 품으로 쑤욱 들어 왔다.

"엄마, 그래서 너무 고마워. 나, 그대로 회장님의 뜻에 따를 거야. 사실은 피하고 싶었거든. 하지만 더 큰 것을 준다 해도 회장님의 법적 지분을 그대로 받을거야. 왠지 알아?"

"……."

"엄마가 있잖아. 내가 말했지? 나를 사랑하는 누군가가 있으면 나는 강해진다고. 이 방에 엄마랑 나란히 누워 있으니 전혀 내 인생이 전혀 두렵지 않아. 복잡하고 시끄러워도 나는 회장님의 뜻을 따를 거야."

나는 한숨을 몰아쉬었다. 사실 내 마음 같아서는 재산 때문에 온 가족이 얽혀서 싸우는 것보다 준호만 데리고 나와 훌훌 털고 제 인생을 새로 시작했으면 하는 마음이 더 컸다. 그러면서 문득 정선이가 정말 회장을 사랑했는지 알고 싶었다. 사실 나는 그것이 가장 궁금했다. 어려서 영악했던 정선이다. 자신이 원하는 것을 위해서라면 거짓말도 그럴듯하게 했던 정선이었다. 나는 그런 정선이에게 항상 속아 넘어갔다. 그리고 한참 후에 그것을 알고 당황했지만 아무에게도 발설하지 못했다. 차라리 문제가 있다고 생각했다면 야단을 치거나 이유를 물었어야 어미다운데…. 그랬다가 정선이가 공격을 해대면 대응할 자신이 없어서 끝내는 정선이 성품 탓으로 돌리는 비겁한 어미였는지도 모른다. 그러면서 내 의식과 다른 행동을 표출하는 정선이에 대한 정죄의식을 가졌던 것이 분명했다.

사실 나는 태어나면서 속인다는 개념이 무엇인지조차 모르고 살았다. 그러나 순자는 내가 정직한 성품을 타고 난 것이 아니라고 했다. 남을 속이지 않고 자신도 속이지 않는 인격이 아니라 그런 환경까지 가지 않았기 때문이라고. 남의 것을 훔치지 않을 만큼 배고프지 않았고, 남을 때리지 않았다면 그만큼 덜 아팠다는 것이 아니냐며? 또한 무언가 욕심을 내지 않았다면 그만큼 부족함이 없었다는 증거가 아니겠냐고…? 때론 문제의식이 없는 나로 인해 의도를 가진 상대를 더 분노하게 만들 수 있다고도 했다. 그래도 믿지 않았다. 그건 순자가 나를 잘 모르기 때문이라고 치부해 버리면서….

결국 나는 묻고 말았다. 정선이가 회장에 대한 집착을 사랑으로 승화

시키면서 세상도 속이고 자신도 속이는 것은 아닌지.

"정말 회장님을 사랑하니?"

정선이는 내 몸에서 뚝 떨어져 나갔다. 순간 가슴이 덜컹 내려앉았다.

어린 정선이가 엉뚱한 말을 신나게 꾸며대면 남편은 맞장구를 쳐 주면서 좋아라 했지만 나는 들은 척도 하지 않았다. 어쩌면 그때 정선이가 꾸며대는 것이 아니라 정선이는 꿈을 키운 것이었을 것이다. 그 꿈이 밤톨만큼 작을 때 이미 정선이는 큰 밤나무를 그린 것이었다. 상상력에 한계가 있던 나는 정선이가 그리는 상상의 밤나무를 속임수라고 단정을 했었다. 정선이가 상상의 나래를 펼 때 전혀 동조를 받지 못한 정선이는 결국 분노하며 자기 방문을 쾅 닫고 들어가 버렸다. 열린 사고를 하는 정선이는 닫힌 세계에 갇힌 내 사고 때문에 그만큼 절망했을 것이다. 어쩌면 나는 할머니가 계셨던 그 집이 마지막 내 성장의 정점이었는지도 모른다. 나는 그곳을 벗어나 세상을 사는 방법을 전혀 배우지 못하고 그 집을 나왔다. 무능만 들고나와서는 착하고 순수하다는 엉뚱한 명분을 고수하며…. 그래서 나를 사랑하는 사람들에게 근심의 대상이었을 뿐 기쁨이나 희망의 존재가 되지를 못했다. 그렇게 평생을 빚 진자의 마음으로 살았으면서, 왜 자꾸 옛 버릇을 못 버리는지? 그냥 말없이 들어주고 기뻐해 주고 믿어주면 되는 것을, 정수가 그러면 다 믿을 거면서…. 그래서 서둘러 변명을 했다.

"엄마는 혹여 네가 회장님에게 묶여서 진정 너의 삶을 찾지 못할까 봐 그러는 거야. 너의 진심을 엄마가 왜 모르겠어."

그래도 정선이는 대답이 없다. 나는 다시 마음이 불안해졌다.

"정선아, 화났어? 엄마가 진심을 몰라준다고?"

"아니, 엄마는 늘 그랬잖아. 나를 믿지 않는 것, 그래서 내 편이 아닌 것…."

"아니야. 엄마가 왜? 무조건 믿어. 엄마는 무조건 네 편이야. 정선아…."

그런 갈등 후에는 며칠씩 눈도 마주치지 않고 말도 하지 않았던 정선이었다. 그때처럼 정선이가 입을 닫고 후루룩 떠날 것 같아 마음을 졸인다. 하지만 정선이가 입을 연다.

"알아."

"미안해 정선아…."

"이제 예전처럼 분노하지 않아. 엄마는 단지 사랑하는 방법이 다를 뿐이었어. 그래도 세상에서 엄마처럼 나를 사랑해 주는 사람이 더 이상 없다는 것을 알았어. 그것을 알 때까지 서로의 존재가 남아있다는 것이 감사할 뿐이야. 대부분 많은 사람들은 서로에 대한 존재 이유를 모른 채 서로를 원망하거나 혹은 헤어져 원수가 되어 결국 죽어서 아픈 기억 속에 남게 되고 말아. 한때 절대 사랑했다는 부모, 자식, 형제자매 혹은 부부 관계와 맺은 인연은 무덤까지 가지고 갈 수밖에 없어. 내가 엄마를 미워할 때 엄마가 죽거나 내가 죽었으면 우린 분명 모녀로 남지 못했을 거야. 누가 그래? 죽음이 끝이라고. 죽음은 새로운 시작이야. 나는 그걸 알아. 나보다 먼저 죽은 사람들을 기억하면서…."

정말 죽음은 끝이 아니었다. 증조할머니도 할머니도 엄마도 심지어 남편도 살아생전 몰랐던 것을 죽어서 내게 알려주었다. 그들은 죽기 전에 그저 내 곁에서 이름으로만 존재했는데 그들은 죽어서 내 남은 생에 길잡이가 되고 있었다. 또 생각했다. 서로를 알기도 전에 헤어지지 않은 것? 정말 내 인생은 하나도 미완성이 없었다. 항상 지긋지긋하게 끝장을 보았다. 배운 것도 가진 재주도 없이 무능하기에 오로지 참아 내면서. 간혹 목사님이나 엄마에게 고단한 내 인생에 대해 투정을 부리면 그저 순종이 제사보다 낫다는 성경 구절을 들이대기만 했다. 참고 사는 것이 무엇을 이루는 것보다 낫다고. 그때는 그 말이 무엇을 뜻하는지 몰랐는데 이제 자식을 통해 그것을 깨우치다니…. 그러나 또 있다. 나는 늘 바닥이라고 억울한 생각을 품었는데 정말 바닥까지 안 간 모양이다. 만일 그 바닥이라고 생각하는 지점에서 내 딸에 대한 정죄의식을 품고 내가 먼저 죽었거나 정선이가 나를 미워하면서 먼저 죽었다면….

"엄마가 지금 살아 있어 줘서 얼마나 고마운지 몰라. 비록 죽었지만 아빠나 회장님도 내게는 살아 있는 존재처럼 느껴지니 내가 살아 있는 동안은 함께 산 거겠지? 세상을 살아가는 동안 사람들이 관계를 맺지만 서로 미워한다면 죽은 관계가 아닐까? 하지만 서로를 이해한다면 관계 속에 한 사람이 죽었어도 살아 있는 것과 같은 관계를 맺는 것과 같아."

자신이 가진 것보다 큰 것을 찾아 헤맸던 정선이었다. 그러다 이루지를 못하면 성질부터 부렸던 내 딸, 정선이…. 나는 그런 내 딸이 버겁기만 했는데, 지나보니 나보다 먼저 가 있었다니? 생의 고리는 그렇게 이어지는 것을, 때마다 앞에서 끌고 뒤에서 미는 역할을 바꾸어 굴러가는 것을….

"엄마, 이처럼 이 늦은 시간에 누워 마음을 털어 놀 수 있어 너무 행복해. 생각을 나눌 사람이 없어 홀로 고독한 시간을 보내는 것만큼 고통이 있을까? 누가 그러대. 인간은 고독을 피하기 위해 문명을 이루는 거라고. 인간들이 일을 하고 돈을 벌고 업적 쌓는 것도 다 이 외로움을 피하기 위한 것이라고. 한때는 나만 외로운 줄 알았어. 하지만 회장님도 너무너무 외로웠다고 하셨어…."

"정말? 그렇게 큰 업적을 이루고 자식도 많은 분이 왜 외로워?"

"말했잖아. 그런 모든 것이 허무하다고. 곁에 있으면서 지켜보니 가진 게 많은 사람이 외로움도 그만큼 크다는 생각도 들고. 회장님은 죽음은 두렵지 않으나 죽어서도 외로울까 걱정하셨어. 엄마…!"

"……."

"정말 회장님 사랑해…."

그런데 내 가슴은 왜 이리 아플까? 사랑했다는데 왜 자꾸 정선이의 청춘이 아깝다는 생각이 드는지…? 제 아비보다 나이가 많은 남자를 정말 남자로 사랑할까? 하는 내 정서가 도대체 꺾일 줄 모른다.

"나도 처음에는 그것이 나마저 속이며 가장된 사랑이라고 생각했어. 하지만 회장님도 일본에 계신 부인마저 죽자 정말 사는 게 아무것도 아니라는 생각이 드셨나 봐. 두 아내를 진정 사랑했던 기억도 없고, 속절없이 늙은 몸에 돈도 명예도 죽고 나니 그동안 치열하게 살아온 게 아무것도 아니라는 허무한 생각뿐인데 자식들은 한 푼이라도 더 갖겠다고 싸우고…. 그때 회장님은 분노하며 자주 중얼거리셨어. 그놈의 돈, 그놈의 명예, 이제 와서 세상 살아온 자신의 체면과 남아있는 자식들 체면 봐서 젊잖게 늙어 죽어야 하느냐고 분노하셨어. 그러면서 진정 자신의 삶을 위해 밑거름이 되며 참아만 주었던 동반자들이 떠나니 너무 우울하다고…."

"남들이 부러워하는 자산가도 그런 고민을 하는구나."

"엄마 똑같아. 밥 세 끼 먹고 밤이면 자는 거, 그리고 사랑하고 미워하는 것도…. 차이가 있다면 부족해서가 아니라 차고 넘쳐서 주체를 못 하는 것뿐이지."

갑자기 순자가 부르짖던 소리가 생각났다. 사람 사는 것이 똑같으면서 다르게 살고 싶어 하는….

"회장님도 자식들이 전에 없이 미워지고 섭섭해지자 오히려 그런 당신이 두렵더래. 그것에 사무쳐 자식도 몰라보는 노망기에 죽어 자식들을 미워하는 원귀가 되어 자식들 주변을 맴돌까 봐. 그러면서 새털같이 가벼운 당신 몸뚱어리 한 평도 못 되는 침대에 누이시면서 궁궐 같은 집이 무슨 소용이며 아침저녁으로 산해진미 차려진 들 입맛이 없으니 또 무슨 소용이냐고. 그저 가난하기만 했던 시절에 어머님이 해주시던 된장찌개만 사무치게 그립고, 체면치레 벗어버리고 몸에 편한 옷 입고, 따뜻한 잠자리 그립기만 한 노년이 그처럼 길고 외로울 줄 몰랐다며. 더구나 내일을 기약할 수 없는 잠자리에 들면 어느새 귀신이 차가운 몸뚱어리를 들이밀며 같이 살자고 하는 것 같아 눈을 감기 싫었는데 내가 있어 안심이라고. 자식이 아무리 귀해도 죽는 자리 지켜주는 것은 한 이불 쓰는 배우자뿐이라고…. 그러면서 행여 함께 자다가 다음 날 당신이 눈을 못 뜨더라도 너무 놀라지 말라며, 죽은 자의 영혼을 지켜준 복은 받는다며…."

이제 겨우 42살인 정선이. 내가 저 나이에는 남편의 허리 자락을 부여잡고 정수와 정선이만 돌보며 사는 것도 버거웠다. 사계절 내내 햇빛이 잘 드는 아파트 베란다에 놓인 화분에 심긴 식물처럼 살았으면서…. 회장만큼이나 늙어버린 내 딸 정선이의 말이 다시 이어졌다.

"최근에 큰딸이 아프다는 소리에 너무 마음 아파하셨어. 정말 자식만큼은 앞세우고 싶지 않다며 당신이 먼저 죽기를 소원하셨어. 밉다, 밉다 하면서도 자식은 또 자식인가 봐. 하지만 자식들은 몰라. 아버지가 그저 냉정하고 자기중심적이라고 생각해. 지금도 모이면 아버지에 대한 섭섭함 때문에 서로 싸워. 남보다 더 가졌는데 때로는 아무것도 주지 않은 부모보다 더 미워해. 물론 그 화살을 나에게 돌려. 그 나이에 새파랗게 젊은 년을 끼고 살면서 노망이라는 비난의 눈초리로 바라보면서…. 엄마…!"

"……."

"남보다 엄청나게 물질을 가진 사람들 속에 살면서 느낀 게 뭔지 알아?"

"뭔데?"

"결국 인생은 소유가 아니라 관계라는 사실을 알았어. 그런데 그 소유가 가장 소중한 관계를 망가뜨리고 인간은 홀로 외롭게 죽어. 부모와 자식이라는 관계로 시작된 인생인데 결국 그 관계를 끊고 가는 사람 많이 봤어. 오로지 돈 때문에…. 정작 죽어서 가지고 가는 것은 소유가 아니라 관계인데 말이야."

이 세상에 자식으로 태어났을 때 부모는 마치 세상을 얻은 것처럼 기뻐하고 사랑을 주었고 자식은 부모가 마치 세상에 전부인 것처럼 사랑을 받았는데…. 세상을 살면서 서로에 대한 사랑을 의심하고 갈등하고 종국에는 미워하면서 결별을 한다면. 결국 무심한 타인보다 못한 관계로 끝이 난다면, 100년도 못사는 인생길에서 사랑했던 자들에 대한 원망만 채우고 떠난다면 그것이 지옥 길이 아닐는지…? 그래서 때마다 배신하며 힘들게 했던 이 징그러운 세상과 죽기 전에 억지로라도 화해해야 한다. 그것은 오로지 내가 가장 사랑했던 것들을 죽기까지 사랑하는 것뿐이다. 그들이 나를 사랑하든 말든 내가 먼저 사랑을 찾고 죽는 수밖에 없다. 그리고 그들도 부모 나이 되어 그런 마음으로 자식보다 먼저 죽으면 결국 사랑의 연결 고리로 이어진다. 결국 사랑은 상대적인 것이 아니라 한쪽에서 일방적인 절대 사랑으로 완성된다. 부모가 썩어 자식이라는 싹을 틔우고 그 가지에 열매를 맺힐 즈음 자식은 분명 썩은 밀알을 알게 된다. 시차의 문제이리라. 서로에 대한 사랑을 깨닫는 시차가 다르기에…. 그 괴리에서 타인보다 더 나쁜 관계로 끝나고 마는 이기적인 사랑이 아닌 끝까지 포기하지 않는 절대적인 사랑….

"엄마, 나는 정말 회장님 자식들에게 빚진 게 없어. 그들은 그들 간의 문제일 뿐이야. 회장님과 나는 또 다른 둘만의 관계야. 우리 둘만 아는…. 나와 회장님은 무려 40살의 차이가 나지만 우리는 일치하는 한 지점이 있어. 서로가 아주 갈급한 시점에서 만나 함께 하며 나눈 기쁨, 분명 시공간을 초월한 그곳은 운명 같은 사랑이었다고 말하고 싶어. 진정한 사랑에는 시차가 없다는 것을 알았어. 무한대야. 엄마는 그런 사랑을 충분히 이해하고 믿지?"

나는 어둠 속에서 정선이 손을 더듬어 붙잡았다. 눈물이 쏟아져 말을 할 수가 없었다. 믿지, 암, 믿고 말고…. 이 거대한 세상에 먼지보다 작게 살아온 내 인생이다. 도대체 무엇을 알았다고 자식의 인생을 판단할 수 있으며, 감히 그것이 남과 다르다는 이유로 사랑이 아니었다고 의심을 한단 말인가?

'정선아. 미안하다.'

생명의 열매

처마 밑으로 들어서는 순자의 입에서 욕설부터 튀어나왔다. 우라질 세상! 사는 게 지긋지긋하다며…. 그것도 일상처럼 느껴진다. 마침 비가 내리고 있었다. 여름도 끝 무렵인데. 순자는 그것도 마음에 안 드는 모양이었다. 그러나 내게는 기다리는 비였다. 배추를 심고 비가 오지 않아 걱정을 하고 있던 참인데 단비가 쏟아져 처마 밑으로 후두두 떨어지는 빗방울을 기쁘게 바라보고 있던 참이었다. 열린 대문으로 누군가 들어서면 그건 순자가 방문하는 시간이다. 예고도 없이 바로 들이대는 순자. 빗소리에 그녀의 차가 대문 앞에 서는 소리도 듣지 못했다. 순자는 마당을 가로질러 비를 피해 달음질을 친다고는 하나 노인의 몸짓이다.

잠자리 같은 옷이 비에 흠뻑 젖어 마른 장작 같은 몸에 그대로 달라붙었다. 동네 어귀에 들어서자 갑자기 비가 쏟아진다고 투덜대는 순자에게 수건을 건넸다. 순자는 들고 있던 가방을 습관처럼 마루 위에 내동댕이친다. 멘트도 같다. 처먹고 똥을 안 쌌는지 무겁기는 천 냥도 서러울 거라며. 한때는 은혜가 4천만 원에 사주었다는 자랑이 늘어졌던 명품 가방인데….

물기를 닦아내는 순자의 얼굴이 전혀 화장을 하지 않았다. 화장을 하지 않고는 절대로 집 밖을 나서지 않는다던 순자가 서울에서부터 왔는데 전혀 아무것도 바르지 않았다. 화장기가 없으니 눈썹 문신이 죽은 나무에 걸려 있는 깃발처럼 느껴졌다. 깃발은 분노의 바람을 일으키며 일그러졌다가 펴졌다 한다. 얼마 전에 이마를 가로지르는 주름이 거스른다며 보톡스를 맞았다고 했는데 어찌 된 일인지 인상을 쓰면 골이 더 깊어진다. 나는 부지런히 밥을 차렸다. 밥때가 한참 지났는데도 점심밥을 먹지 않았단다. 순자는 밥상에 머리를 박고 허겁지겁 입으로 밥을 끌어넣더니 갑자기 소리를 질러댄다.

"은혜 그년, 아주 나쁜 년이야. 지 어미는 안중에도 없어. 제멋대로야, 제멋대로. 내가 그년의 모가지를 비틀었어야 했는데…."

분노의 함성과 함께 튀어나온 밥알이 밥상 주변에 어지럽게 널려있다. 깔끔을 떨다 못해 지나치다 싶은 순자의 낯선 모습이다. 순간, 이 느낌은 뭐지 생각하는데 순자는 그런 내 눈도 마주치지 않고 다시 밥을 밀어 넣었다. 주린 배를 채우고 금방이라도 올라가 은혜의 머리카락을 잡아챌 것 같더니 이내 자고 가겠단다. 밤이 깊어지고 잠자리에 눕자 순자는 평온을 되찾았다.

"어제 은혜와 대판 싸웠어. 나는 정말 그 인생을 보면 화가 나. 여자 나이 마흔둘! 인생 절정이야. 그런데 이 좋은 세월 저렇게 지내는 것이 왜 이리도 가슴이 아픈지? 속절없이 기다리며 사는 인생, 돈 되는 광고 기다리고, 영화나 드라마 섭외 기다리며 사는 인생. 어쩌다 그런 것들이 들어오면 마치 입에 단 사탕처럼 허겁지겁 빨고 있는 꼴이잖아. 그래서 내가 잔소리 좀 했더니 되레 내게 바락바락 소리를 지르는 거야. 그러면 어떻게 사냐고? 그러면서 뭐라는 줄 알아? 엄마가 원하던 것 아니냐고? 나쁜 년…, 잘되면 자기 탓이고 안되면 조상 탓이라더니, 적반하장도 유분수지. 다 저 하나 잘살게 하자고 내 인생 다 털어 넣었는데 뭐라고? 나 때문이라고?"

순자는 분이 차오르는지 갑자기 벌떡 자리에서 일어났다.

"지성이 그 자식도 문제야. 내가 그놈의 자식을 기획사에 다니게 한 것이 화근이야. 그 자식이 아니었으면 은혜, 그년이 연기를 다시 할 엄두를 못 냈을 건데…. 망할 놈의 자식이 기획사에 다니면서 지 누나 팔아먹고 그곳에 있는 사람과 다시 연결한 매파야, 그놈의 자식이…."

나도 자리에서 일어나 앉았다.

"잊어버려. 지금 와서 그런다고 뭐가 달라져. 오늘만 봐. 오늘만…."

그러나 순자는 방바닥에 머리를 박고 신음했다.

"유정아, 나는 정말 우리 은혜가 저렇게 살지 말았으면 좋겠어. 여자 혼자 남편 그늘 없이 사는 세상 얼마나 험난한 지 너는 정말 몰라. 남자는 여자에게 임자가 없으면 다 군침을 흘리고 달려들어. 나도 우리 은혜하고 지성이만 아니었으면 팔자를 몇 번이고 바꿀 수 있었어. 내가 남편 때문에 정조 지킨 줄 알아! 다 새끼들 때문이야. 새끼들! 그런데 나 때문에 지 인생 망쳤다고? 나쁜 년…, 결국 헛지랄하다 세월 보내고 나이만 먹었어. 억울해, 억울하다고 정말 억울해!"

순자는 방바닥에 있는 부채를 들고 마구 흔들어 댔다. 나는 물을 따라 순자에게 건넸다. 순자는 벌컥벌컥 들이켰다. 문득 어두운 산자락을 타고 구슬피 우는 소쩍새 소리가 들려온다. '소쩍…, 소쩍….'

"쟤 아직도 배고픈가 봐, 나처럼. 쟤는 밥을 조금 준 시어머니가 밉다고…. 나는 평생 먹을 것을 찾아 돌아다녔지만 허기진 내 인생. 배고파, 정말 배고파…."

또다시 겨울이 시작되었다. 나는 항상 그 자리에 있고 계절만 옷을 바꾸어 입고 나이를 먹었다. 이 해가 가면 내게도 69세라는 세월의 나이를 입혀 주리라. 물론 달라진 것은 전혀 없다. 아침을 먹고 나면 점심을 먹고 또 저녁을 먹으면 하루가 지났다. 무대는 항상 같은 모습이지만 등장인물만 바뀌고 있다. 문득 내가 이 집을 떠나면 누가 살까? 명의는 오빠 이름으로 되어있다지만 큰 조카가 내려와 살 리는 없고…, 하기는 죽고 나면 내가 염려할 일도 아니다.

눈이 온다는 일기예보다. 아침부터 잔뜩 찌푸린 모습을 보고 내가 중얼거린다.

"천상, 사흘 굶은 시어머니 상이네…."

옛날 옛적에 할머니가 했던 말이고 이어서 엄마가 했던 말이다. 물론 원조가 증조할머니인지 아니면 할머니인지는 모르지만 그렇게 이어지면서 내 기억의 끝은 할머니다. 할머니는 비를 머금고 잔뜩 흐려진 날씨를 유난히 싫어했다. 할머니는 아침에 일어나 방문을 열고 나오면 마루 끝에 서서 하늘을 바라보는 것으로 하루를 시작했다. 일단 하늘이 쾌청하면 목소리부터 흥에 겹다. 하지만 하늘이 무언가를 쏟아내지 않으면 견딜 수 없다는 불편한 모양새로 잔뜩 흐려 있으면 할머니는 그 말부터 시작했다. 아이고, 영락없이 사흘 굶은 시어머니 상판이야.

나도 습한 날씨를 싫어했지만 이제 모든 계절, 어떤 날씨도 다 사랑스럽다. 내 육체로 느껴지는 날씨나 계절의 감각이 얼마나 남았다고 이것저것 투정을 부릴까? 일기예보에서는 날이 추워졌다고 호들갑을 떤다. 날이 추워도 밥은 먹어야 한다. 밥상을 차려 아침을 먹고 있는데 전화벨이 울린다. 정선이거나 며느리일 것이다. 혼자라고는 하지만 또 혼자가 아니었다. 이제 정선이는 아주 작은 일도 일일이 보고를 했다. 나는 들어만 주면 된다. 정선이는 나로부터 어떤 답을 듣기보다는 그렇게 말을 하면 자기의 생각이 정리된단다. 그러면서 엄마가 있어 너무 좋다는 말을 잊지 않았다. 며느리도 수시로 안부 전화를 했다. 정수가 내 아들이라고는 하지만 사춘기를 지나면서 아들과 대화는 거의 없다. 하지만 이처럼 며느리를 통해 아들의 근황을 들을 수 있어 좋다. 며느리는 아이가 생기지 않아 마음 아파하고 있다. 내가 너무 조바심을 내지 말라고 도인처럼 굴지만 정작 내 마음에는 아이가 안 생기면 어쩌나 하는 근심을 쌓아가면서….

"엄마, 뭐해?" 정선이다.

"밥 먹어."

"내일 집으로 갈게. 점심 먹고 출발하니까 저녁은 집에서 먹을 거야. 그리고 잘 거야. 엄마랑…."

정선이가 와서 자고 간다니 마음이 설레었다. 나는 수화기를 내려놓고 먹던 밥상도 거두며 이내 광으로 달려갔다. 그리고 가을에 따서 말린 나물들을 추려서 나왔다. 밤새 불려 내일 저녁이면 아주 부드럽게 될 것이다. 또 무엇을 해줄까? 그래, 식혜 좀 하자. 우리 정선이가 좋아했어. 그래도 무언가 부족한 생각이 든다. 냉장고를 뒤지면서 아무래도 장에 가야겠다는 생각을 한다. 날이 매섭게 춥다지만 정선이가 온다는데….

정선이는 날이 어둡기 전에 집에 당도했다. 나만 홀로 외로이 있던 집에 불을 밝히고 정선이를 위한 저녁을 준비하느라 분주한 몸짓이 새털과 같다. 사랑하는 누군가를 위해 밥을 짓는 일이 어찌 이리도 행복한지? 생각해보니 정말 내 인생에 가장 아름다운 시절은 남편과 아이들을 위해 밥을 지었던 때였다. 하지만 정작 그때는 가족의 끼니를 짓느라 내 인생이 없었다고 생각했는데…, 지나고 보니 그런 시절도 아주 잠깐 스쳐 지나고 말았다. 그때는 그것이 영원할 줄 알고 불안했던 모양이었다.

저녁을 먹고 정선이와 나는 차를 마셨다. 정선이는 내 얼굴을 마주 보고 하고 싶은 말이 있는 것이 분명했다. 드디어 정선이가 입을 열었다.

"엄마, 나 한국 떠날 거야. 어디로 갈까 고민하다가 미국으로 가기로 결정했어. 뉴욕으로 갈 거야. 준호를 돌보면서 나는 미술공부를 다시 하려고…. 이제 정말 떠날 때가 된 것 같아. 누가 무어라 해도 이제 온전히 나를 위한 인생을 살 거야. 그런데 내 마음에 제일 걸리는 것은 바로 엄마야. 엄마가 마음만 먹으면 나랑 가도 되는데…."

나는 그저 웃고 말았다.

밤이 되어 이부자리를 깔고 정선이와 나란히 누웠다. 정선이와 마지막 밤일지도 모른다. 이제 정녕 내 새끼가 나의 화살통을 떠날 바로 그때인가? 막상 떠나보내려니 마음이 서늘하다.

"…엄마…!" 그래서 대답도 하지 못했다.

"내가 그동안 어떻게 살았는지 말해줄까?"

가슴이 철렁 내려앉았다. 그동안 어떻게 살았는지 궁금해서 몇 번을 물었건만. 그때마다 피해갔던 정선이었다. 그런데 이처럼 자청을 하는데도 문득 듣는 것이 두렵다.

"듣고 싶어?" 정선이가 내 두려움을 눈치라도 챈 듯 다시 묻는다.

"당연히 들어야지…."

"그동안 아무에게도 하지 못한 내 이야기, 아빠가 쓰러지는 그날부터 시작된 고단했던 내 인생 이야기…. 이제 떠나면 엄마를 과연 몇 번이나 볼 수 있을지 전혀 가늠하지 못하기에….”

정선이는 더 이상 말을 잇지 못했다. 우는 것이 분명했다. 나도 울고 있는데…. 겨울바람도 문풍지에 매달려 웅웅 울어댄다.

“아빠가 쓰러지고 대학을 포기하고 오로지 돈을 벌어야겠다고 생각을 하고 있는데 희진이가 날 보고 광고모델 공고가 났는데 함께 응모하자는 거야. 희진이 기억하지?”

당연히 생각난다. 그녀는 초, 중, 고등학교를 함께 다닌 정선이의 단짝이다. 희진이는 공부에는 별로 관심이 없었다. 중학교 때부터 연예계에 진출하겠다는 의지가 강했다. 정선이가 공부를 하면 옆에 앉아서 얼굴을 어떻게 고쳐야 할지 고민을 하고 화장법을 연구했던 아이였다. 가방 안에 교과서는 없고 화장 도구와 연예계 잡지로 채워져 있었다. 엄마가 일을 해서 집이 비었다는 이유로 우리 집에서 저녁도 먹고 늦게까지 있다가 집으로 갔던 희진이….

“희진이 손에 끌려 응모했는데 정작 나만 된 거야. 그걸 운이라고 하는 것 같았어. 아무런 준비도 노력도 하지 않았는데 우연히 된 거야. 정말 우연히. 엄마, 나는 노력형이잖아. 근데 그 우연이 그 노력을 한순간에 비웃고 내 인생을 바꾸어 버렸어. 그때부터 나는 우연이라는 것에 내 운명을 그대로 맡기기로 했어. 광고모델이 되니까 내가 노력하지 않아도 사람들이 나를 찾아왔어. 기획사들이 서로 오라고 손짓을 하는 거야. 좋은 조건을 제시하며. 그리고 그 사람들이 하라는 대로 움직이면 돼. 내가 생각하고 애를 쓸 필요가 없어. 시키는 대로 움직일 때마다 돈이 들어오기 시작했어. 당연히 차도 사고 명품도 사고 큰 집으로 이사도 가고…. 그 돈으로 오빠에게 차도 사주고 용돈도 두둑이 주고 싶었는데, 나는 오빠가 남들처럼 돈 걱정하지 않고 공부를 하게하고 싶었는데…, 그러나 그때 떠나는 오빠를 엄마에게 말려 달라고 했지만 진심은 그렇지 않았어. 차라리 홀가분하다는 생각도 했으니까. 왜인지 알아? 점점 내가 아닌 모습으로 바뀌고 있었으니까. 그래서 불편했던 것도 사실이야."

정선이가 아픈 듯이 한숨을 깊이 내쉰다.

"나도 깜짝 놀랄 만큼 순식간에 유명해지자 내가 속해있는 기획사는 발 빠르게 드라마 출연 섭외를 하는 거야. 기획사는 나에게 드라마 피디를 접대하는 자리에 앉아 있으라면서. 만나는 피디마다 술이 거나하게 취하면 내게 거만하게 말했어. 예쁘기는 하네, 몸매도 탐나고…. 하지만 인물? 실력? 연예계에서는 다 거기서 거기라며, 세상에서 떠보고 싶은 사람이 누구냐가 아니고 누가 띄워주느냐에 달렸다며…. 그렇게 자기의 위세를 드러내다가 끝은 잠자리를 요구하는 거야. 남자는 그것 하나를 위해 여자와 지루한 관계를 참고 버티는 동물과 같았어."

"……."

"그런데 엄마…!"

"……."

"나는 남자 경험이 없었어. 그저 두렵고 떨리기만 했어. 그리고 그렇게 내 사랑을 포기하고 싶지는 않았어. 결국 앙탈을 부리면서 자리를 박차고 나와 버리고 다음 날 기획사 사장에게 내가 불쾌하다고 항의를 하면 사장은 몰랐다고 시치미를 떼는 거야. 너구리 같은 놈. 사실 그때만 해도 나는 갑의 위치였으니 내 지랄을 참을만한 가치의 인기가 있었으니까. 어쨌든 사장은 그 선까지는 나를 지켜주었고 나름 참신한 광고모델이라는 당시의 인지도를 살려 드디어 드라마 주인공이 되었어. 그것도 우연인

셈이야. 하지만 그 결과는 참패였어. 하기는 생긴 것이야 타고난다지만 연기라는 것이 하루 아침에 되는 것은 아니지. 하지만 그때는 무엇이든 하면 될 것 같은 우연이 판을 치는 내 인생이었어. 결국 연기를 지독히도 못 한다는 오명을 남기고 하차하자 광고에서도…. 어쩌다 우연히 공중으로 오른 몸값이 바닥으로 추락하는데 정말 떨어지는 것은 날개가 없었어. 그 세계는 그런 곳이었어. 전부가 아니면 전무인…."

"……."

"상품가치가 떨어지니까 기획사의 태도가 순식간에 변했어. 하지만 투자비용이 있으니 나를 쉽게 포기하지도 않았어. 이제 순식간에 을이 되고만 나는 그들의 눈치만 보며 숨을 죽이고 있어야 했어. 아니나 다를까. 어느 날 사장이 저녁 늦은 시간에 나를 부르는 거야. 호텔 바에 있다며 술이나 마시자면서. 나는 나갔어. 이미 취한 그가 나를 보고 묻는 거야. 어떻게 했으면 좋겠느냐고. 그걸 왜 나한테 물어보니? 생각하며 술만 마셨어. 그날은 정말 술이 고팠어. 한동안 집안에만 있는 것도 지겨웠고… 새벽까지 마셨어. 필름이 끊길 만큼. 눈 떠보니 그 호텔 침대 위에서 벌거벗고 누워 있는 나를 발견했어. 순간 정말 다 잃었구나 절망했어. 그래도 돌아갈 줄 알았거든. 그때까지 사랑하는 남자를 만나 결혼을 하고 행복한 가정을 이룰 거라는 꿈을 꾸었거든…."

눈물이 왈칵 쏟아졌다. 험난한 인생의 여정이 시작된다는 예감에 가슴이 미어졌다.

"등을 돌리고 자던 놈이 일어나 하품을 늘어지게 하면 내뱉는 한마디…."

"……."

"처녀였어? 그럼 내가 첫정이야. 이거 부담되네."

"나쁜 놈이라는 말이 나도 모르게 튀어나왔어. 사실 나쁜 놈도 아니야. 그 세계에서는 당연한 놈인데 그 판에서 튀어보겠다면서 엉뚱한 꿈을 꾼 내가 이상한 년이었지 뭐." 정선이가 말끝에 피식 웃는다.

"별일이야. 생각하기도 끔찍했는데 엄마한테 아무렇지도 않게 털어놓다니…. 참 나 오래 살고 볼 일이야."

"……."

그러나 가슴이 저린 모양이었다. 아주 한참 만에 정선이가 입을 열었다.

"엄마, 인생은 참 이상해. 오를 때는 하늘이 없는 것처럼 오르다가도 어느 순간 방향이 순식간에 바뀌어. 방향을 틀도록 경고등도 울리지 않고 속도 조절을 위한 중간 지대도 없이 바로 낭떠러지로 직행하는 것 같아. 사람들은 떨어지는 방향으로 무자비하게 끌려가면서도 방향이 바뀔 거라는 생각을 하는 것 같아. 하지만 아무리 몸부림쳐 봐야 무슨 수로 떨어지는 방향을 바꾸겠어. 일단 바닥까지 떨어져서 살았으면 기어오르던 누군가 구조를 해 주어야 방향이 바뀌겠지. 신기한 것은 그래도 산 거라는 사실인데…."

하기는 인생에 회오리바람 불 때 그저 그 바람을 타는 수밖에 없다. 그러다가 바람이 끝나는 지점에서 내동댕이쳐졌는데 살아 있으면 일단 산 거다. 신기하게 모두가 당연히 죽으리라 예상되는 지점에서 죽지 않는 사람도 있다. 인간의 한계에서 계산을 해 봐도 절대 답이 나오지를 않는 확률로…. 인간처럼 연약한 생물이 또 있을까? 발 앞에 돌부리에 걸려 넘어져 죽기도 하고 접시 물에 코를 박고 죽기도 한단다. 더하여 세상은 인간이 살아내기에 만만치 않은 곳이다. 전쟁과 기근이 반복되고 질병이 만연한데 인간은 그런 세상을 지배하면서 100년을 살아낸다면 또 다른 힘이 작용하고 있음이 분명했다. 정선이가 말했다.

"하기는 그때 그 남자가 아니었으면 바닥에 그대로 떨어져 산산조각이 나서 다시는 세상을 못 봤을지도 모르지. 어쩌면 그는 깎아지른 절벽 중간에 뿌리를 박고 독하게 붙어있던 나무가 아니었을까 하는 생각이 들어. 속절없이 절벽 아래로 사정없이 떨어지던 내가 붙잡고 매달리게 해 줘서 그나마 목숨을 건지게 한 고마운 나무인지도 모르지. 그 남자… 당시 40대로 독신이라지만 항상 여자들을 달고 살았어. 더구나 기획사를 운영하니 연기자로 뜨고 싶은 여자들이 줄을 섰지. 그 남자의 말처럼 주변에 인물 반반한 여자는 차고 넘쳤어. 그런데 그런 여자는 영혼이 없어서 싫고 나는 영혼이 살아 있어 매력이 넘친다는 거야. 주제에 차별을 원하는 내 자신이라니…. 결국 그 술수에 넘어가고 그 자식은 내 집을 자기 집 드나들 듯했어. 가끔 용돈처럼 생활비를 주면서 내 생활에 간섭도 했지. 그런 생활이 계속되면서 나는 그 남자의 사랑을 애걸하는 모습으로 바뀌어 갔지. 정말 처음부터 내 타입이 아니라고 거들떠보지도 않았는데 첫 남자라는 내 안에 순정이 살아 움직이는 거야. 하기는 그때는 좀 지치기도 했어. 이 남자와 살아도 나쁘지 않겠다는 생각이 들 정도로…. 하지만 그건 일방적인 내 순정이었어."

정선이가 더 이상 말을 잇지 못한다. 얼마나 아픈 이야기가 쏟아져 나올까 내 가슴이 조여 온다. 달도 별도 없는 캄캄한 밤인데 바람마저 숨을 죽인다. 밤이 깊어지면 뜬금없이 컹컹 짖어대던 복실이도 어둠에 삼켜진 것처럼….

"그 남자의 출신을 아는 사람은 아무도 없어. 조폭이었다는 소문도 있고 사채업자였다는 소문도 있었지. 아무튼 돈을 일찍부터 벌었다는 것과 돈에 관한 한 피도 눈물도 없다는 것. 말이 좋아 기획사 대표지 포주나 다름이 없어. 그래도 미국에서 대학을 나왔다고 사무실에 영어로 적힌 졸업장도 붙여 놨었어. 그래서 간혹 그가 유학파라는 소문도 있었어. 하기는 그 세계에서 그런 자격증이 무슨 필요가 있겠어? 오로지 당시의 영향력과 눈에 보인 것으로만 평가하는 판에서… 하기는 그게 또 무슨 상관이겠어. 단지 내가 그 남자와 지극히 개인적인 관계로 연결된 것이 문제지. 처음에는 둘의 만남을 제법 그럴싸하게 포장을 하는 것과 나만이라는 덫을 놓고 저울질하는 거지. 고작 고깃덩어리 같은 육체만 있는 여자들과 다르다는 소리에 기대를 걸며. 그러나 딱 6개월이 지나니까 세상에 영향력이 있다는 사람들의 술자리에 불려 나갔어. 사랑한다면 자기를 도와 달라는 앓는 소리를 하면서 나를 사지로 내몰았어. 당연히 성상납은 필수고…. 근데 엄마…, 그게 되더라. 뭐든지 처음이 어렵지 한번 길들면 별거 아니야."

눈물도 마르고 입술이 타들어 가는 것 같았다. 내가 죄가 많아, 내가 죄가 많아…, 할머니가 소리치던…. 사랑하는 사람의 고통을 무기력하게 바라만 보아야 하는 아픔….

"벼랑에 매달려 뒤틀리고 볼품없이 자란 그 나무도 결국 나를 품어주지 않고 내친 거지. 나는 그렇게라도 매달려 있고 싶었는데, 그렇게 다시 바닥을 알 수 없는 벼랑으로 떨어지자 차라리 산산조각이 나더라도 바닥을 원했어. 막상 쿵 하고 떨어졌는데 피투성이가 되었어도 살았어? 그래서 눈을 뜨고 돌아보는데 다시 흘러내리는 거야. 아주 조금씩…. 그때 절망이라는 것을 비로소 알았어. 바닥이라고 생각했는데 또 흘러내리는… 그냥 죽고 싶었어. 아침에 눈이 떠지면 생각했어. 약 먹고 죽을까?

목을 매달아 죽을까? 아니면 한강 다리난간에서 뛰어내릴까? 하면서….
엄마…!"

나는 입을 틀어막고 울었다.

"그런데 죽음보다 더 무서운 것이 있었어. 적어도 죽으려는 생각이 있다면 아직은 스스로를 지켜야 한다는 자존감은 남아 있는 거야. 그런 죽음보다 더 두려운 것은 길드는 거였어. 점차 그 생활에 길들고 있었어. 낮에는 자고 밤이면 누군가를 만나 술을 먹고 떠들고 함께 뒹굴면서 새벽을 맞이하고…."

오히려 정선이는 침착하다. 하지만 내 입술 사이로 흘러나오는 신음소리는 좀처럼 멈추지를 않았다. 남편을 데리고 고향에 내려오던 그해에 밤마다 꾸던 꿈. 벼랑에 온 가족이 맨발로 서 있다가 홀로 떨어져 나간 정선이….

"그러나 인생은 신비해. 더 이상 희망이 없다고 생각할 즈음, 산산조각이 나서 먼지조차 사라질 즈음 바늘구멍만 한 빛이 밖에서 들어오는 거야. 내가 처음 광고를 시작한 기업에서 재계약 문의를 해 왔어. 그것도 기획사를 통하지 않고 내게 직접 회장님이 나를 만나고 결정을 한다며…. 왠지 살길인 것 같은 느낌이 오는데 너무 두려웠어. 그즈음 내 안에는 두려움에 찌들어서 기회를 반전시킬 자신도 없었어. 인터뷰를 앞두고 한숨도 자지 못해 화장도 받지 않는 얼굴에 회백 칠을 하고 홍보부장이라는 사람과 회장실로 들어갔어. 회장님을 처음 보기에 너무 떨렸어. 소파에 앉아서 나를 바라보는 눈매가 섬뜩할 정도도 날카로워서 그만 그 자리에 얼어붙은 것처럼 서 있었어. 그런 내게 앉으라고 하셔서 마네킹처럼 앉았어. 나를 한참 바라보시더니 나가라고 하시는 거야. 순간 안 되는구나 하는 참담한 심경이 밀려왔어. 그 심경 그대로 생각보다 늙어 보여서 모델로 다시 쓰기 어렵다는 간단한 거절의 멘트로 사건은 종결됐고…."

드디어 정선이가 자리에서 몸을 일으켰다. 우리는 캄캄한 어둠 속에서 나란히 앉았다. 순간 구름에서 나온 달빛이 방안으로 쏟아져 들어온다. 복실이가 부스럭대는 소리가 마당에서 들려온다.

"엄마…! 그날 이후로 나는 벙어리처럼 말이 나오지를 않았고 그대로 자리에 누워 앓았어."

그때, 나만큼 힘든 사람이 없다고 생각했다. 내 자식들이 바람막이도 없는 벌판에서 죽을 힘을 다해 싸울 때 나는 바람은 피해 갈 수 있는 곳에 있었으면서….

"정말 숨도 쉬기 싫었어. 죽을 방법을 고민했던 것은 사치였나 봐. 그냥 그대로 있으면 그냥 죽어. 사고의 기능은 사라지고 마치 영혼이 빠져나간 것처럼 있으면서 한 달을 버텼나? 방구석에 처박혀서…. 물론 그런 나를 아무도 궁금해하지 않았어. 누구도 날 찾지 않는 그때 회장님 쪽에서 연락이 왔어. 나는 어떤 기대도 하지 못한 채 만남의 장소에 나갔더니 그날 동반했던 홍보부장만 있었어. 그랬는데 그 남자가 은밀한 제안을 하는 거야. 회장님이 해외에 나갈 때 동반하면 생활비를 충분하게 주겠다고. 나중에 안 사실이지만 회장님도 그때 누가 옆에 없으면 불안해서 잠을 잘 수가 없었대. 물론 그때는 속사정까지 알 필요도 없이 아주 충분하게라는 단서에 바로 오케이 했어. 누가 봐도 그 뻔한 제의가 절망이 아니라 희망처럼 다가왔어. 비록 회장님의 숨겨진 여인으로 죽은 듯이 있어야 함에도 내 마음에는 오히려 살았다 하는 안도감이 오는 거였어. 정말 그때 그 기분 아무도 몰라. 수많은 사람이 썩은 된장녀라고 돌을 던져도 상관없어."

"……."

"이제 엄마에게 하는 말이지만 그때 내 안에 어떤 힘이 그렇게 말하는 것 같았어. 나는 그저 껍데기처럼 앉아만 있었는데 그런 일이 결정되고 말았어. 나도 모르게…."

"……."

"그런데 그날 밤 아빠를 꿈에 만났어. 아빠에게 너무 부끄러웠어. 그래서 미안하다며 철철 울었어. 아빠 품에서…."

"그랬구나. 가엾은 것…."

"그런데 아빠가 날 보고 뭐라는 줄 알아?"

"뭐라 했는데?"

"두려워 말고 그 길을 가라고, 아빠가 돌보고 있으니…."

비록 남편이 육체적으로 식물인간이 되어 누워 있었다지만 그의 영혼이 우리 가족을 품고 돌보고 있었던 모양이다. 정선이도 그런 아버지를 체험한 모양이었다.

"엄마, 예나 지금이나 아빠가 항상 내 곁에 있는 느낌이야."

밤은 점점 깊어지지만 정선이가 내 곁을 떠나는 시간도 다가온다. 증조할머니도 40대, 할머니도 40대, 엄마도 40대에 과부가 되었다. 46살에 식물인간이 된 남편에게 나도 과부나 다름없다. 그런데 내 딸 정선이 마저도 40대에 과부가 되었으니…. 할머니는 남편이 죽어 과부가 된 것이 아니라 과부 팔자 때문에 남편이 죽는다고 했다. 그리고 여자가 죄가 많아서 그렇다는 소리도 입에 달고 사신 할머니. 그 할머니의 증손녀인 내 딸이 남편도 없이 어린 자식을 품고 타국에서 살아야 하니…. 그러나 모두 살아냈다. 남편 없이 자식들을 보듬으며….

밤은 점점 더 깊어진다. 이제 땅은 어둠에 완전하게 정복되었다고 절망할 즈음 여명의 움직임이 시작된다. 어디에도 결코 빛이 보이지는 않는데도 미물부터 감지되는 모양이다. 죽은 것 같은 고요를 뚫고 푸르륵 작은 새의 날갯짓 소리가 들려온다. 그 빛이 어둠을 가르고 당당하게 드러날 때는 이미 늦었는지도 모른다. 어둠 속에서 결코 빛이 없다고 생각하면 결코 빛을 보지 못한다. 그래서 사망과 생명은 공존하면서 다시 맞물린다.

"새벽이 오는 모양이다."

"벌써? 아직 캄캄한데…."

"정선아, 하나님이 가장 기뻐하시는 것은 바로 생명의 영속성이다. 생명을 절대 사랑하시는 하나님은 당신의 가장 아름다운 작품인 인간들이 생명에서 생명으로 이어지기를 바라실 거야. 결국 사람이 세상에 태어나 이름을 날리고 멋지게 사는 것보다 인연을 맺은 사람들과 어떻게 어우러져 살아냈느냐가 중요해. 사실 부모가 자식의 생명의 통로가 되었다지만 그 자식을 사망으로 이끄는 부모도 많고 부모를 사망으로 이끄는 자식도 많아. 사망이라고 해서 꼭 목숨을 끊어야 하는 것이 아니라 서로 미워하는 것도 서로 원망하는 것도 사망의 상태야. 작품의 성공 여부는 반드시 막이 내려야 알 수 있어. 아무리 유명한 배우가 나와도, 돈을 엄청 드린 멋진 무대를 꾸며도 결국 막이 내려야 작품을 평가하듯이, 인생의 막도 내려야 알 수 있어. 생애 동안 맺어진 인연이 생명이었는지 아니면 사망이었는지…."

"그런데 엄마, 조금 걱정은 돼. 이렇게 살다가 준호 장가가고 외로워지면 어쩌지?"

"엄마가 생각하기에 하나님은 여자에게는 작은 것에도 기뻐할 줄 아는 유전자도 주셨거든. 그리고 여자는 싫증을 금방 내. 남자를 열정적으로 사랑하지만 사랑의 결실로 낳은 자식에게 그 열정이 옮겨가거든. 그런 반면에 여자는 결혼해서 한두 해도 살지 못한 남편을 가슴에 묻고 평생 혼자 살 수도 있대. 이유는 여자는 절대 사랑이 곁에 없어도 소소한 것에 재미를 느끼기 때문이라는데. 요즈음 보니까 텔레비전에서도 늙은 여자들이 모여서 재미있게 사는 것을 많이 보여주더라. 나는 그 이유를 몰랐는데 여자가 자신이 처한 상황에 합리화를 잘하기 때문이라네. 최악의 상황에도 여자는 푹 주저앉아 팔자소관이지 하며 작은 것에 기쁨을 느끼며 적응을 한다는 거야. 그것을 다른 말로 표현하면 지혜로운 거라더라."

"그건 또 누가?"

"저번에 텔레비전에서 들었어. 이제 그런 말을 들으면 써 놓기도 해. 더러는 잊기도 하고 더러는 머릿속에 남아있기도 하고…. 그러다 너랑 대화를 하다 보면 써먹기도 하네."

"미치겠다. 우리 엄마 맞아? 엄마 최고야."

나는 정선이 칭찬에 마냥 기뻤다. 문득 정선이가 떠나면 이런 시간을 갖지 못해 두렵기도 했다. 그렇다고 내 시간 속에 정선이를 묶어 둘 수도 없다. 그래서 배에 힘을 주고 말했다.

"정선아, 지금은 미리 계획하지 말자. 너도 네 손안에 여린 싹만 보려무나. 그러다 보면 모두가 만족한 충만한 때가 올 거다. 오늘 이 밤이 바로 그때인 것처럼…."

달빛도 사라졌는데 정선이의 얼굴이 선명하다. 여명에 더 아름다운 내 딸 정선이…. 세상에 꽃이 아무리 아름답다 한들 자식 꽃만큼 아름다울까? 가슴 시리게 아름다운 이 꽃을 언제나 다시 볼 수 있을까?

해피 엔딩

겨울이 그렇게 가고 봄도 지나고 여름이 왔는데 순자는 내려오지를 않는다. 그 가을에 그렇게 떠나고 전화조차 없다. 문득 궁금해서 전화를 해볼까 하다가도 내려오고 싶으면 결코 참지 못하는 순자였기에 그만한 이유가 있을 거라 생각했다. 봄부터 몸이 바빠지면서 여름이 올 즈음에는 다른 생각을 할 겨를이 없다. 대지에서 일제히 뿜어대는 것들을 가꾸고 보듬다가 그대로 쓰러진다. 어떤 때는 밥을 먹다가 졸기까지 한다. 마음은 일을 줄여야겠다면서도 아침에 눈을 뜨고 생명이 솟구치는 대지를 바라보면 몸이 저절로 움직이다. 곧 장마가 온다고 텔레비전에서 지상 캐스터가 우비까지 입고 나와 예보를 하고 있다. 정말 내일은 아랫마을 김 씨를 불러 기와를 보라고 해야겠다는 생각을 했다. 봄부터 봐 달라고 했는데 기어코 장마를 코앞에 두고 있다. 정 바쁘다면 시내에 나가서 전문 인력을 구해야 하는 것은 아닌지 생각이 복잡해진다.

이불을 깔고 자리에 누웠는데 전화벨이 울린다. 누굴까? 이 밤에? 혹시 정선이? 얼른 수화기를 들었다.

"……."

그러나 말이 없다. 조심스럽게 내가 물었다.

"누, 누구세요?"

"저… 유정이 아줌마 맞나요?"

처음 듣는 목소리다. 아줌마? 나를 그렇게 부르는 사람도 처음이다. 그 낯선 질문에 대답했다.

"맞아요. 누구세요?"

"저… 김순자 씨 딸 은혜예요."

"은혜? 알아요. 알고 말고요."

"엄마 친구신가요?"

"맞아요. 근데…?"

"엄마 친구시구나…. 그러면 말 놓으세요."

"그래도 그렇지."

"안 그러면 제가 불편해요."

"그, 그런가. 근데 무슨 일로…? 엄마는?"

순자 대신 딸이라니? 불길했다. 아니나 다를까 은혜가 더 이상 말을 잇지 못하고 울고 있었다.

"왜? 엄마에게 무슨 일이 생겼어?"

"…아파요. 엄마가…."

"아파? 어디가?"

"중증 치매래요. 개인 생활을 못 할 정도로…. 지금 병원에 계세요."

순간 순자의 함성이 귀에서 쟁쟁하게 울린다.

'나쁜 년! 이기적이고 자기중심적인 나쁜 년! 나쁜 년이야. 최유정은 나쁜 년!'

정말 나는 나쁜 년이었다. 그 가을에 순자는 분명 달랐었다. 그리고 계절이 몇 번이나 바뀌도록 연락이 없었는데…. 겨울이 가기 전에 전화라도 한번 했어야 했다. 눈이 오면 문득 전화를 했던 순자였다. 봄에 진달래가 만개할 때 궁금해 했어야 했다. 순자는 산에 가득한 진달래를 보기를 즐겼다. 그래서 그 봄을 넘기기 전에 들러서 마루에 앉아 그것들을 감상했다. 해가 넘어가면 궁상을 떤다는 소쩍새도 궁금해했었다. 한번 즈음 전화를 했어야 했다. 했어야 했는데, 했어야 했는데….

순자가 입원 전에 조울증 증세가 심했다고 했다. 은혜에게 욕을 하고 불같이 화를 내다가 이내 사랑한다고 잘못했다고 울어대는 행동을 반복하는…. 견디다 못해 순자를 병원에 입원을 시키자 공격적인 성향이 심해져 간혹 독방에 갇히기도 한단다. 그러면서 줄기차게 고향으로 보내달라고 소리를 지르기만 했단다. 친인척도 없는 고향을 가겠다는 순자의 입에서 따라 나오는 '어머니' 그리고 '유정'이었다고. 다행히 유정이라는 이름으로 저장된 번호가 있어서 전화를 걸게 되었다고 한다. 고향 친구일 것 같다는 은혜의 느낌으로…. 또 언젠가 순자를 통해 들어본 기억도 나기에. 듣고 있던 내가 말했다.

"엄마를 이곳으로 모시고 와. 내가 돌볼게."

그러나 은혜가 잘라 말했다. 순자의 상태가 너무 안 좋아 개인이 돌볼 수 있는 형편이 아니라고. 일단 병원 치료를 받으면서 상태가 안정되어야 한단다.

그래서 내가 면회를 가면 어떻겠느냐고 물었다. 비록 멀미로 먼 길을 다니지는 못하지만 갈려고 들면 못할 것도 없다. 무엇보다도 순자를 직접 보고 싶었다. 하지만 공격적인 성향이 약물로 안정이 될 때까지 가족 외에 사람을 면회시키는 것을 금하는 것도 의사의 처방이란다. 그러면서 은혜가 나를 만나고 싶어 했다.

은혜가 대문을 들어섰다. 멀리서 보아도 아름다운 자태다. 먼 광을 친다는 순자의 자랑이 결코 거짓이 아니었다. 텔레비전에서 보았으니 낯설지도 않다. 나는 열린 대문으로 들어서는 은혜를 보자마자 마당을 가로질러 달려갔다. 가녀린 은혜의 손을 덥석 잡고 눈물부터 쏟았다. 마치 순자를 본 듯해서….

차를 준비하는 동안 은혜는 마루에 앉아 있다. 마루를 마주한 앞산은 온통 녹색이다. 여름 장마를 앞둔 산과 들은 온통 녹색으로 충만함을 넘어 세상에 있는 모든 색깔마저 삼켜버린 것 같다. 찻상을 들고 나가니 은혜가 시선을 거두지 않고 말을 했다.

"눈이 시원해지는 것 같아요. 언젠가 녹색을 자주 봐야 시야가 좋아진다는 말을 들었어요. 그때는 그 소리가 무슨 소리인지 몰랐는데 오늘 여기에서 이렇게 보니 그런 느낌을 알겠어요."

나는 은혜와 찻상을 마주하고 앉았다. 은혜가 조심스럽게 입을 열었다.

"여기가 엄마의 고향이라니…. 하지만 엄마는 고향이라면 지긋지긋하다고 했어요. 고생한 기억만 난다고. 그래서 도심에서 태어나 도심에서 자란 제게 고향은 아주 싫은 곳이라 생각했어요. 하지만 오늘 여기에 오니 아주 어렸을 때 항상 들고 있던 내 이불이 생각났어요. 저는 그 이불을 4살까지 품고 잤어요. 내가 태어나면서 나를 감싸던 포대기였는데 저는 그것에 대한 애착이 너무 심했어요. 그것을 품어야 잠이 드는 나와 그것을 빼앗아 버리지 못해 안달을 했던 엄마…. 빼앗고 빼앗기지 않으려는 모녀간의 갈등이죠. 결국 5살이 되던 어느 날 엄마가 드디어 승리를 했어요. 내가 깊이 잠든 사이에 내 품에 있던 다 낡아서 누더기가 된 그 이불을 몰래 빼앗아 불태워 버렸죠. 그때의 상실감으로 나는 한동안 실어증을 앓기도 했죠. 그런데 오늘 마치 그 이불을 본 것 같아요. 비록 낡고 헤져도 해묵은 얼룩이 박혀있어도 내게 만큼은 정겨운 그 이불….”

은혜의 눈시울이 뜨거워지는 모양이었다. 이윽고 은혜의 젖은 목소리가 이어졌다.

“그 이불만 생각하면 지금도 가슴이 아파요. 그래서 들춰보고 싶지 않은 추억 같은 거죠. 물론 엄마는 몰라요. 불태워진 그날 이후로 내가 말을 하지 않는데도 엄마는 승리감에 도취되어 그 사실조차 알아차리지 못했어요. 변한 나를 보기보다는 자기 행위에 대한 정당성만 주장했어요. 엄마는 그 낡아빠진 이불이 없이 잠을 자지 못하고 뒤척이는 내게 아주 좋은 이불을 들이밀며 말했어요. 나를 사랑하기 때문이라고. 그러면서 우리 딸은 그까짓 이불 때문에 울고 보채는 아이가 아니라고…. 맞아요, 나는 울고 보채는 아이가 아니라 참는 아이였어요. 나는 절대로 엄마를 이기지 못하는 딸이기에 그저 참았어요. 내가 그렇게 며칠을 참고 나면 세상은 다시 원래대로 돌아왔어요. 정말 낡아 빠진 이불이 없으면 금방 죽을 것 같지만 또 잊혀졌고 새 이불이 처음처럼 밉지도 않았고…. 그런데 왜 오늘 그 이불이 이처럼 간절히 생각이 나는지…?”

은혜의 시선이 나를 향한다.

“차 마셔….”

“네… 맛있어요. 어머니라고 불러도 되죠?”

“나야 영광이지. 나도 딸이 있어.”

“아, 딸이 있으시구나. 아 참, 자제분이 몇 명이세요? 남편은 계세요?” 은혜는 집안을 돌아보며 호기심에 차서 다시 물었다.

“이 집은 혼자 사세요? 이제 보니 아무도 없는 것 같아요.”

"엄마가 말 안 했나 봐?"

"전혀요."

"그렇구나."

"엄마는 사람들을 많이 경계했어요. 그저 필요에 의한 모임이나 운동 때문이지 그 이상의 깊은 관계를 갖지 않아요. 엄마는 오로지 내 일에만 관심이 있어요. 어떻게 생각하면 나 때문에 자신의 삶을 잃어버렸다고나 할까? 우리 모녀는 서로의 삶에 지나치게 개입해서 각자의 삶을 잃어버린 것 같기도 해요. 정말 혼자 사세요? 제 질문에 대답하지 않으셨잖아요?"

나는 내 형편을 이야기했다. 중년에 갑작스럽게 남편이 병들어서 친정살이 시작했고 7년 전에 그 남편이 죽고 혼자 산다고, 아들과 딸이 있는데 아들은 아프리카에서 선교 활동을 하고 딸은 지금 아들과 미국에 있다고. 은혜는 나와 순자 관계를 물었다.

"어떤 친구였는데요?"

은혜의 슬픈 눈이 장마 끝에 찾아온 햇살처럼 반짝인다.

"같이 태어나고 같이 자라고 고등학교까지 같이 다녔지."

"정말이세요? 그럼 거의 자매처럼 자란 거네요."

"자매?"

"태어나서 고등학교까지 같이 자랐다면 자매죠. 그러면 우리 외할머니 외할아버지도 잘 아시겠네요?"

"그럼, 알다마다. 나를 업어서 키워주셨어. 만석이 아저씨가."

"맞아요. 우리 할아버지 이름 만석이에요. 이름이 만석이가 뭐에요. 그래서 내가 할아버지 이름이 촌스럽다고 하면 엄마가 막 화를 냈어요. 그때는 다 그랬다고. 개똥이라는 이름도 있었대요. 맞아요?"

나도 쿡 하고 웃음이 튀어나왔다. 정말 그때 그렇게 불리는 아이도 있었다. 어쩌다 집 밖을 나가면 골목에 아이들이 옹기종기 모여앉아 있는데 머리카락이 움푹 떨어져 나간 도장 버짐에 앞니까지 빠져있는데도 웃고 있던 남자아이를 그렇게 불렀다. 그때는 아이들이 자라기도 전에 속절없이 죽어서 이름을 천하게 지어야 오래 산다고 했기 때문이었단다. 혹여 죽지 않을까 하며 정을 주지 않으려는 부모의 마음과 내가 못한 것을 대신 하게 해주려는 부모 마음이 이렇게 다른 것을….

"할아버지를 기억하니?"

"아주 어려서 봤기에 그다지 기억에 남는 것이 없어요. 더구나 할아버지가 돌아가셨을 때 연기를 막 시작할 때라 너무 바빠서 장례식에도 못 갔어요."

비록 은혜가 만석이 아저씨 손녀딸이지만 기억에는 전혀 없는 사람으로 남아있다. 2대조차 남아있지 않은데 자식 때문에 울고 웃는다. 순자의 기쁨이며 슬픔인 은혜의 기억 속에 순자는 또 어떻게 남게 될까? 죽은 자는 그저 죽은 자일뿐 기쁨도 슬픔도 오로지 남은 자의 몫이다. 은혜의 얼굴에 다시 먹구름이 드리워진다.

"엄마를 생각하면 가슴이 아파요. 정말 내게 거는 기대가 남달랐어요. 엄마는 내가 어려서부터 배우가 되면 크게 출세할 거라는 사람들의 말을 그대로 받아들였어요. 물론 나도 그러고 싶었어요. 사실 나는 공부가 재미없었어요. 어디를 가든 사람들은 나를 예쁘다고 칭찬을 하니 제 꿈도 그렇게 만들어졌죠. 지금이야 연예 기획사가 많지만 당시만 해도 그런 곳이 별로 없어 엄마와 나는 방송국에 가서 살았어요. 그래서 초등학교 6학년에 아역을 맞게 되었어요. 조연이기는 했지만 꽤나 비중이 있어서 연습을 엄청나게 하고 출연을 했는데 정작 방송 때는 제 분량이 거의 잘려나갔어요. 사실 그때 상처가 너무 커서 연기를 하고 싶지 않았는데 엄마는 시작에서 실망을 말라고 했어요. 반드시 엄마가 대한민국 최고의 배우로 만들어 주겠다고 하면서…. 그것이 꿈으로 끝났어야 했는데…" 은혜는 한숨을 내 쉬었다.

"어쩌면 유명 배우가 되겠다는 꿈도 꾸지 말았어야 했어요. 내가 그 꿈을 꾸면서 집안은 늘 분란이었어요. 엄마와 아빠는 그때부터 싸우기 시작했어요. 사실 엄마가 아빠를 사랑해서 왕처럼 대접했어요. 저는 아빠가 집에서 물 한잔도 자기 손을 따라 먹는 것을 본 적이 없었어요. 하지만 그런 엄마의 사랑이 내게로 옮겨오면서 두 분이 언성을 높이며 싸우기 시작했죠. 물론 엄마는 나 때문이 아니라고 했어요. 사랑에 미쳐서 하고 싶은 일도 포기하고 결혼해서 매서운 시집살이 견디고 애 둘 낳고 살았지만 몹시 우울했었대요. 그러다가 나를 데리고 밖으로 나도는 재미가 들린 거죠. 아빠가 참지 못하고 새 여자를 만들고 우리 집은 풍비박산이 되었죠."

"아빠는 만나니?"

"저는 안 만나요. 하지만 지성이는 만나요. 아빠는 이후로 회사를 그만두고 사업을 시작하셨는데 중소기업으로 성장해서 안정되게 사시는 모양이에요. 새 여자 사이에서 난 자식이 3명이나 된대요."

"아빠 안 보고 싶어?"

"제가요? 아니요, 저는 아빠 생각 전혀 안 나요. 지성이도 어려서는 아빠를 원망하더니 요즈음 들어 아빠를 찾는 것 같아요. 혈육이 당기는 모양이라 아빠는 좋아하는데 다른 자식들은 안 좋아하는 것 같다고. 지성이는 나도 아빠를 만났으면 하는 눈치지만 저는 싫어요. 정말 모르겠어요. 중학교에 입학하고 헤어진 아빠이기도 하지만 아빠를 떠올릴 만한 추억도 없어요. 문득 슬프기는 해요. 부모 자식 간의 인연도 그저 스쳐 가는 한사람 중 하나라고 생각하면…."

"엄마를 원망하니?" 내가 물었다.

"가끔요. 우리는 서로를 사랑한다는 명분으로 자기의 꿈을 서로에게 맡기면서 결국 두 사람의 꿈이 무엇인지조차 모르게 된 것 같아요. 꿈이 이루어졌을 때는 만족하지 못하고 더 큰 꿈을 계획했던 것도 서로에 대한 기대치가 너무 높았던 것 같아요. 그 꿈이 조각나자 서로의 이빨을 드러내면서 비난을 했지만 우리는 처음부터 서로에게 없어서는 안 되는 반쪽 인생에 길들어 있었던 같아요. 반쪽으로 얽힌 운명이라 무엇이든 함께 할 수밖에 없어요. 나는 엄마의 희망과 절망의 사이를 왔다 갔다 하는 딸…. 엄마는 나 때문에 이혼을 하고 이어서 나도 이혼을 하고…. 사실 연기를 다시 시작하면서 그 반쪽에서 벗어나 나의 독립적인 삶을 살고 싶었는데 엄마가 저렇게 아프니 제 마음이 너무 아파요." 감정을 드러내지 않고 차근차근 말을 이어가는 은혜였다. 어디를 보아도 순자의 기질은 없어 보였다.

"엄마랑 성격이 다른 것 같구나. 내가 보기에…."

"아빠 성격 빼닮았대요. 엄마 표현에 의하면 물에 물 탄 듯 술에 술 탄 듯하다나요. 청혼도 엄마가 먼저 했대요. 그러면서 이혼은 겁도 없이 해대는 것도 아빠를 빼닮았다고 언젠가 저를 향해 소리를 쳤어요."

날이 어두워지지 않았는데 앞산에서 소쩍새가 처량하게 운다.

'소쩍, 소쩍….'

은혜가 그만 가야겠다고 자리에서 일어났다. 나는 은혜에게 당부했다.

"은혜야, 엄마와 나는 자매와 같은 고향 친구야. 친정 부모님도 다 돌아가시고 이제 세상에서 서로를 아는 둘만 남았어. 사랑하는 자식이 있다지만 늙어서 마음을 털어놓을 사람은 옛 친구밖에 없단다. 은혜야, 나도 외롭다. 엄마 이리로 모셔와. 내가 목숨이 붙어있는 한 엄마를 돌보며 살게. 혹여 내가 병이 들어 엄마를 돌보지 못하면 그때 네가 모셔가고…."

은혜는 울음을 삼키며 말했다.

"너무 고마워요, 어머니. 사실 엄마가 눈만 뜨면 유정이에게 보내달라고 울고 소리를 쳐서 견디다 못해 내려와 본 거예요. 어떤 분이신가 하고. 정말 그래도 되겠어요?"

"그럼, 나도 세상에 빚진 자야. 내가 이 나이까지 아직 살아 있다면 할 일이 남아있기 때문이 아니겠어? 우리 어머니가 네 엄마를 나보다 더 사랑했어. 아마도 우리 엄마가 있었으면 순자를 그렇게 두지를 않을 거야. 아무 걱정 하지 말고 모시고 와."

순자가 오는 날은 화창했다. 장마가 끝나고 그동안 구름에 가렸던 해가 반갑게 얼굴을 내밀었다. 나는 엄마가 쓰던 안방의 문을 활짝 열었다. 처분하지 못한 가구만 덩그렇게 있지만 그대로 두기로 했다. 순자가 싫다면 그때 정리를 할 생각으로. 문득 엄마가 다시 살아온 듯 그리움에 울컥한다.

순자를 태운 검은 색의 밴이 멀리서 보인다. 이윽고 차가 대문 앞에 서고 나는 양 대문을 활짝 열었다. 운전석에서 내리는 젊은이는 분명 지성이다. 내게 다가오는 모습을 보니 순자 판박이다. 길을 가다가도 알아볼 수 있을 만큼…. 미안한 표정을 지으며 지성이가 인사를 한다. 내가 손을 잡고 반갑다고 하자 지성이 눈이 이내 붉어진다.

뒷문이 열리고 은혜가 나온다. 은혜는 내게 가볍게 인사를 한다. 뒷좌석 안쪽으로 몸을 숙이며 손을 내밀었다. 순자가 은혜의 손을 잡고 나오기를 기다리는데 좀처럼 모습을 드러내지 않는다. 어느새 동네 주민이 하나둘씩 모인다. 허리는 굽고 다리가 밖으로 휘어져 지팡이를 의지한 유씨 노인, 아이를 업고 있는 베트남 새댁, 멀리서 유모차를 밀고 오는 최씨 노인. 혹여 구경거리라도 있을까 하는 호기심이 서린 눈빛으로….

"참 나, 동물원 원숭이 보듯 하네…."

지성이가 불편한 모양이다. 내가 남편을 데리고 오던 그날이 생각났다. 그때 쥐구멍에라도 들어가고 싶을 만큼 부끄러웠으면서 지성이에게 의연한 척했다.

"시골이니 그러려니 하게나. 들고 나는 사람이라도 큰 구경거리라네."

그리고 나는 그들을 향해 말했다.

"점심들은 잡수셨어요? 제 친구가 오는 겁니다. 이제 저랑 살 겁니다."

이윽고 은혜의 손을 따라 아주 조심스럽게 차의 뒷자리에서 순자의 몸체가 서서히 빠져나온다. 순자는 아주 천천히 은혜의 손을 부여잡고 차에서 내렸다. 나는 순자를 부르며 다가가려는데 그만 다리에 기운이 풀리고 말았다. 마치 버려진 아이처럼 서 있는 순자는 겁에 질린 표정으로 주변을 느리게 돌아본다. 짧게 자른 머리는 백발이다. 머리끝에서 하얗게 올라오는 것이 너무 싫다며 염색을 결코 거르지 않았던 순자였는데. 불과 일 년도 지나지 않는 시간 속에 변해 버린 순자는 믿을 수 없을 만큼 늙고 상했다. 드디어 순자의 불안한 눈빛이 나를 향했다. 순자는 왕하고 울음을 터트린다. 은혜가 순자의 손을 잡고 나를 향해 다가온다. 눈물이 앞을 가린다. 은혜도 울고만 있다.

"유정아…!"

"순자야…!"

"어머니는? 어디 갔어, 어머니?"

"돌아가셨잖아."

"언제?"

"한참 됐잖아."

"아니야. 그럴 리 없어. 나는 어머니를 보려고 온 거야. 어젯밤 꿈에서도 나보고 오라고 했어. 정말이야."

순자는 이내 내 가슴에 얼굴을 묻고 아이처럼 울었다.

"어머니 저 왔어요. 순자…."

나는 순자의 가는 어깨를 보듬었다.

"순자야. 잘 왔어, 정말 잘 왔어."

지성이가 엄마 방에 순자의 짐을 들여놓고 은혜가 정리를 하는 동안 순자는 내 방에서 잠을 잤다. 이동하는 동안 긴장을 했던지 그대로 잠에 빠져들었다. 은혜가 말했다.

"옷도 많이 안 가져 왔어요. 엄마가 옷 욕심이 많아서 장롱을 열면 터져 나올 것 같아요. 물론 가방도 많고 신발도 너무 많고…. 정작 엄마가 필요로 하는 것이 무엇인지 몰라 내 마음대로 몇 개씩 골라왔어요. 당분간은 엄마가 살던 아파트를 그냥 두지만 엄마 상태를 봐서 처분해야 할 것 같은데, 그 많은 물건들은 어찌해야 할지…? 주인 잃은 물건들은 어쩌면 그렇게 순식간에 고물이 되고 마는지…?"

은혜는 한숨을 쉬며 댓돌 위에 순자가 신고 온 납작한 운동화를 바라본다.

"마트에서 고작 3만 원인 신발을 신을 거면서…."

은혜이와 지성이는 순자의 짐을 정리하고 떠날 채비를 했다. 잠에 빠진 순자는 좀처럼 일어날 줄 모른다. 지성이가 떠난다고 순자를 흔들어 깨우려는 것을 내가 만류하며 그냥 떠나라고 했다. 은혜와 지성이는 차마 발길이 떨어지지 않는지 몇 번을 되돌아보며 차에 올랐다. 무슨 일이 생기면 바로 연락해 달라고 내게 다짐하면서….

내가 저녁상을 들고 방으로 들어서니 순자가 자리에서 부스스 일어났다.

"잘 잤어? 밥 먹자."

밥상을 내려놓으며 말했다. 순자는 잠에서 덜 깬 표정으로 나를 한동안 바라보았다.

"유정아, 내가 집에 온 거 맞지?"

"맞아."

"유정아 나 무서웠어. 내가 화를 좀 냈다고 자식새끼들이 나를 정신병원에 집어넣었다니까."

"노인 전문병원이래."

"거짓말이야. 그것들이 이제는 내가 필요 없으니까 그런 이상한 곳에 처넣었어."

순자는 두려움에 떨면서 이불을 끌어다가 몸을 감쌌다.

얼굴이 험하게 틀어졌다. 60살이 넘어가면서 순자는 더 이상 얼굴에 손을 안 대겠다면서 몇 달을 넘기지 못하고 달라진 얼굴을 들이밀었다.

그래서 안 그런다면서 왜 다시 성형을 했냐고 물으면 원래의 모습으로 찾아가고 싶어서 그런다고 했다. 얼굴이 자꾸 커지고 두꺼워 져서 이제는 자기도 몰라보겠다며. 자다가 일어나 어쩌다 거울을 보면 깜짝 놀란단다. 전혀 모르는 사람 같아서. 젊어서는 남과 다른 내가 싫어서 그렇게 바꾸려 했는데 이제는 원래의 자기를 찾고 싶단다. 하지만 너무 멀리 와서 남도 아닌 자기도 아닌 정체불명의 실체가 거울에서 바로 '너'라고 하니 놀라기도 할 것 같았다. 순자는 그렇게 달라진 얼굴을 들이밀며 다시 물었다.

"유정아, 정말 나 집에 왔지? 온 거지?"

"그럼, 저 십자가 봐. 그대로 있잖아." 순자는 내 손가락을 따라 십자가에 시선이 멈추고 이내 아이처럼 울었다.

"유정아. 나 여기서 죽을 때까지 살 거야. 제발 다른 곳으로 보내지마. 제발…."

"걱정하지 마. 여기에서 나랑 살아."

"정말?"

"죽을 때까지 우리 여기서 살자. 순자야. 밥이나 먹어 어서…."

나는 순자의 손에 숟가락을 쥐여 주었다. 하지만 눈물이 앞을 가려 내가 먼저 밥을 뜨지 못했다.

차려준 밥을 너끈히 먹어치운 순자는 이내 잠에 빠져들었다. 자리도 깔지 않은 바닥에 누워서 자는 모습을 바라보고 있자니 옛날 옛적이 떠올랐다. 나는 증조할머니 품에 순자는 방바닥에 그렇게 누워 있었다. 비록 순자는 증조할머니와 떨어진 문간에 있었지만 결코 그 방을 나가고 싶어 하지 않았다. 자외선이 강한 시골 들판을 쏘다니면서 태워진 검은 피부였지만 눈빛만큼은 진주처럼 빛났던 순자였다. 항상 알고 싶어 하는 그 눈빛, 어디에선가 밀려나고 싶어 하지 않은 그 눈빛을 품었던 순자가 오늘은 문 쪽이 아니라 증조할머니가 있던 자리에 누워있다. 마치 증조할머니 품에 안긴 것처럼…. 언제나 그 자리에 다가가고 싶어 했는데 참으로 먼 길을 돌아 그 자리에 있다니…? 나는 이불을 꺼내어 자리를 깔고 순자를 깨웠다.

"일어나. 제대로 요를 깔고 자."

순자는 불현듯 눈을 뜨더니 일어나 앉아 주변을 둘러보았다.

"어디야? 여기가?"

나는 순자에게 얼굴을 들이밀며 말했다.

"나야, 나. 유정이."

"유정아…."

그제야 안심을 한 듯 아이처럼 환하게 웃었다. 내가 말했다.

"밤이야, 자야지. 화장실 먼저 갔다 와야지?"

"나 혼자?"

"나랑 가."

나는 순자를 데리고 화장실로 갔다. 다행히 화장실은 방 옆에 있다. 나는 화장실 문을 열고 순자가 볼 일을 마칠 동안 그대로 앉아 있었다. 엄마가 남편 수발을 드는 나를 위해 만들어 준 화장실이었다. 그래서 오늘은 엄마가 더욱 그립다. 순자가 이렇게 쓰니 엄마도 많이 좋아할 텐데….

목사님은 다음 날 허겁지겁 대문을 들어서며 크게 순자를 환영했다. 우두커니 마루에 앉아 있던 순자는 뜬금없이 나타나 기뻐 어쩔 줄 모르는 낯선 남자가 두려운 모양이었다. 흠칫 몸을 떠는 순자를 향해 내가 안심을 시켰다.

"목사님이셔. 놀라지 마."

80살 고령의 목사님은 이어서 순자의 손을 잡고 힘차게 기도를 한다.

"하나님, 감사합니다. 저도 김순자 자매를 위해 기도했는데 이처럼 저의 기도를 들어주셔서 감사합니다. 제 생애 얼마 남지 않았지만 주님께 돌아오는 자를 반갑게 맞이할 수 있도록 영육 간에 강건함을 주시옵소서. 예수님의 이름으로 기도합니다. 아멘."

내가 순자에 대한 말을 하면 목사님은 당신이 죽기 전에 회계를 시켜야 한다고 입버릇처럼 말씀을 하셨다. 하지만 나는 그 말이 이루어 질 거라고 생각해본 적이 없다. 순자가 고향으로 돌아올 일은 절대로 없을 거라고 잘라 말했는데….

목사님과 순자, 그리고 내가 십자가 밑에 모여 앉았다. 다행히 순자가 아주 순한 양처럼 고분고분 따랐다. 목사님은 성경책도 펼치기 전에 아랫마을 최 집사네 소가 송아지를 낳았다고 기뻐하셨다. 워낙 난산을 하는 소라 소 주인인 최 집사가 자나 깨나 당신에게 순산 기도를 시키더니 그 기도 때문에 순산을 했다고 너무도 좋아한단다. 그러면서 최 집사가 지난해 누렁이가 낳은 새끼, 순돌이가 꽤나 컸는데 장마도 끝났으니 잡아서 당신을 위한 몸보신을 해 주겠다고 벼르는데 어쩌면 좋으냐고 한 걱정이시다. 차라리 당신은 기도로 출산한 송아지가 크면 잡아서 먹게 해달라고 해도 최 집사는 한사코 순돌이를 잡을 태세란다. 목사님은 절대로 안 먹겠다며 나보고 최 집사에게 말 좀 해달라신다. 그러면서 이제 기도를 자제해야겠다고 하신다. 하나님은 당신이 기도를 하기만 하면 들어주어서 오히려 두렵다며 순자를 바라보았다. 하지만 어느새 순자는 책상 끝에 앉아 졸고 있었다. 목사님은 따뜻한 눈빛으로 순자를 한동안 바라보다 펼쳐진 성경책을 조용히 덮으셨다.

"비가 올 모양입니다. 습한 바람이 후끈합니다."

"그러네요."

"이런 날 공부 재미없죠?"

내가 이를 드러내고 살짝 웃었다. 순자가 그대로 바닥에 누웠다. 나는 얼른 베개를 끌어다가 순자의 목에 대 주며 민망한 듯 웃었다.

"아시죠? 순자가 정상이 아니에요."

"하지만 이곳에서 회복될 겁니다."

"정말요?"

"그럼요. 고향으로 돌아왔잖아요. 먼 길 떠나 주님의 품 안에 돌아왔으니 세상에서 받은 상처가 치유될 겁니다. 여기가 천국입니다. 바로 여기가…."

목사님은 십자가에 달리신 예수님을 한동안 바라보았다. 이어서 나를 바라며 말했다.

"오늘도 딴 길로 샐 수 있는 절호의 기회네요."

나는 펼쳐진 성경책을 접으며 아이처럼 환호했다.

"세상에, 하던 공부 않고 딴 길로 간다면 애나 어른이나 같은 마음인가 봅니다."

"매일 짜장면만 먹다가 탕수육 먹는 기분이라면서요."

목사님이 아이처럼 웃는다.

"그런데 오늘은 성경공부 합니다."

"정말요?"

내가 실망스러운 눈치를 보여도 목사님은 단호하다.

"룻기를 펼치세요."

"옛날에 했는데…."

"알아요. 옛날에는 룻이라는 여인이 시어머니를 극진히 모셔서 결국은 보아스라는 멋진 남자를 만나 대박 났다는 스토리로 여자들의 신데렐라 콤플렉스를 제대로 채워 주잖아요. 하지만 오늘은 그 시어머니 나오미를 집중 분석해 보려고요."

"……."

"먼저 1장을 소리 내어 읽으세요."

내가 읽기를 마치자 이번에는 요약 설명을 하란다.

"사사기 시대에 베들레헴에 사는 엘리멜렉이라는 사람이 그의 아내 나오미와 두 아들을 데리고 모압이라는 이방 지역으로 이주를 했어요. 더 나은 삶을 찾아 떠난 그들은 그곳에서 정착하여 두 아들을 그 지방 여인들과 결혼을 시키죠. 그렇게 10년을 살았는데 갑자기 남편과 두 아들이 죽어 졸지에 과부가 되었죠. 타지에서 모든 것을 잃고 혼자 목숨을 부지한 나오미는 생각다 못해 고향으로 돌아오려 합니다. 그래서 두 며느리에게는 그들의 고향 땅에 남으라 하는데 둘째 며느리 룻이 시어머니에게 함께 데려가 달라고 간청을 합니다. 나오미는 그런 룻에게 안 된다고 하지만 룻이 끝까지 고집을 하니 결국 데리고 고향으로 간다는 1장, 도입부라고 말씀하셨잖아요."

"그것까지 기억하세요? 우리 권사님에게는 가르치는 맛이 있다니까요."

엄마가 순자에게 했던 말인데… 목사님의 칭찬이 기쁘기만 하다. 칭찬은 고래도 춤추게 한다지만 칭찬받아보지 못한 내게 순자의 기분을 이해할 것 같았다.

나이를 먹어갈수록 미처 깨닫지 못한 것들이 봇물처럼 쏟아진다. 그런데 늙었다고 깨닫기를 게을리하면 결국 남은 것은 치매뿐이다. 내가 누군지를 모르고 자식이 누군지 모르고 어디에서 왔다가 어디로 가는지도 모르는 치매… 문득 두려운 생각에 빠져드는데 목사님이 나를 부른다.

"권사님!"

"네!"

"공부 중에 딴 생각하지 마세요."

"아, 네…."

"만일 권사님이 룻이라면 어떨 것 같아요?"

"저요?" 남편이 쓰러졌을 때가 생각났다.

"그때 엄마가 고향으로 내려오라고 했지만 정말 오고 싶지 않았어요. 아마 엄마의 강권이 없었다면 절대로 돌아오지 않았을 것 같은데요. 정말 죽기보다 싫었어요."

"권사님만 그런 것은 아닙니다. 어떤 사람도 실패한 상황에서 떠난 곳으로 절대로 되돌아가지를 못합니다. 연약한 사람은 망해 먹은 자리에 그대로 주저앉고 능력 있는 사람은 딴 길을 찾습니다. 룻기 1장에 돌아가라는 말이 반복해서 나옵니다. 원점으로 돌아가라? 과연 그 소리에 반응하는 사람이 몇이나 될까요? 더구나 호기 있게 떠난 그곳에 나를 아는 사람들이 남아있는 그곳으로? 여기 1장 19절을 읽어 보세요. 나오미와 룻이 고향인 베들레헴에 도착했을 때 온 마을이 떠들썩해졌다지 않습니까. 먼 길을 오느라 지친 두 여인을 바라보며 마을 여자들이 하는 소리 들어보세요. '이게 누구야? 나오미 아니야?' 무슨 뜻입니까? 꼴 좋다. 잘란 척하고 고향을 떠나더니 저 꼴로 오네."

"……."

"고향의 두 얼굴이죠. 나를 애타게 기다려 주는 그 무엇이 있거나 아니면 질시의 눈초리…. 그래서 실패하면 절대로 자의적으로 돌아오지 못하는 곳이 고향입니다. 그러나 하나님은 돌아가라고 합니다. 결국 극단의 상황에서 방향을 바꾸는 것은 내가 아니라 하나님이십니다. 고향 사람들의 따가운 시선에 나오미는 소리칩니다. '그래, 많은 것을 가지고 고향을 떠났지만 모두 잃고 빈털터리가 되어 돌아왔다. 그러니 이제 나를 더 이상 나오미라고 부르지 말고 마라라고 불러라. 이것들아!'"

목사님은 마치 나오미가 된 듯 소리를 질렀다. 코를 골던 순자가 멈칫한다. 목사님이 내게 묻는다.

"아시나요? 나오미와 마라의 뜻을?"

"나오미는 희락이고 마라는 쓴 물과 같은 괴로움이라는 뜻 아닌가요?"

"딩동댕… 기적입니다. 기적! 이렇게나 손발이 착착 맞으니…."

"목사님, 아무래도 죽을 때가 가까웠나 봐요. 목사님이 말씀하시는 것 다 알아듣겠어요."

"권사님, 내 앞에서 나이 타령하실 겁니까?"

"죄, 죄송합니다."

"하기는 70이나 80이나, 강건하면 80이라고 인간이 100살 산다고 큰소리치지만 80살이 넘으면 산 자나 죽은 자나 같다잖아요. 죽음의 문턱에 서 있는 주제에 여전히 떠날 곳에만 마음을 두니 가야 할 곳이 눈에 들어오겠어요. 그나마 권사님이 곁에서 갈 곳에 대한 공부를 함께 하니 제가 덜 외롭습니다."

"감사합니다. 그렇게 생각해주셔서…."

"이놈의 세상, 무슨 미련이 남았다고…? 나 죽으면 그만인 것을…. 누가 기억이나 하겠습니까? 세상 더 이상 알아서 뭐합니까? 이제는 갈 곳에 대한 것만 알아들으면 되지. 요즈음 내가 보니까 성공하는 사람들이 잘라서가 아니라 줄을 잘 선 사람이더라고요. 사실 인생길이라는 것이 끝이 안 보이는 길 끝에 서서 앞으로 가는 것 아닙니까? 그런데 그 줄이 어디로 연결되어 있는지 모르는데 가만히 보니까 그 줄을 유난히 잘 타는 사람이 있더군요. 그게 감각인지 아니면 분별의 능력인지는 모르지만…. 좌우간 능력이 없으면 줄이라도 잘 서야 하는데 분별력도 없는 인간들이 줄도 자기 안목으로 선택해요. 근데 줄 잘 서서 오다가 막판에 줄 바꾸는 사람도 있어요. 개판으로 살다가 막 판 줄을 잘 타는 사람도 있고…. 인생 별거 있나요? 막판 줄 잘 타야지. 예수님도 말씀하셨잖아요."

"첫째가 꼴찌가 되고 꼴찌가 첫째가 된다고… 마태복음에서."

"맞아요, 맞아. 세상에나…. 권사님!"

"모두 다 목사님 덕분이죠, 뭐."

"무슨 말씀, 오늘 저와 권사님과 더하여 순자 자매님과 있는 것이 우연이 아니고 그저 하나님의 계획이고 섭리입니다. 말씀드렸죠? 어리석기만 한 인간은 그저 믿는 자와 믿지 않는 자로 나뉠 뿐이라고…."

"계시에 눈을 뜬 사람인 거죠."

"내가 그 말도 했나요?"

"네. 세상 지식에 집착하는 사람과 위에서 보시는 하나님의 차원을 이해하는 사람…."

"아이쿠. 영락없는 동반자네. 생각을 나누고 영이 통하는 동지…. 노인

병원에 있는 우리 마누라는 이제 나도 못 알아봅니다. 60년을 함께 산 마누라가 나도 몰라보고 심지어 자식들도 몰라보니 그저 슬프기만 합니다. 내 죄가 큽니다. 하나님의 종인 목사 마누라가 치매에 걸려 세상에서 알았던 사람들을 모두 잊고 자신마저 잊고 천국은 어떻게 찾아갈지…? 다 내 탓입니다. 죽어도 안 맞는 나랑 사느라 골병이 들어서…. 이제 마누라 손을 잡고 함께 천국에 가고 싶다는 제 마지막 기도만 남았습니다."

목사님의 표정이 슬퍼진다. 좀처럼 속마음을 털어놓지 않는 분인데 사모님의 치매 증상이 심해져서 입원을 한 후로 달라진 모습이다. 그러나 가라앉는 목소리를 애써 끌어올리며 말했다.

"인간이 세상의 문을 열고 태어나는 순간부터 죽음을 향해 가는 것만 분명한데… 한 치 앞도 모르며 살다가 속절없이 죽으면서 잘난 척들은…."

"……."

"근데 권사님, 나는 옛날에 죽음의 문을 통과하면 천국과 지옥으로 나뉘는 줄 알았어요. 그러면 조금 억울할 것 같았어요. 근데 마태복음서에 보면 예수님께서 좁은 문으로 들어가라고 하십니다. 멸망으로 가는 길은 넓고, 그 길이 쉬워 많은 사람들이 그곳으로 가나 생명으로 가는 길은 문이 작고 그 길이 매우 좁아 그곳을 찾는 사람이 적답니다."

"그러면 문이 다르다는 소리인가요?"

"눈치챘군요. 역시 권사님이십니다. 죽음이라는 하나의 문이 아니라 죽기 전에 내가 선택할 수 있다는 겁니다. 죽기 전에…. 근데 그 문은 아주 좁고 가는 사람이 없어서 찾기도 어렵지만 막상 그 문 앞까지 가도 사탄이 떼거리로 앉아서 영안을 흐리며 호객행위를 한답니다. 죽기 전에 정신 바싹 차려야 합니다. 내가 누군지 어디로 가는지 모르고 멍청하게 있다가 사탄을 따라가 지옥 길로 직행하는 겁니다. 안 그래요?”

“아멘.”

순자의 코골이는 다시 이어졌다. 목사님은 그런 순자를 오래도록 내려다보았다. 그리고 십자가로 향한 시선이 내게 멈추었다.

“오늘 갑자기 이 이야기가 떠올랐습니다. 인생은 여행과 같습니다. 그러나 여행은 반드시 돌아와야 아름답게 남습니다. 남보다 거창한 여행을 했다지만 돌아오지 못했다면 그 여행이 아름다웠다고 말하지 않습니다. 여행길이 멀고 험해도 돌아갈 집이 있는 사람들은 두렵지 않습니다. 먼 길 떠난 나를 위해 열린 문과 꺼지지 않는 불빛을 생각하면 여행이 즐겁고 또 외롭지 않겠죠. 그러나 대부분의 사람들은 인생의 여행 중에 길을 잃고 결코 돌아오지 못합니다. 못 돌아오는 이유는 돌아올 때를 놓치거나 아니면 너무 멀리 가서 돌아올 수 없거나 혹은 그곳에서 이룬 게 너무 많거나 혹은 자신이 어디에서 왔는지 모르거나…. 하지만 더 큰 이유는 돌아올 집이 없어졌기 때문입니다.”

순자의 코 고는 소리가 천장을 뚫을 기세다. 그러다 순간 뚝 멈춘다. 저러다가 무슨 일 나겠지, 걱정이 들 만큼…. 이어 목사님의 목소리가 들린다.

“하나님 아버지는 항상 그 자리에 있는데 세상 부모는 집을 부숴 버리고 같이 떠돌아다녀요. 하지만 인생길, 누군가를 떠나보내고 다시 누군가를 맞아들이는 고리가 엮여야 원래의 자기 모습을 찾습니다. 왔던 곳으로 돌아가야 하는…. 그래서 시작의 지점으로 반드시 돌아와야 내 원천을 압니다. 정처 없이 떠도는 나그넷길이 인생이라고요? 아닙니다.

반드시 돌아와야 하는 순례의 길입니다."

꽤나 오랫동안 이어진 순자의 무호흡이 풀리고 길게 내쉰다. 나도 따라 숨을 내쉰다.

"순자 씨는 긴 여정을 마치고 이렇게 하나님 품으로 돌아왔으니 그 시작을 찾지 못할 리 없죠. 또 항상 문을 열어 놓고 등불을 꺼지지 않게 지킨 우리 권사님, 하나님 보시기에 얼마나 아름답습니까? 젊어서는 멋모르고 떠돌아다니지만 노년의 인생, 세상이 유혹하는 것들을 내려놓고 누군가의 고향이 되어야 합니다. 옛날 옛적에 우리 부모님이 그랬던 것처럼…."

순자는 빠르게 좋아지고 있었다. 잠이 많이 줄었다. 깨어 있으면 어미 닭 쫓는 병아리처럼 내 뒤를 따라 다니더니 점차 혼자 움직이기 시작했다. 화장실도 혼자 가고 내가 부엌에 있으면 마루에 느긋하게 혼자 앉아 있다. 그러나 내가 느끼는 변화일 뿐 어쩌다 보는 이에게는 무기력한 모습 그대로이다. 순자를 치료했던 의사가 뇌에 손상이 온 것이 아니기에 치료만 잘하면 완전 회복까지 가능하다고 했단다. 할 수만 있다면 믿을만한 사람이 곁에 있으면서 환자 취급을 하지 말고 정상인처럼 대하라며….

은혜는 특별한 일이 없으면 순자를 보러왔다. 처음에는 걱정과 의무감이 내재된 마음으로 왔지만 점차 오는 즐거움에 빠지는 것 같았다. 고즈넉한 농촌이 마음에 드는 모양이었다. 그래서 은혜는 계획한 시간보다 더 지체하는 날이 많았고 내가 해주는 음식도 아주 즐겨 먹었다. 처음에는 밥때를 피해 오더니 노골적으로 밥때를 맞추어 온다. 내 입장에서 보면 외롭고 고독한 농촌에 누군가 온다는 것이 즐겁고 기쁜 일이었다. 그러나 은혜도 순자처럼 미안한 표정을 지으며 값비싼 과자와 과일을 들이

밀었다. 나는 그것을 순자와 나누어 먹을 생각에 마냥 기뻐 받는다. 예전에 엄마가 했던 그 모습 그대로. 등장인물만 바뀌는 무대 위에서. 은혜는 내 곁에 앉아서 순자에 대한 관심보다는 자기 말을 더 많이 했다. 순자처럼…. 순자는 은혜만 오면 잠을 잤다. 나도 엄마와 순자가 마주 앉아서 이야기꽃을 피우고 있으면 슬그머니 내 방으로 오고는 했었다.

하지만 얼마 지나지 않아 나는 순자가 일부러 자는 척을 한다는 것을 알았다. 순자가 낮잠을 자는 안방과 은혜와 내가 이야기를 나누는 마루와의 경계선은 창호지가 붙여진 허술한 방문이 전부다. 그나마 겨울이 오기 전까지 문은 항상 열려있어 같은 공간이다. 그해 여름을 화폭에 담으라면 녹색을 배경으로 문이 열린 안방 안에 누워 있는 순자가 보이고 나와 은혜는 마루에 앉아 있는 전경이다.

그 여름이 가더니 이내 가을도 가려 하고 있다. 순자는 가을걷이를 하는 나를 도울 만큼 건강해졌다. 목사님과 함께 하는 성경공부 시간에 졸지도 않았다. 십자가상 아래에서 마주 앉아 저녁 예배를 보면서 순자는 눈물을 펑펑 흘렸다. 새벽 예배를 가는 나를 따라오기도 했다. 이제 순자도 성경책을 끼고 살았다. 드라마 대신에 기독교 방송을 시청하면서….

김장까지 마치고 우리는 드디어 겨울 동면에 들어갈 준비까지 마쳤다. 김장 끝에 나온 시래기도 엮어 처마 밑에 매달고 무말랭이도 만들고 늙은 호박과 고구마, 감자도 저장고에 쌓아 놓았다. 이제 어떤 추위도, 천지를 파묻어 버릴 기세로 퍼붓는 눈이 와도 끄떡없다. 더하여 서로의 온기를 나누는 친구까지 있으니 더없이 행복하다. 엄마가 죽고 남편이 죽고 혼자 살면서 나는 괜찮다고 했지만 정말 외로웠던 모양이었다. 견디면서도 좋다는 표현을 즐겨 쓴 것은 혹여 나를 측은하게 볼까 봐 방어

기전이 발동된 것도 모르고. 정말 순자가 새록새록 귀하게 느껴졌다. 둘은 방의 온도를 높이고 방바닥에 등을 대고 나란히 누웠다.

"아, 따뜻하다."

순자가 행복한 듯이 말했다. 겨울 초입이라 날이 저물자 기온이 급격하게 떨어지고 있다. 바람도 추운지 문고리를 잡고 열어 달라고 덜컹덜컹 흔들어 댄다. 순자가 말했다.

"바람이 많이 불어."

"그러게. 재도 추운가 봐."

"나도 그 생각했는데. 우리는 생각도 통하나 봐."

둘은 오래된 얼룩들이 요란한 낮은 천정을 바라보며 누워있어 표정은 서로 볼 수 없지만 웃고 있는 것이 분명했다. 그때 전화벨이 울렸다.

"누굴까? 이 시간에 정선인가? 아니면 며느리?"

내가 수화기를 들자 은혜의 목소리가 들려왔다. 은혜는 가을이 되면서 오지를 못했다. 영화 촬영이 시작되었는데 국내는 물론 해외촬영까지 한단다. 그래서 촬영 도중에 간혹 전화를 해왔다. 물론 순자와 통화를 하지 않고 나에게 순자의 상태를 물어왔다. 나는 많이 좋아졌다고 순자를 바꾸어 주려고 하면 순자는 단호하게 거절을 했다.

하지만 오늘따라 표정이 좋은 순자를 바꾸어 주려는데 입을 다물고 손가락으로 X자를 긋는다. 은혜도 기대하는 것 같지 않았다.

"엄마는 자죠? 미안해요, 어머니. 저희 짐을 맡기고 이처럼 자주 찾아뵙지도 못하고…. 지성이가 장가를 가서 와이프라도 있으면 좀 나을 텐데. 제 동생이지만 언제 철이 날지 걱정이에요."

"내 기쁨이라고 했잖아. 여기는 잊고 촬영이나 잘해."

"네. 감사합니다."

나는 수화기를 내려놓고 순자의 속내를 물었다.

"왜 애들과 대화를 하려 하지 않아?"

"이렇게 잊혀지고 싶어서."

"왜?"

"나는 여기가 좋아. 이렇게 이대로 사는 게 나는 너무 좋아. 나를 알았던 모두에게 죽었다는 생각이 들 만큼…."

"자식은 아니잖아. 은혜 걱정이 이만저만이 아니야."

"살아 있는 아비와도 의절하고 살면서 무슨…? 어차피 나 먼저 죽어. 인생 그렇게 홀로 살다 홀로 가는 거야. 서로를 사랑한다고 짐을 지고 지우면서 결국 미움만 남았어. 생각해보니 자기를 드러내는 능력만큼 상대에게 짐을 지우면서 정작 자기를 잊고 살아. 언제부터인가 나를 잊고 말았어. 하나님은 내가 세상에서 무슨 일을 했는지 묻지 않으신대. 네가 누구냐고 묻는다잖아. 사실 한 일을 따지만 나도 할 말은 많은데 누구냐고 물으니 정말 할 말이 없는 거야. 죽기 전에 나를 알아야 하는데."

"……."

"유정아, 부탁인데 애들한테 내 상태가 나아졌다는 말을 당분간 하지 말아줘."

겨울이 깊어지고 있었다. 100년 만에 찾아온 혹한이라며 병원마다 감기 환자가 넘쳐난단다. 그러나 나와 순자는 살을 맞대고 겨울을 따뜻하게 보내니 강 건너 불구경이다. 봄을 생각하기에는 이른 정월인데 벌써 마음은 봄이다. 남은 세월이 얼마 남지 않았는지 마음만 앞서간다.

이른 봄에 심을 모종 씨를 고르고 있는데 전화가 걸려왔다. 혜경이다.

"어머니, 저 임신했어요. 축하해 주세요."

나는 가슴에 손을 얹고 말했다.

"아, 하나님 감사합니다."

그렇게 봄이 시작될 모양이다. 분명 혜경이 태중에 있는 손주를 생각하는 것만도 벅찬 한 해가 될 것 같았다.

"부디 몸조심하고. 기도하마."

너무 감사해서 오랫동안 바닥에 머리를 묻고 눈물로 기도를 마치고 나니 마주 앉아 씨를 고르던 순자의 눈에 눈물이 가득하다. 기도 때마다 갈구했으니 순자는 내가 얼마나 간절히 원했는지 안다. 순자는 십자가를 한동안 바라보았다. 그러다 긴 한숨 끝에 말을 했다.

"어머니, 보고 계세요? 자식을 위해서 기도만 하라고, 예전에 어머니가 내게 했던 말…, 자식을 위한답시고 일을 저지르지 말고 오로지 소원을 두고 기도만 하라고…."

저녁을 먹으려는데 차의 엔진이 멈추는 소리가 들려왔다. 방문을 열고 내다보니 열린 대문으로 은혜가 들어서고 있다. 전화도 없이 나타난 모습에 순자가 더 놀란다. 나는 마루 끝에 서서 은혜가 다가오는 것을 바라보았다. 며칠 전에 내린 눈이 녹지를 않고 그대로 있다. 은혜의 뒤를 이어 발자국이 따라오고 있었다. 마루 밑에서 겨울이 끝나기를 기다리던 복실이도 사람이 그리웠던지 한달음에 은혜에게 다가가 꼬리를 흔들어 대고 뒤를 졸졸 따라왔다.

"웬일이야? 연락도 없이 길이 미끄러울 텐데…."

내가 걱정스럽게 묻자 은혜는 웃지만 애쓰는 것이 역력했다. 순자는 은혜가 방에 들어설 때까지도 그대로 방바닥에 앉아 있었다.

"앉아서 밥 먹어. 마침 밥을 먹으려던 참이다."

내가 권하자 은혜가 미안한 표정이다.

"제 밥도 있어요?"

"그럼, 우리 집은 항상 여분의 밥이 있어. 걱정하지 말고 먹어."

"촬영장에서 그대로 나와 시간이 이렇게 된 줄 몰랐어요."

"숟가락 하나만 더 얹으면 돼. 이것으로 먼저 먹어."

나는 은혜를 내 밥그릇 앞에 앉히고 부엌으로 갔다. 은혜가 밥상에 마주 앉을 때까지 순자는 말이 없다. 내가 부엌에서 밥을 퍼서 자리로 돌아올 때까지도 둘은 말이 없다.

나는 둘의 눈치를 살피며 말없이 밥만 퍼 올렸다. 이윽고 은혜가 입을 열었다.

"촬영장이 근처예요. 잠시 틈이 나서 무작정 나왔어요. 오랫동안 떠돌아다니니까 너무 지겹기도 해서 바람이나 쏘이려고…"

그래도 반응이 없는 순자를 바라보며 내게 물었다.

"엄마는 좀 어때요?"

"많이 좋아졌어."

그러나 은혜 앞에서 굳은 표정을 짓고 있는 순자는 전혀 좋아져 보이지를 않는 모양새다. 조금 전까지 그토록 말을 잘했던 순자라고 믿기가 어려웠다. 그런 두 모녀를 남기고 밥상을 치우면서 부엌에 더 머물렀지만 조용하기만 하다. 결국 과일을 곁들인 찻상을 들고 방으로 들어갔다. 순자는 이내 피곤하다며 그대로 자리에 누워 버렸다. 은혜는 그 모습을 걱정스럽게 바라보았다. 나는 민망한 마음에 은혜에게 변명을 했다.

"엄마 많이 좋아졌어. 걱정하지 마. 조금 전까지 나랑 얼마나 많은 이야기를 했는데…."

은혜는 쓴웃음을 지으며 말했다.

"어머니가 저를 위로하느라 거짓말을 하시던가 아니면 엄마가 내게 대한 분노가 풀리지 않았던가 둘 중에 하나겠죠, 뭐. 엄마는 제게 화를 잘 안 내지만 한번 화가 나면 그동안 애써 참았던 것을 한꺼번에 폭발하는데 눈도 마주치지 않고 말도 하지 않아요. 화해의 기간으로 분노의 양을 계산하면 돼요. 아마도 이번은 평생의 분노를 내게 퍼붓고 있는 것 같아요. 하지만 멀쩡한데 분노로 내게 일부러 그랬으면 저도 좋겠어요, 제가 견디기만 하면 언젠가 풀리니까요."

은혜와 나는 찻상을 마주하고 앉았다. 순자는 은혜와 등을 지고 모로 누워 있다. 하지만 잠에 빠지면 여지없이 들려오는 코골이 소리는 들리지 않는다. 가을에 잘 붙여진 문풍지가 바람 끝에 파르르 소리를 내며 떨어댄다. 겁쟁이 복실이가 컹 짖어대는 것이 스치는 칼바람에 화들짝 놀란 것 같았다. 겨울의 밤은 그렇게 깊어가고 있었다. 찻잔을 들고 있던 은혜의 손이 가늘게 떨리면서 이내 눈물을 쏟기 시작했다.

"어머니…!"

나는 걱정스럽게 은혜의 눈물을 바라보았다. 안 좋은 일이 생긴 것이 분명하다.

"어떻게 살아야 할지 답이 안 나와요. 이제 얼추 제 인생에 절반을 산 것 같은데…."

"사는 게 다 그래. 그러면서 세월 가고 나이를 먹어 가는 거야."

위로를 한답시고 그렇게 말을 했다. 은혜는 찻잔을 내려놓았다. 나는 비지도 않은 잔에 차를 더 따랐다. 은혜는 그 찻잔에 시선을 준 채 조용히 불렀다.

"어머니…!"

"……."

"그 남자가 재혼을 한데요."

"그 남자라니?"

"전 남편요."

찻잔에 잠긴 은혜의 시선은 그대로 있고 은혜의 등 뒤로 보이는 순자의 등이 움찔한다. 나는 아주 침착하게 말했다. 호들갑스럽게 받아들이면 은혜가 더 슬퍼할 것 같기에.

"결혼해야지. 벌써 몇 년이야. 남자는 혼자서 오래 못 살아."

"그 남자 혼자 산 적 없어요. 결혼만 안 했지."

은혜가 찻잔에서 시선을 거두고 나를 바라보았다.

"그렇게 오랫동안 비워두었다가 막상 결혼을 한다는데 웬지 하늘이 무너지는 것 같았어요. 정말 사랑했느냐고 물으면 아니라면서도 이건 무슨 마음이죠?"

결국 은혜가 눈물을 쏟기 시작했다. 순자의 어깨도 흔들린다. 나는 은혜에게 티슈 함을 건네며 말했다.

"사랑이라기보다 사람이기 때문이야. 사람의 마음이 그렇잖아. 미련이 남는 것."

은혜는 휴지를 몇 번이나 뽑았다. 순자의 등도 세차게 흔들렸지만 끝내 자세를 바꾸지 않았다. 은혜가 말했다.

"사랑도 모르고 결혼한 남자의 아이를 둘이나 낳고 살면서도 연기에 대한 미련을 버리지 못했어요. 사람들은 남들이 부러워하는 자리에 앉아서 왜 그런 것에 미련을 두냐고 하지만 그때는 그것이 못다 핀 꽃 한 송이처럼 나를 유혹했어요. 너무 철이 없는 나이였어요, 준비도 되지 않았는데 감당하기 어려운 역할을 맡은 셈이죠. 지금 같으면 정말 잘할 수 있는 역할인데, 어린 나이에 남편은 밖으로 돌고 시어머니의 간섭은 견딜 수가 없었어요. 내가 낳은 자식인데도 내 차지가 아니었어요. 나는 점점 외로워지기 시작하면서 이탈을 꿈꿨죠. 강에는 언제든 떠날 준비가 되어있는 배가 있었으니…."

은혜가 차를 마신다. 이어서 은혜의 촉촉한 음성이 들려온다.

"어떨결에 이혼을 했어요. 결혼이 무언지 모르고 한 것처럼 이혼도 그렇게 하고 말았어요. 아이들과 이별할 준비도 못 한 채 그냥 집을 나왔어요. 그리고 허겁지겁 강을 건넜어요. 그런데 이번에는 용감하게 그 배를 불살라 버렸어요."

은혜의 눈에서 눈물이 다시 떨어지기 시작하고 순자의 어깨도 들썩인다.

"무엇이 급하다고? 바람 불 때는 바람이 그치기를 기다리라 했건만, 그 새를 못 참고 강을 건너자마자 남들이 소리치는 대로 움직였죠. 하기는 내 마음에 앙갚음이 있어 그들과 손을 잡고 시어머니와 남편에게 보란 듯이 광대놀음에 뛰어든 거죠. 아직도 부릴만한 재주가 남았기에…. 흔히 자신감이라지만 지나보니 무모한 도전일 때가 더 많았어요. 시작에서 그것이 인생에 독이 될지 해가 될지 과정 중에는 몰라요. 그저 끝이 나야 알게 되기에…."

"……."

"또한 하나를 얻으면 반드시 하나를 잃는다는 소리를 들었죠. 하지만 잘 나갈 때는 그런 소리를 무시해요. 오히려 다 가질 수 있는 것을 증명해 보이겠다고. 하지만 모든 것을 잃은 뒤에 비로소 그 말이 생각나죠. 하지만 여름날 불나방은 화려한 불꽃을 보고 결코 참지 못하고 뛰어들어요. 날 수만 있다면 누구든 하는 거죠. 날지 못하기에 그 불빛에 뛰어들지 못하는 것뿐이에요."

순자의 어깨는 쉼이 없이 흔들리고 은혜는 흐르는 눈물을 닦았다.

"또 세상은 결코 내 편이 아니라는 것도 알았어야 했어요. 잘 나갈 때는 세상이 내 편인 줄 알고 그들의 바람에 따라 춤을 추는 거죠. 한 편의 드라마로 뜨더니 이번에는 재벌가의 여인으로 변신한 멋진 인생. 모든 여자들이 꿈꾸는 신데렐라의 로망을 내가 해냈지만 결국 나를 시샘하는 눈빛으로 돌변했죠. 그런 사람들의 입방아에 끊임없이 오르내리면서 그들이 친 그물에 제가 다시 걸려들고 만 거예요. 강을 건너오자 사람들은 이번에 나를 귀환한 여왕이라고 또 환호했어요. 나는 정말 내가 그런 줄 알고 그동안 결혼에 억눌려 하지 못한 것을 마음껏 뽐냈어요."

마루에 있는 괘종시계가 9시를 알린다. 안방과 건넌방을 연결하는 마루의 정면에 놓인 괘종시계는 내 기억의 시작부터 존재했다. 나보다 나이를 훨씬 더 먹었지만 그 이상은 알 수가 없다. 분명한 것은 오늘까지 결코 멈춘 적이 없다. 부엉이 얼굴처럼 크고 둥근 시계 판의 하단에 있는 구멍으로 태엽을 감아준다. 시계 판은 세월의 흔적처럼 누렇게 변해 있지만 생명의 원천인 구멍은 갈수록 선명하다. 그곳을 통해 증조할머니가 밥을 주었고, 이어서 할머니 그리고 엄마… 이제 내 차례다. 물론 나도 그들처럼 시계를 멈추게 한 적이 없다. 과붓집에 운명을 같이한 시계의 울림은 무겁고 느리게 이어지는 타종 같은 여운이 느껴진다. 문득 은혜가 말했다.

"에밀레 종소리 같아요. 에밀레라… 에밀… 에미 때문에…. 신라 시대에 시주를 받으러 온 스님에게 줄 것이 없다며 농담처럼 '옜다 우리 아이나 가져가세요' 했다는…. 그러나 어미의 말대로 그 아이는 결국 울리지 않는 종에 녹아들어 가고 말았는데 이후로 종이 울리기 시작했다는, 종이 울릴 때마다 엄마 때문이라고 울어댄다는 에밀레종…. 갑자기 왜 이 이야기가 생각나는지? 어미와 자식, 나도 엄마를 많이 원망했었어요. 하지만 내 자식들도 나를 원망하고 있을 겁니다. 미치겠어요."

은혜가 다시 눈물을 쏟았다. 종소리가 멈춘 지 한참이 지나도록 은혜의 울음은 그칠 줄 몰랐다. 무릎 앞에 쌓인 젖은 휴지가 산을 이룰 지경이었다. 가엾은 것…. 이윽고 은혜가 애써 울음을 삼키며 말을 시작한다.

"어머니, 요즈음은 애들이 정말 너무 보고 싶어요. 솔직히 함께 살 때는 이처럼 귀한 줄 몰랐어요. 성취할 무엇이 남아있다는 생각이 들 때는 자식도 그렇게 사랑스럽지 않았거든요. 내 마음의 갈증이 내 자식들을 충분히 사랑할 마음조차 남기지 않았으니, 때론 내 인생에 걸림돌이 된다는 생각까지 하면서…. 그래서 자식 사랑, 자식 사랑, 하지만 냉정하게 보면 자기 사랑이 먼저예요. 나의 한계에 도달하면 그때 가서 자식에게 집착을 하는 것뿐이죠. 사랑이라는 이름으로…."

순자는 계속 우는 모양이었다. 그러나 은혜는 한차례 폭풍을 보내고 오랫동안 연습해 온 대본을 실수 없이 읽어 내려가려는 것 같았다.

"또 여자에게 자식을 낳기 전과 후가 이렇게 다를 줄 몰랐어요. 아이를 낳기 전에는 세상은 두렵기만 했어요. 그런데 아이를 낳고 나니 세상에 두려울 게 없어졌어요. 결혼하고 특별히 할 일이 없던 나는 매일 텔레비전 앞에 앉아 연기하는 사람들을 평가하는 거죠. 배운 게 도둑질이라고 잘하는 연기자를 보면 나도 저 정도는 충분히 할 텐데, 연기가 부족한 사람을 보면 저렇게 하면 안 되는데 하면서. 그런 아쉬운 마음속에 칼을 갑니다. 기회가 되면… 하면서. 이미 내 마음속에 기회를 만들겠다는 계획이 선 겁니다. 단지 기회를 보는 거죠. 우연이 아니죠. 결국 내가 기어코 강을 건넜어요. 이제 두려울 것이 무어냐고 반문하면서, 애도 둘이나 낳았는데…. 어떤 연기도 소화해내는 연기자로 성공하면 그까짓 것…. 하지만 두려울 게 없다는 것이 더 거대한 두려움과 연결될 수 있다는 것도 지나서 알아요."

하기는 나도 고통 속에 자식을 낳고 나니 큰일을 해낸 것 같았다. 그래서 자식을 앞세워 시댁 식구나 남편에게 제법 큰소리를 쳤던 것 같았다. 그러나 그 자식이라는 가지가 커지고 내 품 안을 벗어나면서 상상을 초월하는 걱정과 근심이 되어 돌아왔다. 문득 은혜가 묻는다.

"어머니, 19금 얘기해도 되요?"

"19금?"

"미성년자 관람 불가라는 소리죠."

"아하…."

"오늘은 그냥 내 마음속에 있는 생각을 말하고 싶어요. 되죠?"

"그럼, 나도 그런 얘기 좋아해."

"연기를 해보니까 대본을 읽고 단순히 이해해서 할 수 있는 연기가 있고 몸으로 체득해야 표현이 되는 연기가 있었어요. 그중에 경험이 없으면 절대로 할 수 없는 것이 딱 하나 있어요."

"뭔데?"

"정사 신… 흔히 섹스라고 하는데…."

"알아!"

톤이 오른 목소리가 후다닥 튀어나오는 것을 보니 쿨한 노인인 것처럼 보이려 애는 썼지만 얼굴은 붉어졌다.

그러나 남녀 간에 사랑을 몸으로 나누는 장면이 워낙 흔하다 보니 그저 젊으면 누구나 쉽게 표현할 수 있을 것 같은 내 생각이었는데… 사실 정선이와 대화를 하면서 또 그만큼 단련이 되었다. 내 딸 정선이도, 순자의 딸 은혜도 중년에 갑작스럽게 찾아온 인생의 무게를 느끼는 모양이었다. 누가 젊음을 아름답다고 했나? 생각해보니 빚진 것이 없어 마음껏 즐겼기 때문이 아닌가. 젊음에 취해 멋모르고 알게 모르게 지은 빚들은 작은 파도에 실어 바다로 흘려보냈다. 그런데 먼 바다에서 사라져 버린 줄 알았던 청춘에 진 빚들이 고리대금으로 부풀어 오른 거대한 파도를 만들어 괴물처럼 달려 올 줄이야… 중년에. 은혜가 말을 했다.

"세상에 아름다운 게 많다지만 인간의 육체만큼 아름다운 것이 없대요. 세상에 수만 가지 소리가 있다지만 인간의 목소리만큼 아름다운 게 없대요. 세상에 어떤 기쁨도 사랑하는 이와 몸을 섞으면서 느끼는 그 기쁨과 비교할 수 없대요. 그래서 역사 속에 수많은 예술가들은 그것을 진짜처럼 재현하려고 애를 쓰는 거래요. 음악에서, 그림에서, 영상에서…. 그런데 한결같이 하는 말이 있어요. 그냥 안 된다고… 혼을 불어넣어야 한다고. 특히 어울려야 하는 것들은 혼을 섞기가 더 어렵대요. 울리지 않는 종을 울게 만들 만큼…. 인간의 섹스는 가장 추한 모습에서 최고의 모습까지 갈 수 있대요. 성적인 타락은 인간이 상상을 초월하지 못하는

지경까지 내려가지만 신의 경지라고 느끼는 단계까지도 올라간대요. 그것은 인간이면 누구나 경험해 보고 싶은 열망을 품고 살아간대요.”

“…….”

“그래서 내가 생각해 봤어요. 인간은 태어나는 순간부터 섹스에 대한 갈등이 시작되고 이어서 열망을 품고 살아가고 결국 미련을 가지고 죽는 것 같아요. 알고 싶은 호기심에 전부를 걸다가 막상 알았다고는 하나 그것이 또 전부가 아니었다는 것을….”

문득 나도 그런 과정을 거친 것 같았다. 남녀가 부둥켜안은 장면만 봐도 민망하다고 눈을 돌리기는 했다. 하지만 지독히 궁금했지만 막상 결혼을 하고 남편과 잠자리를 하고 나니 그것도 별거 아니라는 생각을 하기는 했었다. 그러나 그것이 전부가 아니라는 것도 남편이 죽어서 알았다. 사는 고통이 그만큼 크다 보니 생각도 하지 않는다고 말할 뿐이다. 되돌아보니 남편과 사랑을 나누던 그때가 꿈같다. 하지만 시댁 식구들 눈치 보고 커가는 아이들 신경을 쓰느라 온전히 둘만의 사랑을 즐기지 못했다. 특히 남편은 결벽증이 있고 술도 즐기지 않고 내성적이라 밖에서 여자관계를 몰래 갖지를 못해서 언제나 내 몸만 탐했다. 하지만 기쁘게 응해 준 적이 없다. 늦게까지 집안 일이 있고 또 새벽에 일어나야 하는 고달픈 삶을 살았으니 남편의 요구를 제때에 들어줄 수도 없었다. 그래도 신기하게 내 자궁에 아이가 들어섰다. 배가 제법 불룩해지면 남편을 절대로 곁에 오게 하지를 않았다. 거기다가 두 아이 모두 돌이 지나도록 모유 수유를 고집했다. 정선이가 두 돌이 지나고 또 아이가 들어섰다. 하지만 임신 5개월 만에 유산이 되는 고통을 겪었다. 그 충격으로 남편과 잠자리를 의도적으로 피하기도 했었다. 문득 남편이 몹시 외로웠을 것 같다는 생각을 했다. 그도 나도 그 젊은 날 축복처럼 부여받은 열정을 제대로 쓰지 못하고 미련만 남았다.

"사실 결혼 전에는 경험해 보지 못한 섹스가 막연한 호기심과 두려움의 대상이었거든요. 인간은 태어나면서 남자와 여자가 외형이 뚜렷이 다른 그것에 눈을 뜨면서 갈증이 시작되죠. 나와 다른 저것은 무엇일까? 누가 가르쳐 주지도 않았는데 공연히 부끄러워 몰래 훔쳐보는…. 더구나 그것이 합쳐진다는데 그 느낌은 어떤 걸까? 심리학자 프로이트는 그것으로 인간의 심리를 분석할 만큼. 저도 너무 궁금했어요. 더구나 어린 나이부터 연기를 하니 항상 호기심에 차서 알고 싶었어요. 사춘기에는 몰래 포르노도 보고 음란 서적도 보고, 대학에서 교양과목으로 보건학을 공부하기도 했지만 정말 알 수가 없었어요. 가끔 집적대는 남자와 술김에 경험을 해보고 싶었지만 절대 금기였죠. 엄마는 결혼 전에는 그런 일이 벌어지면 혀 깨물고 죽는다고 엄포를 놓았으니까요. 남자에게 성 경험은 사춘기를 전후해서 반드시 치러야 하는 과제 같은 것이라면 여자에게 성 경험은 호기심과 두려움의 대상이었어요. 대학에 입학할 때까지 남학생들은 총각 딱지가 붙어 있는 것을 수치로 생각하는 것 같았어요. 더구나 연극영화과를 다니다 보니 스스로 영혼이 자유롭다는 남자들의 거침없는 섹스에 대한 경험담을 들으며 그저 눈만 깜빡였죠. 과 동기생들과 어울려 함께 술을 먹다가도 자정이 임박하면 남자 동기들은 애들은 가라며 여자들을 따돌리고 음습한 골목길로 사라졌죠. 물론 골목 끝에는 사창가가 있는 것도 알지만 그저 마음씨 좋은 아줌마처럼 뒤돌아 집으로 오고는 했습니다. 그렇게 배워서, 들어서, 보아서 알기는 하겠어요. 하지만 느낌은 모르겠어요. 물론…."

은혜가 잠시 숨을 고른다. 그러다가 살짝 얼굴을 붉힌다.

"알고 있는 지식을 상상하며 자위도 해 봤어요. 그런데 그것도 만족하지 않았어요. 죄의식마저 들어 사춘기를 지나 그만두었어요. 아무튼 어떤 책을 보든, 영화나 드라마를 보아도. 심지어 꿈을 꾸어도 내가 경험한 만큼이에요. 그래서 갈증이 더 심해지는…."

나는 은혜의 솔직함에 움찔했다. 노인이 되니 표현이 서툰 것이 아니라 솔직함을 잃어버렸다는 생각을 하게 했다. 꽤나 진지했던 은혜가 피식 웃는다.

"웃겨요. 사실 광대답게 살면 되는 것을…. 연기를 위해서 자유분방하게 살았어도 되지 않았을까 하는 생각도 가끔 했어요. 경험하지 못한 것에 대한 호기심과 두려움이 결국 자신감을 잃게 만들었고 한 남자에게 전생을 걸게 됐는지도 모르죠. 사실 결혼이 엄마 탓이라고 하지만 전적으로 제 탓이에요. 사실 저도 그러고 싶었거든요. 광대랑 놀면서 나는 너랑 달라. 뭐 이런 마음 아니겠어요? 세상에는 중간 지대가 없는데 어정쩡하게 있으면서 내 입맛에 맞는 것만 하려 했으니…."

"……."

"그토록 호기심과 두려움에 싸여 남편과 치른 첫날 밤… 선수인 남편은 마치 의무 행사를 치르듯 하고 이내 피곤했는지 잠에 빠져들었어요. 낯선 나라에서 바다가 전면에 보이는 호화 호텔이라지만 밤은 깊어 어둠에 싸인 룸 안에서 돌아선 남편의 등만 희미하게 보이고… 그냥 울었어요. 그때 누군가 왜 울었냐고 물으면 잘 모르겠다고 대답했을 거예요. 정말 그토록 바라고 고대하던 것을 알았는데 왜 그처럼 홀로 슬펐는지? 하지만 지금은 알 것 같아요. 고독했어요. 세상에 마치 혼자 남겨진 것처럼…. 어쩌면 오랫동안 익숙한 헌 이불을 빼앗기고 손에 들린 화려한 새 이불을 받아 든 기분이었다고나 할까? 여자로 태어나 이래로 간직해 왔던 그 순결을 잃고는 비로소 알게 된 그 느낌…."

문득 은혜가 장난스러운 표정을 지으며 물었다.

"아 참, 어머니는 어떠셨어요?"

"나…?"

나는 갑자기 얼굴이 붉어졌다. 이 나이에도 부끄럽다니….

"부끄러웠어. 너무 부끄러워 아침에 사람을 보기가 민망할 정도로…."

"저도요. 부끄럽고 실망스러웠어요. 흔히 영화에서 보는 장면처럼 행복하게 잠이 드는 것이 아니라 머릿속만 복잡했어요. 그저 창피하고, 하등 동물 같다는 생각도 들고…. 그리고 허무했어요. 뭐야? 고작 이거야? 물론 기분은 그랬지만 내 몸이 비로소 그 느낌을 알아냈죠. 그래서 세상을 깔보기 시작하나 봐요. 그토록 간직한 비밀이 별거 아니라는 사실을 알아내고…. 그러나 그것이 끝이 아니었어요."

은혜가 얼굴을 감싸며 괴로워한다. 멈추었던 눈물도 다시 흐른다. 은혜가 눈물을 닦으며 다시 말을 한다.

"열망처럼 정사 신을 멋들어지게 찍었다는 영화가 개봉되자 세상은 나를 쿨한 여자라고 환호했지만 사실 또 미친 짓을 한 거예요. 예술은커녕 낯 뜨거운 포르노일 뿐이었어요. 그토록 고대하던 남자를 알면서 남자를 유혹하고 멋지게 부릴 생각이었는데 그로 인해 내 자궁에서 자란 아들, 그 아들이 남자로 커간다는 것을 미처 생각 못 했어요. 그러면서도 인간은 방향이 결정되면 절대로 돌아 나오지 못해요. 설사 들어선 길이 죽음의 길로 연결된다는 것을 뒤늦게 알아도 제 선택에 집착하면서 갈 뿐이에요. 그리고 자기 암시를 걸죠. 길도 바뀔 거라고…."

"……."

"남녀 공학을 다니면서 알아낸 것이 있어요. 남자의 심리에는 누구보다도 자신의 엄마가 순결한 여인으로 남아 주기를 고대해요. 자신이 나온 자궁이 순결한 자신의 것만이 되기를 고대하는지… 아버지가 아닌 다른 남자에게 정복당하면 광폭해지는 것 같아요. 때론 아버지도 공격하는 오이디푸스 콤플렉스. 남자들이 거친 욕설이 주로 상대의 엄마를 성적으로 모욕하는 것도 그런 심리 아니겠어요? 광대춤을 추면서 예술을 운운하고 대중의 기대에 맞춘다며 내 자식을 아프게 한 거죠. 에밀레종처럼… 요즘 들어내 아들 휘성이만 생각하면 죽고 싶어요."

은혜가 더는 참지 못하고 소리 내 운다. 물론 순자도 운다. 나도 울었다.

은혜의 울음이 잦아들자 내가 물었다.

"심리공부를 했나 봐?"

"할 뻔했어요. 휘성이를 낳고 무료해 하니까 시어머니가 공부를 해보는 것이 어떠냐고 했어요. 사실 시어머니는 내가 마치 나무꾼과 선녀처럼 언젠가 옷을 찾아 입고 떠날 선녀 같은 느낌이 들었나 봐요. 결혼식은 치렀다지만 끝까지 가지 못 할 거라는 생각으로 거의 방치 수준으로 나를 내버려 두었어요. 그런데 휘성이가 세상에 나오자 생각을 바꾸는 것 같아요. 날개옷을 감추고 나를 집에 눌러 앉힐 계획을 세우는 것 같았어요. 그때 공부를 하라고 하셨어요. 물론 공부를 열심히 해본 적이 없기에 망설이면서도 심리학을 공부하고 싶다는 생각을 했어요. 결국 시작도 못 했지만…. 그런데 강을 건너고 아쉬움으로 남았어요. 그때 공부를 하면서 시간을 벌어볼걸…. 요즈음 심리학 서적들을 사서 읽는데 의

외로 재미가 있어요. 어쩌면 나는 심리학에 재능이 있었는지도 모른다는 아쉬운 생각까지 들어요."

은혜는 깊은 한숨을 또 내쉬었다.

"모든 것이 사라져 버린 지금 생각해보니 부모와 자식도 같이한 시간의 역사만큼 끈끈해지고 자식에게는 부모의 희생만큼 사랑으로 남을 뿐이었어요. 더구나 돈이면 무슨 일이든 할 수 있는 세상이에요. 천륜보다 끈끈하고 권력보다 위세가 더 큰돈…. 저는 재벌이라는 이름이 붙여진 막대한 돈을 가진 사람들과 살면서 그 사실을 알았죠. 돈이면 부모자식도 의미가 없어요. 사람들은 그래도 부모와 자식 간에 흐르는 천륜이 있는데 하지만 그것은 그만큼 가져 보지 못한 자들의 어설픈 순정이죠. 그래서 저는 모든 것을 잃은 겁니다. 그 집을 나오면서 절망만을 들고 나왔어요. 그래서 배를 불살랐어요. 그래서, 그래서…."

은혜가 말을 잇지 못한다. 얼마간 시간이 흐른 뒤에 말을 잇는다.

"내 멋대로 살고 싶었다는 것을 엄마만 몰라요. 능력만큼 강도도 세지겠죠. 방향이 지옥으로 향했는데 능력이라며 액셀러레이터를 더 세게 밟으면서…."

"……."

"다 제 탓이에요. 엄마가 저렇게 된 것이 절 보고 막산다고 소리치다가…. 그래서 또 생각해 봤어요. 막사는 것은 무엇일까?"

"……."

"중간 지대에 있으면서 내 마음대로 선을 넘나드는 거였어요. 선과 악, 아름다운 것과 추한 것, 이타적과 이기적…. 세상에서 인간이 추구하는 가치는 중간 지대는 없고 절대 나누지 못하는 평행선과 같은 것인데 능력이라는 이름으로 중간 지점에서 둘 다 할 수 있다고 생각하는 거죠. 더 문제는 과정 중에 결과를 모른다는 거죠. 다 자신이 옳다는 것에 집착하다가 전혀 예상치 못한 열매를 보고 과정이 틀렸다는 것을 알죠. 하지만 막산 사람들은 그런 부실한 열매 앞에서도 언젠가라는 기대를 품으며 절대로 길을 바꾸지 않아요. 그러면서 공평하지 않은 더러운 세상이라며 절대 인정하지 않아요."

"……."

"연기자로 살다 보니 저도 억울한 게 많아요. 관객들은 틀에 박힌 스토리보다 이탈된 스토리 전개를 좋아해요. 관객은 본인들이 그렇게 못 하니까 대가를 지불하고 연기자에게 그런 역할을 기대하는 거죠. 연기자는 그것을 능력이라는 이름으로 경계선을 넘나들었지만 그것들이 어느새 고리 빚이 되어 내 목을 조이기 시작할 무렵 돌아가고 싶어져요. 하지만 되돌아가기에는 길이 너무도 망가져서 결코 돌아가지를 못해요."

은혜는 마치 연극 대본을 읽는 것 같다. 나는 숨소리도 크게 내지 못하고 듣기만 했다.

"시어머니가 나의 실책을 들이대고 이혼장을 내밀 때 도장을 찍어주고 나오면서 너무 두려웠어요. 그러면서 무언가를 하지 않으면 안 될 것 같았어요. 그런 내게 엄마는 강남에 집 한 채 정도의 돈만 받고 쫓겨났으니 사람들도 일제히 수군댄다고, 무슨 큰 잘못을 저지른 모양이라고…. 그래서 미친 듯이 불살랐어요. 배도, 나도… 우리는 아무래도 구제불능 절름발이 모녀인가 봐요. 엇박자로 절룩대며 서로 네 탓이라고 손가락질을 하며…."

은혜는 또 생각에 잠긴다. 순자의 등도 전혀 움직이지를 않는다. 세상은 정지된 것처럼 고요하기만 하다. 이윽고 은혜가 다시 말을 한다.

"위자료? 때론 많이 받는 것보다 적게 받는 것이 체면유지가 될 수 있어요. 왜냐고요? 그들에게는 돈이 휴지처럼 굴러다니는 재벌이고 나는 광대잖아요. 오히려 돈에 굴복하지 않는 여자처럼 보이게 연출을 할 수 있는 조건이었죠. 그들의 재력에 비해 터무니없이 적게 주었다면 그들을 비난할 겁니다. 내 죄가 아니죠. 도시를 벗어나 이런 시골에서 사는 어머니를 보니 그 돈으로 이런 초야에 묻혀 살아보았을 것 하는 생각이 드네요. 타샤 튜더처럼 정원이나 가꾸면서…."

은혜는 오랜만에 하얀 이를 드러내고 살짝 웃었다.

"아니면 오드리 헵번처럼 이혼 후에 받은 상처를 치유하려고 아프리카나 낙후된 나라를 다니며 봉사나 하면서…. 어쩌면 영화 찍는 것보다 더 큰 효과를 낼 수도 있었는데, 우아하게 자존감을 높이며. 사람들의 입방아를 내 편으로 바꿀 수 있는 유리한 고지에 있었는데… 그러나 때마다 길이 없어서 어쩔 수 없다고 했어요. 그저 내가 만든 길에 집착하면서…"

그러다가 은혜는 다시 슬픈 표정으로 바뀌었다.

"생각은 이래도 막상 닥치면 같은 실수를 반복할 거예요. 늘 뒷북을 치고 사는 인생, 또 너무 앞서가는 인생, 우리 모녀는 항상 그렇게 앞서거니 뒤서거니 하면서 한 번도 보폭을 맞추지 못하고 절룩거리며 살아왔어요. 그래서 각자는 열심히 걸었다고는 하나 항상 그 자리를 맴돌고 있는 거예요."

은혜가 잠시 침묵한다. 생각에 잠기는 것이리라. 그러다가 눈을 반짝 치켜뜨며 말했다.

"어머니, 이건 정말 비밀이에요."

비밀을? 나한테? 흠칫 놀라는데 은혜가 말을 이었다.

"아무래도 제가 남편을 사랑하나 봐요. 함께 살 때는 몰랐는데 헤어지고 세월이 흐를수록 생각이 나서 종종 우울해요."

"그랬구나."

"그런 기분을 탈피하려고 남자들을 만나기도 하지만 결코 행복하지 않아요. 왜죠?"

"글세…?"

"제가 또 생각해 봤는데…."

은혜는 마치 모노드라마를 찍는 것 같았다. 인생을 회고하는 80살 노인처럼 아주 느리게… 이야기 도중에 종종 자기의 생각에 매몰되기도 하면서, 그래서 내가 그 생각에서 결국 끌어낼 수밖에 없다.

"생각해 봤는데?"

"이유는… 바로 그 남자가 제 첫 경험이었기 때문인 것 같아요. 그 두렵고 떨리는 첫 경험을 내 몸이 아직 그대로 품고 있나 봐요. 사실 첫날밤은 실망스러웠다지만 이후로 내 몸이 항상 남편을 그리워했어요. 그를 미워하는 내 마음과 달리…. 어머니, 요즈음 들어 제가 안 건데요…."

그리고 말이 없다. 그래서 또 재촉했다.

"뭔데?"

"여자는 사랑을 몸으로 간직하고 남자는 마음으로 간직하는 것 같아요. 여자는 몸을 준 남자가 첫사랑이고 남자는 마음을 준 사랑이 첫사랑인 것 같아요. 소설을 읽거나 드라마를 보면 여자는 남자를 사랑하면 몸부터 달아올라서 안달을 하고 남자는 그 여자를 지키려고 안달을 해요. 왜 그런지 또 생각해 봤어요."

"……."

"경험이 없는 여자는 사랑을 표현하는 방법이 그것뿐이라는 생각을 하는 것 같아요. 자신이 가장 아끼는 순결을 주는 것…. 모르기 때문에. 하지만 남자는 그것을 지켜주고 싶어 하죠. 알기 때문에… 남자는 그 느낌이 시작과 끝이 전혀 다르다는 것을 알기에…. 남자는 여자의 육체는 껍데기뿐이라는 것을 알기에 오로지 여자의 가슴속에 사랑만 지키고 싶어 하는 것뿐인데…. 그런데 좀 슬픈 것은 그 시작의 사랑이 주홍글씨처럼 남아 평생을 가는 것 같아요. 여자는 몸에 남고 남자는 마음에 남아서…. 그 사랑이 어긋나면 평생 그 사랑을 찾아 헤매나 봐요. 여자는 몸에 붙은 남자를, 남자는 마음에 붙어있는 여자를…."

나는 종종 죽은 남편과 정사를 하는 꿈을 꾼다. 내 생애 단 한 명의 남자라 그의 몸은 참으로 익숙하다. 비록 꿈이라지만 실제처럼 오르가슴을 느낄 때도 있다. 살아생전에 경험해 보지 못한 그 환희의 순간. 잠에서 깨면 사라진 그가 너무 아쉬워 한참을 운다. 그러나 차마 입 밖에 내지를 못했다. 누구에게도. 이 나이에 참으로 주책이라고 생각했다. 내 안에 음란한 기가 흐르나 하는 두려움도 있고… 공연히 아침에 다른 사람을 마주치는 것이 민망하고…. 하지만 밤이 되면 남편을 기다린다. 하기는 누가 알겠나. 우리 둘만의 아는 비밀한 느낌, 그 어떠한 것으로도 차마 표현이 안 되는 육체와 육체가 맞닿아 하나가 되는 일체감. 이제 은혜를 통해서 그 이유를 알 것 같았다. 그토록 호기심에 차서 궁금해했던 것을 알았다지만 결코 다 안게 아니었다는 것을…. 그래서 그만큼 사랑을 표현하지 못했다. 더하여 여자는 남자를 통해 순결을 잃었다지만 그 남자에게만 그 순결이 그대로 남아있다면 결코 잃는 것이 아니었다는 것을. 은혜의 안타까움이 이어졌다.

"이혼 후에 자유분방하게 남자들과 관계를 가져 보았지만 금방 싫증이 나요. 새로운 사랑을 찾아 헤매지만 처음 사랑과 점점 멀어질 뿐이에요. 그리고 미련만 남아요. 처음 시작된 순결한 사랑을 온전히 꽃을 피워 볼걸, 누가 무어라 해도 끝까지 가볼걸…."

얼굴만큼 다른 인생, 어찌 각각이 그리도 다른지…? 은혜가 말을 했다.

"요즈음 또 깨달은 게 있어요. 한 남자에게 구속된 것이 오히려 완전한 자유를 누리는 것이라고…. 옛날에는 자유롭게 날아서 새가 행복할 거라고 생각했거든요. 그런데 둥지가 없는 새는 낮 동안 고달프게 날면서 밤에 쉴 장소를 찾는다는 것을 집을 나오고 알았어요. 둥지 없는 새처럼 살아보고 나서 알게 되는…. 허허로운 창공이 아무리 큰들 단 하나의 내 것이 없는 세상에서 한 남자에게만 매이면 다른 남자에게 신경 쓸 필요가 없으니 차라리 그것이 자유였는데…. 정작 그 남자를 떠나니 세상에 모든 남자가 내 것처럼 느껴져 그들의 구미에 맞는 옷을 수시로 바꾸어 입으면서 유혹을 하잖아요. 내가 벌어 먹고살아야 하니… 임자가 없으니 누군가 밥이라도 한 끼 먹으면 소문이 나요. 혹시 사귀냐고? 이제 더 이상 저는 누릴 자유가 없어요. 또 임자가 없으니 아무나 찝쩍대요. 그렇다고 무시할 수도 없어요. 일단 시선을 끌어 밥벌이를 해야 하는데 비위를 잘못 건드리면 안 되잖아요. 우아한 척하면서 물 위에 떠있지만 물밑에서는 쉴 새 없이 물장구를 쳐야 하는 백조 신세죠, 뭐."

은혜는 긴 한숨을 깊이 내쉬었다.

"사실 남편이 저와 이혼하면 바로 결혼할 줄 알았어요. 수시로 바꾸어 달고 다니는 비쩍 마른 여자들 중에 하나와…. 내 예상대로 남편이 바로 재혼을 했더라면 이처럼 충격적이지 않았을 것 같아요. 그런데 이토록 오랫동안 침묵하다가 그저 평범한 이혼녀와 재혼을 한다면서 내 뒤통수를 보기 좋게 갈겼어요. 지나고 보니 그가 침묵하는 동안 나도 침묵했었어야 했어요. 먼저 칼을 뽑지 않았어야 했는데 나오자마자 서툰 칼을 들고 설쳤으니…. 지나보니 그 세월도 별거 아니었는데…."

은혜는 다시 침묵했다. 긴 침묵 끝에 은혜가 다시 입을 열었다.

"얼마 전에 영화를 한 편 보았어요. 제목이 '콜레라 시대의 사랑'이에요. 19세기를 배경으로 한 영화로 20살에 만난 첫사랑의 여인을 신분의 차이로 결혼을 하지 못했던 남자의 이야기였죠. 물론 첫사랑의 여인은 신분에 걸맞은 남자와 결혼을 하죠. 그런데 짝사랑을 하던 남자는 독신으로 살면서 다음 차례를 기다린다고 선언합니다. 당연히 여자는 그 남자에 대한 기억이 없는 듯 오로지 남편을 사랑하며 아이들을 낳고 행복하게 살아요. 그렇게 세월이 흘러 50년이 지난 어느 날 그녀의 남편이 죽어요. 첫사랑의 남자는 그 소식을 듣자마자 때가 왔다고 기뻐합니다. 50년을 기다려 드디어 차례가 된 거죠. 그동안 남자는 거부가 되었지만 결혼을 하지 않고 첫사랑을 기다린 거죠. 결국 남자는 남편의 장례식을 치르고 돌아온 첫사랑의 여인에게 비로소 청혼을 합니다. 여자는 그 남자의 집착에 진저리를 칩니다. 나이 70살에 첫사랑을 찾아가 청혼이라니. 더구나 여자는 상당히 도덕적이고 원칙적인 여자였죠. 남편도 당시 의사로 사회적인 명망을 받으면서 아내를 누구보다 사랑하고… 장성한 자식들도 그런 부모를 자랑스러워하죠. 인생 황혼기에 거기서 더 나아가는 것은 누구도 아름답다 생각지 않을 겁니다. 철없던 시절, 한때의 사랑은 흔한 일지만 그 사랑이 50년 동안 일방적으로 이어지는 것이 정상이 아니죠. 사이코패스 진단을 내리기에 충분한 요건입니다. 나라도 몸서리쳐지게 싫을 것 같아요. 여자도 그의 엉뚱한 청혼에 분노하며 한때 사랑했던 기억의 징표마저 찢어 버립니다. 저는 그것이 마지막 장면이라고 생각했어요. 그런데….”

귀를 기울이고 있는데 은혜가 더 이상 말을 잇지 않는다. 그러다 내게 물었다.

“혹시 재미도 없는데 제가 듣는 수고를 끼치는 것은 아닌가요?”

“아, 아니야. 너무 재미있어. 끝이 아니라며?”

“네… 사실 거기까지는 그저 흔한 스토리예요. 그런데 마지막이 달랐어요. 제발 거기서 아름답게 끝내달라는 관객의 생각을 뛰어넘는….”

“…….”

“남자는 다시 구애의 시간을 갖습니다. 다시 안 본다고 치를 떠는 그녀에게 옛날처럼 꽃을 들고 창문 밑에 서서…. 처음에는 늙은이가 노망이라는 생각이 들었죠. 그렇게까지 해야 하나? 하면서. 하지만 이후로 2년이라는 시간이 흘러갑니다. 그렇게 한결같은 자세로 기다리는 노인을 바라보는 관객의 시각이 변해갑니다. 저렇게 원하는데… 얼마 남지 않은 생인데 그냥 받아들여 주지. 저 여자는 행복한 결혼생활도 했고 잘 나가는 자식도 있는데, 평생을 오로지 그녀에게 바친 그 남자의 사랑을 받아주면 안 돼? 남편도 죽었는데 불륜도 아니잖아? 그러니 배우가 움직이지 않겠어요. 관객이 그토록 원하는데….”

관객이 그토록 원한다면 상식선까지 내려온 것이다. 흔히 예술은 처음에는 비상식적인 것으로 주목을 받으려 하지만 상식을 넘어선 불균형이 깎이고 잘려나가는 고통을 겪으면서 공감대가 형성되는 순간 예술 작품이 되는 것 같았다. 문제는 상식이다. 상식은 금방 태어난 아이에서부터 세상을 살다가 죽음이 임박한 노인까지 간절한 바람이 모이는 단계가 아닐지? 누가 봐도 그만하면 됐다는 오케이 사인이 떨어지는 단계….

"마침내 여인은 그의 사랑을 받아들입니다. 72살이라는 나이에. 둘은 배를 타고 여행을 떠납니다. 남자의 호화 유람선에서 여자는 여왕처럼 대접을 받으며. 그러나 남자는 여인에게 가까이 다가가지도 못합니다. 부끄러움이 많았던 20살의 숫총각처럼. 남자는 그때까지 수없이 많은 여자와 관계를 해 온 사람입니다. 그녀를 사랑하던 날부터 일기를 써왔던 남자는 그녀가 결혼을 해도 지켜온 정절을 지키려 합니다. 그러던 어느 날 우연히 한 여인에게 기습적으로 동정을 빼앗깁니다. 사랑도 없이 급작스럽게 섹스를 경험한 그는 본격적으로 여자들과 섹스를 즐깁니다. 일기장에는 사랑이 없는 섹스를 한 여인들의 숫자를 적어 놓는데 그즈음 300명을 넘고 있었죠. 그녀의 남편이 죽던 날도 그는 아주 젊은 여자와 관계를 맺고 있었습니다. 섹스계에 그 남자를 따를 수가 없는데 평생을 마음속에 둔 그 여인 앞에서는 차마 눈도 제대로 뜨지를 못합니다. 웃기죠?"

"마음으로 사랑을 간직하는 남자의 전형이네."

"어머니, 그걸 기억하셨어요?"

"가슴에 남는 이야기는 묻어 두잖아."

"어머니 고마워요. 제 말을 기억하며 들어주셔서…."

은혜는 한동안 침묵했다. 나는 그저 그 침묵을 기다려 주면 된다. 이윽고 은혜의 이야기가 다시 이어진다.

"남자는 영혼이 없는 섹스는 사랑이라는 칸에 기록하지 않는 것 같습니다. 험한 인생 풍파 다 거치고 처음처럼 시작하는 72살의 두 노인,

남자는 여자 앞에 그렇게 부끄럽게 다가가지만 여자는 늙어버린 자신의 육체에서 노인 냄새가 난다며 남자를 경계합니다. 남자는 그것도 참고 기다립니다. 그런 남자의 순정에 감동한 여인은 결국 남자 앞에서 옷을 벗습니다. 아이를 낳고 늙어버린 추한 몸을 드러내며 괜찮겠냐고 슬프게 묻죠. 남자는 그런 여인의 몸을 감싸며 말합니다. 자기는 동정이라면서…. 비록 52년이라는 세월을 허비했다지만 그 짧은 노년에서의 둘의 만남이 전생의 갈증을 다 채운 셈이죠. 영화를 보면서 정말 사랑에는 나이도 없고 세월 속에 사연을 품은 사랑이야말로 진정 인간의 존엄성을 보여 주는 것 같았습니다. 우리는 흔히 사랑을 취하기만 하고 어떻게 하든 고통을 피하려 하지만 고통을 더 많이 품은 사랑이 걸작으로 완성되는 것 같았어요."

상식은 어떤 환경에서도 같은 결론을 도출하는 것이다. 살아온 세상이 전혀 달랐던 은혜와 내가 이렇게 만나 대화를 나누면서 같은 공감대를 형성하는 것…. 은혜가 또 말을 잇는다.

"그날 영화를 보고 오랜만에 행복하게 잠이 들었어요. 불면증이 있거든요. 이혼하고 나서 매이는 곳이 없으니 영화나 광고를 몰아서 찍고는 우두커니 집에 있는 시간이 많아요. 그래서 영화나 드라마를 많이 봅니다. 그러나 자칫 끝이 안 좋은 결말로 끝나는 영화를 보면 그날 잠자리를 망치기 일쑤예요. 해피 엔딩을 보고 나면 어린 시절로 돌아가는 것 같아요. 동화를 읽고 꿈을 품고 잠이 들었던…."

그러나 은혜의 표정은 마냥 슬프다.

"어쩌면 인생은 더 잘사는 게임이 아니라 덜 망가지는 게임인 것 같아요. 꿈을 실현했다고 생각하는 순간 꿈은 사라지고 다른 꿈을 향해 가지만 결국 사라져 버리고 마는…. 매일 밤, 사방이 뻥 뚫린 사막을 헤매거나 빛도 들지 않는 어둠 속을 끝도 없이 헤매는 꿈만 꾸니 이제 잠이 드는 것이 무서워요. 엄마가 읽어주던 동화의 끝자락, '그래서 행복하게 살았더래요' 하는 소리를 들으며 내가 가장 사랑하는 담요를 꼬옥 끓어 안고 행복하게 잠들었던 그때로 돌아가고 싶은데. 내가 내 자식들을 위해 할 것이 없다고 불평을 했었지만 존재감만으로도 아이들을 행복하게 할 것 같았어요. 옛날에 저도 엄마가 안 보이면 불안했어요. 그저 동화책이라도 잠들 때까지 읽어주기만이라도 할걸…. 내 아들 휘성이는 내가 읽어주는 동화책이 가장 재미있다고 했거든요."

은혜가 또 운다. 불쌍한 것, 어미가 되어 자식과 이별하는 고통만큼은 피했어야 했는데….

"굶는 것도 아니고, 매 맞는 학대를 받은 것도 아닌데, 자존심 좀 상한다고 그까짓 광대 노릇 좀 더 해보겠다고…. 비록 좋은 부모는 못되었어도 헤어진 부모라는 상처는 주지는 않을 수도 있었는데, 나 하나만 참고 살았다면…. 세상 사람이 짱이라고 열광하는 소리, 그저 바람 같이 사라져 버리는 신기루였는데… 전 국민이 열광했다는 드라마, 그저 한때의 바람이었어요. 어느새 나도 그들도 다 잊었어요. 내 평생의 소원… 내 새끼가 달려들어 내 귀에 속삭이는 작은 소리 '엄마 최고야'…."

은혜의 눈물이 마를 즈음 다시 말이 이어졌다.

"행복하게 살았더라는 해피 엔딩…. 지금 생각해보니 해피 엔딩은 한쪽에서 절대 의지가 있으면 그렇게 마무리가 되는 것 같아요. 저도 처음에는 쌍방이 노력해야 한다는 생각을 했거든요. 하지만 콜레라 시대의 사랑이라는 영화를 보면서 그런 내 생각이 틀렸다는 것을 알았어요. 한쪽에서 그 끈을 놓지 않으면 되는 것이었어요. 인간의 관계도 단 한 사람의 의지에 달렸어요. 자기의 선택이 옳았다는 것을 과정 중에 포기하지 말았어야 해요. 끝이 완성되면 모든 과정이 고단했던 이유를 모두가 알게 되는 것 같았어요. 과정 중에 처음에 시작했던 도전의식을 상실하고 나가떨어지면 세월도 낭비하고 그 일을 시작한 당사자도 이유를 모른 채 같은 실수를 반복하면서…. 결국 나는 열심히 살았는데 세상이 나를 그렇게 만들었다고 억울해하고 분해하면서 실패자가 되고 마는…. 과정 중에 하나가 죽었다고 끝이 아니에요. 그 하나만 남으면 전체를 복원할 수 있어요. 흔히 작품이 뜨기도 전에 만든 사람이 죽어서 안 됐다고 하지만 죽은 후에 작품은 남아 그 작가를 더 드러내 주잖아요."

사람이 남기는 작품은 오로지 자식이라는 작품이 아닐까 생각했다. 영혼까지 가지고 가야 하는 무거운 주제를 우리는 너무도 쉽고 가볍게 생각했는지도 모른다. 그래서 무자식 상팔자라는 말이 전해 내려오는 모양이다.

"'콜레라 시대의 사랑'을 보며 생각한 것이 또 있었어요. 내 사랑을 위해 누군가를 아프게 했다면 그것은 걸작이 아니라고…, 그녀의 남편도 죽어가기 전에 아내에게 행복했다고 말을 합니다. 아버지의 강압에 못 이겨 첫사랑을 마다하고 자신과 결혼해 준 아내가 한눈팔지 않고 결혼생활에 최선을 다했다는 것을 알기에…. 물론 아버지의 현실적인 계산에 그녀의 사랑이 희생되었다지만 그 아버지의 견해도 아주 틀린 게 아니죠. 아마 제가 아버지라도 그랬을 것 같습니다. 인간의 역사는 항상 이 테두리를 벗어나지 못해요. 남녀 간에 사랑이나 부모 자식 간에 사랑이나 똑같아요. 서로 사랑한다는 이유로 정죄하고 갈등하면서…."

"……."

"그러나 영화를 보면서 깨달았어요. 사랑은 열정이 아니라 기다림이라는 것을. 내 사랑을 상대가 알 때까지 혹은 모두가 충만해진 그때까지 외롭게 기다리는 사랑…. 인생은 그래서 살아 볼만하고 참으로 아름답다고 수많은 예술가가 칭송을 하는 이유를 그때 알았어요. 그리고…."

이야기에 빠져있던 은혜가 다시 울컥한다.

"잊었어요. 끝까지 가면 반드시 성공을 하고 만다는 것을…. 실패는 끝까지 가지를 못했기 때문이에요. 초등학교 시절에 에디슨이 600번의 실패 끝에 성공을 했다고 배웠어요. 실패는 성공의 어머니라는 교훈까지 남기면서…. 그가 했다면 나도 할 수 있어요. 그런데 사람들은 끝까지 못 가고 도중에 하차하면서 세상을 원망하죠. 내 탓이 아니라고…."

은혜는 눈물을 닦는다.

"52년 만에 사랑을 회복한 둘을 싫은 배는 두 번 다시 항구에 정박하지 않을 계획을 세웁니다. 긴 기다림 끝에 찾은 영원한 행복을 찾아 떠나는 겁니다. 배에는 콜레라 환자가 있다는 깃발을 휘날리며…. 당시에 콜레라가 극성을 부리던 때라 배에 환자가 있으면 검열도 않고 부두에 정박 허가도 내리지를 않는답니다. 전염병이 돌아 모두에게는 고통이지만 오히려 둘에게는 누구에게도 방해받지 않는 아주 행복한 기회가 되는…. 강물이 바다로 빠져나가는 여울목에 황혼이 붉게 깃든 마지막 자막에 남자의 일기가 써 내려져 갑니다. '마침내 내 마음에 만족을 얻었다. 그것이 삶이라는 것을, 죽음이 아니라….'"

나도 마치 영화를 한 편 본 느낌이다. 그리고 마지막 말을 되뇌었다. 그것이 삶이라는 것을, 죽음이 아니라….

"50년이라는 세월 속에 각자의 삶을 살았어도 전혀 손상받지 않는 사랑, 한쪽이 온전히 붙들고 있으면 사랑은 기어코 완성되는 것을…. 언제나 조급증 때문이에요. 그런 사랑까지는 가지 못했다지만 남편의 패를 보고 움직여도 늦지 않았을 텐데…. 눈알만 굴리고 있다가 지금 즈음 연기를 시작했으면 사람들은 나를 불쌍하게 생각했을지도 모르죠. 바람을 피우는 남편을 견디다 못해 재벌가를 마다한 여인, 이혼 후 남들에 잊힐 만큼 잠적해 있다가 결혼한 남편을 보고 세상 밖으로 나온 여인! 신비감마저 돌지 않아요? 어머니…."

나는 관객처럼 고개를 끄떡였다.

"관객의 요구를 뛰어넘는 연출가의 의도까지 가야 진짜 광대죠. 관객이 미처 깨닫지 못하는 단계까지 인내하면서 관객의 수준까지 높이는…. 그런데 뭐가 급하다고…."

은혜는 다시 안타까워한다.

"그놈의 조급증, 그 조급증 때문에 되는 일이 없어요. 자식들과 생이별하고 억울하게 이혼을 당하고 나와 내가 먼저 모든 것을 벗어던졌으니…. 자식이 커갈수록 점점 두려운 존재로 내 마음에 자리를 잡고 있어요. 감정적으로는 보고 싶은데 변해가는 내 꼴을 생각하면 만나기가 두려운…. 들리는 소문에 의하면 재혼한 여자가 아이를 낳지 않는다는 조건이라는데, 세상에 두려울 것이 없이 멋대로 살았던 남편도 자식들이 두렵기는 한 모양이구나 했어요. 하지만 그것도 웃겨요. 공정한 게임은 아니에요. 누가 알아요? 더 괜찮은 자식 나올지? 그 돈 다 어떻게 감당하려고…? 역시 돈값이죠, 뭐. 그런 조건으로 들어오는 여자나 그런 조건을 제시하는 남자나… 한 치 앞을 모르는 세상살이 누가 내 편이 될지는 아무도 모르는데 자기 기준에 편을 가르고 기준을 세우니….”

은혜는 이제 차분해진 모습으로 나를 바라보았다. 부모라는 존재는 자식이 마냥 덜 자랐다고 생각하기에 십상이다. 그러나 성큼 커진 몸짓으로 부모를 내려다보고 있건만….

“사실 그의 결혼에 제일 경악했던 사람은 시어머니였어요. 돈이면 돈, 권세면 권세, 다 가진 시어머니에게 세상에 둘도 없이 사랑스러운 아들이 흠이 있는 여자와 재혼을 한다는 것은 상상도 못 한 일이었겠죠. 그의 결혼설이 불거질 즈음, 시어머니로부터 전화가 걸려왔어요. 차라리 사랑하는 손주들을 위해 친모인 내가 낫다는 생각을 할 정도로 그 결혼이 싫었던 모양이었어요. 그래서 내 의사를 묻더군요.”

순자의 등이 움찔한다. 나도 침이 꼴깍 넘어간다. 그러나 은혜는 단호했다.

“물론 노 땡큐죠.”

“왜?” 내가 바람 빠진 풍선처럼 물었다.

“그 남자도 아닌 시어머니의 제의에 다시 춤을 추라고요?”

“…….”

“그 남자도 시어머니가 죽기보다 싫은 결정을 할 만큼 몸짓이 불었고 나도 이미 그곳에 들어가 살지 못할 만큼 몸이 틀어졌어요. 또 지금은 이해한다지만 가진 자들의 자존심은 두고두고 나를 학대할 겁니다. 엄마는 왜 나를 보고 기죽어 사느냐고 했지만 엄마가 모르는 게 있어요. 정말 돈의 위력은 대단해요. 그런 것을 모르는 사람만 저항할 수 있다고 나대다가 종국에 가서는 제풀에 꺾이고 말아요. 제 꼴이죠, 뭐…. 몰랐으니 나대기라도 했는데 알고는 정말 나대지도 못하고 꼼짝없이 눌려 살아야 해요. 더구나 꿩 대신 닭? 이제 그만 하렵니다. 광대? 저 괜찮아요. 광대가 광대처럼 살아야 하는 것 아니에요. 여왕에서 광대로 귀환했다지만 저는 처음부터 광대였어요. 광대의 입장에서 보면 여왕으로의 외출이 오히려 이익인 셈이죠. 관객을 위해 개인을 포기하면서 살아야 멋진 광대의 모습 아닌가요? 이 나이까지 살고 보니 어쩌면 나는 타고난 광대 팔자인지도 몰라요. 광대로 태어나 광대처럼 살아야 가장 멋지게 사는 것이 아닐까요? 재능을 가진 사람들이 대를 이어 행복하게 살았더라는 스토리는 별로 없어요. 남보다 뛰어난 재능을 가지고 태어났으면 오로지 그것을 마음껏 발휘하라는 운명인 것 같아요."

"……."

"누가 들으면 엄청난 재능이나 가지고 태어난 줄 알겠네…."

은혜가 말끝에 피식 웃는다. 내가 말했다.

"그만하면 배우로 성공했잖아. 더구나 연기를 통해 많은 사람들을 고단한 삶에서 잠시만 잊을 수 있는 기쁨을 주었는데. 하나님도 분명 칭찬해 주실 거야."

"그럴까요? 저 같은 인생도 사랑해 주실까요?"

"사랑해 주시고 말고. 아암, 사랑해 주시지…." 순자의 등이 흔들린다.

은혜가 불현듯 자리에서 일어났다. 가야 한다며. 나는 너무 밤이 깊었고 길이 험하니 자고 가라고 만류를 했다. 그러나 스케줄에 매인 목숨이라 선택의 여지가 없단다. 나는 순자의 등에 대고 은혜가 간다고 소리쳐 보지만 전혀 반응이 없다. 은혜는 그런 순자의 뒷모습을 한동안 바라보다 이내 방을 나서며 말했다.

"이게 무슨 대수겠어요. 더한 꼴도 보고 살았는데…, 죄송합니다."

"무슨…."

"어머니, 늦은 밤까지 들어주셔서 감사합니다. 처음에 그 소식을 들었을 때는 금방이라도 미쳐버릴 것 같았어요. 하지만 어머니에게 이렇게 속내를 털어놓으니 살 것 같아요. 이 집은 무언가 마음속에 있는 것을 털어놓게 하는 마력이 있어요."

마당에 서니 터질 듯 부풀어 오른 둥근 달에서 흘러내리는 달빛이 차고 넘친다. 눈이 하얗게 쌓인 온 세상이 달빛에 잠긴 모습도 드문 장관이다. 달빛 아래 무성했던 잎을 흔들어 대며 방자하기 그지없던 감나무의 가지도 헐벗은 채 추위에 떨며 실낱같은 그림자를 하얀 눈 위에 살짝 얹었었다. 땅에 모든 것은 죽어 눈 속에 파묻힌 세상에 살아남은 유일한 사람들처럼 마당을 가로질러 걷는데 은혜가 말했다.

"언젠가 터질 일이었어요. 터지기 전이 불안하지 터지고 나면 차라리 홀가분해요."

내 발밑으로 비껴선 은혜의 그림자를 밟으며 내가 물었다.

"인생 새 출발 할 생각은 없어?"

"결혼요? 아직은 없어요."

은혜는 검푸른 하늘에 휘영청 떠 있는 둥근 달을 바라보며 대답했다.

"하지만 10년 후에 또 어떤 일이 벌어질지 궁금하기는 해요."

"무슨 소리야?"

"살다 보니 영원한 승자도 영원한 패자도 없다는 생각이 들어요. 이것이 끝인지 아니면 새로운 시작인지 모르잖아요. 남편이 그 여자와 끝까지 잘 살지 아니면 또 못 살지? 그래서 내게 기회가 올지도 모르죠. 제가 연기자라서 그런지 세상에는 상상 이상의 것이 벌어지는데 인간은 늘 생각을 자기의 틀에 가두기 때문에 발전이 없는 것 같기도 해요. 배도 나도 몽땅 불살라져 그 흔적조차 잊고 살아보죠, 뭐. 그곳에 새싹 돋을지 누가 알아요."

마른 가지가 바스락댄다. 바람이 한차례 지나가는 모양이다. 바람을 보지는 못하지만 바람의 흔적을 보고 사람들은 바람을 보았다고 한다. 나는 달빛에 선명한 마른 가지를 올려다보았지만 언제 그랬느냐는 듯이 시치미를 떼고 있다.

"이건 비밀인데요. 어머니에게만 들려 드릴게요."

"오늘 내가 대박 터졌네. 이렇게나 많은 은혜의 비밀을 알게 돼서…."

은혜가 소리 내어 웃는다. 처음 듣는 은혜의 웃음소리….

"여자가 3년 동안 남자와 관계를 하지 않으면 다시 숫처녀가 된대요."

"그래?" 피식 웃음이 나왔다.

"그래서 3년은 조신하게 있어 보려고요."

"그게 뭐가 어렵다고…?"

"어머니, 집 나온 여자에게는 정말 어려워요. 왠지 아세요? 집을 나와 자유롭다지만 얼마 지나지 않아 지독히 외롭기 시작해요. 더구나 간섭하는 사람이 없으니 온갖 유혹에 그대로 넘어가요. 임자 없는 여자는 섹스도 가벼운 중독이 되고 말아요. 남자에게 흔한 섹스홀릭보다 더 무서운, 커피 같은 중독…. 제 생각에 여자에게 섹스란 그저 외로움을 달래기 위한 자기집착 같아요. 실제로 여자는 섹스를 통해 오르가슴을 느끼지 못한다는 학설도 있어요. 그저 그래야 한다는 생각을 하기에 그렇게 반응한다고. 여자의 취향이 아닌 남자의 취향을 맞추어 주는…."

"그렇구나."

"그러나 때론 습관처럼 이어지는 가벼운 중독이 마약이나 알코올 중독보다 더 무섭다는 생각이 들어요. 차라리 그런 중독은 망가졌다는 위기의식이라도 있어 기회가 있다지만 문제 될 것이 없다는 중독은 결코 돌아오지 못할 강까지 건너게 하는 것 같아요. 고루하고 지루한 일상에 명분까지 달고 일탈하는 짜릿한 느낌에 능력이라는 차별의식까지 가세하면서 스스로 멋지게 산다는 착각에 빠져들기까지 하면서…. 하지만 지나보니 그게 바로 막사는 거였어요. 그저 취미처럼 살면서 인생이 망가지죠. 이 중독이 더 무서운 것은 혼자 망가지지 않고 관계된 주변에 모두를 망가지게 하고 말죠. 좋은 게 좋은 거라는 가벼운 유혹이 남을 끌어들이기 쉬워요. 그러나 이내 세력은 일단 형성되면 집단화하는 경향이 있어요. 스스로 정당성을 입증하려고 여론몰이까지 하는데 왜 그러겠어요? 정답이 아니라는 것을 알았지만 오답도 틀린 것은 아니라고 기를 쓰고 입증하려다 죄를 더 키우는 거죠."

다시 바람이 분다. 꽤나 차다. 나는 앞가슴을 여민다. 은혜는 아랑곳하지 않는다.

"어머니, 이제 알 것 같아요. 인생은 ○× 게임이었어요. 정답이 아닌 것은 다 오답인 거죠. 예를 들어 4×4가 16이라는 정답이 있다면 나머지는 다 틀리 거잖아요. 15.99999를 외치며 근접하다고 해도 정답은 그저 16일뿐이에요. 단 하나 16."

또 한차례 바람이 지나간다. 인생은 그저 ○× 게임이란다. 그 하나의 정답을 찾아가는 여정….

"어머니…! 곰도 동굴에서 쑥과 마늘만 먹고 여자가 됐다잖아요. 정절 수행을 해보죠, 뭐."

하기는 처음이 어렵지 모든 것은 세월 속에 길든다. 남편과 잠자리를 안 해도 못 견디게 힘들지도 않은데 세상은 아니라고 한다. 증조할머니도, 할머니도, 엄마도 그리고 엄마도 과부로 거뜬히 살았지만 어떻게 그럴 수가 있느냐고 반문한다. 하지만 세상에 대부분의 여자가 그렇게 살아왔다. 그 이유를 나열하고 증명할 수는 없지만 그렇게 산 것이 이유가 아닐까?

은혜가 탄 승용차의 빨간 후미등이 어둠 속에서 완전히 사라질 때까지 보고 있다가 대문으로 들어서자 복실이가 부지런히 따라 들어온다. 내가 마당을 지나 신발을 벗고 마루로 올라오니 복실이가 달을 향해 컹컹 짖는다. 방문을 열고 들어가니 순자가 앉아 있었다. 얼마나 소리 없이 울었던지 얼굴이 함지박처럼 커져 있다.

"왜 모른 척하고 누워있었어?" 대답이 없다.

"얼음 마사지라도 해주련?"

"됐어. 얼굴 이런다고 안 죽어."

"차라도 마실래?"

"됐어, 예배나 보자."

순자는 성경책을 펼치며 말했다. 순자는 예배 내내 울기만 했다.

목사님이 대문을 들어서니 복실이가 먼저 반긴다. 은혜가 다녀가고 이틀이나 지났으니 대문을 들어서는 누구라도 반가운 모양이었다. 목사님은 성큼성큼 걸어서 마당을 가로질러 온다. 눈도 많이 녹아 질척대는데 아랑곳하지 않는다. 마루에 서서 맞으며 내가 말했다.

"목사님, 청년 같으세요."

"그렇게 보였다면 작전에 성공한 겁니다."

목사님은 아이처럼 이를 드러내고 환하게 웃는다. 이윽고 댓돌까지 와서 신발에 묻은 흙을 꽝꽝 털어냈다.

세 사람은 평소처럼 상을 가운데 두고 앉았다. 순자는 이미 성경책을 펼치고 앉아서 기다린다. 찬송가를 부르고 기도가 끝나자 순서에 따라 목사님은 한 주간을 어떻게 보냈느냐고 물었다. 나는 혜경이가 임신해서 너무 좋다고 말을 하려다가 입을 막았다. 혜경이 전화를 받고 제일 먼저 목사님에게 알리고도 입으로 다시 쏟아지려는 말을 삼키고 순자의 눈치를 보며 조심스럽게 말을 했다.

"은혜가 왔다 갔어요."

"은혜 씨가?"

"그저께 저녁에 왔는데 촬영지가 이 근처라면서…."

목사님은 순자를 바라보며 말했다.

"따님을 보니 어떠세요. 기분이 좀 나아지셨죠?"

"아니요."

순자의 대답에 나는 가슴을 가만히 쓸어내렸다. 그나마 순자가 말문을 열었으니…. 목사님이 눈을 동그랗게 뜨고 묻는다.

"아니 왜요?"

"사위가 재혼을 한답니다. 천하에 난봉꾼이."

"저런…."

목사님의 안타까운 반응에 순자는 눈물을 쏟았다.

"제가 죄가 많아서 이런 꼴을 보며 삽니다. 망할 놈의 자식이 고작 한다는 게 이혼한 년이랑 재혼을 해? 나쁜 놈."

"이혼한 남자가 이혼한 여자랑 결혼하는 것은 욕먹을 짓은 아닙니다."

목사님의 진지한 대답에 쿡 하고 웃음이 터져 나왔다. 이내 순자가 버럭 화를 낼까 가슴을 조이며 주책없는 입을 틀어막았다. 다행히 순자는 동요하지 않았다.

"하기는 그게 무슨 흉이겠어요. 공연히 내 배가 아파서 그런 것이지."

"따님이 이혼하고 인기 배우로 아주 잘 살고 계시지 않습니까?"

"잘사는 것처럼 보이려고 기를 쓰고 사는 거죠, 뭐."

"그럼 잘 사는 겁니다. 다들 기를 쓰고 잘 살게 보이려 하지만 그거 뜻대로 되지 않습니다. 그렇게 보인다면 정말 그런 겁니다. 그냥 믿으세요." 그러면서 목사님은 순자의 손을 잡았다.

"자매님, 지금만 생각하십시오. 과거도 미래도 오늘 내가 없으면 아무 의미가 없습니다. 오늘 내가 여기에 왜 있는지 그 한 가지만 생각하십시오. 내 슬픔과 고통도 나만의 것입니다. 그저 말없이 기도 하십시오, 자식을 위해. 내 소원을 말하지 말고 자식의 마음속에 있는 것을 말입니다."

은혜가 다녀간 후로 순자는 다시 입을 닫았다. 우리는 머리를 맞대고 밥만 같이 먹었다. 순자는 홀로 새벽 기도를 하고 낮에도 교회에 가서 기도하는 날이 많았다. 밤에 불현듯 일어나 성경책을 들추다가 무심히 집을 나서기도 했다. 걱정이 되어 살그머니 따라 나가보면 몽유병자처럼 거친 바람을 맞으며 황량한 논두렁을 서성인다. 자리옷만 입고 오랜 시간을 밖에 있다가 병이 나지는 않을까 염려가 되지만 나는 막지 못했다.

겨울이 아주 조금씩 밀려나고 있었다. 2월이라 아무리 겨울인 체해도 바람이 다르다. 드러나는 대지는 여전히 시커먼 겨울 추위에 움츠러들어

있다지만 봄이 조금씩 얼굴을 들이밀며 자리를 잡아가고 있었다. 시작도 되기 전에 다가오는 봄을 생각하면 가슴이 뛰고 손이 부지런해진다. 겨우내 껍질 속에 숨어있는 씨앗들을 저장고에서 미리 꺼내어 방 한쪽에 놓고 바라만 봐도 흐뭇하다. 겨우내 한방에서 뒹굴었던 메주도 바람을 쐐준다. 문득 이제 이런 봄을 몇 번이나 더 볼 수 있을까? 이제 내 인생의 끝자락에서 카운트다운이 되다니. 10, 9, 8, 7….

2월인데 비가 내린다. 그 비로 마당에 두껍게 얼어있던 눈이 녹아서 군데군데 붉은 머리를 드러낸다. 부끄러운 줄도 모르고 활짝 웃는 앞니 빠진 아이처럼…. 오랜만에 방문을 활짝 열었다. 순자가 마루로 나가 한참을 서 있다가 말했다.

"다음 주가 음력 정월인데 벌써 마음에는 봄이 온 것 같아. 하늘이 참 푸르다 오늘따라…."

하늘이 보이기 시작하면 닫힌 마음이 열릴 거라던 엄마의 말이 떠올랐다.

저녁 늦게까지 이른 봄비가 내렸다. 우리는 따뜻한 방안에 이불을 깔고 봄비치고는 꽤나 굵은 빗줄기의 소리를 듣고 있었다. 전화벨이 울린다. 누굴까? 생각하며 전화기를 들었다. 은혜다. 나는 순자에게 눈짓으로 전화기를 받으라고 했다. 순자는 고개를 가로저었다. 나는 민망하게 말했다.

"금방 잠들었네. 엄마 많이 좋아졌어. 너무 걱정하지 마. 다음 주 토요일에 내려온다고? 알았어. 엄마가 깨면 말할게."

나는 수화기를 내려놓고 순자에게 말했다.

"언제까지 애들하고 말 안할 거야?"

"죽는 그 날까지."

"왜?"

"나는 이미 죽은 거나 다름이 없어. 그냥 이렇게 죽은 듯이 살고 싶어."

"왜?"

"죄인이잖아. 내 새끼에게 씻지 못할 죄를 짓고 무슨 염치로 나서, 나서기를…."

"다 잘되려고 한 일이지. 네 탓만은 아니야."

"그렇게 스스로를 변호하겠지만 어림없는 소리…. 여기에 오기 전까지 자식 때문에 내 인생을 송두리째 날려 보냈다며 죽일 듯이 분노했었어. 내 인생을 거쳐 간 모두를. 자식은 물론, 나를 태어나게 한 부모나 나를 버린 남편이나…. 그러나 내 인생을 갉아먹은 그들을 죽이지 못하니 나라도 죽여야 할 것 같았어. 살아남은 그들에게 고통을 주려면 가장 잔인하게 나를 죽여야겠다고 생각했어. 미치도록 사랑했던 사람들을 송두리째 잊고 나마저 잊게 하는 분노의 감정…. 살았다고는 하지만 이미 죽어버린, 죽었다지만 결코 죽지 않는…. 나 때문에 세상에 태어난 자식에게 살아생전에 길잡이도 못했으면서… 살날이 많은 자식들에게 죽어서도 훼방이나 놓으면 그게 바로 악귀지, 악귀가 별거야."

빗소리가 잦아든다. 순자가 말했다.

"고단해. 고단하기만 했던 내 인생… 죽어서도 고단하다고? 아휴, 이놈의 세상에 왜 태어나서 이 고생인지? 유정아…!"

"……."

"고맙다. 네가 있어 줘서…."

"나도 네가 곁에 있어서 너무 좋아."

"유정아, 목숨이 붙어있는 한 또 살아보자. 이게 끝이 아니라니까…."

"순자야, 삶이 고단했다고? 풍파 없이 밋밋한 작품은 빵점짜리야. 안 그래? 돌아보니 이만하면 한세상 잘 살아냈어. 해피 엔딩이 별거냐? 천국 소망을 품고 오늘 밤 행복하게 잠들면 그만이지."

작가 후기

"삶은 고해다. 이는 석가의 말이다. 이후로 모든 사상가는 이것이 삶의 진리 가운데 가장 위대한 진리라고 입을 모은다. 그러나 이런 평범한 진리는 이해하고 받아들일 때 삶은 더이상 고해가 아니다. 다시 말해 삶이 고통스럽다는 것을 알고 이를 수용하면 삶은 더이상 고통스럽지 않다. 그래야 비로소 삶의 문제에 대해 그 해답을 스스로 내릴 수 있기 때문이다.

대부분 사람들은 삶이 어렵다는 쉬운 진리를 깨닫지 못하고 살아간다. 삶이란 대수롭지 않다고 생각하다가 막상 어려움에 직면하면 가혹하다고 불평을 한다. 거기다가 자신의 문제만 가장 특별하다고 생각하고, 다른 사람들은 잘사는데 왜 자신이 속한 가족이나 집단만 고통스러운지 불평을 한다. 삶을 살면서 누구나 이런 경험을 했을 것이다.

삶이란 문제의 연속이다. 삶의 문제에 직면해서 해결하는 과정은 삶 그 자체의 어려움만큼 어렵다. 시시각각으로 직면하는 삶의 문제들은 우리를 괴롭고 외롭고 비참하게도 하고 때로는 죄책감, 분노, 두려움, 절망 속으로 던져 놓기도 한다. 이렇듯 감당하기 어려운 문제가 끊임없이 계속되므로 삶이란 항상 어렵고, 기쁨만큼이나 고통으로 가득 차게 되는 것이다.

이처럼 삶의 과정에 끊임없이 다가오는 삶의 문제를 안고 살아야 하나? 아니면 극복할 것인가? 또한, 고통을 안고 살아가야 하는 우리의 자식들에게 이런 문제들을 해결할 수 있는 삶의 지혜를 가르쳐 줄 수 있을까?"

이 글은 정신의학자 몰간 스콧 팩 박사가 쓴 『아직도 가지 않은 길』에 나온 '인생은 문제와 고통에 직면하는 것'의 일부다. 1936년생인 그는 2차 대전 직후에 전쟁을 경험한 세대들의 정신 질환을 치료한 사례를 연구하며 이 책을 썼고, 1991년에 출간되어 30년이 지난 오늘날까지 미국에서 꾸준히 읽히는 스테디셀러다.

스콧 팩은 이 책을 통해 인간은 어떻게 성취하느냐가 아니라 고통이 왔을 때 어떻게 대처하느냐에 따라 인생에 승패가 달려 있다고 한다. 스콧 팩에 의하면 인간 대부분은 고통이 왔을 때 정면으로 대항하지 않고 가능한 한 회피하려 하고, 문제가 없는 것처럼 무시하고, 그런 고통을 잊기 위해 술을 마시거나 약을 먹기도 하지만 결국 정신 건강을 해치고 만다고 한다. 때론 고통을 회피하려 꼼수를 쓰다가 엉뚱한 길로 가기도 하고, 어떤 사람은 스스로 만든 환상에만 안주하는 현실 도피를 한다고 한다. 그러나 당면한 문제에 부딪혀 해결하려고 애를 쓰는 가운데 배우게 된다고 한다. 벤저민 프랭클린의 말처럼 고통이 가르침을 준다고 하는 이유다.

더구나 갈수록 경쟁이 심화하고 환경이 급변하는 현시대를 살아가는 사람들은 예상치 못하는 고통에 직면하면서 정도의 차이는 있지만 대부분 신경증을 앓고 있다고 한다. 칼 융도 신경증은 마땅히 겪어야 할 고통을 회피한 결과라고 한다. 그는 또한 모든 정신 질환은 병든 영혼에 뿌리를 박고 있다고 한다. 잠언서에 의하면 사람의 영이 병을 이기게 하는데 영이 상하면 어떻게 할 수가 있을까? 반문한다. 결국 정신이 병드는 것은 바른 영이 확립되지 않았기 때문이란다.

스콧 팩이나 칼 융은 정신의학자이지만 그들은 영을 강조하는 심리학자이다. 그들은 인간은 육체와 정신과 영으로 나뉜다는 3분설을 주장하는 심리학자이다. 정신은 뇌의 활동으로 이성을 바탕으로 한 자기 계발이 가능한 영역이다. 그래서 인간의 정신력으로 무한한 발전을 이루는 것이다. 그러나 고통이 왔을 때 그동안 배운 정신력으로 극복을 하지 못한다는 것이다. 오로지 영적 훈련을 통해 극복해 나간다고 한다. 스콧 팩은 고통을 통해 경험하지 못했던 용기와 지혜가 생기는 것은 신비한 인간의 영적 능력이라고 한다. 내가 극복하는 것이 아니라 밖에서 어떤 힘이 작용하여 극복하게 해 준다는 것이다. 기독교 용어로 하나님의 섭리라고 한다.

이 글은 이 시대를 살아가는 여자들의 이야기다. 자신의 운명을 개척하겠다며 치고 나가는 여자와 고통에 직면하면서 비로소 세상을 배우는 여자의 이야기다. 흔히 인생에 총량 불변의 법칙이 작용한다고 한다. 고통을 겪었으면 기쁨이 남아 있고, 기쁨을 겪었으면 고통이 남았다는 것이다. 인간 대부분이 판단하기에 제멋대로 가는 세상 같지만 이처럼 원칙과 규칙이 작동한다. 왜냐하면 세상은 눈에 보이는 것보다 보이지 않는 힘이 더 크게 작용하기 때문이다.

그래서 인류의 발전은 개개인의 능력이 아니라 시공간을 초월하는 사랑의 발자취로 나아갈 뿐이다. 오늘의 나는 내 개인의 능력이기보다는 누군가의 간절한 소망의 결과일 것이다. 결국 나는 아주 오래전 누군가의 소망에서부터 현재 내게 가장 가까이 있는 사람의 소망 결집이다. 그래서 나도 누군가를 위한 소망을 품어야 한다.

모든 철학자나 현자가 이성적으로 판단하여 내린 한결같은 결론, 삶은 고해라지만 세상에서 영적인 빛을 찾은 사람은 결코 삶이 고해가 아니다. 또한 어떤 인생을 살았던 인생은 마무리에서 모든 것을 결정짓는다. 마지막 열매가 실하게 열리면 과거의 모든 고통은 기쁨으로 바뀐다. 그래서 99번째 실패했지만 남은 1%를 성공으로 마무리를 지으면 그동안의 고통도 미담으로 전환된다. 그러나 인간의 노력으로 목표지점에 99%까지 도달하지만 마지막 1%는 바로 하나님이 채우는 영역이라고 한다. 하나님마저 감동을 줄 만큼 모두의 마음이 합쳐지는 영역에 다다르면 비로소 채워 주시는 것이 아닐지.

미래학자 제러미 리프킨은 세상은 1%의 사람이 이끌고 간다고 한다. 그 1%도 다시 나뉜다고 한다. 0.1%는 계시의 비밀을 아는 자이고, 그런 사람을 알아보는 0.9%의 사람이라고 한다. 물론 나머지 99%는 제 생각대로 살다가 고통이 오면 좌절하다 죽는다. 만물의 영장이라는 인간이 이런 고해의 세상에 짐승처럼 살다가 죽는 것처럼 허무한 것이 또 있을까?

세상을 창조하신 하나님의 마지막 작품인 인간, 하나님은 당신의 형상대로 만들고, 또한 소통하는 영도 불어넣어 주셨다. 그래서 죽은 후에 인간의 영은 하늘로 올라가고, 짐승의 영은 땅으로 내려간다고 한다. 지구상에 모든 짐승 중에 두 발로 걷는 것은 인간뿐이란다. 이유는 하늘을 바라보며 하나님과 소통을 하기 위함이란다.

과학이 발달하고 이성적 지식에 몰입하는 현대인에게 이런 사실은 쉽게 받아들일 수가 없다. 그러나 인간에게 가장 확실한 사실 한 가지, 모두 때가 되면 죽는다. 하지만 죽은 다음에 일을 보여 줄 사람이 없다고 세상의 지혜를 다 섭렵했다는 솔로몬도 한탄한다. 보이지 않는 비밀을 간직한 세상인지 아닌지는 각자 판단하는 수밖에 없다. 그래서 0.1%에 속할지 아니면 0.9%에 속할지 아니면 99%에 속할지… 고해에서 그냥 죽어 땅에 묻힐지 아니면 새로운 세상으로 진입하는 행복한 결말로 마무리를 할지….

> 내가 생각했다. '사람이 짐승과 마찬가지라는 사실을 깨닫도록 하나님은 사람을 시험하신다. 사람의 운명과 짐승의 운명은 비슷하다. 사람이 죽는 것처럼 짐승도 죽으므로, 사람이나 짐승이나 호흡은 동일하다. 이렇게 모든 것이 헛되이 사람이 짐승보다 나은 것이 무엇인가? 모두가 흙에서 와서 흙으로 돌아가듯이 같은 곳으로 돌아간다. 사람의 영은 위로 올라가고, 짐승의 영은 땅으로 내려가는 것을 누가 알겠는가?'
>
> (전도서 3 : 18 – 21)